袁家村

董信义——著

陕西新华出版传媒集团
太白文艺出版社

图书在版编目(CIP)数据

袁家村 / 董信义 著. —西安:太白文艺出版社,
2021.9(2022.1 重印)

ISBN 978 - 7 - 5513 - 1908 - 9

Ⅰ.①袁… Ⅱ.①董… Ⅲ.①长篇小说—中国—当代
Ⅳ.①I247.5

中国版本图书馆 CIP 数据核字(2021)第 156630 号

袁家村

YUANJIACUN

作　　者	董信义	
责任编辑	付　惠	
封面题字	贾平凹	
封面设计	秦呈辉	
版式设计	雅　凤	
出版发行	陕西新华出版传媒集团	
	太 白 文 艺 出 版 社	
印　　刷	涿州军迪印刷有限公司	
开　　本	782 mm × 1092 mm　1/16	
字　　数	290 千字	
印　　张	18.75	
版　　次	2021 年 9 月第 1 版	
印　　次	2022 年 1 月第 2 次印刷	
书　　号	ISBN 978 - 7 - 5513 - 1908 - 9	
定　　价	88.00 元	

联系电话: 029 - 81206800

出版社地址:西安市曲江新区登高路1388号(邮编:710061)

营销中心电话: 029 - 87277748

　　董信义　中国作家协会会员，陕西省纪实文学委员会副主任，咸阳市作家协会副主席，咸阳散文学会会长，西北大学现代学院名誉教授，咸阳师范学院客座教授。已出版作品 10 部。散文集《触摸灵魂的瞬间》荣获咸阳市优秀图书奖；长篇小说《裂焰——村官的 2015》荣获第三届海峡两岸新媒体原创文学优秀作品奖；长篇小说《落凤山》荣获第四届海峡两岸新媒体原创文学银奖，同时入选北京市新闻出版局 2019 年推荐优秀网络文学原创作品名单。多篇作品被《陕西百年文艺经典》《陕西诗歌年选》《报刊文萃》等收录。

目　录

第一章　心有高山

一只苍鹰在九嵕山上空展翅飞翔，鹰的叫声在天际回荡。

一道霞光落在九嵕山上，如金色的闪电，在黄土塬上跳跃腾飞。巍峨壮美的九嵕山像是渭北的屏障，给山下的村庄、田野带来无限生机。

在山下的缓坡地带有几处村落，生息着数代子民。在这些村子中间，有一个村子像是镶嵌在大地上的一块宝石，吸引着无数人的眼光。如同传奇一样，翻天覆地的改革是一种进步，华丽转身的巨变更是一种奇迹。

改革或巨变是需要胆魄、需要见识的，更需要对这块土地爱得深沉、爱得无私。因为爱，泥土丰沃；因为爱，人杰地灵。

这个村子，孕育着渭北农民的梦想。在春雨里，万物复苏，田野上的庄稼冒出了嫩绿的脑袋。在秋风中，黄澄澄的玉米笑弯了腰，红彤彤的苹果笑红了脸。渭北的农民们在桃花烂漫的时节，低头端详大地，用双手掬起一抔黄土，看黄土从指缝滑落，悄然融入大地；他们在冷冽的冬日里，信步走在田野上，用双臂拥抱升腾的暖阳，在追寻幸福与埋头苦干中找到生活的滋味。

这个村子就在渭北田野上，两排青砖灰瓦双层楼，两行白杨耸天树，北有一道龙脊梁庇护，南可听甘河涓涓水声。村子上空酝酿着一种骚动和兴奋的气息，似乎诉说它曲折又不平凡的历史岁月。

这个村子就是颇有名望的袁家村。

黄昏，天空亮光尚在。袁家村党支部书记、村农工商集团总经理郭怀山走出办公室，心里一直在思考着今年中央一号文件精神，文件剑指"三农"新挑战。年轻的郭怀山激动、向往、不安。他一直思考着新时代的袁家村该向何处去，想着想着，郭怀山不知不觉登上了龙脊梁。

说是龙脊梁，其实是大兴水利时期引泾灌溉的四级站高干渠。那时，这块土地靠天吃饭，在"水利是农业的命脉"政策的指引下，温秀县决定把泾河水引到皇陵地区。人们在泾河岸边建站搭泵，逐级提升，修坝引水，共修了四道堤坝；在坝东低处，建水槽、修电站、搭泵引水，使皇陵地区部分地方出现了禾苗茁长、庄稼丰收的景象。棉花、麦子、玉米、芝麻年年收成不错，但四级站只能满足一部分地区的需要，更广阔的旱地依然靠天吃饭。后来，秦川省决定兴修宝鸡峡引渭工程：从扶风开渠，破山钻洞，经周原，过岐山，穿小梁河，绕九嵕山，把渭水引到了泾河以西的旱原区。引泾四级站慢慢退出皇陵地区。"大包干"时期，荒废的电站被不法分子偷盗、毁坏。四道坝最终成了一道屏障，庇护着坝南人家。怀山对这些并不了解，他也不知道这道龙脊梁本不属于袁家村。当年，坝南的四十亩水田是簸箕村四组的，这龙脊梁自然也属于簸箕村。现在能成为袁家村的领地，那是有故事的。

郭怀山望着九嵕山陷入了沉思，他清楚，要开辟袁家村发展新局面，离不开党的领导，离不开时代赋予自己的创新精神，更离不开中央一号文件精神的指引。袁家村人如果不思奋进，不求创新，不开眼界，不外出学习，不请专家指导，一切都是徒劳。郭怀山站在龙脊梁上，回望夕阳西下的九嵕山，心里思绪万千。

郭怀山知道九嵕山巍峨壮观，曾经满山柏树连绵，山上有皇城献殿，山下的沟沟坎坎里葬埋着唐王朝的公主近臣。自己身后的袁家村，也被魏徵、徐茂公、秦琼的荒冢照应着。天时地利，袁家村的出路在自己手中，在袁家村人的手中。

　　九嵕山的上空红云缭绕，有一只鹰在云隙间翱翔。郭怀山很激动，很惶恐。父亲郭天福创造的奇迹，真的要在自己手中随风而散吗？袁家村，处在了选择和被选择、僵化和新生的关键时期。他想到了自己的成长：一个从小衣食无忧、快乐无邪的少年，一个在父亲期望中走进城市的青年，在而立之年，毅然决然辞去铁饭碗，回到自己的家乡，接过父亲手里的指挥棒，为袁家村的发展坐卧不宁。

　　这不，他又一个人坐在黄昏里，思考着袁家村的未来。过去，在父亲的手里，袁家村坚持跟党走，始终不忘党的政策，一心按照党指引的方向奋斗拼搏，使袁家村成为"农业学大寨"的典范。父亲一度出任温秀县县委副书记，成为省人大代表出席全国人民代表大会，被国家领导人接见。那时的袁家村，从贫瘠破败的老村移居到坝南的平台地上，几番修缮，成为一个在全国颇受关注的农村集体化经济建设先进村。时代的发展日新月异，新的挑战摆在了郭怀山面前，他望着九嵕山，山的岿然不动、山的峻秀壮观、山的神秘未知使他痴迷。

　　也许就是这九嵕山给了郭怀山启示，他知道这山里安葬着大唐帝王李世民。这山在村里人看来不叫九嵕山，叫桃花陵，因为山颇像一朵开放的桃花，其实是唐皇陵被当地方言以讹传讹的演变结果。这块神性的土地浸淫着大唐的开明和气度，袁家村所在的位置在唐昭陵陪葬区的中心。这里原本叫皇陵公社，后来因为龙王沟有一洞叫烟霞洞，因此皇陵公社改名烟霞公社，随后公社又改称镇。现在的袁家村，是温秀县烟霞镇的一个名村，是一个集体化经济繁荣的先进村。郭怀山忽然感到非常兴奋，中央关于发展新农村、实现农村奔小康的号召鼓舞了他。尽管父亲已经卸任，不再过问村子的事情，喜欢一个人喝茶、听秦腔，但父亲创业的艰辛和光荣的过去给了怀山无尽的力量。袁家村，如果依托唐文化，挖掘民俗风情，一方面打造新的袁家村，另一方面寻求农村农民农业发展的新出路，改善农村居住环境，让村子里的孩子都能受到良好的教育，也许乡村旅游是农村经济再发展的一个突破点。想到这，郭怀山忽然站了起来，他原本想向邻村学习——发展现代农业，推进农业现代化，实现农村向城镇的转化。

但是，袁家村曾经只有四十多户人家，村子在父亲手里，建了水泥厂、海绵厂、硅铁厂、运输公司、建筑公司，在秦俑博物馆附近投资了秦陵地宫展览馆。村民大多在建筑公司和运输公司工作，村子的可耕地很少。如果没有新的转折点，袁家村的发展将会受到制约，所谓的新发展将是空话。把袁家村打造成关中风情体验地，也许是一个突破点。想到这，郭怀山似乎看到了村民的笑脸，看到了一个让四乡八邻羡慕、叫中国人人知道的袁家村出现在坝南的平地上。

郭怀山看着暮色中的田野，几只麻雀在坝上的一棵柳树梢上鸣叫，村子里传来锣鼓声，快到三月二十的古会了，喜好热闹的村民准备在古会上表演社火，也有自乐班的唱手在街道西边的广场上表演秦腔。他看到老人王三挥着锄头在果园周围除草，年轻的姑娘们在桃树下追逐嬉闹。他心里感到既舒心又不安，如何让村委会通过自己的设想呢？要不先开会，先带上村委会的人到外边看看，去四川的草堂镇看看人家的旅游特色，去河南的南街村看看人家集体化经济超前发展的光景，到温州看看人家小商品市场繁盛的情况。也许多去看看会给村里人更多的选择。观念新了，出路自然会找到。

郭怀山想到这儿非常兴奋，他一路小跑下了龙脊梁，进村时碰见了他的父亲郭天福。郭天福看着儿子一脸兴奋，一把拉住儿子：你疯啥呢？你已经不是那个逛鬼了，你是村支部的书记，凡事要稳中求进，先想清楚，再做决断。你看看身后的大山，沉默却峻拔，袁家的带头人，得有气度，想想你的名字——郭怀山——多响亮。

正说话时，村委会田主任走了过来，他看见老书记，非常恭敬地点了点头。他始终喜欢穿件发灰的中山装，上衣胸前靠口袋处别着一枚毛主席像章，口袋还插一支笔。他是袁家村读过书的人，和老书记搭班时，老书记非常器重。他对郭怀山说：如果心中有山，人静气闲，遇事三思，大事可成。你父亲给你起名"怀山"是用心良苦呀。

郭怀山眼睛一亮，想把自己的想法告诉父亲。郭天福摆摆手：村子的事情你们说，我去广场看热闹去，我说过，不干涉。

郭怀山拉住父亲的手，说：村子的事情你不参与，你可以告诉我咱村发展的秘诀，是什么力量使父亲大人能够带领村民甩掉贫困的帽子，又是什么力量使袁家人能团结一心大干实干的。你儿子不想当一个糊涂人。

问你主任，他研究过，我只知道跟党走，大干实干，一心为咱们村，其他我都不管。你大我不懂文化，就是当县委副书记，都是听得多说得少。说，靠的是经验和判断，不说就不说，说了就得落地有声。好了，你小子多学点，厚德载物，天道自在。说完，郭天福转身离开。

郭怀山望着父亲的背影，像在看一座山。他转过头问田主任：老主任，具体怎么实施，还想听听您的意见。田德地不知从何说起。他看着郭怀山，似乎看到了袁家村的未来。他望着朦朦胧胧、云雾笼罩的九嵕山说：你读过书，知道老子在周至楼观台著书立说，《道德经》讲的是上善若水，道法自然。具体的，你可以读读这本书，也许对我们袁家村的发展有帮助。田德地知道郭怀山很聪明，自己不说破，给年轻的书记留下脸面。

其实，郭怀山还是想听听，但他欲言又止，他明白，很多事情必须靠自己。他给妻子伊宁打了个电话，叫妻子给他买本《道德经》。妻子二话没说就答应了。郭怀山挂电话前问了一下儿子的近况，妻子说儿子有她呢，放心。郭怀山很是感激，他辞职回乡时，妻子虽然心有怨言，但没有说出来。她知道自己的丈夫爱着家乡，爱那方山水和土地，人一辈子能干自己喜欢的事情，是一种幸福。郭怀山很是感动，妻子在渭城市政府政策研究室工作，后来调到长安集团待了两年，为了带孩子和照顾她的父亲，只好辞职回归家庭。他觉得自己非常幸运，有一个理解支持自己的妻子，是多么好的事情。

打完电话，郭怀山对田德地说：田主任，咱们村的水泥厂面临着关停，运输公司已经不适应新的形势，秦陵地宫展览馆的收益平平。影视公司咱们是外行，选不好投拍的片子，收益也不敢想。咱们袁家该向何处去？我一直在想，总会有出路的。刚才在龙脊梁上我顿悟，咱们得思考袁家的未来了。咱不能丢掉袁家人的精气神，要超过我父亲当年创下的辉煌。

田德地心里很是高兴，他也一直在想这个问题，但没有郭怀山这样迫切。他看着怀山，似乎看到了袁家村的新气象。他说：书记，你有什么想法，我完全支持，只要是为了村子的发展，为了咱这个老先进继续站在秦川省的前沿，你指哪儿，我打哪儿。我想，很多事情可以和集团的副总张西峰商量，那是一个有智慧有远见的人。别看他不爱说话，但心里亮堂，能成事。

郭怀山知道，张副总不太关心村委会的事情，他主抓集团经营，不能分心。

田德地又说：村子里不是来了大学生村官吗，你和他总能形成共识。田德地说完，忽然觉得自己有点失言，现在正是村子发展的关键时期，自己怎么能撂挑子，他应该给年轻的书记鼓劲。

田德地的话音刚落，郭怀山望了一眼九嵕山，山已变成黛色，只能看清轮廓，整个渭北处在既宁静又骚动的傍晚。他转过身，思绪还在飞扬。他说：田主任，现在不是考虑这些的时候，我想组织村里的干部和群众到外地考察，咱们回来后再说，好吗？郭怀山没有急躁，表现得很沉稳，他不能慌乱，他要如山一般沉稳，给袁家人自信和力量。

郭怀山回到村子，看见砖瓦房已经发黑变色了。下雨的时候，个别村民的房子开始渗水，屋子里潮湿发霉，孩子身上总是发痒，老人的背也不舒服。父亲虽然对村子进行过一次改造，但还是旧了，不适合村民生活了。尽管四邻八乡的人很是羡慕，可怀山清楚，改变是必须的。但现在资金紧缺，发展受阻，只有经济活了、腰包鼓了，才能考虑这些问题。郭怀山忽然觉得自己身上肩负着神圣的使命。寻求新的发展，是当务之急。

他正想着，碰见了驻村大学生村官高树，高树递过刚刚煮熟的苞谷棒子，说：书记，咥一个，大棚育的，美得很。郭怀山笑了，没有想到高树这么快就融入渭北这块土地了，他的口音和村里人的没有差别，简直就是一个袁家人。高树看出了怀山的心思，说：书记，笑我吧！我已经做好了准备，在未来的日子里，落户袁家，当一个真真正正的袁家人。郭怀山非常高兴，抱住高树说：看来，我们袁家的发展有望了。怀山知道，要发展就得有人才，高树的加入使他信心倍增。他接过苞谷棒子，啃了一口，说：走，去村委会，我有事说。

村委会挤了很多人。过去开会，都在饲养室，人和牛挤一起。现在好了，"学大寨"时新建了接待站，接待站有会议室，村民和村干部一起围坐在圆桌边，郭怀山坐在前头，背靠着袁家村的发展蓝图。那蓝图是父亲郭天福设计的，新村、水泥厂、电影院、村民活动中心，样样都有。现在，就剩电影院和村民活动中心没有建成，其他的都在正常使用。郭怀山看了一眼人群，张西峰坐在一边，不知在想什么。田德地正和建筑公司的王建一说话，接待站的站长刘先模站在一边。郭怀山招呼：刘站长，坐吧。水泥厂的袁锁成人呢？田主任站起来说：袁厂长去渭城了，联系水泥供货商去了，副厂长田忠良在。郭怀山看了一眼高树，说：那咱们开会吧。

高树说：开会。今天咱们主要讨论袁家的发展问题。大家知道，建筑公司因为缺乏业务骨干，目前厂子的情况已经不适应新的市场，发展困难重重。而影视公司已经名存实亡，咱们就拍了几部电影，虽说也获过奖，但再无大作为。高树说这话时，语气一滞，他知道这些是老书记郭天福创建的，自己今天这么说，无疑是在否定过去。高树心情忐忑，但一看见郭怀山坚定的眼神，就继续说：国家已经提出，要在两至三年关停一部分水泥厂。随着公路、铁路的发展，运输已经集约化，我们运输公司的发展也举步维艰。在这样的情况下，我们袁家该咋样发展才能适应新形势？国家倡导农村实施新发展，我们袁家该怎么办，该走一条什么样的路？这个问题迫在眉睫。高树说的这些话，其实是和郭怀山商量好的，他只是负责抛砖引玉。他说到这里，看了一眼郭怀山，郭怀山喝着水，看了一眼田主任，又环视了一遍众人。

田主任说话了：高主任说得对，我们村子是遇到了困难，发展调子需要重新调整，我们不像周围的簸箕村、周礼村，人多地多，栽种苹果树，搞土地经济。但我们也有自己的优势，发展商业的路子活。当年，老书记带领我们开石灰窑，搞预制厂，养牛养猪，使村子有了发展。后来，借着"学大寨"的东风，平整土地，兴修水利，使我们袁家一跃成为全省全国的先进。现在，我们不能拖后腿，要想跟上形势，发展才是硬道理。田主任说完，看了一眼人群。郭怀山很满意，这个开场很好。

坐在一边的水泥厂副厂长田忠良说话了：话是这样说，一下子转变，怕也不易。毕竟，老书记开了先河，使村子发展起来了，现在要改变，是不是得征求征求老书记的意见？突然，人群出现了骚动，大家似乎都不清楚袁家村的路到底应该怎么走。

这时郭怀山开了腔，大家都不再说什么了，这似乎已经成为习惯。老书记脾气不好，经常骂娘。新书记脾气更大，说一不二，一旦说话，没人敢插嘴。大家屏住呼吸，看着怀山。怀山站起来，看了一眼窗外，正是春日，阳光很好。他对着村民说：大家看看，我们袁家现在的样子，好多年没有变了，街道上都有了青苔，就是我们的屋子，也潮湿发霉得难闻难受了。发展是唯一出路，可怎么发展，我也没有想好，叫大家来不是讨论坚持过去，而是要开创未来。未来是什么样子，谁能说清楚？也许是汽车洋房公园商场，也许是老有所养、少有所为，不管怎么样，我们都要发展，这不用讨论。改变是必须的，我父亲那一套已经是过去式了，我们面对的是新时代。叫大家来就是出主意、想办法，怎么把我们袁家建设成为人人幸福、个个高兴的社会主义新农村？人人幸福，个个高兴。

书记说得对。高树插话说，我看了新闻，国家号召要发展农村经济，要实现农村新突破，让农村人过上好日子。咋样才能过上好日子，我们得出新招，想新的路子。

田主任说：我们都是农民，没有新观念。你们两个年轻干部多想想，我们支持就是。

田忠良说：书记啊，想是想，我们能想出什么办法呢？村子就是这么大的村子，现状就是这样的现状。人常说，家有梧桐树，引得凤凰来。我们先种梧桐树，看咋样才能引来发展的凤凰。

田厂长这个提议很好，也就是说我们必须有好项目、好对策，才能找到发展的新路子。郭怀山肯定了田忠良的话。

郭书记，怎么没有办法？可以学学人家。谁有好点子，咱们出钱买回来，这不也是个好办法。说这话的是村妇女主任王莲莲。

好啊，王主任说得好。郭怀山高兴了，我看可以考虑，先带大家出去看看，学点经验，学点点子，集思广益，必能成事。

看来我们村子有能人啊。高树插话了，我们先组团考察，再考虑发展的路子。

对，先考察看看，兴许有办法。田主任说。

这时，张西峰也说话了：置身须向极高处，我同意书记的意见，我们要放眼未来。

郭怀山很是满意，他坐了下来，咳嗽了一声，大家静了下来。

他说：既然大家都表态了，我看就这样吧。高主任组团，我带队，先去河南南街村看看，再到苏杭转转，听说那里的古镇发展得好、旅游业很兴盛。我们就去看看，也许看的过程就是灵光闪现的时候。

王莲莲说：能带我吗？

高树说：那是必须的。

郭怀山说：我看，选两个村民代表、田主任、高主任、建筑公司的王经理、水泥厂的袁厂长、妇女主任、共青团代表，我和县委宣传部的副部长，一共十人，刚好组成"十全十美"考察团。经费个人担一些，水泥厂拿一些。本月25日出发，赶4月29日农历三月古会回来。

高树站起来说：村文书，你记一下，2005年3月20日，村委会讨论决定，由郭怀山书记带队，组成十人考察团，赴河南、江苏等地考察，为发展袁家，实现袁家新飞跃，寻找出路。

好啊，今天是春分，宜出行，也是鸡年，鸡叫万户开，好事连连来。我们今天的决定，意味着我们袁家将要迎来新机遇、新挑战。这是天意！

转转，看看，开思路。田德地兴奋地说。

大，你高兴啥呢？就是出去看看，看把你兴奋的。田忠良说。

你小子，眼界不开，怀山书记看得远，你要好好跟着学。田德地说。

我看，你是想赶潮流呢，时兴得不行。人家高主任是大学生，学的是农业管理，有新理念。你老了，悠着点。田忠良不知怎么回事，打击他父亲。

好了，忠良，我们村需要新东西，你年轻，媳妇都没有娶，还不学着点。要赶潮流，啥时代了，你想拖你大的后腿？要是不好好学习，水泥厂的事情你都干不好。郭怀山说。

话音未落，接待站的刘站长走到郭怀山面前说：烟霞镇文书记来了，在接待室坐着，似乎有急事。郭怀山对大家说：会就开到这儿，高主任，你和田主任来一下，看看镇上有啥安排。

接待室里，文书记跷着二郎腿，看着墙上"发愤图强"四个字，抽着黄金叶，哼着秦腔《下河东》，一副很悠闲的样子。

文书记叫文昌明，温秀县城四街巷人，自小家富，一副少爷公子样。据说当年文家是大户人家，在清朝还出过举人。四街巷东口还存有文家祠堂，院子不大，但高屋大厦，气宇不凡。门厅有一横匾，上书"空清月澄"四字；正堂中央挂一横额，上书"仁爱"二字，瘦金体，浑厚苍劲。大门口有门墩石，房台下有拴马石，石上雕刻着各式图案，一看就是富户人家。二门两边有雕花砖刻，一边是"富贵牡丹"，一边是"忠孝礼义"。文昌明提起文家总是十分自豪。他自豪的不仅仅是这个祠堂，而是他有一个好哥哥。文昌明的哥哥是渭城市劳动人事局的干事，他这个书记应该是捞的。这是猜测，其实文书记也有几把刷子。有人说文书记水平一般，架子却大，一般人看不上眼。但在袁家村，他不敢造次，毕竟，郭怀山的父亲郭天福当过县委副书记，他小伙能当上烟霞镇书记，也有天福书记的功劳。

看见郭怀山进了屋，文书记站了起来：怀山，近来可好？

托昌明书记的福，过得去。怀山谦和地说。

怀山，今天来主要是看看你，顺道把县委新的经济工作会议精神给你传达一下。具体的我不说了，这有文件，你抽时间看看，主要就是发展农村经济、实现农村发展新突破。文书记漫不经心地握着怀山的手。

谢谢文书记，我们正好有事情给你汇报。要不咱们去村食堂，今天杀了一只羊，吃羊肉泡馍，顺便给你汇报汇报工作。郭怀山说着，拉着文昌明的手。走，先咥羊肉泡馍。文昌明也没有推辞，一行人向村食堂走去。

3

王莲莲回家后，很是兴奋。她换了件新衣裳，梳妆打扮一番后，就去找自己喜欢的郭怀石。怀石是怀山的叔伯兄弟，高中毕业后，在水泥厂化验室工作。两个人什么时候好上的，谁也说不清楚。莲莲只知道怀石给自己送了条红围巾，为什么送她也不清楚，当她听怀石说喜欢她的时候，她少女心才开始怦然而动。两个人在果园偷着拥抱，在水泥厂化验室卿卿我我。这一切，王莲莲的父亲王黑盾是知道的，他不干涉。他就一个女子，他也不希望女子出门太远，如果嫁到同村，那才好呢。

王莲莲找怀石的时候，怀石也去村食堂吃羊肉泡馍去了。她赶到村食堂，看到了镇上文书记，就去打招呼。文书记似乎知道王莲莲和怀石好上了，看着怀山说：你兄弟在这儿等你这妹子呢。这话不知是说给谁听。王莲莲说：文书记，你来了。文书记点点头：怀山，把你爸叫来，我很久没有见老领导了。王莲莲看了一眼怀石，怀石正咥得美，口里喘着粗气，看着莲莲。莲莲说：郭书记，我去叫我天福叔，难得吃一顿羊肉泡馍。怀山没有反对，给文昌明递着馍。昌明说：等等老领导，要不他会骂娘的。怀山说：没事，我爸现在脾气好多了，他要来，叫食堂再添两个菜，取瓶西凤酒，你们热闹热闹。见文书记没有反对，高树就去喊厨子，加菜取酒。说话间，老书记披着夹袄走了进来。昌明站了起来，跑到门口，说：老领导，好久没有见了，快，一起喝点儿。天福拍着昌明的头，说：你小子来了也不看我，我把官丢了，就不理我了。昌明说：哪敢哪敢，有事情给怀山说，说起吃羊肉泡馍我就想到你了。好啊，有良心，我袁家的事情你要上心。老书记看了一眼怀石，说：过来，陪叔和镇领导喝喝。莲莲，倒酒。

酒过三巡，郭怀山给文书记敬酒。

高树在一旁插话：文书记，听说县上要给咱们镇上打井，能不能先放到我们袁家村？

有这事？郭天福忽然问。

是啊，镇上正在考虑。谁急需，先给谁。文昌明说。

当然是我们啊。郭怀山还没有说话，高树插话道。他知道，这话他提出来好说，文书记就是想挡回去，怀山书记一开口，文书记也不好挡。文书记看了一眼怀山，怀山端起酒杯，说：先干为敬。文书记二话不说，咣当就是一杯。

文书记，你刚提出发展的事情，我们袁家是咱们烟霞镇的先进，先进现在发展太慢，你不关心谁关心？郭怀山说。

当然关心啊，老书记当年带领村民致富的时候，啥时候上边不支持？现在也一样，有老领导在，有那么年轻的干部想干事，当年的公社支持，现在的镇上更要支持。说真的，我再不支持也说不过去啊。文书记到底会说话。

那就是说，打井的事情就这样定了。我们袁家虽然能浇灌上宝鸡峡的水，但地下水对我们来说，尤为重要。要发展，水利先行嘛。高树说着，举起酒杯，来文书记，我也敬你一杯。又是咣当一声，一切都顺理成章地推进着。

老领导，你知道，镇上的事情我不能一人说了算，还得开个会，会上说。文书记毕竟是文书记。

那当然，会是要开。在镇上还不是文书记说了算。烟霞的天，是文书记的天啊。郭怀石忽然插话。

不能这样说。烟霞的天，是老领导的天，在烟霞，谁不看老领导的面子。我只是老领导的跟班，给老领导服务而已。文昌明很谦和地说。

不敢乱说，任何时候，我们生活的这片土地，我们头顶的天，都是党和国家的。这根弦不能松，我们都是为人民服务的。郭天福不愧当过县委副书记，到底说话更严谨些。

对对，是党的。我们都要忠诚于党的事业，不能搞个人崇拜。文书记掉转话题也很快。田德地看着大家兴致很好，也端起杯子给文书记敬酒。而站在一旁的莲莲端起杯子，走到郭天福面前说：叔，我敬你，要不是你，我们袁家人现在还不知道过的是什么样的生活。

郭天福很高兴，说：好女子，没有忘记叔。叔喝，想当年，你还没有出生，我们袁家人生活在草棚里，过的是苦日子。你能想到叔，说明没有忘本，叔喝。说着，天福书记就是一杯喝下肚。

哪能呢老领导，他们不会忘记，袁家人谁会忘记？喝水不忘挖井人，你吃的苦受的罪，我虽然不是很清楚，但听老人们说，你是猛人，敢作敢为，一挑起袁家村的担子，就把一个破破烂烂的村子建成全县全省乃至全国的模范村。文书记也在赞扬。在赞扬的同时，他端起酒杯，说：来，老领导，我敬你一杯。

郭天福笑笑，说：都过去了，现在是逛旦当家，他小子比我本事大。我啥也不管，交给年轻人。要发展还得靠组织，你好好支持支持，这个酒，算我敬你。老书记很是激动。

高树有点糊涂，逛旦，莫不是怀山的小名。他小声问田主任，田主任点头说：当年，这小子一出生，就哭声大作，很快就学会走路了，出奇地快。从小爱打架闹事，老领导叫他逛旦。村里人都叫他逛旦，但现在他是书记了，大伙也不叫了，他大在家还是逛旦逛旦地叫。谁知这逛旦，逛出了名堂，放着国家的事情不干，回来要建设新袁家，不易啊。田主任满是感慨，满是欢欣。

听完田主任的话，高树端过来一杯酒，满怀敬意地走到怀山面前，说：郭书记，能在袁家和你共事，是我一生的幸事。来，我敬你。郭怀山也站了起来，说：不不，高主任，你放下城里的工作来我们袁家，我应该感谢你。来，不客气，我们彼此敬。说着，又是咣当一声，两个人哈哈大笑。

4

　　高树来袁家村时，原单位渭城市农业局有点舍不得。但高树心意已决，局长也就不好说什么了。临走时说的到袁家村只是一年的挂职锻炼，没有想到，高树到了就被这个村子深深吸引。一是村子所在位置是唐昭陵陪葬区，唐代的风云人物大都埋葬在这块神奇的土地上。二是袁家村是"农业学大寨"的先进，这个村子充满着神秘的力量。特别是老书记郭天福，当年是一个玩家，扛枪打兔、周游乡邻，却在二十来岁当上了这个穷得叮当响的村子的第三十六任村支书，一走马上任，就出手不凡。不到五年，袁家村成了县上、省上的先进村，郭天福竟然在三十出头时就走进人民大会堂，接受中央领导的接见。高树没有犹豫，毅然决然地到了袁家村，做好了打持久战的准备。

　　高树的对象刘苗苗是他大学同学，也分到了渭城市农业局，家就在温秀县旱原上的鸡娃岭。她自小没有了妈，只有父亲。鸡娃岭到袁家村要翻过一道沟，大学时，高树去过那个地方，他喜欢那里的宁静和空旷，一个人坐在土坡上，看着满山的树木、林中的鸟雀、树下的黄鼠狼、蹲在远处警惕着人类的野兔子，心中满是喜欢。苗苗说：要是喜欢，就住在鸡娃岭，陪她老父亲看林植树。高树说，他要住在袁家村，把自己所学用在发展农村事业上来。苗苗也不反对，只要求他锻炼一年，一年后回单位，有了基层工作经验再求发展。不出几年，当个科长、副局长、局长，再翻身一跃，下到县里，仕途发达，人生如意。这是苗苗给高树规划的未来，问题是高树生来不喜欢从政，就喜欢干点实实在在的事情，在具体工作中发挥自己的聪明才智。这就为他们的爱情埋下了不好的伏笔，谁也不知道未来在哪里，未来会怎么样。

　　其实，未来是现在的延伸和展望，是诗意的，也是残酷的，谁也不好把握，谁也不好预测。但心怀希望，总有烂漫的景象。

当高树电话告知苗苗自己要随村上考察团外出考察时，苗苗轻描淡写地说：去吧，既然是工作，就认真对待吧。高树有点失望，他本想得到对象的支持，听她说些温存的话。结果没有说两句，苗苗就以科里要开会搪塞过去，挂了电话。高树能理解，在他来袁家村时，两个人谈得并不好。苗苗说：好不容易跳出农门，你现在却赶着回农村去。她知道，到袁家村是高树提出来的，她也不好反对，只是再三强调，一年后回城，在农业局好好发展，给单位说一声，领结婚证，分间单元房，结婚生子。高树没有反对，也没有肯定，就急急忙忙到了袁家村。没有想到，到了袁家村，怀山书记很是喜欢他，在第一次见面会上，就提议他当村委会副主任，高树没有推辞，欣然接受。他知道，这接受的不仅仅是个名分，而是责任和使命。

到了袁家村后，高树慢慢喜欢上了郭怀山，他干事不拖泥带水，干脆利索，说一不二，是个爷们儿。高树喜欢上了这片土地，早上起来绕村子跑一圈，空气好，村民善良，一见面就打招呼，问吃问喝，很是热情；周末去爬九嵕山，登昭陵，俯瞰关中大地，心旷神怡；晚上和村民喝点小酒，或者和怀山谝谝村子的事情，很是惬意。这样的日子，是他喜欢的。

在高树居住的接待站，站长刘先模经常和他谈袁家村。刘先模也是一个人，到袁家村已经四年了，接待站的人走了一拨来了一拨，他始终不愿离开。有人说刘先模喜欢上了簸箕村的寡妇雪绒，那雪绒的老汉在石场炸山取石时被落下的石头砸死了，寡妇没有儿女，一个人既不招夫，也不出门，就喜欢待在簸箕村。因为雪绒喜欢唱戏，簸箕村有个自乐班，她是台柱子。刘先模喜欢看戏，一来二去，两个人有了交情，是不是情人也没有人知道。只是有人看见雪绒经常晚上出村，刘先模又经常不在站上。就是这样一个站长，给高树寂寞的夜晚带来了不少乐趣。这不，两人正聊得起劲，郭怀山走了进来。

高主任，你活道，抽时间给咱们规划一下这次出门的路线，先到河南南街村，主要看看人家咋发展集体经济，如何保持老本色，使村子一跃成为全国的知名村。然后下江南，咱们不能像乾隆爷那阵仗下江南，但起码也得有安排，谁联系，谁管钱，谁记录，都得有准备。听说江南古镇有名，咱们去看看能不能借鉴，一切为了咱们袁家的发展。当然，出门也要开开眼界，长长见识。要不，咱们土豹子下山找食物，食物没有找到，倒叫猎人给收拾了……郭怀山一开口，就口若悬河，高树都没有插话的机会。

那就叫莲莲管钱，女人心细。叫水泥厂厂长袁锁成搞联系，他经常出门，路子活。叫田主任管安全，老同志靠得住。叫县委宣传部副部长管路线，把握政策。叫王建一管生活，你带队，张副总和我打下手。怎么样？高树看着怀山。

郭怀山拍了拍刘先模的肩头，说：老刘，还是高主任思路清，看得准，没有问题，就这样办。

那当然，在接待站我也学了不少东西。高主任见识广学问大，咱们袁家需要这样的人才。郭书记，你们搭班，事情没有麻达。要留住人才，留住高主任啊。刘先模对郭怀山说。

那是自然，只要高主任留在袁家，他就是袁家的贵人。有袁家人的，就有高主任的。一旦袁家发达了，高主任就是功臣，他要什么我给什么，除非摘星星摘月亮。郭怀山说得激动，唾沫星子乱飞。

刘先模摸了一下脸，说：书记，甭激动，高主任是个实在人，我看他也喜欢咱们袁家，要是能把高主任的对象接过来，人家心就安了。

那怎么可能，高主任的对象喜欢城里，咱这穷乡僻壤，能容得下凤凰？郭怀山说。

二位，不说我高树的事情了。刘站长在咱们袁家也好多年了，人家老婆离得远，书记要多关心关心。高树看着刘先模说。

那不是你我关心的事情。高主任，人家刘站长舒服着呢，你是不知道，你要是知道，只有羡慕了。郭怀山也揶揄了一下刘先模。

书记，你饱汉不知饿汉饥。你隔三岔五往渭城跑，媳妇到长安，你就转战长安。我一个礼拜都在站里，哪里去舒服！刘站长笑着说。

哈哈，男人家，没事干，胡诌。我看，咱们三个人喝几盅，这春夜难熬，喝酒最是销魂。高树提议，怀山没有反对。

你们喝酒也不喊上我。田忠良不知从哪里冒出来了。

你们看，我带的啥？田忠良神秘地看着书记，老刘去拿酒，下酒菜我已经准备好了。说着，田忠良从腋下取出一个塑料袋，打开一看，一只烧鸡，半包花生米。

好家伙，你是准备好了。高树惊讶地说。

我知道郭书记好这口，也知道他是个夜猫子，不在村子转，就在接待站。我去烟霞买了东西，一个人没有意思，就跑过来，没有想到，你们都在。看来，我们袁家人气旺，书记的路子广，我们的好时机快来了。田忠良说东说西，刘先模已经打开了西凤酒。

酒还没有喝起来，院子里有脚步声。书记说：去看看是谁，也一起喝点。刘先模走了出去，他看见簸箕村的寡妇雪绒站在夜色里。他匆匆走过去，雪绒递给他一包东西，也没有说话，就抱了一下他，然后急匆匆消失在夜色里。雪绒聪明，她听屋子有人说话，便没有进去。刘先模偷偷打开，是韭菜盒子。好家伙，女人怕他饿肚子，就给他做了韭菜盒子。他走进屋说：书记，有酒有菜，还有韭菜盒子。高树一看，二话没说就拿了一块，塞进嘴里。

你看看，老刘还是幸福，半夜了还有人关心。田忠良说着，也拿了一块，他没有吃而是递给了书记。

郭怀山说：老刘先吃，人家的东西，人家没有沾嘴，我们先吃上了。不要叫送韭菜盒子的人不高兴。

书记啊，快吃，你吃就是我吃。能和郭书记在一起共度"良宵"，也是幸事，哈哈！刘先模很会说话。

老刘是不是有事求书记？嘴像抹了蜜似的。田忠良似乎猜到刘先模的心思。

有事你就说。高树端起酒杯，和怀山碰了一下。

高主任，等我先敬书记一杯。刘先模说。

你先说，要不，这酒我喝得不踏实。郭怀山开玩笑地说。

不就是想去考察吗？男人家磨蹭啥呢。田忠良揭开谜底。

书记，我敬你。刘先模端起酒杯。

考察，老刘去也不是不成，就是去了要带任务。郭怀山发话了。

书记安排，什么任务都接受。刘先模说。

那好说，高主任，就加一个人吧。至于任务，外出时再安排。今天不说这事，先喝酒，喝好了，睡个好觉。明天，还要和文书记说打井的事情。郭怀山说着，瞥了一眼窗外。春风扑面，三月的风还有点寒意，但毕竟是春风，吹拂在脸上，还是很舒服的。

5

郭怀山拿到妻子买的《道德经》后，爱不释手。

他在 3 月初去了趟长安市，带着自己的儿子去了河滨公园。回来的时候，妻子给他买回了《道德经》。妻子开玩笑地说：你能看懂吗？怀山头都没有抬，说：看懂看不懂都得看。德地叔说，这本书是受用一辈子的好书。咱们袁家要发展，我的文化修养得提升，精神世界丰富了，眼界开了，才有思路有未来。妻子端过来茶水说：不管怎么样，读书总是有益的。郭怀山脱口而出：开卷有益嘛。

回到袁家村，外出考察的事情基本安排妥当，他就夹着书跑到龙脊梁上看。书里有一段话："上善若水，水善利万物而不争，处众人之所恶，故几于道。居善地，心善渊，与善仁，言善信，正善治，事善能，动善时。夫唯不争，故无尤。"过去常听人说"上善若水"，没有想到这原来是出自《道德经》。

这段话让郭怀山心里一阵悸动。他平时脾气大，把别人看得轻，把自己的感觉和决策当圣旨，这不是与书中所讲的背道而驰？看来，生活中自己要好好自省，注意自己的言行。他带领的不是一个普普通通的村子，是从父亲肩上接过的重托。袁家村，不是一个简单的村子，曾经辉煌过，在自己手中难道不能再次崛起？想到这里，郭怀山感到使命在肩，觉得这次考察意义非凡。

他合上书，想着考察的事情。看来还得开个村委会，讨论一下外出考察的目的和意义。毕竟，袁家村到了凤凰涅槃的关键时刻。

郭怀山看着夕阳，三月仍春寒料峭。他有一种紧迫感，仿佛白昼将逝，抓不住，一天就悄然而去了。生命可不能这样过，袁家村也不能这样过。创造奇迹，不是白日做梦。人不能在梦中生活，但生活不能没有梦。无梦的日子平淡甚至平庸，有梦的日子富有激情、想象和很多意想不到的事情。这又正是自己苦苦思考寻找的东西。

他环视村子，朦胧的夜色弥漫开来，梦似乎也在孕育，而袁家村似乎还在昏睡。就像一个疲惫的人倒下就不想起来，睡在自己的床上不想外边的事情。要改变旧样子，就要把村民唤醒，先改造大家的居住环境，使村民在新的环境中明白，还有许多事情需要去做。郭怀山明白，就像城里人那样，盖两层小洋楼，一切家电和摆设现代时尚，让袁家人也风光风光，使农村人有城里人的感觉，使农民过得舒心幸福。

这个念头闪过后，怀山有点激动，但他也担心父亲反对。毕竟，现在的一切是父亲亲手带领大家建起来的。他一时还吃不准村子很多怀旧的老同志怎么想。他想，村委会上如果众口不一，就去渭城设计院请教专家，也许一切都好解决。

郭怀山是那种有想法就要立刻实施的人。他回到村子，城门口的阙楼上"袁家村"三个字依然那么苍劲有力，那可是当年华主席到袁家村后题写的。袁家人非常珍惜，刻成匾额，挂在门楼上。郭怀山问自己时，其实早已下了决心。他进村看见刘先模，说：刘站长，广播通知村干部到村委会开会，同时通知王厚才、田种地。刘先模问，几点开会？通知晚上7点，不得请假。

之所以通知群众代表，郭怀山知道，要创新发展，必须得到两个家族长者的支持。王厚才已经六十好几了，田种地也快七十岁了。两个人都是当年袁家村响当当的劳模，是和他父亲郭天福共同打拼、流过血出过汗的人。如果不尊重他们，那天地不容。尊重他们，其实就是尊重他父辈那一批创业的人。

他走进会议室，让刘先模泡了杯泾阳茯茶。刘先模说：这茶要煮，煮着好喝。听说这个茶很神，提神通便降三高，对人好，特别对老同志好。郭怀山看了看刘先模，人消瘦，但很精神。尽管他已经是快五十岁的人了，还留着长头发，微微驼背，但眼神贼亮。大家都说，先模站长的眼睛会说话。也许，这是他能在袁家村陪同两任书记的原因。郭怀山喜欢聪明人，更喜欢刘站长。先模端茶来的时候，他从衣袋里掏出香烟，是芙蓉王，给先模递过去。先模接过烟，说：郭书记，你很少抽烟，怎么还装着好烟？郭怀山没有说话，看着窗外的一片暮色，也抽起了香烟。

第一个到会议室的自然是高树，他就在房子里看书，一听见广播，就下楼了。走进会议室，郭怀山招呼他坐在自己身边。

书记，有啥紧要事情？高树边坐下边问郭怀山。

不是要去考察吗？有的事情会上再说说。只有统一思想，出门办事才好办。关键是我有个想法，傍晚在龙脊梁上忽然想到的。不是说"家有梧桐树，引得凤凰来"嘛，我们村子十几年没有基建了。村民现在住的房屋潮湿，有的房子还漏雨，如果不翻修，总给人破旧的感觉。如果按照新的建筑风格对村子实施改造，也为下一步发展创造了环境。这个事情我没有来得及和你说，田主任当然也不清楚，但事情急，我想在考察回家后就动工。那时是4月下旬，雨水少，宜施工。只是怎么改，改成什么样子，我没有考虑。时间不等人，晚上咱们开个紧急会议，如果通过，就安排人和设计院联系，把改建的思路理出来。郭怀山一口气说了一大堆，高树知道这是书记思考成熟后做出的决定，他完全同意，并决定配合书记把后续工作做好。

郭书记，这是好事。我在村子待的时候，也闪过这个念头，咱们要改建，就要和下一步发展结合起来。有个总体考虑，那样就少走弯路。高树说。

你说得对。先定事情，再考虑怎么干。郭怀山说得很干脆。

我看资料，丽江古镇和西塘古镇虽然相隔很远，但都是古朴的传统建筑风格。咱们要理清思路，比如要发展乡村旅游，就得考虑以后农家乐的环境；要发展城镇化，就得结合西方乡村发展的路子。方向明确了，设计就好搞。高树提出了自己的想法。

我看高主任的想法好，到底往哪个方向发展，看来也是要迫切考虑的问题。郭怀山意味深长地说。

晚上先开会，先解决思想问题。高树补充道。

会议按时召开，郭怀山提出改建的时候，王厚才和田种地也确实提出了反对意见，但高树善于做思想工作。他分析了郭怀山的思路，提出一切都是为了村民好。至于费用，村子的集团拿出一部分，个人筹一部分，问题不大。况且，袁家村经过集体化发展，村民的钱袋子也鼓着，改建不是问题。

改建是好事情，怎么改，是不是要拿出图纸，叫村民心里明白？王厚才弹了弹烟灰说。

那当然，我们现在也不像过去，开个会挤在饲养室，人和牛马挤在一起。我们现在住的也不像当年的草棚窑洞，也是重新改建的。现在，我们当然要更先进、更时尚，让袁家人享受城里人的生活，一切都要向前看。郭怀山说。

书记说得好，只要有利于袁家，我田德地愿意沉下身子，跟你小子一起干。田德地话音刚落，觉得自己说得不妥，急忙改口，我说郭书记，你要像你爸一样能干，甚至超过你爸，把咱们袁家带到一个新时代。田德地忽然觉得惊讶，自己也能说出新时代这样的词，看来，人随时代变，不变都不行。

田德地的哥哥田种地也发话了：书记想法好，我支持。他说着，看了一眼郭怀山。郭怀山很满意地说：谢谢你们的支持。既然大家没有意见，高主任负责和设计院联系，等考察回来，拿出改建方案，提交会议研究。田主任还有啥意见？郭怀山说着，看了一眼田德地。田德地摇摇头，表示同意大家的意见。

那好，今晚的会议就开到这里。刘站长，叫食堂下碗面，我晚饭还没有吃。郭怀山说。

那怎么行，我也没有吃，我看还是准备两个小菜，咱们喝一盅，庆贺庆贺。高树说。

还没走出门的王厚才回过头，说：能叫我老汉一起喝吗？

当然，快坐。我的叔，咱们好久没有喝了，今晚咱们就喝个够。郭怀山说。

门外，刘站长扯着嗓子唱道：临行喝妈一碗酒，雄心壮志气昂昂。

王厚才落座后，心里盘算一番。昔日郭天福带他们改变了袁家村一穷二白的面貌，在20世纪80年代成立了袁家村农工商总公司，书记郭天福出任总经理，自己在村委会也当过副主任。现在，郭天福成了袁家村农工商集团的董事长，儿子郭怀山出任村书记兼总经理。他们王家官位最高的是他的堂侄王建一，也就当了个建筑公司的总经理。尽管如此，王厚才还是很高兴，毕竟郭家父子都在全心全意为袁家村的发展出力。他坐在一边，自己给自己先斟了杯酒，一口气喝了下去。郭怀山看见后，端起杯子说：王叔，我陪你喝。

高树也有点激动，自己现在不仅仅是村委会副主任，也是集团副总。这个事虽然很少提，但毕竟自己肩上担着担子啊。

第二章　回天在人

6

郭怀山临出门时，父亲郭天福把他叫住了。

说出门，其实就是考察。问题是考察的话题郭怀山没有给父亲正式提过，只是在准备资料的时候，问他爸喜欢南方什么东西，他给买回来。

郭天福说：啥都不缺，就缺你一句话。他语气明显有些不快。

啥话？郭怀山夹着他的《道德经》，坐到他爸身边。

你小子也看书，太阳从西边出来了？郭天福很是惊讶。

都21世纪了，你怎么能用老眼光看儿子。儿子好歹也是袁家的带头人啊。郭怀山有点没好气，但语气稍温和。

你也知道你是带头人？你这个带头人是怎么带的头？出门考察，这么大的事情，你没有给我好好说说。我是把权交给你了，这是县上和镇上的意见，但你也得尊重我这个老书记吧。我不管村里的事情，不是我不关心了。有些事情你得告诉我，不要让我当一个睁眼瞎。咱们袁家，可是全国先进村，事情要干就得干好，咱丢不起人。我知道村子需要转型，但转型也得把握时机。我支持你的工作，但你得考虑我的感受。郭天福丢下了一大箩筐话。

我的董事长啊，没有告诉你，是想让你享清福，村子的事情不想麻烦你老人家了。你也说过，你不过问，现在怎么计较上了？我的爸啊，是儿子不对，儿子看书是在提升自己，提升眼界。儿子没有告诉你，但这事是村委会研究通过的。以后我注意，你毕竟是董事长、是村民，关心过问都在情理之中。儿子给你道歉。郭怀山说得非常谦和。

郭天福接话道：看来你成熟了，大不该计较什么。但你要学习马列主义、学习毛泽东思想，什么《道德经》，只是传统文化，看看就行了。你大人老了，毛病多，你不要放在心上。无论如何，阵地不能丢。

他让儿子不要丢了阵地，不要丢了毛主席指引的阵地，但他自己忽然不再坚守自己曾经的想法了。世事就是要变的，一切都在向好的方向变，想到这里，他心里乐滋滋的，没有想到儿子的态度变了，人似乎也变了。

爸，我还是把考察的事情给你好好说说吧。郭怀山说。

郭天福站起来，说：好了，我要去敬老院看看，几个老哥想我了，我没有时间听你说这些事情了，你的事情你负责。说着，郭天福披着夹袄，走出屋子。出门时，他回头看了一眼墙上的照片。照片里，毛主席握着他的手，他的脸上笑开了花。郭怀山也看了一眼，心里有一种力量在涌动。

郭怀山自言自语着：那年代，袁家人真是风光。他叹息一声，也不知道为什么。

也许，他没有经历那个年代，他觉得遗憾。

也许，那个年代的记忆依然刻在每个袁家村人的心里。那个年代，属于老一辈，属于日渐衰老的郭天福们。

7

时间推移到 20 世纪 70 年代，"三年困难时期"过去后，渭北的袁家村没有一点生气。那时郭怀山还没有出生，袁家村名不见经传、破破烂烂，像天空飘落的一片枯黄的叶子，落在这沟沟岔岔交错的地方。簸箕村也一样，只是村子大，有六个小队。整个村子沉闷破旧，和袁家村一样，毫无生气。

在簸箕村村南，隔着一里地就是袁家村。村子南北走向，只有一条街道。村北的荒地上有一台碾子，簸箕村和袁家村碾苞谷的时候，那地方就会站很多人，端着簸箕或者筲篮，推碾子的推碾子，扫碾盘的扫碾盘。其他人说着东家媳妇西家婆子的事情。

街两边是茅草搭的屋子和土墙土房子，东倒西歪，家家没有院墙。就是有墙，墙头上也长满了野蒿。冬天，蒿草干枯，在风中摇摆。穿过半里长的街道，村南有一个涝池，夏天蓄着发绿的水，冬天涝池干了，池子四周结着冰花。涝池东岸立着一座古庙。庙不大，土墙瓦房，这是村子仅有的瓦房啊。这间小庙没有供奉大的雕塑泥像，只有一幅画像，是佛爷还是观音，没有人较真记得住，但香火常年没有断过，村里人常来祈祷，天能降及时雨，人能得天地福气。

出了村南，绕过西边王厚才家，翻过一道不高的土梁，可以看见一间大屋，门朝东开着。说是门，只有门框，并没有门扇。屋子顶上盖着麦草，屋子里养着队上仅有的一头秦川牛和几匹骡子。门前有很多拴牛桩，站在桩下的是饲养员田拐拐。

田拐拐一直没有媳妇。在袁家村，很多男人都没有媳妇。村子烂，人穷，娶不到媳妇。邻村的女子谁也不愿意嫁到袁家村。就在村民为小伙子娶媳妇发愁的时候，村中郭旺年的儿子郭天福自己引回了一个姑娘。这消息在袁家村炸开了锅，村民为郭天福的本事叫好。有了带头的，后边的媳妇也就不愁了。村民这样想时，时间已经是1970年的深秋了。

郭天福靠自己的本事，赢得了周礼村周喜才女子的芳心。那时，郭天福已经二十四岁，在外边闯荡也好几年了。村民并不看好郭天福。他自小淘气捣蛋，即使成了年，还整日放鸽子、逛街道，在北屯镇和赵镇都小有名气。北屯镇靠近泾河，过河要摆渡，郭天福经常帮摆渡人，在北屯镇吃得开。无论谁家的饭馆都买郭天福的账，就算身无分文，郭天福也能吃香的喝辣的。所谓吃香喝辣，也不过是一顿带油星或者肉星的饭菜而已。那年月能吃上什么好的，就连赵镇也没什么可吃的。赵镇是一个大镇，南来的、北往的，住店的、要钱的、贩烟的、唱戏的……样样俱全。郭天福喜欢赵镇，在赵镇人缘非常好。他精干、麻利、聪明，稍稍用心就能解决吃饭住店问题。况且他先人曾经在赵镇做过小本生意，谁家有难就帮谁家。父辈积德，后辈享用。郭天福远近闻名，深得四乡八邻女子的喜欢。带回周喜才的女子周穗穗，那是情理之中的事情。正因为这件事情，袁家村人对他另眼相看，觉得郭天福有本事、人能行。

1970年10月8日，正是重阳节。就在这一天，郭旺年的三儿子郭天福结婚了。这一年，九嵕山下的龙王沟有一眼泉水忽然水大了，更清了。水流过后，沟道里空气也湿漉漉的，就是满沟的树木也变色了。

在郭天福结婚的前一天，郭旺年老汉带着大儿子天寿、二儿子天禄、三儿子天福到村西的老坟，给先人上香磕头，祈祷祖先保佑郭家世代人丁兴旺。上完坟后，郭旺年老汉还带着三个儿子给门神上了香，祈祷门神保佑郭家。秦琼和尉迟恭都是唐王李世民的功臣，守夜有功，被封为门神。尉迟恭埋在龙王沟附近，秦琼就埋在袁家村西沟的土塬上。敬完祖宗和门神，父子几个回到热闹非凡的家中。王厚才长天福几岁，早已成家，他和天福自小就好，早早过来帮忙。田种地和田德地两兄弟端着盘子，早早站在长龙锅灶前。簸箕村的厨子董海亮远近有名，围着围裙，提着刀正在剁肉。

而郭天福自己却站在鸽子笼前，喂着鸽子，唱着《红灯记》里的戏词，像是忘记了自己将要结婚似的。其实，在中午送酒时，他就见了穗穗，穗穗给他买了新中山装，送了他一支钢笔。穗穗喜欢天福不是一天两天了，两个人在念高小时就是同学。那年月，袁家村四周有野狼出没，特别是冬天，狼蹲在大门外，谁家的猪或者鸡跑出门，就被野狼叼走了。穗穗上学在赵镇，天福也在赵镇，只要穗穗去学校，天福就跟着。他怕狼或者其他野兽伤害了穗穗。穗穗知道天福对她好，也知道天福聪明。一个农民娃，穿戴干净，人又干练，长得也英气逼人。漂亮的穗穗自然就爱上了天福。

结婚那天，穗穗不要马车，要花轿。本来，旺年老汉借来了一驾马车，车是赵镇车行的新车，马是枣红马，马的鞍辔上都系好了大红花。但亲家提出用花轿，那就换花轿。那时，花轿在渭北农村还盛行，盖头唢呐，整个袁家村因为天福的婚礼而热闹起来。

结婚后，郭天福似乎长大了，开始盘算自己的生活，不能让自己爱的人一辈子住茅草屋、过穷日子。袁家村，不能再这样下去了。他虽这样想，但一时也没有办法。转眼就到了 11 月中旬，整个袁家村没有一个带头人，过去的队长不干了。村子出现了权力真空，人心很乱，簸箕村的老书记都为袁家村着急。每次公社开会，袁家村都没有人参加。这样的日子也不能一直延续下去，公社决定让袁家村村民自己选自己的队长。会议是在饲养室开的，开会的时候，村里的婆娘、老汉都去了，蹲的、坐的、站的，饲养室里不仅仅有牛粪的臭气，更有人的汗臭味。公社书记先背了毛主席语录，然后说：我们贫下中农要靠自己，选出我们的队长，为毛主席争光。

王厚才站起来说：前一段时间，我看有两个读书人，背着铺盖从沟西村口过，转弯时用粉笔在路上画了个箭头，这怕不是无产阶级革命的新动向吧？公社书记打断王厚才的话：咱们今天开会是选队长，那背铺盖的是拉练的前头兵，是民兵的活动。不要多想，看选谁当队长，这才是正事。

田德地站了起来，说：罗书记，你看谁行谁就行。这时，很多村民才知道书记姓罗。王厚才很活跃，他递过旱烟袋，说：罗书记，抽一锅，这烟是我种的，美得很。罗书记的文书插话：厚才啊，选队长呢，抽什么烟。有人嘀咕：选啥呢，叫天福干，人家能行，媳妇都能自己找，给咱们村没有媳妇的小伙帮个忙，都能结婚生子、延续后代了。罗书记看了一眼，嘀咕的是田德地的父亲田壮壮。书记走了过去，拍了拍老田的肩头，说：老田有话就直说。田壮壮说：有啥选的，我选旺年的老三天福，兴许他能把村子的事情干好。

我同意，天福是个人才，人能干，脑瓜灵，没问题。王厚才举手喊着。

我也同意，天福虽捣蛋，但有本事。人家读过书，能领会毛主席思想，袁家需要这样的干部。田德地也喊道。

这几个人一喊，整个会议室像炸了锅，热油响过，大家归于平静，一致同意郭天福出任袁家村第三十六任队长。郭天福似乎并不惊讶，他结婚后想的就是改善生活条件，改变村风村貌，苦于没有机会。现在机会来了，他不会推辞。郭天福站了起来，犹豫片刻，他不直接表态，他要的是人心。他故意推辞了一番，说自己吊儿郎当，正事干不了，怕误了村里的事情。他的话音未落，王厚才站起来说：我们既然选你，就相信你，只要你领头，水里火里我都跟着。田德地也不示弱地说：是的，全村就四十来户人，谁要是不跟你干，谁就不是袁家人。你干，我们相信你。公社罗书记也说：既然大家选你，你就上。只要你好好干，袁家的事情就是烟霞公社的事情。公社全力支持，我敢向毛主席起誓，为了袁家，我罗科举赴汤蹈火在所不辞。

郭天福还能说什么呢！他站起来，站在人群前面，抱着那头秦川牛的头，说：大家相信我，我就要像这头秦川牛一样，苦干加巧干，埋下头，带着大家把袁家的事情干好。话说到前面，书记表态了，大家表了决心，那我们就万众一心，把无产阶级革命进行到底，把生产抓好，把村民的事情办好。郭天福的话音刚落，整个饲养室掌声雷动，就连拴在槽上的秦川牛也哞叫了一声。

饲养室外，冬日的袁家村有了暖意。

田拐拐牵着牛，心里很踏实。他三十好几的人了，虽然条件差，板凳个子板凳腿，身高不到五尺，走起路来一拐一拐，但干起活来，没啥说的。听到大家推举郭天福当队长，他心里非常高兴。尽管郭天福喜欢逛荡，但对他非常好，每次从北屯镇或者赵镇回来，都给他带点吃食。即使村子没有人把他当人看，但郭天福却总把他放心上。这样的人领着大家干，谁不愿意。

当郭天福从饲养室走出来时，田拐拐递上旱烟袋，天福也不客气，蹲在磨盘石上，看着村北横亘的玉皇顶，抽了起来。

田拐拐则去和那头秦川牛亲热。拐拐把那头牛叫黄黄，黄黄是头牛犊，不到一岁，却已在村子出大力了。有一次村上的骡子套车拉粪，骡子老了，体弱多病，就是上不了村西到榆树坪的那道大坡。没有办法，他就套上牛犊，没想到，这小子上坡带劲儿，一个上午把一天的活都干完了。牛犊回到槽里，拐拐非常心疼，特意给黄黄加了饲料。黄黄也懂事，偎着拐拐，轻轻地叫着。拐拐似乎听见牛在说：好人啊，你会有好报的。田拐拐抚着牛头和它厮磨着，郭天福看得心热，问拐拐，牛好着吗？没有想到，那牛犊仰头叫了一声。田拐拐朝着天福喊：牛在给你打招呼呢。

天福笑了：拐拐哥，等条件好了，再给你添几头牛，牛不难受，你也不孤单了。

天福知道，那头老骡子在爬坡的时候病倒了，没几日就死了。剩下牛犊，成了拐拐心头的宝，他爱得不离手。

拐拐对天福说：好啊，牛满圈，也好看。

8

玉皇顶在簸箕村北，自然也在袁家村北。沿一条沟道向北走，翻过两道梁，过袁坡村，再登山，不到二十分钟，就站在玉皇顶上了。

要说这袁坡村，其实就是袁家村袁姓人的老村。村子在半坡，靠山而居，袁家人曾住了两代。土匪霸占田地，就把他们赶出了村子。袁家人不得不另觅地方，途经一片荒地，河沟已经干涸，就在那里盖了茅草屋，暂住了下来。这一住就是一辈子。后来，郭家来了，王家来了，张家来了，这些漂泊的人聚在一起，就成了袁家村。

袁家村北的玉皇顶，西面对着九嵕山，东面对着方山。玉皇顶上有一座砖石垒的古庙，每年农历三月廿日簸箕村古会的时候，神婆们一个一个背着砖、带着水、装着香火，整夜盘腿坐在山上的古庙外，念经祈福。在这些神婆里，就有袁家村田壮壮的老婆，她不但在山上念经，也供奉着村南古庙里的神。

在九嵕山、玉皇顶和方山相连的山系里，有向西延伸至乾州的梁山，梁山上埋着唐高宗和一代女皇武则天；在梁山和九嵕山之间的山上，埋着唐肃宗李亨，那地方叫建陵，是唐代石刻艺术保存最好的地方。沿着九嵕山向东的嵯峨山，一溜埋着唐代十八个皇帝。而九嵕山里埋着唐太宗李世民，史称昭陵。唐太宗开启了唐代以山为陵的历史。据说，昭陵里有七十二眼泉水，李世民的棺椁用铁链子悬在空中。古时山南边有献殿，山西边有皇城，山北有祭坛。而陵下的龙王沟，一直通到袁家村西北角，使这块土地充满着神性、厚重和大气。

年少时，郭天福和王厚才他们没有少上昭陵，在昭陵上瞭望关中大地，心中顿生豪迈之情。郭天福和王厚才聊天，王厚才说：关中有八大怪，房子半边盖，面条像裤带，锅盔像锅盖，女子不对外……郭天福说：你胡诌。站在这山上，东看泾水，南望长安。两个人说着哈哈大笑。王厚才问郭天福：啥时咱们袁家也能像八大怪，像顶天寺，远近闻名？郭天福说：人有多大胆，地有多大产。只要敢想，在咱们手里，袁家一定会变样。

这些话，好像是昨天说的一般。郭天福蹲在磨盘石上，招呼着田德地、王厚才：来，谝谝。王厚才似乎也有话要说，就跑了过来。

郭天福说：刚才公社罗书记走的时候给我说，过几天村里要来两个知识青年，一男一女，叫我们提前给准备一下。

知识青年到咱们这穷地方弄啥呢？王厚才问。

厚才，你就没有听广播。他们是响应毛主席提出的"知识青年上山下乡、向贫下中农学习、向老百姓学习"的号召，帮助咱们搞建设的。田德地自豪地说。

那不是也要"学大寨"吗？大寨在什么地方？王厚才很疑惑。

郭天福抽着烟，看着玉皇顶，说：厚才，咱们也得向大寨学习。公社前一段时间开会，咱们没有参加，听说会上讲要在全县开展向大寨学习的活动。那大寨，了不得，村书记叫什么陈永贵，去年在"九大"上被推为中央委员。一个农民，毛主席钦点，可见陈永贵是个人物。

那学什么呢？厚才问。

当然是大寨精神。田德地似乎比厚才有见识。但他不知道大寨精神到底是什么。郭天福也在思考：袁家村需要一面旗帜，更需要一种精神。用大寨精神带领大家，鼓足干劲，力争上游。袁家人憋着这股劲儿，要的是带头人。我郭天福如果做不到，如何给自己一个交代，如何让穗穗过上好日子？

郭天福意识到，自己将面对一场挑战，这挑战是迫在眉睫的。

他站起来，对王厚才和田德地说：我提议厚才和德地你们两个当副队长，咱们三个齐心协力，先分头想想，明天开个碰头会，研究一下我们的发展方向。

王厚才看着德地，德地表态：还是会上说的，只要你带头，我们没话说。

第二天早上，王厚才正在吃早饭，媳妇给他烤了馍，他抓根葱，喝着苞谷稀饭，咥着酸黄菜。田德地叫他，他匆忙从炕上下来，两个人向饲养室走。转过厚才家，他俩看见田拐拐正用扫帚给牛扫背，牛看着拐拐，嚼着麦草。田德地喊：拐拐，你和牛就像亲兄弟，热乎得很啊。拐拐说：那是。牛也是通人性的，我爱牛，牛就爱我。晚上我还要抱着牛头听秦腔呢。厚才走过来，拍着拐拐的肩说：大兄弟，这饲养室比我家暖和，你是不是已经烧上炕了？拐拐说：是啊，队长在炕上暖脚等你俩呢。

王厚才和田德地赶到饲养室，郭天福端着一碗老茶，说：快上来，热炕热茶，咱好说事情。两个人上炕，扯着被子，盖上了膝盖，端起了茶碗。饲养室外，冷风在草房上呼啸，天有点阴，似乎一场秋雨要来了。

厚才，得弄个本本，以后咱们开会要记录。郭天福说着，看了一眼田德地。田德地附和：那得记。要不叫黑盾过来？他年轻，也识得几个字，给咱们当文书。队上的工分不也是他在记嘛！

郭天福说：我看行，咱们虽然穷得叮当响，但过日子，得有模有样。德地，你兼会计，厚才，你兼保管，这样咱们的队伍就齐了！

田德地说：是啊，咱们袁家要有模有样，队长提议，我同意。今后，要改变大家对袁家的看法。争取在明年，我能把媳妇娶回来。

你娶媳妇，哈哈，德地，我看还是到南山里引一个，省钱，事好办。

王厚才开玩笑。这玩笑，王厚才开得有原因。有一阵，簸箕村、周礼村就有人从南山引回了媳妇，人勤快，还好看。要是能引回一个，田德地也愿意。问题是袁家人引不回来，南山里的人见识少，但他们知道把姑娘给簸箕村、周礼村他们放心。袁家村穷，南山人都知道。但田德地很自信，他心里已经有了人了。原来，袁坡的胡家有个姑娘，人不是很漂亮，但就喜欢德地和袁家村这个地方。他们是在簸箕村的古会上认识的。姑娘的娘死得早，她爹早就想把女子嫁出去，这一来二去，事情就有门了。王厚才不知道，但田德地心里在偷笑。

好了，你俩甭谝了，说说正事。目前要解决的主要问题是，两个知识青年来了住谁家。人家娃是城里的，来咱们这地方受罪，也是给咱们传播文化，帮助咱们搞建设的，不能亏待人家。更重要的是咱们下一步怎么发展，这是今天要讨论的主要议题。郭天福说完，看着王厚才和田德地。

王厚才自告奋勇：我娶了媳妇，家里也有空屋子，虽然破旧，收拾一下，也能凑合。郭天福想了想说：那就好，你媳妇饭也做得好，起码人家来了，有个热乎饭。你家老人又没了，就叫男娃住你那里吧。德地家人多，媳妇还没有娶，就不安排了。那个女娃住我家，咱们干部解决问题，不给群众添负担。田德地喝口热茶，说：队长想得周到。就这样，队上给你们补助点儿，或者记工分的时候记上一个工。

我看算了，队上用啥补？穷得叮当响。一驾马车、一头耕牛、三个尖钗、四把铁锨，要粮没粮、要油没油，补啥呢？咱们自己消化。厚才，你说呢？咱们老几辈子，家里没有几个读书人，有个读书人，能住咱们家、吃咱们家，也是咱们家的福。王厚才听了很高兴。

那好，咱们说说发展的事情。我看靠山吃山。咱们是不是先打几孔石灰窑，烧石灰，现在城里人好干净，把墙刷得白白的，石灰好卖。咱们西山石场多的是烧石灰的石头，石场的管事我熟，咱先赊着，石灰卖了再清账。咱得有钱，有了钱啥事都好办。郭天福说着、憧憬着，似乎欣欣向荣的景象就在眼前。

我看行，咱说干就干。石灰窑打在饲养室后的土崖上，烧灰的炭咱们去耀州煤矿拉。田德地似乎要站起来，他有点激动地说，队长，没有问题，是好事情。

你们说得好，但咱们没有烧过石灰，这无论怎么说都是技术活啊。王厚才忽然想到这个，就提了出来。

这事好办。簸箕村已经有石灰窑了，咱们去看去学，这不是难事。明天，德地带人先去看，然后组织劳力打窑；厚才带人去拉炭，争取月底出灰。郭天福说。

三个年轻人就这样开始构建起袁家村的发展梦。

郭天福、王厚才和田德地自小就在一起耍。三个人还光屁股的时候，就在西沟的土崖上掏鸟蛋，在沟地里灌黄鼠，上树抓麻雀，下涝池逮王八。啥事都干过，三个人也有默契，就是成年了去撵兔也会前后夹击、配合得力。这既是默契，也是缘分。

这三个人一起抓袁家村的事情，还能有什么问题。郭天福想到了这一层，他喝着老茶，看着槽里低头吃草的牛，说：厚才、德地，你们想过没有，学大寨，其实就是学人家肯吃苦、下苦力、实干、拼命干的精神。这精神，咱袁家人有，要调动起来。我想穷不忘本、穷则思变，咱只要心齐，没有干不好的事情。

咱心齐啊，就是怎么学、怎么干的事情。我看，咱们是不是考虑把地修修，平整平整土地，也许，宝鸡峡引水工程会对咱们以后有用。田德地脑子活，转得快。

德地说得不错。宝鸡峡引渭水到咱们这旱原的大工程已经开建了，咱们村不是也去了劳力，德地他哥和我家老大老二不是在小河工地打水槽吗？咱这地东梁西坎、高高低低，到处都是坡地，如果不修，水来了也没有办法。郭天福肯定了田德地的建议。

是这样的，咱们村西的沟里建了四级水电站，人家簸箕村的土地就能浇上。咱的地没有平，水过咱村也用不上，没有办法。王厚才说。

说起四级站，郭天福清楚，那是在毛主席"水利是农业的命脉"思想的指导下，温秀县做出的大胆决策。在争得渭城地委支持后，温秀县把泾河水建坝抽引、逐级提升，在簸箕村四队西沟筑坝，在沟底蓄水，用抽水机抽到坝上，然后周边的土地就能浇上了。水是抽上来了，但袁家村的地都是沟沟梁梁，没有办法浇。同时，泾河水有汛期，有时有水，有时断流，水量不足。现在，如果水能引过来了，灌溉渠通了，地里有水，麦子、棉花、油菜还能不丰收？

郭天福忽然眼前一亮，他想到了自己做过的一个梦，也想到了毛主席倡导的"农业学大寨"的号召。很奇怪，他从来没有给人说过，梦里东海龙王抓着他的衣袖，把他抛到海里，哈哈大笑。他有点怕，他从来没有见过海，他感觉水铺天盖地向他涌过来，被水呛得半死。他双手在空中挥舞，就在他绝望的时候，他看到了大寨人站在贫瘠的土地上，挥舞着锄头和坑坑洼洼的土地进行战斗。忽然他看见自己站在九嵕山上，环顾大地，远望袁家村，眼前亮堂了，心里也豁达了。他快步下山，回到袁家村，在村口看到了自己的父亲提着装草的筐子喊他。他糊涂了，快步跑时，一条河挡住了他。他蹚过河，水跟着他进了村子，村子被水淹了，他不知如何是好。他又看见一片麦子葱葱茏茏，一转眼，麦浪翻滚，麦子黄了。他喜出望外，抄起镰刀准备收麦，出门时头碰在门框上，他疼得醒了过来，才知道自己做了一个奇怪的梦。

想着这个梦，郭天福似乎明白了，自己的心在告诉他：平整土地，建好家园。他脑子一下子清晰了，改变袁家村，就从平整土地开始。

9

村子来了知识青年，两个人都来自长安，一个名叫季琳，一个名叫张朵。两个人似乎很熟，一来就跑到玉皇顶逛了一圈，逛回来后，才到郭天福家里报到。

郭天福看着个子小巧、人很灵光的季琳，说：你们来我们袁家，是锻炼，也是受苦啊。

张朵插话：郭队长，我们是响应毛主席的号召，向贫下中农学习，向劳动人民学习的。

郭天福说：好啊，咱们村缺知识，缺人才，你们来了，是对我们最大的帮助。

季琳说：郭队长，天将降大任于斯人也，必先苦其心志，劳其筋骨，饿其体肤。我们不怕苦，不怕累。

郭天福没明白季琳话的意思，就对季琳说：你这女子乖，给咱们村当宣传员，代黑盾做个书记员吧！

那我呢，郭队长？张朵问。

郭天福说，你给德地副队长当助手，他人聪明，也好学，你们能说到一块儿。

德地是谁呀？张朵很好奇。

一会儿让你们见见，他去簸箕村看石灰窑去了。郭天福说。

郭队长是说我们要烧石灰吗？季琳说。

是的，队上要改变旧面貌，得发展村办经济。郭天福说。

季琳很高兴，说：队长，咱这地方风水好，地处山南，背靠九嵕山，东有泾水流过，西有泔河，周围又是大唐皇帝的陪葬区，真是王者气象、史家留名。

郭天福被两个青年的话感染了，说：好啊，咱们要向大寨学习。张朵，你翻翻报纸，晚上开个村民会议，你带大家学习学习。

张朵很高兴，说：一切听队长安排。

季琳，你怎么把我们这地方弄得那么熟？你说的我都不知道。郭天福看着季琳，很是好奇。

季琳说：队长啊，来的时候，我进行了调研。毛主席说没有调研，就没有发言权。郭天福看着这小女子，觉得真不简单啊。

郭天福准备给两个青年安排住处，他大旺年老汉进了门，说：天福，你二哥天禄从小河工地回来了，有事找你，你忙完了，到老屋来。郭天福应着父亲的话，带着张朵和季琳到了厚才家。

王厚才去拉炭了，妻子爱爱在，她看见郭天福领着两个洋气的青年，迎了上去。爱爱说：队长，有啥事情？郭天福指着张朵，说：厚才没有给你说？给你家安排住一个知识青年，名字叫张朵，今后，他的吃住归你管了。爱爱很高兴，看着张朵，就是看不够。她没有见过这么帅气的青年，招呼这孩子，她一百个情愿。

安排好两个青年的事情，郭天福去了自己的老屋。他哥郭天禄蹲在房檐下，端着老碗正吃着热搅团，看见天福，朝屋里喊：娃他妈，再来一碗，他三大来了。旺年老汉也出了屋子，说：热搅团，咥一碗。郭天福不客气，接过嫂子递过来的碗，就吸溜起来。

郭天禄说：天福，小河工地出事了。

郭天福看着他哥，问：出啥事了？

挖水槽，要钻一个洞子，洞子塌了，咱们烟霞公社死了两个。咱们老大幸运，那天他去县上给工地买东西，没事。田种地受了点伤，没大事，但他有点怕，想回来。公社不允许，说工地进度太慢，各村要加劳力。你看，怎么办？天禄似乎有不想去的意思。他大旺年老汉发话了：天禄，你不能打退堂鼓，你兄弟刚当队长，你得支持。再说，咱们郭家没有瓷尿笨种，更没有怕事的。要是需要我去，我跟你去。

大，你别说了，我能退吗？咱们村，能弄事的不也是咱们郭家吗？郭天禄说。

哥，话不能这样说，咱们袁家人，谁怕过事。咱们现在正打石灰窑，又要平整土地，眼下咱们也缺人。郭天福发愁。

郭天禄说：兄弟，要不叫你嫂子跟我一起去？小河工地缺女的，做饭洗衣总得有人啊。天禄说着，喊了一下自己的媳妇：娃他妈，收拾收拾，天黑前咱们赶到小河工地。天禄媳妇非常善解人意，自己的老汉叫，她满口答应。郭天福迟疑一下，说：要不叫穗穗一起去？这样，我们袁家在工地的人数就够了。

也行，簸箕村也要去四五个人，我一会儿到簸箕村跑一趟，我们搭帮，叫一驾马车送我们去。郭天禄说。

那就叫咱们村的马车送，辕马没有，到邻村借一匹，秋凉了，坐车快点。郭天福赞同道。旺年老汉也很高兴,他们家在小河工地有四个人,给村子争光了。

晚上,按照郭天福的安排,在饲养室召开了村民大会。

张朵和季琳走进饲养室时,两个人都捂着鼻子,他们没有闻惯牛圈的味道。当他们看见村民进来,上炕的上炕,坐在牛槽上的坐在牛槽上,个个说说笑笑,也就不自觉地放下手。张朵给季琳说:咱们是来受教育的,这点苦都受不了怎么行。季琳笑着说:我不怕,闻惯了就是香味。周敦颐不是说"久而不闻其臭",如莲高洁,出淤泥而不染。好了,在袁家少转点文,咱要虚心学习。

两个人正聊的时候,郭天福走了进来,说:各位村民,我们村来了两个知识青年,男孩子叫张朵,女孩子叫季琳,大家以后要像对待亲人一样对他们,他们从此是咱们袁家的一员了。张朵、季琳,你们给大家打个招呼。

张朵走到村民面前,深深鞠了一躬,然后镇定了一下,说:各位父老乡亲,我和季琳从长安来,都是国棉五厂的子弟,高中毕业,来到咱们袁家向大家学习,请以后多多关照,有不对的做错的地方,大家随时批评指正。我保证做一个毛主席的好青年。话音落地,掌声响起,张朵很是自豪,站到了一边。

季琳也是一样,鞠躬讲话。她说得最亲的一句话就是:请大家把我当成你们的闺女,有啥说啥,多多帮助。

郭天福说:两个青年表态了,今天先让张朵带领大家学习"向大寨学习"的有关文件,然后有几样具体事情,我强调一下。天福说完,张朵给大家读了县委、县政府印发的有关文件,全县人民要响应毛主席提出的"农业学大寨"的号召,组织村民,动员大家,以实际行动向大寨学习。

张朵读完文件后,看着郭天福。郭天福清了清嗓子,说:社员同志们,我们要积极响应温秀县委、县政府的号召,由田德地组织成立青年突击队,大兴土地建设,开展开荒辟地、整修土地活动,争取半年把全村五百多亩土地修成能浇水、能机械化耕作的平地,为实现"四个现代化"打好基础。同时，我带头，打石灰窑、建砖瓦厂，让知识青年带头学技术，提高粮食产量，使棉花播种机械化。全体社员，要勒紧裤带，准备出几身汗，掉几斤肉，争取使我们袁家摆脱贫困，使讨不到媳妇的娶回个好媳妇，使填不饱肚子的能吃上肉，咥上白面馍。大家有没有决心？郭天福喊完，整个饲养室沸腾了：有，有决心！

这时，从耀州拉炭回来的王厚才进了饲养室，听见喊声，也不知道是怎么回事，也跟着喊了起来：有，有决心！

第三章　山水相鸣

10

　　过去的事情，郭怀山有所耳闻。他外出考察前就和王厚才聊过，也说到了在饲养室开会的情景。毕竟，事情已经过去三十多年了。现在，怎么样发展袁家村，郭怀山雄心勃勃。

　　考察团出村时，村里老少爷儿们集体欢送。在人群里，郭怀山看见了黑盾。黑盾靠在门楼前，望着人群，叫住了莲莲。莲莲是黑盾的女子，黑盾姓王，但村里人似乎都忘记了他的姓，就是郭怀山见了他也喊一声黑盾叔。黑盾是村子的优待户，他老婆在生莲莲时难产而亡，莲莲是喝厚才老婆的奶和山羊的奶长大的。黑盾之所以成为优待户，这得从二十多年前说起。那时，黑盾是队上的车马运输队队长，后来开上了汽车，成为汽车运输公司的副队长。再后来村子兴办水泥厂，他进厂当了碎石车间的主任，在一次碎石过程中，他不小心双脚踩空，被碎石机夹断了双腿，两腿膝盖粉碎性骨折，等送到医院，只能截肢了。那时，莲莲还小，村子照顾莲莲上到了中学，由于莲莲努力勤快，被村上推选为妇女主任。这不，莲莲出门，黑盾也出现在了人群中，送送自己的女子。郭怀山看见后，专门走到黑盾面前，说：黑盾叔，你放心，莲莲有我照顾，很快就会回来。黑盾眼眶湿了，他拉着郭怀山的手说：书记，你是莲莲的哥，一路上多操心。莲莲哪儿做得不好，你就说说。我的女子我知道，她有点犟，但还是懂道理的。郭怀山说：叔，你就放一百个心。说着，郭怀山挥了挥手，既是向黑盾告别，也是向村民告别。临上车时，莲莲跑到黑盾面前，轻轻抱了抱自己的父亲，千言万语，似乎都在这一抱里。

车出潼关，郭怀山想到了秦王扫六合的历史，而高树则对4月的关中充满留恋。山里石缝中的迎春花已经败了，满山的树木葱茏，田野的麦子已经起身，桃树已经花枝招展。莲莲很激动，她从没有出过远门，没有想到这次要去河南、江苏和杭州，她的心里充满了期待。而德地老汉躺在卧铺睡大觉，梦里似乎只有龙王沟的蝴蝶、玉皇顶的古庙。其他人都坐硬座，只有德地主任享受领导待遇，这是郭怀山特批的。他懂得尊重和他父亲一起创业的元老，是他们创造了袁家村辉煌的过去，现在还要和他共同开创新的未来，不给他们优待给谁？田忠良很是感激，考察团队其他人都没有意见，就是出钱的水泥厂厂长袁锁成也佩服郭书记会来事、会干事。和这样的书记干事，人痛快。

南街村在河南临颖县，是城关镇一个村子，全国闻名。考察团到临颖的时候，天快黑了，但郭怀山坚持要住到南街村，晚上看看听听。

考察团一行踏着夕阳，带着学习的念头走进南街村。进村以后，刘站长第一个喊出声：我的妈呀，这怎么会是一个农村，完全是大都市啊！你看宽阔的大街、耸立的高楼、路上穿戴洋气的村民，我的妈呀，不简单，真不简单！

好了好了，老刘，不要没见过世面，你跑南跑北的，这算什么？田忠良看不惯刘站长的样子。郭怀山对莲莲说：你去和村接待站联系一下，让人家给咱们讲讲。忠良去联系住宿，锁成把晚饭安排一下。张副总和高主任联系村上的领导，看能不能晚上见见。如果不行，咱们先去红色教育基地看看。高树对郭怀山的安排很是满意。他看着怀山，点了点头。

在南街村，郭怀山感受最深的是，这里处处都能看到红色文化的印迹。村里立着毛主席雕像，墙上贴着毛主席语录。在文化展馆，还可以参观复制的毛主席韶山故居。特别是走到药厂门口时，正是下班的时候，工厂的广播正在播放《大海航行靠舵手》，工人们斗志昂扬，也随广播高唱。

工厂门外的草坪上，雷锋的雕像格外醒目。这里是在用毛泽东思想教育人，用雷锋精神鼓舞人，人人有朝气，有活力，有干劲。

在讲解员讲解的时候，高树听明白了南街村的发展规划，这里依然是集体经济模式，村民收入实行工资加供给制。村民的住、电、水、暖及日常所需都由村上免费提供，临颖县委副书记、南街村党委书记、农工商总公司经理王宏斌到现在拿的也是死工资，工资基数和村干部同级。整个村子有八大园区，其中的红色旅游园区最为有名。八大园区占地四千多亩，而袁家村只有五百多亩，和南街村比，简直就是一个袖珍区。如何发展袁家村，在南街村借鉴什么，大家都得好好思考思考。

晚上，考察团大部分人都外出看南街村夜景去了。而郭怀山独自在房中，他在考察日记中写下一段话：在南街村，我看到了中国的希望，也看到了袁家面临的问题。如何保持集体经济发展模式，更好地发展袁家，使袁家也成为全国的明星村子，问题多、路漫长。但人的因素是最主要的。发现人的长处，用好人的长处，人尽其才，物尽其用，历来如此。凡事要敢想，要敢为，要有敢为人先的精气神。

写上这几句话，他合上本子，在屋子里走来走去。这时，有人敲门，进来的是高树。

郭书记，坐不住了。我知道你在屋，进来看看，压力和动力同在，书记也不要心急，咱们有咱们的路子啊。高树宽解着郭怀山。

说是这样说，心里就是有一团火，烧得我心焦。郭怀山说。

好了，不想了！看谁还在，去夜市喝几杯，也不枉咱南街村之行啊。高树说完，硬是拉着郭怀山走出屋子，还叫上了张西峰。那一夜，三个人在南街村的夜市喝得有点醉了。酒到酣处，郭怀山忽然吼起了秦腔：我怀山不负苍生不负人，何来忧闷啊——这一唱，整个夜市的人都站了起来，响起了掌声和口哨声，还有人唱《闪闪的红星》。高树拉着郭怀山起身，看到了锁成和忠良，说：快来，背书记回宾馆！

这一夜，郭怀山睡着了，这是高树的聪明之处，他怕书记看了南街村后，乱想睡不着，就拉书记去喝酒，喝醉了，自然睡得香。书记是睡好了，可高树却一夜难眠，辗转反侧，看着屋外，满脑子都是对未来的畅想。

第二天，高树睡眼蒙眬地起了身，广播里正在播放歌曲《东方红》，就听见莲莲在喊：吃早饭了。他走出门，看见郭怀山，便问他：书记，睡得怎么样？

是你啊，高主任。怎么在袁家从来没有醉过，昨天喝多了，一觉醒来，已是日照东窗了。郭怀山也打着哈欠说道。

在南街村待了一天，他们匆匆奔向江苏和浙江，参观了周庄古镇、西塘古镇，在高树的建议下，还去了鲁迅笔下的乌镇。看完古镇，郭怀山说：江南古镇依托曲曲拐拐的流水小桥和江南古建筑，打造成文化游览区，好看是好看，但不适合咱们袁家。可供借鉴的是古建筑和传统文化，咱们袁家在昭陵旁边，古民居有的是，就看我们怎么想、怎么干了。高树对大家说：郭书记的话总结到了点子上，咱们出来，取经是一个方面。开阔眼界，打开思维，才是关键。

参观完古镇，郭怀山安排德地主任带大部队回家，他和高树、张西峰带着莲莲去了云南丽江，顺道去四川看看。他临行时告诉考察团的人，回去后都得写个考察报告，总结几条有用的东西，在总结会上交流。

11

4月28日，考察团全体人员在接待站会议室开会，主要总结考察情况，讨论袁家村的发展蓝图。会议是在上午开的，下午社火队要排演，为明天参加簸箕村的农历三月古会做准备。

接待站刘先模站长早早就准备好了会议室。在会议桌的中心和两边，摆了两个花瓶，插满野花，红的、紫的、黄的，很是别致。会议桌上摆了一圈茶杯，他早早就烧好水，把朋友送他的泾阳茯茶熬到了火候才端了上来。郭怀山走进会议室，看了一眼刘站长，点了点头，算是肯定。接着高树、张西峰、田德地、王莲莲、王建一、田忠良、袁锁成以及两个群众代表，陆陆续续走进会议室。

郭怀山开会从来不拖泥带水。他的开场白很简单：今天叫大家，就是总结考察情况，提出袁家的发展蓝图。我先简单说说，看了南街村，我觉得我们的集体经济路子不能变，用好人、走对路的想法不能变。南街村村办经济形式多、企业多、路子广，仅各色旅游项目就建了八个园区，有些不好借鉴，但我们可以在旅游上做文章，在文化和传统上寻出路。毕竟我们是个弹丸之地，人少、地少，发展受到制约。至于江南古镇、丽江古镇和成都休闲娱乐项目等，我们能参考的不多。要说，江南古镇的景致和气候，咱们渭北不能相提并论。他们的特色建筑、文化开发很有意思。再一个，成都的休闲生活是我们关中所没有的。我们都是忙忙碌碌、疲于奔命，而人家注重提升生活品质，这些都是我们可以参考的。我的想法就是这样，剩下的大家谈，共同思考。

郭怀山说完后，高树发表了意见：郭书记看得透、看得明，袁家目前现代农业铺展不开，工业发展受到地理、资源、经济等因素影响，一下子很难改观。要发展，必须寻找新途径，旅游是个题材，如何用、如何挖掘都需要考虑。

张西峰说：我参观完南街村后认为，咱们的村办企业要多元化，要寻找项目，扩大经营范围，提升水平，这是集团要考虑的。

王建一也说话了：二位领导高瞻远瞩，说得好。张副总讲得很到位。我们袁家，现在面临的问题大家都知道：水泥厂面临关停；建筑公司由于缺乏人力、技术和产业链，发展受到制约；我们的影视公司拍了很多影视作品，但经济效益不是很乐观。现在，我们是滞后了。这次参观，让我很震撼，南街村的规模和现状我们无法比，江南古镇特色旅游十分火爆、收入可观。如果不发展好项目，我们袁家过去的光环，谁还能保住？

建一，不要长别人志气，灭自己威风。我们袁家条件得天独厚，地处八百里秦川北麓，有周秦汉唐的气韵，有九嵕山，有烟霞洞，有沟道村的御杏，有闻名天下的温秀县苹果。如果我们选对了路，在郭书记带领下，我们何愁不腾飞？袁锁成站起来说。

我想，先把咱们的环境改善改善，自从老书记带领我们在这榆树坪建成新村后多年了。看人家南街村的民居，水、电、暖、气，现代化程度多高！花园式建筑、庭院式管理、公园化设施，文明和谐。这个我们得学学。田忠良感慨道。

郭怀山说：看看大家还有什么意见？田主任说说看。

田德地哼了一声，清了清嗓子，说：大家说得都非常好。郭书记在考察前就考虑了改变村容村貌的问题，已经安排高主任和渭城设计院的人联系，设计我们的新民居。至于发展的蓝图，我老了，观念跟不上了，还是请大家和书记一起考虑，选择我们袁家发展的新路子吧。

郭怀山站了起来，说：看来大家的意见是统一的，就是袁家不发展是万万不能的。那么如何发展，大家没有具体的意见，只考虑了现状、制约因素，也想到了以旅游业为龙头的发展路子。我也知道大家担心，我们能不能把旅游业发展起来，能不能把城里人吸引到咱们袁家，自愿掏腰包休闲、娱乐、观光，形成旅游品牌和文化内涵，那不是一件容易的事情。再不容易，我们还得考虑。我看，我们眼界不广、思路不清、点子不多，咱们能不能出资，招聘人才、征集金点子？如果可用可行，何乐而不为？

是啊郭书记，我们想不出来，天下能人多的是。咱们出重金征集金点子！高树也同意。

大家的意思呢？郭怀山看了一眼在座的人。刘先模站长发话了：各位，我作为袁家一个编外人员，能不能说几句话？郭书记挥挥手，说：说吧，刘站长。刘先模接着说：我发现，南街村人发扬的是二百五的傻子精神，就是不怕天不怕地、认准了方向向前冲。我们能不能提倡孺子牛精神，或者就叫秦川牛精神，踏实、肯干、不吭不哈、有股韧劲。我们袁家人不正如此吗？至于重金求金点子，我认为好，只要征得好点子，我们发扬了秦川牛精神，我们袁家何愁发展不顺、年景不好？

郭怀山总结道：刘站长讲得好。我们用毛泽东思想教育大家，用雷锋精神鼓舞大家，用秦川牛精神鼓动大家，招来金点子，放手好好干。王主任，你负责和县委宣传部联系一下，利用《秦川日报》《渭城日报》、温秀电视台等新闻媒体，征集袁家发展金点子，重酬二十万。同时，高主任联系渭城设计院，改建袁家新民居。前提是要古色古香，有一定的文化内涵。要考虑我们下一步发展旅游产业的问题，最好把农家乐设计在其中。我想，干什么事情，都得和老百姓的生活联系起来。特别是城里人，现在喜欢吃农家饭，如果弄得好，一次到位，把吃住行都考虑进去。这件事情很急，争取明年改建完成，2007年正式营运。下面，请田主任安排参加簸箕村农历三月古会的事情。要热闹，让大家好好热闹一下，但注意安全。高主任，咱们先走，一起去镇里，把有关问题给文书记汇报一下。

书记说得是，温秀县和烟霞镇对咱们袁家的发展都很重视，咱们不能忽视上级单位和领导的支持。高树说着，站了起来。

12

郭怀山就是郭怀山，深知人不可骄傲，更不能轻视他人。他对村里的人脾气是大，那是他的性格，他想改就是改不了。

他喜欢龙脊梁，5月的天气非常舒服，草木茂盛，果园里的各色花儿娇艳灿烂，就是麻雀的叫声都那么悦耳。他夹着《道德经》，盘腿坐在草丛里，正在思考第十六章中的几句话：致虚极，守静笃。万物并作，吾以观其复。这是在说，人要用虚静的境界观察万物发展的规律。只有这样，才能达到"道乃久，没身不殆"的境界。

他想起了父辈走过的路，想到了用毛泽东思想武装自己的老一辈袁家人，想到坚持集体化道路和走共同富裕道路的选择。他环顾四周的时候，看见高树登上了龙脊梁。

郭书记，我就知道你在这儿，登高望远，别有感觉吧。高树说。

我一个粗人，没有那情调，就喜欢这地方。站在这里，人似乎高了，天似乎蓝了，地也博大了。郭怀山说。

这就对了，自然给人的感觉很奇妙。高树说。

你到这儿不是和我说什么闲情逸致的事情吧？郭怀山问高树。

我差点忘了，找你有正事。渭城设计院推荐长安设计院来给我们搞设计，他们人力有限，正在考虑渭城城市规划，腾不出人手。长安设计院现在叫西北设计院，院长似乎和你很熟。他说要设计得体，就得实地考察。下午他就和设计师一起来。他怎么对你家这么熟？你是不是有个姐姐叫冬梅还是雪梅，你妈叫周穗穗？这些你没有说过，我也不清楚，他问我，我说不知道。他笑我不深入生活，在袁家当村委会副主任，这么大的事情都不知道。高树一股脑说了一大堆话。

郭怀山也很惊讶：这个院长是谁？

他叫张朵，是高级设计师，对民居和古典建筑颇有研究。高树看着郭怀山说。

啊，我想起来了，这个人，当年在我们袁家插过队，是个下乡知青。怎么，当上院长了？好啊，他来了，把我爸叫上，他们肯定有说不完的话。有他在，我们的事情就没有问题了。高主任你安排一下，在水泥厂招待所接待一下他，那里的饭菜能好点。

下午3点，张朵带着两个设计师如约来到了袁家村。没有进村，他已经感慨满怀了。当年他可是在袁家老村住着，和青年突击队一起平整土地、兴修水利，要不是1978年高考，他可能还在袁家村。

哎呀，老书记，你还是老样子，我张朵回来了。远远看见郭天福，张朵跑了过去，紧紧抱住了老书记。郭天福也很激动，说：张朵啊，我可想死你了。你一走，怎么也不回来看看？袁家也算你半个老家啊。

是啊，老书记，你成了风云人物，我张朵不好意思见你，好多次梦见我们拉着架子车，吃着酸黄菜的样子。一想起来，不是心酸，而是幸福啊。张朵也真会说话。

好了，咱们去招待所，喝几杯，叙叙旧，让我也开心开心。郭天福拉着张朵的手。张朵说：咱们还是先看看要改建的房子吧！晚上，我们好好喝喝。这次来是应高树之约，为袁家干活来了。

哎呀呀，有你在，我放心。好吧，我现在赋闲了，不干涉孩子们的事情，你们去看，我到果园转转，不要因为我影响了工作。郭天福说着，拍了拍张朵的肩膀，不舍地离去了。

高树把郭怀山向前一推，说：张院长，这位是我们袁家的当家人，现任书记郭怀山。张朵看了看郭怀山，说：郭书记英气逼人，和你爸当年一样，帅气能干。郭怀山握着张朵的手说：张院长说笑了，我怎么能和我爸比，我是小字辈，应该叫你叔。

对对，应该叫叔。你出生的时候，可把你爸吓死了。你妈难产，叫产婆想办法，产婆有什么办法？多亏簸箕村住了一个军医，才把你迎了出来。你不知道，你第一声啼哭，能把天撕个口子。你爸说，这逛旦货，把人折腾死了。你爸说这话时，很是高兴，那一晚我们把你爸灌醉了。因为你，我们高兴，才能够喝上酒。那年月，能喝上酒可是不容易，那酒是你爷爷存了多年的一瓶老酒啊。从那时开始，我们都叫你逛旦，逛旦成了你的小名，要是说郭怀山，我真不知道你就是老书记的儿子。张朵很高兴，把郭怀山的底抖了出来。郭怀山没有生气，看了一眼高树，哈哈大笑着说：仅限今天，高主任，不能外传啊。

张朵忽然觉得自己失言了，赶忙改口：郭书记，咱们要改建，一定要考虑长远。你们在报上登的重金征集袁家发展金点子的广告我看到了，其实我有个想法，想和你们聊聊。假如你们采用了，不用付酬金，给我个袁家荣誉村民的证书就行了。

好啊，张叔，你的点子好，就能把整个设计通盘考虑了。好事，你快说。郭怀山有点迫不及待了。

我想我们可以依托唐文化，开发以关中文化和民俗风情为主的旅游项目。具体我叫它关中风情体验地。建一条古街，建一条美食街，如果发展得好，可以以此为中心辐射，建关中民俗文化街；结合烟霞洞的传说，建一条书院街；也可以考虑搞一处喝茶听戏的园子；如果再考虑细点，把民居改成农家乐，要古朴庄重，使来者流连忘返，看不够、爱不够。张朵一口气把自己的想法和盘托出，看来他对袁家村是有真感情的。这一点，郭怀山感觉到了。

高树觉得非常好，他提议说：张院长，你能不能再细化一下，弄个文字性的东西。如果我们用了，答应的事情不会黄。高树说完话，看了一眼郭怀山，说：郭书记，你说呢？

郭怀山很是兴奋，说：张叔，你说到我心坎上了。你的一席话使我茅塞顿开，就照高树主任说的，你尽快拿一个方案，我们上会研究通过后，你就是我们袁家的功臣。不要说荣誉村民，如果发展得好，给你一套袁家的别墅，让你回来再当一回袁家人。

张朵看了一眼郭怀山，他为这个年轻人感到欣喜：将门虎子，能成事。

13

张朵提到的烟霞洞，是沟道村北的一条沟形成的。那条沟里有一股泉水，泉水浇灌着沟道山谷的冲积平原。平原上栽着杏树，那杏树结的杏子，亮黄中带着红色的光泽。杏子熟了，含在口中，稍稍一咬，香甜绵软，没有半点果渣。俗话说，桃养人杏伤人。但沟道的杏子，就是吃上一箩筐，也很是舒服，该睡就睡，该逛就逛。听说，当年唐太宗吃过后，即赐为御杏。从此御杏名扬天下，深得人们喜欢。

在沟道村北沿沟顺水道向北走一里路，有一石洞，人们叫烟霞洞，因为汉代郑子真贤士隐居于此而负有盛名。当年，郑子真领略九嵕山的风光后，就在九嵕山麓的南面凿洞为室，隐居耕读。早晨，旭日东升，朝霞满天，透过树林，霞光入室；傍晚烟雾弥漫，霞光缭绕，洞前曲径流水，清泉幽幽。因此，郑子真便称此处为"烟霞洞"。后世关中儒士刘古愚在此设草堂，结庐传教，收门徒弟子教关学，后创烟霞书院，烟霞洞从此名扬天下。

郭怀山对高树说：看来我们居住的这块地方既神秘又神奇，有很多亟待挖掘的文化资源，如果能为关中风情和民俗文化体验项目所吸纳，那么我们袁家发展旅游业的条件要比南街村有利得多。

是啊，郭书记，我看张朵院长的提议和设计很符合我们袁家的发展前景。高树肯定地说。

郭怀山说：是的。那个方案我看了，适合我们袁家。如果评金点子，张院长的点子是最好的。他提出改建民居，使民居有古典韵味。改建一定要和旅游联系起来，最好形成农家乐一条街，为游客提供地道的关中民间美食。这一点正合我的心思。我要说的关键还不是这个，他方案中提出把袁家村打造成关中风情体验地的提法很好，初步设计先建一条古街，再建一条小吃街。方案思路清晰、提法新颖、操作性强，推广普及应该没有问题。郭怀山说了个应该，看来还是有考虑的余地。也许，他不想自己决定，一切交给村委会，采取民主表决的方式。

高树会心一笑说：我看，古街叫康庄很有意味，他的设计没有留广场，我想我们要建就把古街向里移五百米，建门楼，门楼后面是街道。古街前留下广场，广场北面，按照张院长的设计，建一座可以摆放规划沙盘、可以接待游客的接待中心。古街设计风格不一，但全部是青砖古典民居，作为民俗文化的展示区。穿过古街，建一座茶楼，茶楼前留下空地建一座小戏楼，按照关中人的生活习惯，弄个茶摊，品茶听戏，别有滋味。经过茶楼，向里延伸，和农家乐对应起来，建一条关中小吃街。根据发展情况，再考虑其他古街的规划和建设。高树一口气说完，仍觉得意犹未尽。

高主任，咱们想到一起了。小吃街要的是关中风味，门面房要大小不一、宽窄不一，适合随地而坐、就地用餐。我看，张院长的提法好、点子好。咱们开会研究，先干起来，形成样板，然后招商营运。郭怀山说这话时，似乎已看到古街建成，游客络绎不绝的情形。

说干就干是郭怀山的一贯做法。会议很快通过了设计方案，古街也很快落成，小吃街正在建设中，茶楼的炭火已经烧了起来，民俗风情体验地渐渐被激活了。

莲莲在古街建设的时候，就响应郭书记号召，办起了手工织布培训班，在古街开了织布作坊，她是第一个入驻古街的商户。开门那天，郭怀石买了六挂鞭炮，放铳的站在两边，郭怀山和高树手持剪刀，在上午太阳正红的时候，鸣炮开业。接着，老豆腐作坊、老醋坊、中医馆、老油坊纷纷开业。簸箕村的董万寿也把自己家藏的版画制作工艺带到了袁家村。郭怀山高兴地说：好东西，好东西，这是正宗的关中风情。版画大红大紫，以年画为主，是关中农村过年时百姓最爱的东西。

接下来，剪纸、皮影、手工挂面、手工馍的铺子都搬进了古街。古街的戏楼上，弦板腔唱响了，从温秀县寻访来的四个民间艺人把皮影戏带到戏楼上。戏楼前，老书记郭天福已经在喝茶品戏了。接待站的刘站长看见老书记，递上哈德门香烟，躬身给老书记点烟。郭天福忽然觉得，袁家有了自己的地盘。从此，他经常约邻村的几位老人，在古街戏楼前喝茶听戏。

游客来了走了，走了来了。袁家村古街已经引起了众人的注意，最早注意的是烟霞镇书记文昌明。他早早亲临现场和郭怀山商量。正在改建民居的田德地过来了，指挥工程的高树也赶了过来，他们一道站在袁家村北的高土台上。文昌明说：大唐文化资源的开发要和旅游结合起来，我看先重修宝宁寺，再建护国寺，还要保护好秦琼墓。同时注册袁家村风情体验地商标，要有这个意识，请专家设计，打出品牌。我看好这个项目。

文书记说得对，我看应该学习南街村，请回一座毛主席雕像，要高要大，要汉白玉的，立在咱们袁家村接待站前的马路上。田德地插话。他说完，边为自己的灵光一闪感到高兴，边转过头看文昌明和郭怀山。

好事情，好提议。文昌明首先肯定，他对郭怀山说，百废待兴，时不我待啊。郭怀山看着文昌明，说：书记今天给我们定了舵，我也觉得前景广阔啊。

高树不知从哪儿得到消息，问文书记：书记，你站在这高处看，你身后的三棵榆树，很是蓬勃。再向南望，我们是不是还缺乏一些气势恢宏的建筑，像你家在县城东四巷的祠堂、山西王家大院那样的古建筑，要是坐落在袁家，这风情体验地就更有味道了。

唉，不提我家的祠堂了。保不住了，县城改造，要拆了。文昌明惋惜地说。

文书记，要是祠堂能整体卖给袁家，我们把它打造成公共旅游资源，那该多好啊。高树说完，看着昌明书记。高树聪明，这件事情他和郭怀山早就说过，只是不知如何开口。让郭书记讲，一旦被拒绝，事情就不好办了。今天正好是个机会，顺着文昌明的心思提出来，也许大事可成。

文昌明回头看了看身后的九嵕山，望了望三棵老榆树，心里想，自己家的老屋能落户袁家，能发挥作用，也是幸事。但这事情他不能表态，就是谈他也不能谈。毕竟他是烟霞镇的书记，是袁家村的直接领导。但这确实是好事情。他停顿了一下，说：怀山，我看可以。老宅子毕竟要拆，但这事情得和我家老大商量，谈也得找他。

郭怀山给高树说：高主任，具体你去谈。同时，拿出方案，到山西跑一趟，咱们不能太单一，要建就建一个风格统一的古建筑群，以提升咱们袁家的品位。郭怀山是个急性子，交代给高树的事情，他知道没有问题。接下来要考虑的是建设宝宁寺和护国寺的事情，他喊来在古街的王莲莲，叫莲莲把王建一找来，他要一并安排。郭怀山问文昌明：文书记，放一尊毛主席像没有问题吧？文昌明说：用毛泽东思想教育人，这是方向，没有错，我赞同。怀山又问：文书记，这个事情还得你帮忙，你人脉广，镇上能人又多，用用你的资源，怎么样？

好啊，我愿意为袁家的发展出力。文昌明答应得很痛快。

那我们袁家一定会好好记上一笔，2006 年春，文昌明书记指导袁家工作，使袁家风情体验地建设迈上新台阶。高树说。

是啊，要记上，村史上要有。没有想到，时间又过了一年，我们提出想法是在 2005 年春天；进入 2006 年，我们的体验地已经有了规模，小吃一条街的招商，现在也是火爆异常，粉汤羊血、豆腐脑、老麻花、扁豆面、软摊、蹄花肘子、焖羊肉、油饼、醪糟、驴蹄子面、野菜包子、苜蓿疙瘩……哎呀，太多了。我们定了个标准，干净卫生、一店一特色，绝不重复。郭怀山如数家珍。文昌明听得高兴，在场的人都很开心。

文书记，已经有大集团瞅上咱这儿了，准备在村南的柿子林建一个大酒店，目前正在谈。高树自豪地说。

还有很多外地人正在考察，他们都看好这个项目。一个外国大鼻子想在咱这儿建一栋别墅，书记正在考虑。田德地也汇报了一下工作。

看来不发展都不行。文昌明说。

是啊，榆树坪要焕发生机了。接待站站长刘先模也跟着感慨。

14

时间过得太快了，转眼到了 2007 年夏天，温秀县县委、县政府做出了发展乡村旅游的决策。在全县干部会议上，县委书记胡新政点名表扬了袁家村，说袁家村敢为人先，在发展乡村旅游中走在前列；号召全县向袁家村学习，集思广益，利用本县资源，快速发展乡村旅游事业。

袁家村的基础建设已经告一段落，两条古街已经人来人往，出现了袁家村旅游热。而郭怀山却有了压力。前期发展有温秀县农村商业银行的资金支持，袁家村在动用集体积累的同时，在银行贷了两千万元，购置了两处古建筑，一处是文昌明书记家的，一处是山西洪洞县崔家堡的。两处古建筑整体拆移。在古街东边，修了朝阳门。门外是袁家村过去的居住地，现在已经是荒地了。而有心思的厚才在荒地上修了植物园，养了一头牛、三匹马。牛套车，保留20世纪60年代特征；马拉车，给人田园牧歌的风格。每天来这里观光坐车的人也不少。沿着朝阳门，仿古城墙向南延伸；城墙里规划了一条回民街。出了南门，就是新修的魏征路。沿魏征路向西走，进南华门，就是太宗路，直行出村可以登九嵕山，看关中风土人情。在太宗路上修有客栈。路东的柿子林边，贞观酒店主体已经落成。路西袁家村车站正在建设。这一切都需要钱，而两千万元贷款早已花光。资金紧缺、古镇旅游如何收回成本，是郭怀山必须思考的问题。

走出县委会议室时，文昌明很是自豪。因为会上，烟霞镇也得到了胡书记的表扬。他看见郭怀山就给他竖大拇指，和烟霞其他村的书记一起吆喝着要郭怀山摆一桌。

郭怀山也很兴奋，给高树打了电话，叫高树带上村会计到县城孙家羊肉泡馍馆，一起庆功。其实，郭怀山不光是想感谢文昌明和其他几个村书记，他更想感谢高树，对袁家村不离不弃，和他同甘共苦。高树的这一举动，使他的对象苗苗大失所望，然而却使袁家村人分外欢喜。因为，高树已经融入袁家村人的生活中，也深深爱上了袁家村。高树觉得，袁家村有他的事业，他的事业不能半途而废。袁家村还正处在高速发展阶段，他要为袁家村实现新跨越做出贡献。这不是豪言，是高树心中想了很久的事情。

孙家羊肉泡馍馆由一家小店经营成一个大饭店，令人刮目相看。饭店主打的是羊肉泡馍，菜品有红烧狮子头、炖羊头、烤羊腿、豆腐羊汤等。郭怀山之所以安排大家吃羊肉泡馍，就是想引进清真食品，建设袁家村的回民街。走进孙家羊肉泡馍馆，门迎似乎和文昌明书记很熟，带着书记向贵宾室走去，而高树、王莲莲和会计早已站在了贵宾室的门口。

在招呼大家进贵宾室时，郭怀山对王莲莲说：县委宣传部副部长张倩要来，你接一下。说起张倩，其实他们都很熟，在外出考察的时候，张倩也随团去了。那时，有心人留意到每次吃饭或者散步，郭怀山都喜欢和张倩一起。高树觉得郭怀山喜欢张倩，而张倩似乎对高树情有独钟。饭桌上，郭怀山常给张倩夹菜，张倩的菜却夹给了高树。

张倩来了后，文昌明也很高兴，毕竟张倩对烟霞镇也格外关照。县委宣传部组织的写作采风活动为烟霞镇和袁家村的宣传写了很多文章，特别是张倩，年轻漂亮，是个有潜力的干部，听说胡书记也很看好她，她的未来不可小觑。文昌明握着张倩的手不放，郭怀山看了他一眼，文书记觉得不好意思，很快松手。郭怀山叫张倩坐到文书记身边，自己挨着张倩，他看了看高树，忽然站起来说：高主任，你坐这儿。高树摆了摆手，说：我给咱们安排菜，你们聊天吧。

大家刚坐定，郭怀山就对文书记和张倩说：二位领导，袁家已经进入了快车道，但很多事情没有理顺，需要领导关心。文昌明说：不就是资金问题嘛，我已经和烟霞镇的分行说了，你们打报告，他们报送，支持袁家，他们义不容辞。至于其他问题，先吃饭，吃了回烟霞再说。要陪好张倩部长，她可是我们烟霞和袁家的吉星。

张倩说：别抬举我了，袁家是我们共同的袁家，现在就是如何发展的问题。在坚持集体化路子上，是不是考虑实行股份制，把所有商户和袁家的发展捆绑在一起？当然，用捆绑不合适，意思就是同患难、共发财。要不，现在的模式，人太多，钱都在商贩口袋了，我们袁家的未来发展该怎么办？

不愧是县委干部，就是有水平。文昌明说：这思路好，就这一点，你请张倩就不是吃红烧狮子头、烤羊腿了，而是到渭城的大连海鲜渔港去。郭怀山立即回答：只要张倩部长愿意，就是去长安也行。大雁塔那里，有一家韩国料理，可以尝尝。张倩笑着说：不敢不敢，我们现在要的是风清气正，怎么敢大吃大喝啊。高树走过来，说：我们袁家可以制定奖励机制。如果可以，我们会通过别的方式报答各位对袁家的支持。这时，王莲莲给大家倒茶，文昌明说：报答给社会吧！我们公务人员，为人民服务是天职。莲莲，你坐，有服务员呢。

郭怀山看到桌上已经摆上了凉菜，便站了起来，说：尊敬的张部长、文书记、各位同仁，袁家有今天，得感谢你们。希望大家今后继续关注和支持袁家的发展。我们袁家要腾飞，还得招聘人才，请大家多多推荐。在此，怀山只有感谢。说着，郭怀山和文书记、张倩碰了杯，咣当几声，郭怀山先干为敬。

吃完饭，郭怀山送走客人，对高树说：高主任，咱俩晚点回村子，到县农业发展银行去，听说有政府的政策支持专用款，咱们找人申请，把下一步的发展资金解决了。王莲莲插话：书记，我也去。你不知道，农发行信贷科科长是我舅家门中的人，我也叫舅呢，人熟好办事啊。郭怀山看了一眼王莲莲，他只知道王莲莲舅家没有人了，忘记了还有门中舅。他说：那当然好，走，去县城。

王莲莲的门中舅恰好是簸箕村四队的人。当年，簸箕村四队的人和袁家村人都用袁家村村北的碾子碾苞谷糁儿，围着一个碾盘子说说笑笑。

第四章　穷则思变

15

　　郭天福偶尔也围到碾子旁，听村民都说些什么，难得穷困的袁家村还有一些生气。就是知识青年张朵和季琳也喜欢这地方，碾子周围是皂荚树、老槐树，季琳和村里的婆娘在皂荚树下一起打皂荚，用皂荚洗衣、浆布。那皂角洗过的衣服有一股别样的香气，季琳很喜欢。

　　时间转眼到了1972年的晚秋，郭天福的媳妇穗穗肚子大了。村里的突击队她自然不能参加了，但她还是挺着肚子到工地，给干活的人做饭、照看农具。

　　张朵已经是突击队的骨干了，而季琳被安排到石灰窑装车算账去了。第一窑石灰出窑的时候，季琳非常欢喜，白生生的石灰被水激了以后，白灿灿的像棉花，又似洁白的云絮，随秋风扬起，把天地都搅白了。季琳站在石灰窑上，忽然诗兴大发，吟起了于谦的诗：

　　　　千锤万凿出深山，烈火焚烧若等闲。

　　　　粉身碎骨全不怕，要留清白在人间。

　　季琳非常喜欢这首诗。一个人活着，就要有石灰的精神，留得清白，无怨无悔。在袁家村，田德地对她非常殷勤，尽管袁坡村的女人在等他，但他心里有了鬼，喜欢上了季琳。季琳也感觉到德地喜欢她。但她不想一直待在农村，她相信自己的未来在城里。她并不讨厌德地，觉得在插队的时候，被人关心总是一件幸福的事情。问题是张朵似乎也在追她，可她不喜欢张朵的斯文劲，觉得他缺乏男人的气概。她从小听邱少云、黄继光等英雄人物的故事，喜欢敢作敢为、敢为天下先的男人。郭天福书记虽然有那样的气质，但人家有娇妻穗穗，她和德地聊聊倒也可以，但进一步发展似乎不可能。但田德地不这样想，他要追这个洋气的女子，他似乎忘记了袁坡村那个痴情的女子。

田德地管着石灰窑，有得天独厚的优势。他给季琳送饭，在困难的时期，他哪怕自己吃苦，都不愿意季琳受苦。就是石灰窑缺人，出灰的时候，他也不要季琳下窑。他觉得那黑乎乎的窑体会使季琳的脸变黑、身子染尘。田德地似乎也知道他和季琳不会有结果，但他想，哪怕远远地看着这个可人的女子，那也是一种幸福。他为这幸福愿意尽自己最大的努力，哪怕是粉身碎骨，他也愿意。这一切，季琳感觉到了，心里热乎乎的。

在突击队进入榆树坪的时候，已经是这一年的冬天了。入了冬，张朵想到了郭天福女子出生的去年冬天。那一年的冬天格外冷，天总是阴着，一场大雪落在了渭北。张朵从来没有见过那么大的雪，三天三夜，雪已经积到人的膝盖了。张朵、季琳和村上的人铲雪、扫雪，雪还是堵着路，四野白茫茫，没有办法，他们只能躲在饲养室。田拐拐把炕烧得非常热，村子很多人都和张朵、季琳围坐在热炕上。拐拐前前后后忙个不停，冬季的草料还在场外，黄黄在叫着。拐拐抱着黄黄的头，说：好了好了，我去给你铡草，我去给你铡草。说着他把铡刀放在饲养室门口的空地上。王厚才走了进来，顺势蹲下，抓着麦草，拐拐提起铡刀，两个人配合得非常好。刺啦刺啦几声，拐拐抱着铡好的麦草先给黄黄拌上。王厚才起身叫坐在炕沿的黑盾。黑盾从小河工地回来，也不干活，整天往簸箕村跑，雪大了，去不了了，才来给拐拐帮忙铡草。黑盾没有言语就下了炕。

厚才哥，黑盾往簸箕村跑啥呢？田德地问。其实，谁都知道，黑盾在小河工地和簸箕村的素素好上了，素素家只有她一个，她爹不愿意，素素和她爹妈两个人拉锯呢，已经快一年了。黑盾下了炕，蹲在门口。这时，郭天禄跑了进来，喊：张朵，你和季琳快出来，你两个是读书人，天福媳妇生娃呢，有点难产，快去帮忙。

张朵和季琳踩着雪往外走。张朵绊倒了，季琳也跌倒了，雪把路堵住了，很难走。好不容易走到郭天福家，看见郭书记搓着手，院子里生起了一堆火。屋子里接生婆在喊：用力用力，快了快了，孩子的头出来了，头出来了。天福书记跺着脚，在屋里来回转。他父亲旺年老汉也在雪地转，他大嫂和二嫂子出出进进，门帘紧紧裹着。老大郭天寿蹲在后院门口的雪地上，不知在想什么。季琳跑了进去，她一个姑娘家，也没有见过女人生娃，既焦急又好奇。她看见孩子的腿已经露了出来，跑到屋外喊：快了快了。正在说时，一声清亮的啼哭撕破了雪夜。

郭天福快蹦起来了，他老父亲也笑了，雪落在眉毛上，但老人的欢喜似乎把脸上的雪都融化了。郭天寿和郭天禄兄弟俩站了起来，也松了一口气。

接生婆说：旺年叔，一个千金。郭旺年和郭天福都说：好好，母女平安，咱们郭家的福。郭旺年说：天福，你们哥几个快去庙里烧烧香，谢天谢地谢菩萨。郭天禄说：听大的话，我们这就走。而张朵此时却想起了一首诗，他情不自禁地吟诵起来：

墙角数枝梅，凌寒独自开。

遥知不是雪，为有暗香来。

准备出门的郭天福回头看了一眼张朵，说：我女子就叫雪梅，怎么样？季琳赞同道：好啊。雪天出生，生命力顽强，又是女子，叫雪梅再好不过了。就这样，郭天福的女子雪梅来到了人间。

想到1971年的这个冬天，张朵觉得蛮有纪念意义。

这一年不仅郭雪梅出生了，还是袁家村发展史上很有意义的一年。青年突击队成立，烟霞公社罗书记给袁家村赠送了四辆架子车、十把铁锨、十把镢头。队上在村民家征集到了五辆独轮车，十副挑担，两辆已经破烂的架子车，这是大干一场的先兆。在落雪的日子，张朵和村民一起修理着征集来的架子车，车辕有断的，车轱辘也有破损不堪的，王厚才取来斧头和钳子，田拐拐也参与到修理工作中。整个准备工作要在冬季完成，解冻后，先开进榆树坪，那里如果平整好了，四级站的水就能浇上，袁家村从此也就改写了没有水浇地的历史。

　　看到独轮车的季琳非常惊讶，她在电影上见过，解放战争时，山东老百姓就是用这样的车给解放军送粮食的。车子能推粮食，两边也可以坐人，很有意思。没有想到，在自己插队的袁家村，也有这样的车。她推上独轮车，叫张朵坐，张朵不敢。田德地不知从哪里冒出来，说：来，你坐，我推。季琳说：我想推。德地二话不说，跳到车轱辘前的木梁上，看着季琳。季琳也很勇敢，抓住车辕，使劲一推，德地就跌倒在饲养室的门口，周围人大笑不止。季琳推着空车，在饲养室前跑了一圈，然后自己把自己给逗笑了。

　　想到这些，张朵感慨时光很快，而季琳觉得时光非常漫长。

　　再回到1972年的深秋，簸箕村村南的柿子树上已经红一片，黄一片了。红的是熟了的柿子，黄的是零零星星的树叶。在柿子树下，黑盾看着素素。素素说：我大太犟了，他非要三百元的彩礼，还提出，你家不盖房，这门亲事就没门。黑盾说：素素，你放心，我会叫我们的天福书记说媒，你大总得给个面子吧。至于三百元，我想办法，尽管现在没有，将来一定会有的。盖房子，不是一天两天的事情，只要天福书记带我们好好干，盖新房子不是问题。黑盾很自信，但素素说：你说得好，我大就我一个女子，我妈走得早，我大怕我吃亏，你说的一件办不好，咱们的事情就得拖着。黑盾说：素素，咱们还年轻，不是七老八十了，我不怕等。你相信我，我会让你爸同意的。素素看了一眼破败的袁家村，心想，不知道自己能不能坚守下去。

这时，郭天福也在村子里，他照顾妻子，说：你已经显怀了，就不要到地里去了。穗穗说：这算啥，活我不敢抢着干，饭还是能做的。你不要管，砖瓦窑不是快开工了嘛，石灰厂已经出灰了，你的事情多，就不要操我的心了。郭天福说：那好，秋凉了你多注意，我还等儿子呢。穗穗笑着说：要还是一个姑娘，你把我们娘儿俩能休了？郭天福笑着说：是姑娘，也好。一个叫梅梅，一个就叫兰兰。穗穗问：为啥叫兰兰？我喜欢兰花呀。郭天福说着，摆摆手，好了，下午去地里，走慢点。我得去给拐拐看着把房子盖了，不能让他一辈子没有媳妇。说完，郭天福出了门。

饲养室旁边，两间草房快封顶了，田拐拐跑得很快，尽管他一拐一拐，但他心里高兴。郭队长给他把媳妇找回来了。说起新媳妇，是郭天福在赵镇的一个伙计给带回来的。有一次，郭天福跑到赵镇，和自己曾经的哥们儿喝酒，无意中说到自己村子的人讨不到媳妇的话题。他的一个伙计，赵镇人，经常跑南山，就说：有一个合茬的，她爸采药摔死了，她妈接受不了上吊了。现在就她一个大姑娘，没有嫁人，也没有相好的。人很善良朴实，我把她带回来，给你们村。我想，能出山到咱们这儿，她一百个愿意。郭天福见到人后，觉得很好，眉清目秀，也没有多余话，就说给拐拐。姑娘起初有点不满意，毕竟她是个大个子，而拐拐是一个只有秤锤高的小个子。但两天后，她看拐拐勤快、人老实，就同意了。就这样，这个苦命的女人嫁到了袁家村。但结婚得有房子，总不能在饲养室办婚礼呀。郭天福当即拍板：村上给盖。于是，两间草房就在饲养室旁的墙边落成了。

田拐拐结婚那天，张朵在烟霞镇买了张红纸，用毛笔写了副喜联，上联是：养牛养出袁家生气，下联是：结婚结出田家欢喜。横批是：婚姻天成。季琳也很有心，买了肥皂和毛巾送给拐拐。郭天福和媳妇抱了床新被子——那可是穗穗的陪嫁品。厚才媳妇也送了床粗布单子，郭天福打发田德地给买了锅灶用品。黑盾虽然不富足，也把自己的粮食给拐拐分了半袋。袁家村有个大妹子，叫袁英，读过几年书，不常出门，但为了拐拐的事也是跑前跑后。整个袁家村都在为拐拐的婚礼忙活。忙活完了，田拐拐和媳妇给大家发了喜糖，村子里的唢呐手吹奏起来，簸箕村四组的干部带着锣鼓手也敲打起来。村子上下，都带着喜气。

拐拐结完婚，干劲更足了。王厚才问拐拐，你媳妇叫个啥？拐拐老实，说：她妈叫她叶叶，她就叫叶叶。叶叶给拐拐洗衣做饭，拐拐觉得日子美滋滋的。他抱着黄黄，自言自语：黄黄，高兴吧，我拐拐也有媳妇了。黄黄似乎也说话了：好人有好报，你不娶个好媳妇，老天都不答应。拐拐看着黄黄，似乎满脸惊讶。

站在一边的郭天福也觉得很高兴，拐拐结婚是袁家村的大事和喜事。这会给袁家村带来好运的。要不，砖瓦厂不会很快投产，石灰厂不会接二连三地出灰卖灰。他在盘算，公社有一个项目，想建一个海绵厂，要是能争取过来，那就好了。郭天福这样想时，跑到榆树坪工地，工地上红旗招展，青年突击队的队旗格外醒目。他脱了上衣，喊上拉着架子车的张朵和王厚才，叫他们和他一起去公社找罗书记。听说，下一步公社还要树先进、树典型，要是袁家村争取到，那不是就争取来了政策，争取来了好机遇吗？

16

深秋霜降，空气冷冽，万物渐渐蛰伏，寒冷的冬天即将来了。

袁家村村东村南的土地上，秋收的人在忙活着。村南的土庙下，站着几个老人，手揣在袖子里，看着天空。庙里，谁家的媳妇正在烧香，祈求收成好，人平安。村东的苞谷已经掰回家了，东倒西歪的苞谷秆已经返潮，在秋风里瑟瑟作响。套种在棉花地里的红芋已经熟了，旺年老汉正在起红芋。露在外头的红芋饱满红润，烤或者蒸都是好吃食。几个老太太正在拾棉花，一筐一筐装进布袋子。村南的土梁上长着几丛芝麻，收芝麻的人偷偷给嘴里塞几粒，一股油香充满口腔。干这些活的都是村子里的老人，地不多，庄稼也少，主要劳力都在榆树坪平整土地呢。

在榆树坪，有人建议挖了那三棵榆树，而站在榆树下的王厚才坚决反对。有几个年轻人扛着镢头非要挖，郭天福走过来，觉得树也没啥影响，如果把这树挖了，这地方还怎么叫榆树坪。他想，这个名字好，就是以后都得保留，让村里人知道，榆树坪是有榆树的。

而推架子车的张朵似乎已经散了架，他倒在新土上，满身满脸的泥土，一个真真正正的袁家村人啊。其他男人都脱了上衣，光着膀子，很是精神。张朵再热，都不愿脱去上衣，他看见袁英和几个媳妇，觉得男人不能太放肆。而郭天福也脱去了上衣，站在红旗边，喊着：再干三五天，榆树坪就大功告成了。厚才，你带几个人去地西头把引水渠修一下，不仅仅要引四级站的水，更要为宝鸡峡引渭的水做准备。

张朵，怎么躺在土堆上？小心地潮，不要弄个腰疼腿疼，现在不注意，时间长了就出问题。郭天福很关切地说。

这时，开饭了。拐拐的媳妇叶叶担着饭菜，走到了榆树坪。

穗穗挺着肚子打饭菜。饭是蒸馍，菜是烩菜。一人两个黑馍头，一碗烩菜。馍头有点黑，是玉米面和少量的麦面两搅做的，但人们都很满意。烩菜就几片肉、几块豆腐、一大把白菜，偶有粉条，撒着韭花，真是香。郭天福端着碗，看着厚才，说：这烩菜怎么这么香！厚才说：问你媳妇呗！

穗穗说：弄了一把野韭菜，红根韭菜，味道就是不一样。红根韭菜，郭天福听人说过，但从来没有吃过，今天一吃，真是三生难忘。他听人说，翻过方山，有一道大峡谷，是泾水流经渭北刮出来的深沟。沟底野生植物非常多，早年，村里胆大的去过那地方，据说叫寺子沟。一说是附近有一所香火很盛的寺院，叫顶天寺。人们便把这条沟叫寺子沟。也有叫那里柿子沟的，因为沟里的野柿子圆大红润，甘甜可口。沟下河边生长的野韭菜，长着红根，叶子如剑，挖回来一吃，滋味谁都忘不了。郭天福想，应该派人去弄筐红根韭菜，让大家吃饭更香，穗穗也没那么累了。

叫谁去呢？郭天福想，那就叫季琳和田德地跑一趟。德地知道这事后，非常高兴。难得和季琳跑一回山里，那不是有时间多说话了吗？但在他要去柿子沟时，媒人捎话，袁坡的女子等不及了，女大不中留，人家家里催问结婚的事情呢。德地心里有点乱。

这天，空气潮湿，天空放晴，九嵕山也能看得清清楚楚。去方山必须经过簸箕村，从簸箕村村北的沟道攀爬上去，过高干渠，经龙王冢，翻过寒沟，爬野狐岭，过韩窑村，才能到方山脚下。然后绕过方山，最后进入柿子沟。

簸箕村和袁家村挨着，季琳不知道簸箕村人大都姓董，这个村子很神秘，据说董姓人都是汉代大儒董仲舒的后人。董仲舒当年在长安为官，深得汉武帝喜欢，他家族从河北迁居关中，有一分支的后人因崇拜唐王李世民，向当时的皇帝提出要到九嵕山下守灵，皇帝大笔一挥也就允了，这支董姓人绵延至今。这个村子也分来了五个知识青年，一个名叫韩媛媛的和季琳熟，季琳去柿子沟时叫上了韩媛媛。

他们绕过方山，德地在路边采了一束野花送给季琳。季琳说：你给媛媛也采一束吧。德地欢喜，跑到山后，采了一束白色的花送给了媛媛。媛媛说：田大哥人好，看来是喜欢季琳。季琳忽然红了脸，德地也不好意思，搓着手说：你们从城里来，我们得照顾好啊。德地说得冠冕堂皇，心思却只有自己知道。尽管韩媛媛能看出端倪，但她知道，季琳是个有大心思的人，不可能把自己交待在这个小地方。季琳之所以没有拒绝，也许是因为她需要有人照顾她。而这种照顾，也仅仅是精神层面的。

他们走到了沟边，下沟时，荆棘密布，道路狭窄。韩媛媛有点害怕，她探头往下望，深不见底。季琳也犹豫了，毕竟她还没有到过这样的地方。德地看出来，停顿一下，说：你们到韩窑村逛逛吧，我一个人去，把筐子给我。那个村子地主多，有很多古宅子，你们去看看，很有意思。那你怎么办？季琳问。德地说：我挖到野韭菜就上来了。你们去韩窑村，方山那边有一道沟，只要过去，就能看见。到时，我去找你们。那好，你小心。季琳叮嘱着，拉着媛媛的手，返回方山。

其实，到柿子沟是郭天福打的小算盘，他知道德地喜欢季琳，季琳能不能回城还两说，要是德地能追到季琳，那也是他袁家的福分啊。但郭天福想错了，季琳怎么会留在袁家呢，她怎么样都要找机会回到城里。再辛苦，季琳都拿着书复习。也许，这孩子真有凤回巢的时候。再说，德地能等得起吗？

在去韩窑村的路上，媛媛告诉了季琳一件事。这件事季琳有所耳闻，但涉及知识青年的名声，她没有问。一个月前，簸箕村的知识青年刘轩去高干渠玩，他一个人在渠上解开裤子小便，没有想到，对岸有几个姑娘经过。农村人怕羞，刘轩也没有在意，姑娘喊了起来：耍流氓，耍流氓！这事被人举报，县公安局来人，直接以流氓罪把刘轩带走了。逮了？季琳问。媛媛说：逮了，县公安局有文书，当着很多群众的面，在村委会门口逮走的。

落后，实在是落后！刘轩也是，野天野地，哪里不能尿？一泡尿就把人逮了。这不行，咱们知识青年要申诉，保护刘轩。季琳气愤地说。

不顶用，我们跑了好多次县里，县里说，人证俱在，无可奈何。好了，不说了，说了也不起作用。媛媛说，你和那个张朵挺熟，他表现不错呀。

那不是一般不错。人家被评为毛泽东思想武装的好青年，革命大生产活动中的积极分子。季琳忽然觉得很自豪。两个人聊着，就到了韩窑村。

还真别说，沟两边有很多气派的窑洞，更有气派的庭院，石狮子、拴马桩到处都是。季琳摸着拴马桩，爱不释手。媛媛看着沟道里一户人家，高门大院，房子一间挨着一间。门外有一驾马车，车辕和头马都盖着红被面子，还有吹唢呐的人。看来，这一家子在办喜事呢。她俩顾不了那么多，跑到人家门前，门口迎客的把她们硬拉进四合院，坐在一张方桌前。方桌四周已经坐了人，端盘子的把菜端了上来。季琳告诉迎客的，她们是来玩的。人家说：遇到了就是缘分，先吃席。好家伙，全鸡、肘子、牛肉……把季琳给惊讶的。看来不吃也得吃，季琳和媛媛大吃了一顿。这是她们插队以来吃过最好的饭菜了。

吃完饭，媛媛拉着季琳的手去看新媳妇。新媳妇正在洗头，红门帘上有一对鸳鸯，季琳很是喜欢。这就是渭北山沟里的婚礼，气派，真气派！她们还准备再逛逛时，看见德地已经站在沟畔了。

回来的路上，德地也羡慕两个知识青年大吃了一顿。德地说：就当季琳托了媛媛的福。季琳问怎么回事？德地说：韩窑村人都姓韩，一百年前和媛媛是一个祖先。人家吃自家的，你是不是托福了？季琳说：媛媛，兴许你祖上就是韩窑村的。媛媛说：我爸说我们是乾州人，两辈前在乾州梁上，现在老家都没有人了，我怎么会是韩窑人？德地说：也许以前的人哪里能生活就往哪里跑。季琳哈哈大笑。

回到袁家村，正好赶上村上召开村民大会。会议在榆树坪工地召开，到会的还有公社罗书记一行。簸箕村、周礼村的书记，还有韩窑村、沟道村的书记都到了。会议开始，公社罗书记站在榆树坪的土台上，台南是袁家村的地，台北是簸箕村四队的地。罗书记说：农业学大寨，工业学大庆。我们要像陈永贵、王铁人那样，不怕困难、争先奋斗，在毛泽东思想指引下，把农田水利基建搞上去。而抓水利、翻修土地、填沟造田、大兴平整土地，是我们公社最近要抓的一项重点工作。簸箕村村北、村西沟壑连绵，沟道村出村就是山包土丘。韩窑村就不用说了，半山腰的土地有几块能浇？我们要像袁家一样，成立突击队，流血流汗，改变土地面貌。大家看看这榆树坪，过去是狼吃娃、人难近的地方，现在在袁家人鼓干劲、争上游的奋斗下能擀面了，四级站的水马上可以浇灌了，宝鸡峡工程很快就把水引过来了。我们还等什么，要以袁家为榜样、为先进、为典型，在全公社掀起平整土地、大修水利的热潮。下面请袁家村队长郭天福同志讲话。

罗书记的话刚一落地，工地上沸腾了，欢呼声、尖叫声此起彼伏。郭天福往土台上一站，手一挥，工地上鸦雀无声、一片寂静。看来，郭天福的威望已经建立起来了，而且是绝对的。罗书记心想。

郭天福看了看人群，清了清嗓子，这是习惯。他说：公社罗书记，各兄弟村子的书记，社员同志们，大家好。老天的事情我们管不了，袁家的事情我们能管好。穷怕了，饥饿年代人也怕了，穷则思变，只有团结一心，苦干下力气干，才能改变我们袁家落后的面貌。谢谢罗书记把我们定为典型。我们会以此为动力，苦干加巧干，继续平整土地，扩大村办企业，使社员穿新衣，吃饱粮，住好房。郭天福的讲话赢得了雷鸣般的掌声。公社罗书记把一面绣有"农业学大寨先进典型"的锦旗递到了郭天福手里。郭天福明白，这是公社的支持，也是烟霞人民对袁家村的期待。

这次会议之后，袁家村已经名震烟霞了，郭天福也成了家喻户晓的人物。在屋子里准备坐月子的周穗穗更是高兴。她没有看错，她男人郭天福就是能成大事情的人。这一天，她在自己的小本本上写了一句话：我爱的人必能成事。他丢掉了顽皮淘气的过去，成了一个顶天立地的男人了。

这一年 11 月 20 日，袁家村海绵厂建成投产了，张朵任厂长。12 月 2 日，袁家村运输队成立，黑盾任队长。海绵厂郭天福不愁，毕竟张朵是一个知识分子，啥都懂，爱学习，搞好海绵厂没有问题。郭天福操心的是，运输队上新买了十匹蒙古马，钱由公社赞助，还想办法弄来了五驾马车，都是一溜新东西。蒙古马野惯了，需要驯养。黑盾不懂，直接就给马套上车，先在榆树坪的野地跑。第一天，马尥蹶子，尾巴乱摇。三天过去，马已经通了人性，很是顺溜。黑盾说：这些家伙跟人一样，对它好，它才好。就这样，运输队上路了。

也是在这个月，郭天福带着人到九嵕山前的石场和人家谈继续合作的事情。刚到石场，他二哥郭天禄跑来了，说穗穗要生了。郭天福不敢怠慢，立刻往回跑。进家门时，儿子的哭声已经震天了。郭天福说：我儿逛旦见太阳了。

这一天，是 1972 年 12 月 8 日。

17

干冬湿年，这话不差。一个冬天都好像裂冻着，几片雪花都没有看到。就是地里的泥土也起了灰尘，掺着黄沙末子，把天地搅和得没有颜色。

　　冬天确实格外寒冷，孩子尿尿都能冻住，庄稼地如果被水浇过，就上了冻，什么事情都干不成。只有海绵厂和石灰窑能生产，连运输队也没有什么活。冬天事情少，郭天福给张朵和季琳放了假，两个人回城了。拐拐一直很忙，过去只用照顾他的黄黄，现在还得喂马。那些马很是娇贵，要吃细粮，要梳背，不好伺候。没有办法，他媳妇叶叶就得帮他，给圈里垫土，清理马槽，什么脏活累活都不嫌弃。叶叶已经爱上袁家村了，这里有一个好男人。别看拐拐个子矮，但心眼好，有好吃的都先尽着媳妇，看见媳妇不高兴，就哄到高兴为止。这样的日子很滋润，但他们更喜欢村里人聚在饲养室。就是不开会，饲养室的热炕上只要有人，叶叶就跑前跑后，端茶倒水，说说笑笑，很是开心。

　　郭天福、王厚才、田德地他们喜欢到饲养室的热炕上坐。郭天福的大哥也喜欢到这儿来，来的时候，就一直夸他的两个儿子，一个叫怀玉，一个叫怀米。怀玉和张家的西峰好，两个人喜欢到簸箕村耍，那里有他们的玩伴。村里其他人也一样，喜欢去饲养室，他们往那儿一坐，村子里很多事情在闲聊的时候也就解决了。

　　开春了，咱们得把村南村北的地平整一下。郭天福说。

　　我看砖瓦窑应该叫天禄管理。他人活，在小河工地干过，做事也尽心。王厚才建议说。

　　是的，天禄自小就懂事，他是咱们的哥，叫他管能管好。田德地也说。

　　我们把一个人忘记了，我们村的妇女主任袁英。她念过书，在突击队干过，村里这么多事情，现在光兼任会计已经不行了，我看就叫袁英干，怎么样？郭天福忽然说。厚才和德地异口同声地说：当然好。人家女子人聪明能干，没有问题。

说起袁英，还得说说袁茂才。这个人能，但在袁家村总感觉无用武之地，跑渭城，跑长安，也弄成了几件事。听说，他在长安还有个相好的，每次回家，给袁英带的丝巾、手套都是那相好给的。袁英是他的长女，他还有一个儿子，算老来得子，叫锁成，只有两岁。袁茂才现在待在家里，他媳妇身体不好，他不能再乱跑了。袁英是村妇女主任，经常开会，忙不过来，他只好守着媳妇。要看病，他就去簸箕村找董医生。董医生是远近闻名的名医，从部队转业回家的，看病和别人不同，疑难杂症在他那里，只需开几服中药，就药到病除。更妙的是，董医生和别的医生不同，他经常到柿子沟、终南山采药。袁茂才的媳妇犯病，他就跑到董医生那里。董医生明白，茂才媳妇的病在胃上，慢慢调理就好。袁茂才能，他女子也能。袁英脑子清楚、办事快，是郭天福喜欢的。

冬天农活少，县上安排全县大队干部学习，郭天福临走时让袁英把队上的账算算，看现在有多少钱。袁英点了点头，她告诉书记，过两天公社要开妇女代表大会，叫她参加。天福说：你去，和公社罗书记如果能说上话，给咱们要些化肥。听说，公社支持典型，化肥已经到了供销社，需要公社书记点头。袁英说：好，保证完成书记交代的任务。

公社的化肥到了。天福表扬了袁英：我们的妇女主任本事大，把化肥给咱们要回来了。开春播种，化肥虽然有了，但数量还是不够，能不能动员大家拾羊粪，叫厚才组织人挖坑，用多余的麦草沤肥。这样，今年就丰收在望了。

拾羊粪，大家都很积极。拐拐媳妇带头，组织媳妇婆娘，提着篮子，篮子上用手帕绑着干粮，一队人上了九嵕山。九嵕山的山前山后，羊能跑到的地方，她们都能跑到。一个上午，篮子拾满了，带着的干粮也吃完了。她们坐在山坡上，其他人唱起了《大海航行靠舵手》，而叶叶却唱了首山歌：

> 风呀落在树杈杈，
>
> 二郎跑到崖畔畔。
>
> 树杈杈上风在叫，
>
> 小河边的人心在跳。

歌声婉转，非常好听。那些媳妇婆娘都起哄了：叶叶再唱一首，再唱一首。叶叶的脸有点红了。厚才媳妇泼辣，她喊着：叶叶不唱我来唱。我叫一声狗娃狗娃，我的狗娃啊——就一句秦腔，把满山的人都逗笑了。

在饲养室的北墙外，王厚才带人在挖坑。郭天福的大哥知道后，就主动扛着钁头，跑了过来。土有点冻了，但他们干劲大，一个上午，坑就挖得能站几十号人了。坑挖好后，田拐拐和几个年轻人把麦草用铡刀一铡，抱到坑里，然后挑来水，倒了进去。一层羊粪、一层草，过一段时间，沤的肥料就可以出坑了。

郭天福从县上学习回来，看着大家干劲十足，心里好像吃了蜜。他自己骂了一句：狗日的，真能行，我不在，干得出奇地好。

时间很快到了3月。树枝发芽了，山换了嫩绿的外衣。袁家村人再也坐不住了，马车队被公社征用，去给公社运送第二批化肥了。青年突击队的彩旗在村南村北飘了起来，榆树坪的地已经开始进水了。几个厂子也很火爆，来来往往的客商把袁家村搞热闹了。

就这样，袁家村走上了快速发展的道路。

春天很短，花开了，御杏也熟了。县上和公社的干部到沟里摘御杏，顺道都会到袁家村看看，现在，袁家村已经是全公社学习的榜样了。温秀县广播站也在不断宣传袁家村，袁家村被公社推到了县上，县上准备召开全县"学大寨"动员大会。听罗书记说，在会上，袁家村已经被圈为先进，要号召全县向袁家村学习。县委胡书记多次说："我们只有树立典型，才能带动全县。袁家是个好典型，叫县委宣传部去总结总结，宣传宣传。"

这个消息，第一时间传到了罗书记耳朵里，他高兴得满地转圈圈。袁家村被树立为典型，不也是他姓罗的功劳？袁家村被推出来了，自己不也飞黄腾达了？说不准会升职到县上。罗书记幻想着，第一时间，把这个消息告诉了郭天福。

郭天福知道后，叫来袁英，说：准备些礼品，去公社一趟。那年月不兴送礼，但郭天福脑子活，送礼好办事啊。袁英问：准备啥呢？郭天福犹豫片刻，说：两瓶西凤酒、一条哈德门香烟，再带一筐御杏。袁英麻利，很快准备到位。郭天福叫上德地、季琳、袁英，在天黑时赶到了公社。罗书记正在办公室看报，听到有人敲门，就去开门。没有想到，郭天福带着袁家村的干部和漂亮的知识青年到了他的办公室。他起身相迎，袁英和季琳把东西往桌子后面一放。罗书记推辞说：来就来，还带什么东西。郭天福说：御杏，特产么。书记忙，没有时间去品尝，我给你带过来。

罗书记一见天福，就夸个不停：郭书记，你给咱们烟霞长脸了。在县上开会，胡书记几乎每次都夸你袁家，我脸上也有光啊。郭天福说：罗书记，都是你领导英明，如果县上要推先进，你还得忙前忙后，为咱袁家争取啊。只要我们袁家是县上的先进，我们保证给你争光。

罗书记说：我现在就安排文书准备材料。县上在催，我还没有安排，想研究一下再说。从目前来看，你袁家当之无愧。季琳也会来事，说：书记，听说每年有保送大学生的指标，有机会，也考虑考虑我们袁家。罗书记开玩笑地说：你这女子，来了两年吧，干够三四年，公社才能考虑。今年的已经推荐走了，明年给几个指标不知道，有了会考虑袁家的。你们为袁家的发展出力了。郭天福也说：是啊，两个知识青年都是好样子，明年有指标，给我们一个。罗书记满口答应。田德地看着季琳，心里却不是滋味。尽管他在追季琳，但季琳的心思却不在袁家。袁英看着田德地，说：大哥，簸箕村有个下家。田德地说：好了好了，回袁家再说。

回到袁家村，在村北的皂荚树下，田德地和袁英看见黑盾正抱着素素。素素说话嗓门大，田德地和袁英都听见了。她说：我大说，你是个好小伙，彩礼不能少，盖房也不是一天两天的事情，他看袁家能发迹，有好前景。他嘴上没有说，但我看出来他同意了。是吗，素素？黑盾高兴地说，那过一阵，我就叫媒婆去提亲，钱我有了。队上给发的工资，已经有五百元了，彩礼和结婚的东西也准备得差不多了。素素说：那好啊，你现在的房子烂点没关系。刷刷扫扫，再用报纸糊一糊，贴上红喜字，挂上红门帘，那就行了。黑盾高兴地说：素素，你真好。你过门了，我要像敬神一样供着你。素素笑着说：去去去，贫嘴。

贫嘴贫嘴，像敬神一样。黑盾，你把袁家人的脸都羞了。德地和袁英跑出来，笑着说。

羞了就羞了，你德地想羞还没有机会。咋啦！爱媳妇有错？黑盾理直气壮。袁英就光是笑。

袁英，你不是说簸箕村还有一个下家，给哥说说。田德地转过身对袁英说。他说这话时，有几分狡黠，虽然怪怪的，但他知道，自己是揣着明白装糊涂呢。早已有了合适的，还在寻开心。袁英不知道，田德地似乎也不想让人知道。

不知道情况的袁英也卖开关子了：是媒不是媒，先吃两三回。德地哥，不啬皮，先吃几顿再说。田德地说：袁英啊，你说的，好，明天烟霞镇，你随便挑。袁英笑着说：我的哥啊，烟霞能打发吗？温秀县我还没有去过呢？田德地说：那就县上，明天给天福请个假，跟黑盾走，他的运输车队明天去县上。德地看起来很急，袁英也真以为德地急，话锋一转，说：明天不行，我得给队上的妇女开个会。哪天下雨了，没事干了，咱们走。田德地还在问：那你能不能给哥透个底，谁家女子？

保密。袁英说着，进了自己家门。田德地站在那里，心里有点不是滋味了。他德地也算袁家村的能行人，现在天福已经有儿有女，黑盾看来也快成事了。他虽然已经有了牵挂的人，但他好高骛远，想人家城里娃。看来是竹篮打水一场空啊。田德地想着，往回走去。在村里，他看见他大在转悠，就问他大干啥呢。他大说：天福书记和他大哥吵架了，不知道为啥，想去劝劝，听着又没声了，回吧。说着，田德地和他大回了家。

其实没啥。郭天福回家后，他大哥找他，说他大找天福呢。郭天福和他哥赶了过去。旺年老汉黑着脸，蹲在院子里。郭天福进门，他大问他干啥去了。

郭天福说：去公社了，找罗书记有点事情。

他大忽然站起来：去送礼了？

郭天福没有回避，说：送点御杏。

他大说：会干事情了，能送礼了，咱们袁家人哪个不是顶天立地、站着尿的？你会弯腰，会送礼了。你是干部，得像个样子。

大，我怎么不像个样子了？过去，我逛赵镇北屯交朋友，你说我不像个样子。我放鸽子打野兔，你说我不像个样子。我引回个媳妇，你说我不像个样子。现在我为了袁家，跑前跑后，你还说我不像个样子，你想让我咋？郭天福委屈地说。

老三，大说你一句，你就没有完，大不能说你了？郭天寿阴阳怪气地说了一句。

哥，你不要上火浇油了，大说我我可以认，你不能说。现在这事情不是那么好办的。咱们袁家要不是公社先进和典型，人家凭啥帮咱？人家簸箕村、周礼村出劳力帮咱，人家公社给咱化肥，给咱政策，咱们才能办海绵厂，我二哥管的砖瓦厂的砖瓦才会好卖。郭天福说。

咋了，你翅膀硬了，哥也不能说了？大怕你走歪路，干事情就好好干事情，送哪门子礼？郭天寿语气缓和了点。

我的哥啊，你放心，我有分寸呢，出不了错。郭天福很自信。

天福啊，你大了，当了领导了，大我不管了，你的路你好好走。旺年老汉说着，摔门进了屋。

郭天寿拉了一把郭天福，说：快去，劝劝大，不要叫他老人家生气了。郭天福甩开他哥，说：要去你去，我累了，我回去睡觉了。说着，他出了他大的院门，刚好和郭天禄碰上。郭天禄说：急啥呢，再坐坐。郭天寿骂了句：不是东西，叫他走。

骂是骂了，第二天，郭天福召开各厂子负责人会议，就像什么也没有发生过。会议在饲养室北墙外召开，天气好，九嵕山巍峨，玉皇顶看得清楚，渭北旱原如同一幅油画，挂在天地之间。拐拐媳妇端来茶，几个村干部蹲在土堆乱石上，听天福讲话。

郭天福习惯了，讲话前就清清嗓子，咳嗽一声。他说：大家最近辛苦了，听袁英讲，各厂都盈利了，咱们袁家有钱了。有钱好办事。我想，钱是大家挣的，大家都有份，除过集体提留的，各厂拿出分配办法，多劳多得，给没有在厂子的其他人员按照工分换算，除过口粮、油票、棉票外，再在厂子分红。要叫袁家人的腰包都鼓起来。如果没有意见，就这样办，但有一点——集体在先，个人在后。同时，我们袁家的事情不能外传，咱们要遵照毛泽东思想办事，也得结合我们袁家的实际。

王厚才举手说：书记，咱们是不是向公社请示一下？

郭天福说：我们袁家的事情，没有违反政策和原则，不用汇报请示。田德地站起来说：不过才三年，咱们村子翻了天。过去不好讨媳妇，现在咱们黑盾都快结婚了，喜事啊。郭天福站起来说：以后谁结婚，村子给办。咱们袁家，要把年轻人结婚当大事，后继有人，人丁兴旺，才是袁家的希望。我拍板，以后谁结婚，我们村上给置办婚礼基本所需。如果大家没有意见，三大件，一是大立柜，二是收音机，三是沙发。怎么样？大家都喊：好好。参加会议的张朵说：书记啊，如果我在城里办，你也给吗？郭天福说：给，给更好的。

这时，田德地对季琳已经基本死心，他打算娶袁坡村的姑娘。当听了天福的话后，他决定尽快结婚。

黑盾也欢喜，他知道郭书记说的话后，跑到簸箕村，在第一时间把这个好消息告诉了素素。当然，素素很快告诉了她大，父女俩很是高兴。

季琳是一个非常会来事的人，自从她知道1973年的指标已经分配完后，她把心思放在了第二年，希望这一年给自己带来好运，早早离开农村，离开这个正在脱胎换骨的渭北村子。在袁家村她看到了希望，在郭天福身上看到了渭北男人的担当，她也希望能找到像郭天福那样的男人，能顶天立地，能干大事。但是，她把自己的一生都寄希望在城市。如果能推荐上大学，她的人生将会完全不同，这是她梦寐以求的。但做梦解决不了现实问题，一切都得靠自己努力。何况在袁家村，张朵又是个强硬的对手，先进、模范人家都有，她拿什么争？她在思考。女人总有女人的优势，季琳这样想，也就这样规划。

这一天，她在走出郭天福的院子时，抱住了正在玩耍的梅梅，说：书记，你闺女漂亮聪明，和我玩，抓到手的就是我的钢笔，一看就是个学习的好苗子。如果书记愿意，我想让梅梅叫我姨妈。尽管孩子有姨妈，但我也想当梅梅的姨妈。郭天福高兴地说：好啊，穗穗，咱女子又有一个姨妈了。周穗穗在房子里听到后，也非常高兴，孩子有一个文化人当姨妈，那是她孩子上辈子积的德。她在房子喊：梅梅，快叫你姨妈。孩子和季琳熟，也就轻轻叫了声姨妈。就这样，季琳成了梅梅的姨妈，季琳和郭天福家的关系走得更近了。

这个还不够，季琳想，还得有所表示。她摘下自己戴在胸前的一枚胸针，款式很好，是她临行前母亲给她的，她斟酌再三，还是递给了梅梅：算姨妈的见面礼。郭天福说：不要不要，能叫你姨妈就是福。季琳说：我既然是梅梅的姨妈，认亲礼总得有。一点小意思，是个纪念。郭天福也不好拒绝，就抱了抱自己的女子，亲了一口。然后，他在院墙拐弯处摘下一朵米黄色的小花，递给雪梅，说：梅梅，送给你姨妈，算是回报。梅梅乖巧，小小年纪就能听懂天福的话，接过花，递到季琳手中。季琳笑了，郭天福和梅梅也笑了。

天福，你二哥出事了，快去看看。郭天福在家里，听到父亲在院外喊。他放下梅梅就往出跑。季琳也紧随其后，问：怎么了，出啥事了？郭天福跑出院子，看到他大很焦急。

他大说：窑塌了，把你哥埋了。

郭天福大惊失色，飞速跑到砖瓦窑厂，他哥天禄已经被刨了出来。老大郭天寿抱着郭天禄，说：只是腿和腰疼，人没有大碍。郭天福蹲下身子，身后的人喊：多亏张朵跑得快，刨得及时，要不，唉，真吓人。

郭天禄看着郭天寿和郭天福，说：兄弟，没事，谁知那窑会塌，我大意了。没事，找簸箕村董医生给我看看，就是腰疼腿疼。

郭天禄在郭天寿、郭天福的搀扶下站了起来，他努力向前挪了挪步子，然后叫人放开他。郭天福轻轻松开手，看着自己的哥哥天禄。郭天禄自己向前走了三步，尽管很慢，但还能行。郭天福看了一眼西北的九嵕山，然后拜了拜玉皇顶，自言自语说：我的神啊，有惊无险，谢天谢地。

季琳看了看天福：书记，你还信这个？

我的知识分子啊，我是农村人，在我没有当书记的时候，我是逢庙必拜，遇神必敬。那年月，人能信什么？跑南跑北，总得有个寄托，这是心病。郭天福说了真话。

那书记是什么时候不再逢庙必拜、遇神必敬了？季琳问。郭天福看了看他哥，没有急着回答季琳的问题，只是说：人没事，就好。看来，郭天福的心里轻松了许多。

张朵已经去簸箕村找董医生了。郭天福看着季琳说：1970年我当队长的时候，还是那样。1971年村里成立支部，我当了支部书记，信了党就不能再信神。我就一心一意跟党走，做毛主席的好干部。季琳听后，肃然起敬。

处理完哥哥天禄的事情后，郭天福去找田德地和王厚才，商量如何当好典型，把棉花地里的棉铃虫问题解决了，把黑盾的婚礼给安排好。这可是袁家村给村民办的第一个婚礼。

黑盾的婚礼定在了 1973 年 5 月 1 日，是农历癸丑年丁酉日，牛年，又赶上劳动节。黄历上说宜嫁娶、纳彩、祭祀、祈福，这是个好日子。这一天，渭北塬上阳光正好，山花烂漫，草木葱茏，万象更新。

郭天福说：今天是劳动节，是咱们劳动人民的节日，在这一天办婚礼，真是普天同庆啊。今年又是牛年，我们秦川牛吃苦耐劳，任劳任怨，只知耕耘，不问收获，这种精神，也是袁家人的奋斗精神。在这样的日子结婚，也是好事。

王厚才点了点头。田德地心里说：书记的能耐真大啊。

是啊，跑过江湖的郭天福眼界就是不一样，思想进步也快得吓人。

婚礼前一天晚上，黑盾请了簸箕村的书记董德亮和村会计董万福。袁家村在座的当然有郭天福书记、王厚才和田德地。季琳多了个心思，请了韩媛媛过来。看起来是媛媛和季琳端盘子倒水，其实是季琳的一番苦心。季琳知道媛媛老实，也想推荐媛媛上大学，媛媛和簸箕村书记没有来往，晚上借机让媛媛表现表现，给媛媛一个机会。

渭北人喝酒吃肉，从来都是大老碗、大块肉。酒是老西凤，肉是宰的一头大黑猪。杀猪的时候，簸箕村的大厨提起尖刀，烧好开水，叫四个小伙子按住肥猪。一刀进去，猪狂叫，血狂溅，一个脸盆不够接，血洒了一地。等猪不哼哼了，往开水锅里一塞，过了半个时辰，抓住猪头，提起后腿，两个铁钩子往猪后腿上一穿，挂在木桩子上。三下五除二，猪毛拔干净了，一头白花花的大肥猪倒挂在木桩架子上。簸箕村的大厨麻利，刀子挥舞，猪肚划开，大肠、小肠、猪肝、猪肺、猪心，样样整理好取出来。接着，大厨剁掉猪头、猪蹄，一股脑放进新烧的开水锅里，大料、生姜、大葱、红辣椒全放进锅里。晚上，书记们就喝上了酒，吃上了新鲜的腊汁肉。

董书记，难得难得，不是黑盾这事情，咱们兄弟都坐不到一起啊。郭天福开场先说了话。

哪里哪里，郭书记现在是公社红人，太难见了，今天还得感谢黑盾小伙子眼里有我这烂簸箕村的书记。董德亮说。

我的老哥，你簸箕村村大势大，我怎么和你比。你们六个小队，二百多户人家，我才百十号人，一个小队而已。郭天福说。

董德亮酸溜溜地说：郭书记，队小好弄事。你看，不到三年，你都给村里的小伙办婚礼了，你给社会主义争光了，我给簸箕村抹黑了。

不能这样馋我，黑盾这事是咱们两个村子的事，咱们要看长远，远亲不如近邻。咱们挨畔种地，亲上加亲。来，不说了，喝酒。郭天福说着，和董德亮碰了一下，一大碗酒各自下肚。

季琳和媛媛惊叫：我的妈呀，酒能这样喝。在渭北，男人喝酒就是这样喝的。那个晚上，董德亮记住了媛媛是自己村的下乡知识青年，郭天福对季琳更是多了好感：这娃有眼色，能成事。

在黑盾的新房里，王厚才老婆正在叠被子，村子里的媳妇婆娘都过来帮忙了，剪窗花的剪窗花，贴喜字的贴喜字，整个新房热热闹闹。而张朵则拉着黑盾跑到了烟霞公社。公社所在地虽然人不多，但有剪头铺、羊肉泡馍馆和小酒馆。张朵告诉剪头的师傅：我村的小伙要娶媳妇，你给把头型弄好，派头要有，这可是我们袁家办的第一个婚礼，不能马虎。师傅高兴，黑盾掏出大前门烟，递给师傅，说：谢谢了。师傅客气地说：不用不用，讨个吉利，这头免费。我们乡里乡亲，结婚是大事，我们虽然不熟，但都是烟霞人，情得有。张朵感慨：也真是，这烟霞人，厚道知礼。

师傅说：不仅仅厚道知礼，还善良诚实，善待他人。

这话怎么说？张朵问。

师傅说：年轻人，我给你讲一个不是故事的故事。张朵看着师傅：师傅，不要手下出问题。师傅说：没麻达。我给你讲，几十年前，我们烟霞簸箕村人去河东做生意，没有想到，泾河水暴涨，水把渡船给掀翻了，船上好几条人命啊。我们簸箕村人看到后，衣服都没有脱就跳下水，救了五条人命，然后二话没说，脱掉衣服把水拧干，帮船主摆渡，过了河，匆匆而去。船主感恩，跑了过去，问：恩人，叫我如何报答你。簸箕村人说：我乘船，你不磨蹭就行了。船主问：恩人高姓大名。簸箕村人说：记住，我姓董，烟霞簸箕村人。你看看，这就是我们烟霞簸箕村人，他是烟霞的骄傲。从此，烟霞姓董的人过河，船主都不收费。

张朵说：还有这事？黑盾说：有这事，这事当年在我们那里传开了。所以我看上了簸箕村的素素，人漂亮，心肠好。

第二天的婚礼把方圆几十里都震动了，八抬大轿，八个吹鼓手，四个放铳的。锣鼓喧天，炮声隆隆，整个袁家村，不因为破破烂烂的村子显得寒酸，而是破房子、新门帘、小门楼、大红喜字，把袁家村弄沸腾了。黑盾第一次穿上了中国传统红礼服，媳妇素素穿着大红袍，顶着红盖头。婚礼的盛况前所未有。那一天，簸箕村来了五桌吃席的，公社罗书记也来喝喜酒了。郭天福高兴得不得了，像是自己结婚一样心潮澎湃。他接手村子的事情已经三年了，村子变了，但村民还住在老房子里，下雨漏雨，刮风漏风，想到这里，他心里就不是滋味。黑盾的婚礼冲淡了这一切，却冲淡不了袁英的愁绪。

黑盾婚礼前一天晚上，两个村子的书记喝酒的时候，黑盾叫过袁英，袁英看着黑盾，眼泪都快出来了。她只是蹦出两个字：不去。黑盾不知道是怎么回事，再叫袁英的时候，袁英把门一摔，说：你去快活吧，祝福你，我有事。黑盾不清楚，袁英为什么会这样。

第二天，袁英没有参加黑盾的婚礼，一个人去了渭城。在安国寺，她端坐在佛像前，一个上午都在默诵金刚经。寺里的静无法师站在她面前，等了很久，然后请她起身，说：施主，人在凡尘，心在佛中，何必苦了自己。善哉善哉，阿弥陀佛。

袁英说：法师，弟子愿皈依佛门，但又舍不下我的家人。我愁肠百结，大师如何化解？

静无法师手抚袁英的头，说：一个情字心绪结，它该来时必定来，它该走时必定走。忘记不可，忘怀亦难，佛祖有灵，保你如愿。但愿心已定，不必强求，看它花开，看它花败，世事无常，凡念随缘。

袁英说：女子就是一个小女子，望大师指点迷津。袁英没有听懂静无法师的话。法师念着阿弥陀佛，说了句：佛门顿开，大路通天。施主回吧，阿弥陀佛。袁英也念着阿弥陀佛，然后跪下，说：求法师收我。法师说：施主心不静，好好念佛，早沐浴，晚祈祷，居士可为。就这样，袁英成了安国寺的居士。

出了安国寺，袁英似乎还看见黑盾带着他媳妇，出现在袁家村的碾子旁。袁英告诉自己，断了念想，断了自己的情缘，她爱了一个不该爱的人。

袁英爱黑盾，谁都不知道，黑盾自己也不知道，她就一直默默爱着。黑盾到小河工地开渠挖洞，她始终捏着一把汗。她是个不爱表达自己感情的女子，她给谁也没有说过自己的心思，她就是偷偷爱着黑盾。当她知道黑盾爱上簸箕村的素素后，她有过冲动，想向黑盾表白，但她最终没有。她怕成为袁家村的大笑话，于是只能自己默默忍受，直到黑盾结婚。

黑盾结婚，季琳高兴。不知为什么，她果敢地找到德地，说：田大哥，我知道你对我好，但我的爱情不在袁家。你应该像黑盾大哥那样，找个你喜欢也喜欢你的人，知冷知热，早早成家。无论怎么说，我得感谢你对我的好。我想，田大哥是好人，不会记恨我，会一直对我好的。

田德地无话可说，何况他早有了思想准备。他看着季琳，只能再三说：你是个好女子，你是个好女子。这个好女子在黑盾媳妇素素回门这一天，向田德地请了假，说她到簸箕村有事，如果顺利，也能帮德地的忙。德地也不知道季琳说的帮他的忙是什么，就答应了。只要是季琳的事情，德地没有不答应的。

也就在这一天，德地去找媒婆，说尽快结婚，越快越好。媒婆跑到袁坡村，把事情给姑娘他父亲一说，那老汉可高兴了，他一直盼着女子出门，女子一旦出门，他就可以到岭南找活计去了。袁坡村，他是觉得太苦了，何况，袁家村还给统一办婚礼。来年德地就顺顺利利地把袁坡村的袁苜蓿娶回了家。袁苜蓿真像渭北大地上的苜蓿，生命力强，生育能力更强。德地比黑盾结婚晚，却早早抱上儿子了。

这事说远了，就说季琳告假后去干啥了。其实，季琳有一个大胆的想法，她想实现自己的想法，又怕被别人识破，就绕道而行。她先找到黑盾的新媳妇素素。素素正在打扮，毕竟是新媳妇，她梳着长辫子，戴着蝴蝶花发卡，给黑盾系好扣子，然后提着油包子和从烟霞买的点心，准备看她大去。这是讲究，新媳妇结婚三天后回门，这是雷打不动的。季琳跟着素素：嫂子，我也去簸箕村，你带我。你回你的门，我找我的人。黑盾问：你找谁？季琳浅浅一笑：找韩媛媛，一个知识青年。素素说：我知道，她住在四队喜全的地窑里。地窑？季琳看着素素。你没有见过，今天你就见到了。素素笑着，似乎在说平常话。

素素进了簸箕村，向庄北六队走去。她指给季琳，过了四队饲养室，绕过队上的保管窑，向东坐北朝南的第二个门楼，就是喜全的地窑，媛媛就住那里。季琳好奇，走过四队饲养室，看见一个下沉的院子，院子里没有人，那就是四队的地窑、队上的保管室。说是保管室，其实也没有啥，就几把锄头、两三把镰刀、一台老榨油机和轧棉花机。这就是地窑吧。季琳到了喜全的门口，进了门楼，是一条黑洞洞的地道，沿着地道下坡，过二道门。一股臭味熏得人几乎晕倒，好在季琳在农村待了三年了，她知道那是猪圈的味道。快步穿过臭味，一个宽阔的院子出现了，院子四面都打着窑洞。季琳进院子时，就看见韩媛媛正在晾晒衣服。媛媛，季琳叫着。韩媛媛回头，灿烂的笑脸像粉嘟嘟的桃花，好看极了：季琳，什么风把你吹到簸箕村来了？季琳说：媛媛，我有话说。你今天有时间没有？要是有，咱俩去公社一趟，好事情，不去就没有门。韩媛媛问：有什么事情？季琳说：你想回城吗，你想上大学吗？如果想，就跟我走。这如同久旱逢甘霖，恰似花开遇春时。媛媛怎么不想，做梦都在想，她也是一个追梦的女孩子，她也希望能有书读。她二话没说，就和季琳跑出地窑。她忽然觉得，天空很蓝，簸箕村的空气非常好。

她们跑到了公社，媛媛不知去找谁。季琳说：咱们去公社看看。走到公社门口，季琳没有想到碰见了郭天福。季琳先入为主：书记，到公社汇报工作来了？天福还不知道怎么回答的时候，季琳继续说：郭书记，县广播电台昨天晚上播了咱们袁家成为烟霞学大寨先进典型的事情，是不是公社有什么好事情找你啊？天福说：没有没有，咱们海绵厂的产品积压了，我到公社找人给推销推销。好啊，书记找到了吗？郭天福点点头，急急忙忙走了。季琳还想问什么，郭天福已经消失在烟霞公社的大门口。

媛媛问季琳：咱们找谁？

当然是公社罗书记啊。季琳胸有成竹。

你认识？媛媛问。

喝过酒，聊过天，罗书记是个开明的人，很好相处。我说媛媛，今天是为咱们以后的去向来找罗书记，先让书记高兴，明年推荐的指标就是你我的了。媛媛问，怎么让书记高兴？季琳眨了眨眼，你大方点，我们女孩子，没有其他资本了。媛媛不理解，看着季琳。季琳说：会来事，看着办。这看着办，媛媛就被季琳推到了一个尴尬的境地。敲开罗书记的门，书记正在看文件，看见季琳和媛媛，赶忙起身：哎呀，这不是袁家的季琳嘛！这位是？季琳赶忙回答：她是我的好友，簸箕村的韩媛媛，人很好。书记定定地看着媛媛。季琳推了推媛媛：罗书记，媛媛想给你汇报汇报思想。罗书记说：好啊！你们都是有为青年，烟霞因为你们而添彩。季琳看时机正好：罗书记，先让媛媛给你汇报，我还要到供销社买点麻绳，绑洋柿子架用。季琳说着退出罗书记的办公室，临出门时，向媛媛眨了眨眼。媛媛不明白，又似乎明白了什么。

等季琳再次回到书记办公室时，她看见媛媛的眼眶湿湿的，但人似乎很高兴。她放心了，大事成也。在告别罗书记时，季琳低声说：书记啊，我们女知青不容易，明年的指标可得多考虑我们啊。罗书记说：好啊，多来汇报工作，没有问题。

就这样，时间过得飞快。转眼到了夏天，天气闷热，人心浮躁。郭天福看着哥哥天禄又能在砖瓦厂忙活了，心也就放下了。看来，那次塌窑事件并无大碍，这得感谢老天爷，保佑袁家风调雨顺。

这一年的夏天，奇怪的事情非常多。

先是簸箕村的神婆被县公安局带走了，走时，没收的点心、旗、鼓乱七八糟地装了一车。神婆站在三轮车上，面色红润，毫无惧色。她七十岁的人了，双手抓着车沿，一脸严肃。神婆被抓走的第二天，九嵕山上的一只鹰哀号着摔在沟里的碎石上，死得蹊跷。接着，沟道村的一个婆娘生了一个连体婴儿，婴儿眉眼像极了早年被枪决的土匪。那土匪无恶不作，把一个女子活埋了，原因是那女子偷情。这事倒没有什么，只是那女子是他兄弟的媳妇。而那个偷情未成的野男人也被土匪割了头，身子扔进泾河，头当尿壶用了。这土匪在老辈人心中印象极深刻，看到这个婴孩，知情的人惊呼：我的妈呀，是不是恶人转世？于是传言四起，后来被一个神婆演义成了天大的奇事了。

这事传到了袁家村。郭天福开了村民大会，让大家放心。他说：世上本无事，庸人自扰之。我们共产党员不信邪，要好好劳动，把革命进行到底。话是这么说，人心还是不稳，这不稳的人心因一场大洪灾更难安了。

这是一个平常的黄昏，起初天气还好，不大一会儿，出现几块黑云撕咬纠缠，将晚霞渐渐遮住，没有多长时间，天忽然黑起来，晚霞消失了，接着响起一阵惊雷。皂荚树上没有成熟的皂荚吓得掉了下来，村南老槐树的枝忽然断了，砸在了土庙上。天福正在吃晚饭，看到这情景，赶快跑出屋，敲打着掉在地上的破钟，喊着厚才和德地的名字。穗穗和季琳在他身后跟着。厚才和德地已经跑到了砖瓦窑上，帮着天禄一起收拾。天福看见人们都惊慌失措，抱柴的、苫房的、在门口堆土的。天福看见张朵跑出屋，身后跟着厚才老婆，他没有说话，拔腿向砖瓦窑奔去。跑过饲养室时，他看见田拐拐正在把晾晒的黄土向饲养室转移，拐拐的妻子拉着架子车，两个人跑着干活。过了饲养室，天福看见他大哥扛着锄头正要回村。他急忙说：大哥，你去照看咱大，我得去窑上看看。他大哥应着，天福已经跑得看不见人了。

这时，天空阴云密布，大地一片漆黑。雷好像炸了山、炸了地似的，闪电厉害得像能把人击倒一样。顷刻间，暴雨如注。厚才看见了天福，便喊道：书记，快到饲养室，那里地势高，砖瓦已经遮盖好了。大家挤在饲养室，议论纷纷：这雨再下，我们袁家就危在旦夕了。守在家里的袁英，口中念着阿弥陀佛，双手合十祈福。天福忧心忡忡，他觉得这雨是演练，真正的考验还在后边。果不其然，大家正在抽烟聊天的时候，就像谁在天空中倒水似的，一盆接着一盆，大雨把大地浇了个透。

这个晚上，袁家村大部分人都没有睡觉。就连黑盾的新媳妇，也挤在了饲养室的土炕上，迷迷瞪瞪的。天福走出门，看见一道白色的光带在村子中间飘荡。他知道，那是洪水漫过了村子。谁家房子被淹了呢，他是一点都不知道，他只清楚全村百来号人都在饲养室，只有德地在石灰窑上，他二哥天禄在砖瓦窑上，那个不要命的袁英死活要待在家里。他的梅梅在被窝里蒙着头，他的逛旦还乐呵呵地看着满屋子的人。天福心里很焦急，但表现得很镇定。就这样，暴雨持续了一夜，人的心也乱了一夜。

第二天黎明，天福和厚才已经蹚在齐腰深的水里查看灾情了。在水里，天福看到了死猪死羊，厚才捞上来一个大南瓜，水中还漂着烂鞋、破袜子。天福顾不上，他走进村子，看到厚才家的院墙倒了、厨房塌了，德地家的草棚被揭去了顶，他大住的后院也塌完了。袁英家房子没有倒，她站在门口和书记打招呼。天福长叹了口气：这女子没有出事，万幸啊。其他家房子倒的倒，塌的塌，损失颇大。就是村北的碾子也只能看见碾石，而不见碾盘子了。

而他大和他大哥，像两棵树立在老屋的门前。天福看了一眼，放心了。村子损失有多大，天福顾不上估算。他跑到了砖瓦窑上，看见他二哥站在倒了的砖坯前，一脸惋惜。二哥没事就是万幸。天福这时顾不上村子的损失了，他要看看村民是不是都在。只要人在，他就放心了。他准备去石灰窑时，传来了德地吼秦腔的声音：老天啊老天，你不让我死来不让我活，你让我如何去生活啊——天福笑了：这家伙，乐观派。好，我袁家人要的就是这个！

大水到中午时分才慢慢退去。天福听人说，那股大水与山洪暴发有关。沟道村筑的堤坝被山洪冲垮了，簸箕村也遭了灾，很多地窑灌了水，窑就算不塌，退水之后也难住人了。董德亮书记很是苦恼，大事还没有处理，一个山东瓜客就跑来找董书记，说四队叫他种瓜，西瓜都挂在蔓上了，一场洪灾把地漫平了，西瓜收获无望了。瓜客要回家，要工钱。而穷困的四队拿不出工钱，他非常焦急。董书记摊摊手说：天灾如此，谁也没办法。我想办法给你凑点，你先回老家吧。山东大汉流着泪，看着大水漫过的西瓜地里的淤泥、黄沙、烂瓜秧，跺了跺脚，走了。

而天福苦恼的是，很多家庭吃住成了问题。村子囤的粮食倒还有不少，可以在饲养室开大锅饭，解决暂时的问题。从长远看，此地已经不适宜了，得寻新的居住地、修居民点，安置大家。天福这样想时，就叫来厚才和德地，说：看来得选新地方了。

厚才说：我们袁家可用地也就五百来亩，选哪里合适呢？

德地说：要找风水先生看看，哪里宜居，哪里能万代繁盛。

天福想了想，说：坝南平展，位在高处，就是再发洪水，也不会毁了屋舍，袁家新村选址当在榆树坪。

19

1973 年的夏天不平凡，这一年的秋天也是多事之秋。

烟霞公社的罗书记在全社大会上强调，抗洪救灾，不仅仅是公社要考虑的。尽管县上拨了一定的救灾物资，但那是杯水车薪，还是要靠自救，要发扬毛主席讲的自强不息、艰苦奋斗精神。各村要安排好灾民的生活，安排好恢复生产。天福在会上表态：我们袁家一定不辜负公社领导的期望，尽快投入革命生产，拉土奠基，打夯修路，为来年新村建设打好基础。

其实，在洪灾过后，天福已经筹划好了袁家人的未来。先统一就餐，住的地方各自解决，克服困难，不向党和组织伸手，靠自己的力量渡过难关。

在天福安排这些事情的时候，季琳带着韩媛媛到了公社。罗书记叫来有关人员，把两张推荐表递到了季琳和韩媛媛的手上。一张是北京外国语学院的，一张是南京军事学院的。罗书记看着韩媛媛，笑着说：媛媛啊，你先选。季琳也说：媛媛你先挑。季琳心里明白，媛媛肯定挑北京外国语学院，她文气安静，喜欢外语。果不其然，媛媛说：我喜欢北京，在那里能感受到祖国的心跳。季琳会来事儿，接着说：我喜欢南京，那里有金陵十二钗，有中山陵，有雨花台。罗书记看人少，趁媛媛没有注意，在媛媛耳朵上捏了一下，说：好，你们各自如愿了。可是，我们烟霞公社舍不得，走了两个人才，社会主义大厦难建设了。

媛媛没有说什么。季琳说：书记舍不得，我们会在走之前经常来看书记的，我们两个小女子不在烟霞，烟霞依然能腾飞。罗书记夸赞了季琳：袁家人会说话。我还得给你们书记打个招呼，要不然会有矛盾的。

这一年秋雨绵绵，淅淅沥沥地下了两个多月。村子里的人都说：遇到了百年老淋。看来，老天叫咱们休息。可怎么能休息呢？棉花开了摘不了，再下就坏了。苞谷都发霉了。地里的红芋挖不了，可能会发芽。天福动员厚才和德地，带人冒雨把苞谷抢收回来。棉花是摘不了了，红芋就在泥地里刨吧。要不，这个秋天白忙活了。

张朵的海绵厂生意兴隆，他是队上的先进、劳动标兵。他想，如果有机会，被推荐上大学应该没啥问题。他和副厂长袁英商量，如果他能走，他会推荐袁英当厂长。毕竟袁英还是村妇联主任，又有文化。但袁英似乎并不在意，她说如果有合适人选，就不要考虑她了。她还要去安国寺看望师父，听师父讲经呢。谁知公社书记找张朵谈话，不断表扬他觉悟高、本事强，袁家的发展还离不开他，让他好好工作，向贫下中农学习，踏踏实实地把自己的事情做好。张朵不知道公社书记的话是什么意思，直到天福把窗户纸捅开，他才明白是怎么回事。

天福说：张厂长，海绵厂在你的经营管理下走上了正轨，你是咱们村两个知识青年中的男娃，公社今年推荐上大学的人选，你是当之无愧的。问题是，公社安排簸箕村和袁家村推荐两个女孩，你上学的事情，只有等机会了。张朵还能说什么呢？他只能说：我赞同公社的决定，季琳是女孩，在农村太苦，该锻炼的也锻炼了。我还需要进一步加强学习、不断改造，把自己真正锻炼成社会主义的接班人。天福有点感动，没有想到张朵这么通情达理、这么懂事。他心里说：要好好待这孩子。

秋雨不断，很多人都在饲养室打发时间，黑盾媳妇素素抱着一个大西瓜走了进来。袁家人谁见过这么大的西瓜，就是簸箕村人也从来没有见过，最少也有四十斤。素素抱得很累，拐拐接过来，放到了一张炕桌上。

黑盾家的，哪儿来的这天大的西瓜？厚才老婆问。

素素擦了擦头上的汗水和雨水，说：我娘家四队的。四队的？有人疑惑。素素说：一个山东瓜客种的，大洪水把地漫了，谁知后来又长出瓜秧，挂上西瓜，整个东沟地里全是成堆的大西瓜，我抱的是我大用粮食从四队人手上换来的。拐拐媳妇提着刀说：是给大家吃的吧？素素说：杀，美得很。这时，天福和张朵进门，喊了声：叫厚才、德地也来尝尝。大家正在吃瓜的时候，公社的邮递员跑了进来大喊：喜报喜报。天福说：先吃块西瓜再报。邮递员说：你们村季琳的大学录取通知书下来了，南京军事学院。天福跑了过去，就像自己被录取了一样，高兴得西瓜汁都流到衣领上了。

季琳拿到通知书，对天福说：书记，太感谢你了。如果有机会，把梅梅交给我，我也让她考上军事学院。周穗穗很激动，她给季琳准备了自己亲手做的花鞋，还有农村人喜欢穿的红裹兜。她说：要是以后成家了，有了孩子，给孩子穿。季琳很感激，抱着穗穗说：大姐，我永远不会忘记你对我的好。

季琳临走的时候，约了张朵。那天，天气阴沉，没有下雨。季琳和张朵走出袁家村，他们一起去了沟道村。

季琳说：这个地方留下了我们美好的记忆。烟霞洞有仙气，我想在走之前，你能陪我看一眼烟霞洞，体味一下张载说的"为天地立心"的意境。季琳似乎有很多感慨，但她没有说话，只是看着张朵。

张朵有点感伤，也有点激动。他说：季琳，我们一起到了袁家，一起见证了这个村子的变迁，这个村子的变迁中有你我的奋斗、辛酸、甘苦。说真的，你能陪我在袁家一起走过这些日子，我已经很幸福了。我曾经想过追求你，但我想你有你的路，我有我的命，人生不能强求，我只有祝福你。

季琳忽然不知说什么好。沉默了一会儿，她说：张朵，你很勤奋，也很好，老天会关照你的。两个人似乎已经在告别了，这一走，也许这一生也没有机会再见了。

之后，季琳一直和天福书记有来往，直到梅梅十八岁时，季琳真的把梅梅接到了部队。听说，那时的季琳已经是省军区一名军官了。

季琳走后，张朵一头扎进海绵厂，一干就是三年。

而在季琳走后的9月，叶叶给拐拐生了一个胖小子。这不仅仅是拐拐的喜事，也是袁家村的喜事。在拐拐给自己儿子准备过满月的时候，他喜欢的黄黄也在撒欢，站在牛圈里叫个不停。拐拐听懂了，黄黄在为自己高兴呢。高兴的拐拐在饲养室外放起了鞭炮，他给自己的儿子也起名叫黄黄，他在叫牛的同时，也在叫着自己的儿子。拐拐觉得这太神奇太有意思了。

11月，雨早已停了，天有点潮冷。九嵕山覆上了薄薄的雪，整个渭北黄土塬，西风猎猎。天福在饲养室叫来厚才、德地、张朵和袁英，商量冬季修路奠基、准备重盖新村的事情。预计1974年正月开工，半年内完工，后一年新春全部入住。那么怎么建，建什么样的房子呢？天福没有下结论，而是叫大家商量。

厚才说：咱们现在没有木材，只有砖瓦和石灰，而且砖瓦因为秋雨的关系，也不太够，只能一边施工，一边烧窑。这样看来，盖成砖箍窑洞，家家三间，就够住了。

德地说：三间怎么够？家里人多，农具放哪儿，厨房该怎么办？

张朵说：我看三间够了，前院用砖箍窑，后院用木材盖成大房。大房可以住老人，可以当厅堂。中间是过道，两边可以住人，家家如此。这在烟霞，甚至温秀县都是独一无二的。

天福点头，认为张朵说得在理，他觉得张朵很有眼光，不但务实，而且有远见。他基本同意这个方案。袁英说：是不是东西街道？天福说：按照龙脊梁的走向，就东西。再者，院子南北向盖大家也愿意。德地说：我看行，就是木材不知哪里有。拐拐媳妇插话了：我们南山的镇子上多的是。

天福一下子就来了精神，说：那就张朵和德地去看木材，找个匠人，画个图纸，看需要什么样的木材，需要多少，你们拿主意。钱从海绵厂出，你们看怎么样？

厚才敲了敲旱烟袋，说：没麻达，好事。

天福说：那好，张朵和德地到南山沣峪镇弄木材，厚才负责砖瓦和石灰，袁英负责修路奠基。明年正月十六，鸣炮开工。

拐拐跳下炕，欢喜地想着：黄黄，要住新房了，要住新房了！

第五章　花开无状

20

　　拐拐怎么也没有想到，自己的儿子黄黄竟然也能娶上媳妇，还能在快三十岁的时候在袁家村的水泥厂当个车间小组长。拐拐没有看到贤惠的儿媳妇，妻子叶叶却享福了。她在新修的屋子里看着孙子，唱着南山小调，日子过得挺滋润。

　　谁也没有想到，市场太残酷，城市化进程加快，国家政策不允许小型水泥厂、化工厂继续生产。袁家村水泥厂在2002年面临关停的危机。黄黄看着大路上晾晒的黄土，车间里将要粉碎的石料，有点心疼。他走出厂子，看到怀山书记在门口望着耸立的料塔，书记身后站着张西峰副总和袁锁成厂长。他们知道书记也不忍心关停厂子，这厂子毕竟是老书记一手建成的。可是，谁能改变这朝前发展的路子呢？郭怀山改变不了，黄黄更不可能。

　　一晃到了2007年的春天，水泥厂已经不存在了，原厂址上建起了一个人造景观——冰雪大世界。整天人来人往，好不热闹。在冰雪大世界北面，是秦腔剧团的排练场和职工宿舍。春风吹过，剧团的小旦个个花枝招展，一个名叫莺歌的小旦喜欢上了壮实憨厚的黄黄。是怎么喜欢上的，她也不知道。只是记得剧团落户袁家村时，袁家村的人帮忙搬卸剧团的道具和器械，莺歌站在一辆车上，帮着搬取锣鼓时一脚踏空，从车上摔了下来。莺歌大叫，没有想到被人接住了，等她明白过来，才发现自己躺在一个壮实的小伙子怀里，脸一红，从小伙子怀里跳下来。小伙子也犯傻了，呆呆地看着莺歌，脸也红了。后来，莺歌知道了他叫黄黄，是袁家村人，是否结婚了她不清楚。一个女子，怎么好意思问这样的话。

黄黄成了这一片的管理员，他看着拔地而起的贞观酒店，神清气爽，吼了句秦腔——我叫一声狗娃狗娃，你把我想得想糊涂啦。黄黄也没有记住什么词，乱唱一气，唱的时候，他的眼前闪过了莺歌粉粉的脸蛋。他走到剧团门口，见院子里没有人，他不好意思进去。这时，他的媳妇灵灵跑过来大喊：黄黄，快回家！咱妈的老毛病犯了，捂着肚子，我叫她去看病，她说老毛病了，胃寒，没有事，用热水袋焐就好了。黄黄不敢怠慢，立刻往回跑，在村口碰见郭怀石。怀石说：黄黄，宝宁寺缺人，封顶呢，高主任叫大家去帮忙。黄黄喊着：我回去看看，就来。

黄黄回去一看，他妈已经好了许多。黄黄叫他妈去医院，他妈还是那一套：一阵阵，过去就过去了，劳啥神呢。老人家就是不去医院，没有办法。黄黄叫媳妇灵灵看着他妈，他跑到了宝宁寺工地。

宝宁寺的主殿已经竣工，封顶的是偏殿。主殿供奉着一尊菩萨，塑像前的香案上香烛烟气缭绕，两边旗幡高挂。香案前的莲花蒲团上，端坐着一位眉目清秀、气定神闲的佛家弟子。她盘腿打坐，口念阿弥陀佛。郭怀山走向前，说：袁英姑姑，你今后就是咱们宝宁寺的住持了，晚辈向您问好。

原来，坐着的人是袁英，这个一世没有找男人的女子，就这样入了佛门，由一个俗家弟子皈依成居士，也叫优婆夷，又由优婆夷落发为尼。皈依久了，就被安国寺指派，回到袁家村的宝宁寺了。现在，她不叫袁英，而叫空了大师。大师站起来说：施主多礼了，这里没有你的袁英姑姑，只有空了在此，佛祖慧报，善待袁家。

怀山退出大殿，看见黄黄上了偏殿的屋顶，喊了句：黄黄，小心，我已久未见你了。黄黄喊：厂子倒闭拆了，我去渭城打了三年工，刚回来不久，被高主任安排在南区当管理员呢。好，好好干！袁家不能少了咱们自己的人。郭怀山喊着，又对身边的田忠良说，最近招商，要梳理梳理，把那些有发展前景的客商留住。田忠良说：秦川书法家协会想在咱们袁家建一个创作基地。他们前期投资建一个昭陵书院，院址选在康庄古街西北靠大路的梁上，你看如何？怀山问：影响总体规划吗？忠良说：没有啥影响。这是好事情，能提升咱们袁家的文化品位。郭怀山说：告知高主任，我同意，他可以签合同。土地免费提供，建设自己投资，设计要符合我们的总体规划。

田忠良说：那我去跟高主任说。田忠良还没有走出寺院的门，郭怀山就喊住了他：要注意和寺院保持距离。忠良说：明白，就消失在袁家村口。

寺院主殿的红墙上，爬上了几株藤蔓，绿绿的，非常好看。郭怀山看了一眼，很是舒服。他对站在偏殿外的怀石说：怀石啊，你抽空叫上大哥怀玉，他当兵回来，有见识。你们到南山终南县的植物园跑一趟，给宝宁寺选一些好的树木。最好能找到菩提树和香樟树，或者龙爪槐、海棠、桂树。只要咱们这里能生长的名贵树木，都选一些，小吃街东边半坡花园也需要。关键是咱们的寺院要幽静而有禅意。郭怀石很吃惊，堂哥什么时候变得自己都不认识了？在他的口里，过去都是骂人的话，现在很少听到他骂人了，竟还能说出禅意一词。士别三日，真当刮目相看！

郭怀山看到偏殿已经封顶，又看看宝宁寺西侧的还愿祠，心想：这是绝不能动的。这是他父亲郭天福主张修建的，祠里挂着老子的像，有主堂和偏堂。他知道父亲当年机缘巧合下认识了一位名叫空谷道人的道士，那是个隐世高人，曾为父亲指点过一二。郭怀山走出寺院，看见村子气势恢宏的牌楼和寺院构成了太宗路上独特的风景。他走回街道才发现，烟霞镇文书记给他袁家村把心都操到了：汉白玉毛主席雕像已经立在袁家村门楼那儿了。主席看着前方，挥着手，似乎在指挥袁家村人不断创新、砥砺前行。怀山很高兴，他走到主席雕像前，恭恭敬敬鞠了一躬。他身后，很多来袁家村的人也在鞠躬致敬。

郭怀山忽然想到，应该让每一个袁家村人都牢记毛主席的功勋，每天早晨8点，人人都来给主席鞠躬致敬，以永远感恩主席给他们带来的幸福生活。他把这个想法告诉了高树，高树十分赞成。于是，在袁家村，每天早晨向主席像鞠躬致敬成了不成文的规定。这也吸引着外地人到袁家村观看、参与。

郭怀山准备到小吃街看看，他也喜欢喝一碗醪糟，咥一块软摊，或者吃一小碗扁豆面，那个舒服劲只有当地人知道。他准备走时，看见莲莲急急忙忙向村外走去，他也不好问。虽然莲莲是村妇联主任，但她又是怀石的对象，有些话不好说。郭怀山正犹豫时，莲莲进了宝宁寺，而接待站的刘先模站长看着他，似乎有话要说。

他走过去，刘先模哼唧哼唧几句：书记，听说剧团人员全部是合同制，能不能把簸箕村那个雪绒招进去？

怀山哈哈一笑：你说的是簸箕村的那个唱《红灯记》里李铁梅的寡妇？哎呀呀，刘站长，这事你给剧团的团长一说不就行了，发掘文化人才，这是好事啊。

刘先模说：书记，你不点头不行。

郭怀山笑笑：行，我打声招呼，下个月就叫去。

刘先模赶快掏出大前门香烟：书记，我还有事情想向你建议。

郭怀山说：只要有利于袁家的发展，你说我听。

刘先模说：我们袁家是风情体验地，就得既有传统，又有民俗。

哎呀，刘站长，简要说。郭怀山忍不住说。

刘先模躬了躬腰，说：好，咱们半山区的韩窑村、东平村、野狐岭有很多大户、富户，门前有石墩、石马、拴马桩、石雕，咱们把这些收来，集中展示也罢，放在店铺门口也罢，都是民俗风情。

郭怀山一听，喜出望外：刘站长，你是有心人，我立即安排王建一负责这事。这事宜快不宜慢，慢了就落后了。先模啊，得给你记一功。

刘先模感激地说：簸箕村寡妇的事情我一提，你就同意，我得感谢你。郭怀山说：那寡妇戏唱得好，人也长得好，你要管住自己，不能犯错。书记放心，我就是喜欢听人家唱戏，不会有事的，刘先模赶紧打包票。说完后，他补充一句：书记，金骏眉泡好了，喝一杯去。郭怀山说：我有事，改天吧。

郭怀山还惦记着吃点东西，他穿过康庄街去小吃一条街。在康庄街上，他看到簸箕村董万寿的版画很火，就向董万寿招招手，继续向前走。康庄街什么时候有了中医堂、童鞋铺，他都不知道。鞋铺里摆着老虎鞋、猪头鞋、蝎子鞋，很是好看，这是从什么地方招来的，他也不知道。郭怀山走出古街，被茶炉前的玄板腔吸引，他快步向前，看见自己的父亲郭天福、厚才老汉、簸箕村的老书记董德亮在喝茶听戏，他不敢打扰，就去了小吃街。刚进去，店铺老板看见书记都很热情。粉汤羊血的老板知道书记不好这一口，就笑笑，招招手。炸麻花的递来麻花，书记摇摇手。卖蹄花肘子的抓了一个肘子正准备递过来，书记笑笑，说：快卖快卖，客人等着呢。簸箕村卖醪糟的小伙子招呼书记，没有想到高树正在吃扁豆面，看见他就喊。郭怀山对卖醪糟的说：捞一小碗干的端过来。书记就势坐在扁豆面店铺前的小木凳上，看着高树说：你也好这口？

高树说：我的书记呀，我已经是袁家人了，习惯不紧跟书记，我还怎么混。郭怀山说：你啊，赶快把你对象的事说好了，也有人给你洗衣做饭了。高树说：我的书记呀，莫提莫提。人家就是不愿我待在乡村，人家要做城里人。

郭怀山说：高树啊，咱们在一起也好几年了，我看你那个苗苗还不如张倩好。

我的大书记，张部长可是你的红颜知己啊，我可不敢想。高树说这话时，心里明白，自己似乎也很喜欢张倩。

郭怀山说：高树，我给你说实话，我媳妇在长安，我们结婚好多年了。她爱我，无怨无悔；我爱她，天地有知。她只知道关心问候，从不抱怨。关键是她非常支持我，我放弃城里工作回乡时，她说，怀山，只要你看准的事情，你喜欢的事情，不损人利己，不违背道德和法律，我完全支持。她是一个家庭主妇，对我一心一意。你想想，我能对不住我的伊宁吗？你放心去追吧。张倩是个好姑娘，尽管是一个副部长，那算什么。你的苗苗怕已经有新欢了。

高树沉默了。他没有想到，郭书记这么直接。郭怀山说：给你几天假，回城看看，如果可以挽回，就尽力争取。如果事情朝着自己不想不愿的方向发展，该决断就决断，男人家，麻利点。当然，我不是坏你好事，我还是希望你们千里共婵娟的。郭怀山在想，自己是不是干涉了高树的婚姻，是不是太武断？无论怎么说，郭怀山还是为高树好。

高树说：书记，我的事先不提了。咱们是不是该考虑引进人才了？目前的规模我们已经不好把握了，要是继续快速发展，人才引进是关键。

高主任，你考虑得及时到位，该开个会了，就进一步发展的事情大家议议。郭怀山说。

郭怀山历来是说一不二、说干就干的。他打电话给莲莲，让她通知村委会人员到会议室开会。开会前，郭怀山问高树：还有什么议题，你再考虑考虑，过会儿抖抖。

郭书记，袁家要规范化发展，咱们是不是在原来招商办、办公室的基础上，再成立外宣办、综合办、市场办、后勤处等部门？把办公室的财务和行政都交给综合办，划分职责，明确责任，也为今后的飞跃发展奠定基础。你看，现在客商源源不断，媒体高度关注，咱们的集团和村委会是不是要分开办公？村委会管理党务和与县上、镇上有关的工作。集团管理经济发展，即风情村的规划和新增项目的发展工作。两套班子，配套人马，各有侧重，在职责上划分明晰。另外向社会广招人才，给出优惠政策，凡落户的大学生，有工作经验的政府工作人员，年龄在四十五岁以下都可以考虑。咱们再规划综合办公楼，安置招聘来的人才，必要时，扩大居民村建设，栽得梧桐树，引得凤凰来。这事我想了很久了，就是没有机会给书记进言。今天，咱们说到这里了，我就和盘托出。高树说得有点激动。

郭怀山心里一惊，这读书多的人就是不一样。这些事他想过，一直没有头绪，经高树一说，他就豁然开朗了。他想到《道德经》中的话："俗人昭昭，我独昏昏。俗人察察，我独闷闷。"他郭怀山真是需要学习，感谢上苍，给袁家村送来了高树。怀山对高树说：你考虑得非常到位，咱们现在需要规范经营、规范管理。而经营和管理是需要人才的，我们现在缺乏的就是这个。招聘人才是目前的大事。再成立几个部门，我没有意见，问题是人员怎么安排，你考虑了没有？我们要人尽其才。村子就是这样的现状，举贤不避亲，要挖掘人才，培养自己的队伍。这个得长远考虑，要不你先拿一个方案，征求一下老同志和现任班子的意见，成熟点了再上会。部门可以先成立，能安排的就安排，没有人选的，暂时空缺。再一个，论证一下建立关中古镇的事情，尽管我们早已安排，我心里还是不踏实，资金跟不上，不能等钱盖古镇去。另外，我看现在来往车辆非常多，柿子林停车场远远不够，是否考虑选址建立新停车场。从长远看，游客中心也得有。我们去西塘，去太白山景区，去青城山景区，人家都有游客中心。我听说长安的一个大学生，自筹资金准备购买游览观光小火车，到咱们袁家创业。如果这和游客中心接轨，那不是一件很好的事情吗?！大学生创业我们袁家也要支持。高主任，百废待兴，我们的工作还有很多。我看，咱们先就招聘人才、成立相关部门的事情开会，改组集团的事情，我还得征求老父亲的意见，他毕竟是董事长啊！郭怀山也是一口气说了一大堆问题，但他很舒坦。

两个人正在讨论，莲莲打来电话，说开会人员到齐，请领导出席。郭怀山很开心，这莲莲也和过去不一样了，能胜任办公室的工作，但要和外部联系，还得找一个更活道、更会来事的人。

郭怀山忽然想到了渭城市人才市场，还想到了自己在一次旅游中的巧遇。那是两年前，他去长安大雁塔逛，和妻子伊宁、小儿子亮亮一起。亮亮跑得飞快，伊宁没有跟上，突然，小家伙绊倒了。怀山向前跑时，一个美丽的阿姨抱起了亮亮。亮亮很勇敢，没有哭，看着陌生的阿姨竟然笑了。伊宁跑过去一看，也大吃一惊，她孩子从来都胆小，见陌生人就哭，可一见这个女人，却笑得非常开心。怀山看了女人胸前的牌子：综合主管。

伊宁说：请问小姐贵姓？

那女人大方地说：大姐，我姓贾，叫贾云，是大雁塔景区的一个主管，以后有事可以联系我，这是我的名片。说着，她递上名片。

伊宁说：我只在家带孩子，是个普通的家庭主妇。这是我丈夫，袁家村党支部书记。

贾云大呼：袁家村，知道知道，要是有机会，我要去看看。田园牧歌，活得快活。

郭怀山把自己的名片递给了贾云，说：也就是一个小乡村，欢迎你随时来。

贾云自言自语：要是在那里工作，一定有身处天堂般的感觉。

郭怀山说：欢迎欢迎。

这期间，郭怀山还和她通过电话，就大雁塔广场喷泉的事情咨询贾云，他想在袁家村的文化广场也安装喷泉。贾云常发短信问候怀山，每逢过节，会调皮地发个鲜花或者咖啡的表情图案。总之，两人来往得挺多。不知怎的，郭怀山忽然想到了这个贾云，要是叫这姑娘来当办公室主任，有亲和力，又有管理才能，多好！这个念头闪过后，他就放不下了。

会议按时召开，主要议题是人才招聘，再是成立新部门。郭怀山提出议题后，会场气氛更热烈了。

德地首先发言，他事先没有和郭怀山沟通，直接在会议上提出了自己的想法：书记的想法很好，我们袁家到了提速发展的阶段，现代化管理手段也有了，先进人才的引进成为必然。在这种情况下，我写了辞呈，我也该休息，享受天伦之乐了。天福书记早已让贤，厚才急流勇退，也在忙自己的农家乐。我一个老同志，跟不上了。请书记允许我请辞，我老田虽然退了，但心在袁家，该操的心我会操的。我很高兴，跟老书记见证了袁家的过去，又和怀山书记共同开创了袁家崭新的局面，我知足了。我没有想到，我这一生做了这么多有意义的事情，更没有想到，过去点灯没油、干活没牛的烂袁家发生了翻天覆地的变化。这要感谢党，感谢天福书记，感谢怀山书记。今天是专题会议，我提出辞呈，书记不会不批，也不会不高兴。把位置让给我们袁家的年轻人，那是多好的事情！德地讲完，大家都鼓掌，掌声响亮而持久。

郭怀山看看高树，看看德地，再看看大家。他站起来说：感谢德地主任，德地叔为袁家做了很大的贡献，他是有大功劳的。既然德地叔提出来了，大家说该怎么办？叫老同志歇歇，他太辛苦了，有人喊。郭怀山很干脆地说：行，不是我准了，是村委会准了。会后在厚才家的农家乐聚聚，欢送欢送我们尊敬的德地叔、我们袁家的老主任。

在一场会议中，袁家村的新老交替已经完成。

郭怀山说：看来招聘人才大家都同意，我看交给渭城市人事局，委托人家帮咱们选才，最后我们组成考核组把关，如何？如果大家没有意见，高主任负责，莲莲、忠良配合，看我们目前需要招聘多少人，怎么样？

袁锁成首先表态赞成。

郭怀山说：那好，接下来说第二个议题。叫高主任谈谈。

高树说：我们袁家已经发展成现代化的集团，我们的集体经济性质不能变，党的领导不能变，县委、县政府提出的旅游兴县策略不能变，而要实现超越发展，目前的格局远远不够。引进人才问题已经讨论通过，如果机构设置跟不上，科学管理、规范运营跟不上，那么超越发展就是空话。鉴于种种情况，我提议在原来招商办、办公室的基础上，成立外宣办、综合办、市场办、营运办、后勤处等部门，细化工作流程，使我们袁家风情体验地的牌子叫得更响，达到我们预期的效果。因此，成立新部门迫在眉睫。

王建一发言了：高主任高瞻远瞩，为袁家提出了更高的要求，建议提得好，我完全同意。德地也发言了：尽管我刚刚退出领导层，但高主任说得直戳要害，事情发展到一定阶段，就得有新的变化，我完全同意。莲莲也说话了：高主任说得人热血沸腾，我们不是游击队，我们是正规军。好，我也同意。会场上赞声一片。

高树看了看郭怀山，郭怀山也很开心：很好，大家都同意。有了位置就得安排人。高主任，我先在会上提出方案，有问题大家讨论。综合办叫王莲莲任副主任，主持工作；招商办叫王建一挑大梁，有合适人选，再派助手；袁锁成任营运办主任，他当过水泥厂厂长，脑子活；市场办我想起用新人，叫怀石任副主任，在外打工回来的田黄黄也任副主任，先看看能不能胜任；外宣办目前没有合适人选，叫高主任兼任，他懂政策，和媒体及宣传部门熟；后勤处我想让田忠良任主任，接待站刘先模兼任副主任。目前，接待站的工作基本都交给了综合办和外宣办了，先模是老人了，爱袁家、思路清、不占小便宜，这非常好。如果招聘到合适人选，可以调配，可以扩充。大家看，怎么样？

高树发表意见：书记任人唯贤，又知人善用，我觉得非常好。起用年轻人，是为袁家培养人才，如果发现新的苗子可以成事，让他们当助手，尽快熟悉袁家的工作节奏。我同意书记的安排。

莲莲发言了：我连高中文凭都没有，能胜任综合办的工作吗？

郭怀山说：咱们招回大学生，首先让你选用，怎么样？

刘先模发言了：书记，我不是袁家人，这样安排合适吗？

郭怀山说：你不是袁家人，在袁家也干了好几十年了，比袁家人还袁家人。不说了，好好给咱当家。

王建一发言了：书记，咱们是不是该成立个财务处？这家可是越来越大了。

郭怀山说：财务先归综合办，以后再说。大家还有没有意见？没有的话，这个议题就到这里，各部门负责人尽快拿出工作制度和计划，下一次会议要讨论。两个议题完了，大家看，最近还有什么事情需要解决？

王建一发言：书记，宝宁寺基本完工，护国祠的工程也接近尾声，接下来你安排的停车场要建在什么地方，我看该考虑了。这事现在不归我管，但我手里事情得交接呀。

停车场和接待中心得长远考虑，先放放。把前期重点工作完成后，根据实际情况再盘算。郭怀山发话了，建一点了点头。

莲莲这时站了起来，说：县委宣传部张倩副部长要带《秦川日报》、秦川电视台、"长安之声"、秦川网的记者来，怎么接待？

这是正常工作，你安排就行。高树说。

袁锁成说：这个事情我给王主任说了，小吃街西北有一片空地，几个延安客商想建一个陕北大院，经营羊杂、羊蹄子、陕北油糕及其他特产，快谈好了，下来交给你了。

高树说：锁成，你和建一商量，把后续的事情处理好，不能拍屁股走人。好了，至于其他事情就会后处理。走，去王厚才家的农家乐，欢送老主任离岗。今天都得喝好。会议就这样散了，但郭怀山不轻松，临出门时，他对高树说：高主任，你的担子更重了。高树说：凡事都得循序渐进、按规律办事，急不得。郭怀山说：不轻松啊。

郭怀山走出会议室，看见天空湛蓝湛蓝的，九嵕山格外雄奇。他喜出望外地说：高主任，你看这天好像被人用抹布抹过，山好像用笔勾画过，清楚得很。

高树说：好兆头啊！

21

事情就是这样，这头长了，那头就短了。如意与不如意只是一念之差。村里人事的变化，有人欢喜，有人就心里不舒服。对于田德地而言，有欢喜也有失落。他正在果园摘苹果，却心不在焉。

原来想自己主动辞去村委会主任职务，看郭怀山能不能考虑老二的事情。没有想到大儿子安排好了，任后勤处处长，而二儿子田忠伟却没有入郭怀山的眼。二儿子忠伟高中毕业后不愿待在农村，在外闯荡。这个儿子不争气，跑广州、跑深圳、跑云南，都没有跑出名堂，倒跑出一身臭毛病。好面子，心眼小，跑来跑去，也没有学到本事，倒引回一个云南姑娘。没有征得德地同意，忠伟已经在外结婚，现在带着两岁的儿子回来了。德地还能怎么样，毕竟是自己的儿子，还给自己带回了孙子，老窝在家里，也不干个事情。儿媳胡妞儿总算在莲莲的帮助下，去了绣坊。这个忠伟，大事干不了，小事不愿干，在烟霞镇和袁家村乱转。有一次，忠伟见了郭怀山，觉得郭怀山没有长他几岁，却成了村子的掌舵人，心里嫉炉，也没有打招呼就转身走了。德地知道后，对他一顿臭骂。骂归骂，但儿子还是儿子，哪个父亲不为自己的儿子操心。德地原想，怀山书记看在他的面子上，也该给忠伟一个好差事。结果快两个月了，书记根本就没有提。看来，他得出马了。要不，招聘的大学生一到位，他儿子的黄花菜都凉了。

德地还没有来得及找书记，书记就带着高树、莲莲、田忠良、王建一组成的考核组坐到村委会的办公室了。会议室外，有渭城选拔推荐的三十名大学生，而这次只录取前十名，竞争非常激烈。郭怀山没有想到，他的袁家村竟然成了就业的热门了。

德地在门外转来转去，看时机不对，就走了。走出人群时，他看见儿子忠伟贼眼直勾勾地盯着一个漂亮的女大学生。他过去就是一巴掌，生气地说：回家，看自己的媳妇自己的娃去，凑啥热闹呢！儿子丧着脸，很不高兴，跟在德地屁股后头走了。

在招聘的这几个月里，郭怀山给贾云发过短信，直言相邀。贾云回信说，她得考虑考虑。因为她儿子刚刚一岁，丈夫在大学教书。郭怀山已经很满意了，人家没有直接拒绝，就说明有机会。他回短信说：你可以先来我们袁家考察考察，如果你愿意，我给你分配房子；如果你丈夫愿意过来，我们聘他为我们的文化发展顾问。贾云回信说：我会来看看的，谢谢郭书记的邀约。坐在考场的郭怀山还在想着这件事情，虽然他想在招聘结束之前把这事定下来，但始终没有见到贾云。他在想，是不是得三顾茅庐，亲自去请。毕竟，贾云是个人才。

郭书记，已经第三个了，你好像有心事，不在状态。陪同的市场办主任问。没有没有，我觉得前三个人的答案都不在我设想的范围内。怀山说。市场办张主任既好奇又佩服：袁家人提的问题有意思。郭书记，问题是你设计的？

郭怀山说：我们班子成员设计了十个问题，我和高主任圈了三个，招人是大事情，得保密。张主任说：是啊，你们设计的问题很实际，一是你对党中央提出的推进农村城镇化进程的政策有何看法；二是你对投身农村工作的打算和愿望；三是你对袁家村的未来如何看。很能考查一个人的素养和抱负。得到张主任夸奖，难得难得。郭怀山说。

这时，走进来一个女大学生，秀气又伶俐。她首先自我介绍说：尊敬的各位考官，非常高兴来到袁家参加面试。此前我已被其他单位录用，但我不喜欢城市的浮躁，我爱乡村，爱袁家，一心想到袁家来。我叫李琳娜，西南传媒大学毕业，家在长安，但向往袁家。

我想问问，你对袁家的未来如何看？高树好奇，满场人都好奇，这个孩子很不一般。李琳娜根本没有世俗那一套，很自然也直接。她说：袁家从一个不起眼的渭北小乡村一跃成为全国有名的先进村，这不是偶然。对袁家的未来，我充满信心。在中国，最美的地方不是城市，而是发展中的乡村；在中国，最有前景的人居地也不是城市，而是花园般的乡村。我相信，只要我们努力，袁家就可以成为这样的乡村。琳娜的话音刚落，就赢得了满场掌声。

这孩子，已经把自己当袁家人了。郭怀山很高兴，没有想到当代大学生如此优秀。他对琳娜说：你已经把自己当成袁家的一员了，袁家不会拒绝你。

谢谢考官给我机会，我就是袁家人。琳娜说。

高树疑惑：你是袁家谁家的孩子？你不是长安人吗？郭怀山说：袁家没有姓李的啊？琳娜说：郭书记，我早就知道你了，你有个姐姐叫雪梅，她也是我大姐。怀山更疑惑了，这毕竟是第一次见面啊。

书记不记得，老书记肯定记得。你姐姐有个城里的姨妈，那就是我妈。琳娜说这话时显得很自豪。

郭怀山明白过来，这女子是季琳阿姨的千金。看来，一切都是天注定的。怀山高兴极了，他心想，老父亲说的知识青年季琳，她的女子回来了。

招聘会很快结束了，十个人也到位了，综合办正在注册登记，先签三年合同，如果愿意，可以落户袁家村。后勤处副主任刘先模已经在接待站二楼给新来的大学生安排了住宿，生活用品一应俱全。没有应聘上的大学生由综合办副主任王莲莲带领参观袁家村，参观完还在王厚才的农家乐招待了他们。大学生说袁家村人有情有义，袁家村有发展前景，如果还需要人，我们都愿意留下。莲莲说：谢谢大家，留下你们的资料，如果需要，我们会联系各位的。

吃完饭，袁家村人还用车把大学生送到了渭城。他们恋恋不舍，离开时，纷纷留影纪念。

在告别袁家村时，有大学生大呼：看啊，那是九嵕山，那里有昭陵，安葬的是一代天骄唐王李世民啊。另一个大学生反驳：胡说，是一代明主，一代天骄是指成吉思汗。他们都是伟人。有人喊：袁家这地方出大人物啊！司机说：我们看惯了，没觉得有啥，满地都埋着英才。你没看烟霞镇那气派的建筑，那是昭陵博物馆，里边啥都说清楚了。我们袁家人，没有看出啥名堂。那是历史，师傅，忘记历史等于背叛！有个大学生显摆地说。师傅淡淡地说：我们农民面朝黄土背朝天，能背叛什么？车里忽然静了下来。

送走了大学生，莲莲准备回家看看父亲，在街口遇到了郭怀石。郭怀石说：王副主任，眼里没人了。去去，刚忙完，累着呢，要回家。莲莲有点生气。郭怀石嬉皮笑脸地说：我的大小姐，生的哪门子气！走，给你消消气。咱们村来了个捏泥人的，捏一个你，捏一个我，如何？捏泥人的？莲莲问。郭怀石说：招商办搞的，在村东南口，人气旺得很，我提前打了招呼，要不就是去了，也排不上队。

哈哈，谈对象找到自家门口了，兔子都不吃窝边草。我怀石兄弟可以，拉住了王莲莲副主任的手，肥水不流外人田。哈哈，好事好事，祝福祝福。田忠伟不知从哪里冒出，咧着嘴笑。

去去，哪里娃到哪里耍去。郭怀石挥手赶着田忠伟。田忠伟转头就跑了。王莲莲一下子也没有兴致了，她对郭怀石说：改天吧，我要回家看看父亲。郭怀石要一起去，莲莲说：父亲不想见人。郭怀石说：那好，你多陪陪他，他挺寂寞，你妈走了二十多年了。为了你，他没有再娶，多好的一个父亲。回去给你爸勤洗洗那条腿，他不愿意别人知道。我走了，明天有机会一起吃个饭。

莲莲深情地看了一眼怀石，就向家里走。

还没有进门，她就看见厚才媳妇爱爱，跑上去问：干妈，我英俊哥现在怎么样了？一说英俊，爱爱喜出望外：你哥可行了，给咱们王家争光了，在北京读书，听说要公派出国留学呢。爱爱笑得开心，莲莲也很高兴：干妈，我哥出国，好呀，能到国外去，那是英才。干妈，你高兴骄傲，我也高兴骄傲。爱爱说：瓜女子，你哥也牵挂你，写信问你呢。我说你要加油，你妹子已和书记的侄子谈对象了。莲莲说：干妈，怎么啥都和我哥说？爱爱说：那咋的，你哥知道了，他也高兴啊。莲莲说：干妈，你有事就喊我，我哥待得远，你照顾好自己。村上事情忙，我都很少去看你。爱爱说：看啥呢，一条街道，天天都能见到。好了，没事就多陪陪你爸，他倒叫人操心。不要像田家老二那小子，跑得欢。莲莲说知道了，又抱了一下爱爱，便跑回家中。

说到田忠伟，德地叹了一声，趁着天黑找到了郭怀山。

两个人在村外的龙脊梁上坐着，怀山问德地：叔，有事说事吧。怀山是个急性子，而德地显得很犹豫。他抬起头：书记，你看见村东那片平地了吗？你看见那地北头的皂荚树，还有皂荚树南边那棵二百多年的老槐树了吗？树在，但碾子不在了，村子不在了，老庙不在了。当年，迁移村子时，你父亲坚决反对挖那几棵树，说是留个念想。我一想起来，就想到和你父亲流汗吃苦的年月。现在咱们村成了典型，你父亲去过北京，我有幸和你厚才叔、你袁英姑姑去过德国，那风光啊，让我这一生知足了，但还是有点遗憾。在德国，那里寺院多、教堂多、绿地多。周末，寺院、教堂、绿地，人很多很多。我喜欢绿地草坪，那些老外一家家，不避人，脱得只挂几件遮羞的布，一家躺在那里，听音乐、说笑话，很是自在。你袁英姑姑喜欢去寺院，念经祈福，我不喜欢，我就去看人家的住宅，没有围墙栅栏，很是敞亮。我们袁家有寺院，你袁英姑姑是住持，成了空了大师。但我们没有绿地草坪，如果能建一个这样的地方，一定会招来很多游人的。

　　德地的话还没有说完，怀山就接上了话：德地叔，你绕这么大的圈子，不会就是给我建议修草坪的事情吧？我的德地叔啊，我们是社会主义国家，我们信的是马克思列宁主义，我们允许宗教信仰自由，但我们袁家目前没有可能修教堂，或者扩大寺院。我们风情古镇建设的构想还没有变成现实，还需要时间。我们要实现的是共产主义，不是个人主义。你看的是资本主义社会，有些东西可以借鉴，有些东西我们无法借鉴。就比如我们袁家，耕地面积不到六百亩，古镇建设租赁和转让已经占了二百多亩，我们怎么修绿地？我们可以移花栽木和增加绿色植被，给百姓一个好的生活环境。

　　郭书记，我说远了，我的想法也跟不上了，但年轻人总可以，只要给机会，总会有发展的。德地不知该怎么说。

　　怀山似乎明白了：德地叔，你是不是说忠伟的事？你直说就是。

　　德地说：书记啊，这就是我最大的遗憾，从小没有好好教养，大了吊儿郎当，现在他回家了、结婚了，总得有个正经事干啊。要不，就荒废了。

　　怀山说：叔啊，你不是外人，咱们袁家确实缺人，这不刚招了十个大学生，个个都是人才。至于忠伟，我也在考虑，你看先放在市场办怎么样？他人活道，好好干，干得好就给他个副主任干干，我们袁家人嘛，还得先考虑，只是得先锻炼，你看如何？

　　德地赶忙站起来抱住怀山：我的书记大侄子，叔不知说什么好，改日咱们爷俩喝一杯，叔请你。

　　叔，不客气，我还有事，咱们散了吧。临下梁时，怀山望了一眼皂荚树和老槐树，影影绰绰的。

　　怀山其实也没有啥事，他回到家里，老父亲问他忙啥呢。他说：招聘人才，要发展得有人。郭天福说：儿啊，陪爸喝一杯龙井，镇上文书记下午来看我，给我带的。他怎么没有见我？怀山疑惑。他爸说：书记忙，他说你也忙，改日专程和你聊，就陪了会儿我老汉。儿子来陪我喝喝茶。老书记郭天福似乎有话要说。但现任书记郭怀山喝了杯茶，说：爸，我累了，再喝睡不着了，我还是去睡了。他爸说：我的总经理，悠着点，凡事在谋划、在思考。你去睡吧，我不唠叨了，发展要快又要循序渐进。

怀山听着父亲的话，知道是忠告，也是爱。但他没有多想，打开《道德经》，囫囵翻看起来。他看到"见素抱朴，少私寡欲，绝学无忧"，只隐隐知道讲的是什么。他有点后悔以前没好好学国学和古文，古人讲的自己不明白，但老父亲的话，他明白。他不愿多想，便抱头蒙被，昏昏睡去。

22

郭怀山还睡着。

他在梦中看到了贾云，他也不知道贾云怎么站在他的床前，给他盖上被子，给他拉着小提琴，曲子好像是《梁祝》，非常美妙。他在梦中忽然觉得那旋律在自己的心里旋转跳跃，把自己变成了一只天鹅。他非常惊讶。他一个渭北男人，一个顶天立地的大男人，怎么会变成天鹅，而且还飞到了蓝天上。他飞啊飞，竟落在九嵕山上。而山上风冷，他怎么也站不住，就又飞起来，他忽然看见了大雁塔，大雁塔的喷泉喷出了彩虹，而贾云就站在彩虹深处。他飞过去，竟然又变成了水，融在喷泉之中。他大喊救我救我，而贾云似乎没有听见，依旧在拉她的小提琴。他绝望了。这时，手机正好响了，他惊醒了，糊里糊涂接起电话，是高树打来的。

高树说他想去趟渭城。

郭怀山不假思索地说：你早该去了，该咋样就咋样，天涯何处无芳草。他忽然觉得自己有些先入为主，毕竟人家已经谈了好几年了。他说了声：对不起，你去吧。高树也有点糊涂，书记怎么了。高树没有多想，就挂了电话。

高树临走时和郭怀山商量过：李琳娜安排到外宣办，她是学传媒的，比较合适；还有一个叫高化杰，是学管理的，就安排到袁锁成的营运办；学文秘的安浩安排到王莲莲的综合办；学旅游的马俊、张凤也安排到综合办，主要负责接待和导游工作；学计算机和招商管理的马云飞和史成功安排到王建一的招商办，那里要建立招商电子档案；最后一个喊过来的赟斌被安排到田忠良的后勤处，那里也需要大学生。他们通报了各部门负责人，让他们到综合办领人，并结合实际安排工作。同时，高树提出三点要求：一是要传帮带，在最短时间内，让新人进入角色；二是要爱护人才，关心人才，取长补短，互相学习，共同提高；三是要有秦川牛的精神，投身袁家的风情古镇建设。事情安排好后，高树去了渭城市。

临走时，他告诉莲莲，要关心李琳娜，那可是袁家村的新一代，要对得住曾经的插队知青季琳，她为袁家村的过去出过力、流过汗。琳娜知道后，非常感动。在高树离去时，她跑了过去，深情地看着高树说：谢谢高主任。高树看了一眼琳娜，那眼神就永远留在了她的心中。

高树到了渭城，给苗苗打了电话。苗苗说她在开一个重要会议，会议结束后，在湖滨咖啡厅见面。高树赶到湖滨咖啡厅，一个人坐在靠窗的座位上，看着窗外湖光旖旎，划舟者在湖心嬉闹，散步的在堤岸成双成对，好不幸福。高树忽然有点失落，他和苗苗谈了好几年了，苗苗只去袁家村看过他一回，来去匆匆，都没有说上几句话。苗苗甚至都没有回家去看望她的父亲，也不提高树去她老家的事情。而高树回城看过苗苗无数次，每次都是行色匆匆，甚至好几次苗苗都放了高树鸽子。他失落极了，难道，他们之间有问题了？

有人说，大学期间的爱情，像一团燃烧的火，烧得热烈，甚至灼人。但走向社会，现实的风雨会扑灭这团烈火，就是剩下一点火星，那也是苟延残喘。到后来，火灭了，大学期间的爱情也就随风而散了。他不相信，他觉得那太绝对。但随着时间的推移，他不得不有点相信了。难道他和苗苗的爱情已经是苟延残喘了？他在胡思乱想时，咖啡厅的钢琴师弹起了《命运交响曲》，他回头一看，弹琴的是一个美丽的女子。在秋日的早晨，她怎么会弹奏这样的曲子，是明示还是暗喻，他不知道。就在这时，苗苗领着一个帅气的男子走了进来，高树还没有起身，苗苗介绍说：他是我们单位的办公室副主任。高树伸出手，两个男人的手握在一起，高树感到，那男人的手非常热，而自己的手似乎在颤抖。

苗苗说：杨主任，你先到湖边走走，我和高树有话说。那男人很礼貌，挥挥手，就离去了。钢琴师的第二首曲子《致爱丽丝》刚刚响起，高树还没有说话，苗苗先开了腔：让你久等了，对不住。服务员，来两杯蓝山咖啡。高树没有拒绝。

苗苗，你可好？高树语气很轻。

你呢？是不是有了新欢，忘记旧爱了？苗苗先入为主。

我忙得跟鬼一样，哪有时间找新欢？倒是你，是不是忘记了我们的初心？高树看着苗苗。

初心，什么初心？现实就是你背叛了我们的爱情。我们曾经说过，在城市开创我们的幸福生活。你倒好，跑到袁家，一个乡村，竟然落户成农民，你的奋斗目标就是这？我没有变，我留在城市打拼，希望你回来，你是黄鹤一去不复返，我能怎么样！高树，过去的已经过去，我们还是着眼未来吧。苗苗似乎很不满，语气就像在说别人的故事。

苗苗，你的意思我懂。我们已经不在一条路上了，我不为难你，尽管我留恋过去，但那毕竟是过去。只要你幸福就好，我没关系。高树语气忽然很坚决，似乎一切就应该这样。

他看着苗苗的眼睛继续说：我知道，挽留是毫无意义的，就像那湖里的水，该流的让它流走吧。也许，流走不是一件坏事。因为，谁也不知道前方是什么！我祝福你！说这些时，高树明显有些感伤。

好了，高树，大路朝天，各走一边。我刚才带来的人，我们准备——苗苗说着，停顿了下来。她看了一眼窗外，回避着高树的目光，但还是说了：对不住，高树！我没有告诉你，也不想使你难堪，过去的时光就是一段回忆，无论怎么说，感谢你带给我那么多美好的日子。忘记也罢，记得也罢，都是过去。我们都得向前看。高树，希望你祝福我，我也希望你找到真爱。明天在哪里，你不知道，我也不知道。但我知道，我们共同拥有过去。高树，既然逝去的不可追回，那就勇敢面向未来。苗苗不明白自己想表达什么，越说越哽咽，眼眶变得有点湿润。

我看出来了，你们下车时是挽着手的，我有思想准备。我们都是成年人，我能想通，也能接受。我终于相信，大学期间的爱情只是一团燃烧的火，热烈短暂，直到灰飞烟灭。高树低下头说。

好了高树，我们的爱情结束了，我希望我们还是朋友，希望我结婚的时候你能来。送你一件礼物，算是纪念吧。说着，苗苗掏出一本书，是泰戈尔的《飞鸟集》。高树接过书，看了一眼封面上高飞的鸟，说：天高任鸟飞。苗苗，祝福你。我还有事，先告辞了。希望你不要忘记，我们曾经的誓言：不论命运给了我们什么，我们都痛快地接受。因为，那是上天的旨意，奋斗吧！说完，高树转身离去，没有回头。而苗苗忽然落下泪来，窗外，那个副主任在向她招手。

高树没有急着回袁家村，他想一个人走走。他去了渭城图书馆，他和馆长梁澄清研究员有过一面之缘，他忽然想见见这位民俗专家。他知道，梁馆长和别人不一样，敢说真话，敢于挑战权威，是一个令人敬佩的学者。他似乎忘记了刚刚逝去的爱情，眼前忽然闪过李琳娜的眼神，心里热热的。

他去找梁馆长是早就有的想法，袁家村要发展，今后的路怎么走，他和郭书记都有点方向不明。他给书记建议过，得请高人当顾问，给袁家村发展出主意，众人拾柴火焰高。高树正想着，车到了图书馆，不凑巧，梁馆长到秦川省民俗学会开研讨会去了。他有点失望，要了梁馆长的电话，就匆匆离开了渭城。他不想再待在渭城，哪怕是半秒钟。

在回袁家村的路上，他想到了昭陵博物馆的馆长张志攀——一个研究唐文化的学者。袁家村要以关中民俗风情为发展方向，唐文化的招牌不能不打。毕竟袁家村就在昭陵附近，这块风水宝地有多少历史和传奇。若要打好这张牌，必须清醒地认识到袁家村不仅仅属于秦川，属于中国，更应该属于世界。这一点，他和郭怀山谈过。郭怀山提出，尽快组织人力，聘请高级顾问，袁家村要发展，没有文化支撑，没有历史支撑，特色就无法体现。高树很开心，他没有想到，怀山书记和他想到一块去了，和这样的领导共事，是天大的幸福。想到这，刚过去的不快似乎不值一提。

在高树想这些问题的时候，郭怀山给他打来电话，想请他约人给新招聘的大学生召开一个培训会，讲袁家村精神、讲文化传承、讲敬业奉献、讲恪尽职守，使新人尽快适应工作岗位，为袁家村的发展做出贡献。

高树忽然想到，先给他们讲讲袁家村过去创业的艰难，这比什么都重要。郭怀山同意：请谁呢？当然是老书记和老一代创业者啊，高树脱口而出。郭怀山说：那就请董事长讲。你先忙，我安排，今天下午就开始。高树说：下午我就赶回来，会议我给咱们主持，你最后讲话。郭怀山没有接话，就表示他同意了高树的意见。他只是说：不要急，先处理好你的事情，你的事不是小事。高树说：小事一桩，已经处理好，下午见。说着，高树挂了电话。高树原本想赶去烟霞拜访昭陵博物馆的张馆长，现在只能把拜访一事先放下。他看看窗外，一路上的格桑花非常美丽，果园里的苹果红得像太阳。

23

郭天福受儿子邀请，带着王厚才和田德地，给招聘来的新人讲袁家村的发展历史和袁家村人的奋斗精神。

看着十个朝气蓬勃的青年男女，当过省委委员、温秀县人大常委会副主任、县委副书记的郭天福忽然激动了，竟不知从何说起。他说：看着你们年轻人，我高兴。你们是这个时代的幸运儿，是国家的栋梁，是我们袁家未来发展的希望。话音刚落，就是一片掌声。掌声未停，郭天福接着说：我们老了，但我们年轻过。我年轻的时候是个吊儿郎当的闲散人，东边的北屯镇、西边的赵镇，哪儿热闹哪儿有我。在农村，挑棍、滚铁环、踢毽子、捏泥人、开蹦蹦车，样样都会样样都精。四乡八邻都知道我爱逛，放鸽子、摔泥巴，啥事都喜欢干。反而在袁家的街道上几乎看不到我。你们问问我们的老同志王厚才和田德地。那会儿，谁也不看好我，我成了狼窝堰远近闻名的小人物。你们不知道，狼窝堰就是烟霞镇所在的地方。那时，烟霞公社刚成立，前几年才改成镇。因为昭陵、九嵕山和我们袁家，烟霞镇扩大了，加之关中北环线经过烟霞，烟霞名气更大了。就是老镇子北屯，也归入了我们烟霞，那可是屯过军、兴过大集市的地方。现在，烟霞是明星镇，我们袁家村更是明星村。那个年代袁家穷，袁家人把我推到了队长的位置，第二年改成袁家村大队，成立了袁家村支部，我当了支书、队长。你们想想，我毕竟年轻，我不能看着袁家被人瞧不起，袁家的男人娶不到媳妇，袁家的土房子、草棚子永远处在簸箕村和周礼村的夹缝里。人家村子人丁兴旺，大房子、富户都有，袁家是一无所有。但我们袁家，有精神，有秦川牛踏实、勤恳和执着的精神。话音未落，又是掌声一片。

郭天福老书记停顿了片刻，继续说：关于我们袁家的发展历程，村史馆有介绍，但那只是资料，死的资料。血汗汇成的发展史在文字里虽然能感觉到，还是不够真实生动。就说我们的发展，1974 年是个转折，那一年，我们告别了老村，告别了皂荚树、老槐树、危房、破土庙，落户到现在的这块风水宝地。北边看九嵕山，西边看梁山，东边能听到泾水滔滔，南边有个大长安。咱们在昭陵陪葬区，是个泔河流经的地方。在时代精神的召唤下，在你们新书记的带领下，袁家必将走向康庄大道。又是掌声，不断的掌声，使围在窗外的游客也激动不已。

郭天福说到这里的时候，有年轻人问：老书记，你们年轻时候玩的，我们都没有听过，什么是挑棍，那个时候有蹦蹦车？

王厚才说：我来给大家讲。挑棍，就是把木头棍剁成一截一截，长不足一米，两根交叉相叠，摞在一起，然后抄起一根木棍，双手抓紧，一棍子斜打下去，看谁把交叉的棍子打得远，谁就赢。那年代农村孩子无聊的话就玩这个，能锻炼力气、聚攒人气，无形中培养了我们渭北人争强好胜、团结合作、共同努力的精神。至于蹦蹦车，可不是近几年时兴的柴油马达的铁玩意。我们方圆几里的孩子都会玩蹦蹦车。那年代，兴种麦子、玉米、棉花、大豆，但农作物收益不大，穷日子还是难以改变，后来，我们渭北兴起了种苹果、种梨、种桃、栽葡萄，搞多种种植，大部分农民的日子开始活了。而那个年代，种玉米是主业。秋收后，人也闲了，玉米秆不干不湿，我们折断根部，把根部折成拐拐状。记住，不能太长，只能是半拃长，然后抓着另一根长杆，把弯的那半拃长的玉米秆着地，在土路上推着跑。跑的时候，那玉米秆发出嘣嘣的声音，我们就叫那蹦蹦车。王厚才话刚落地，响起一片笑声。窗外的游客也鼓掌大笑。

这就是那个年代的农村，也是那个年代的苦难和欢乐。

田德地也开了腔：要说我们袁家，穷则思变，富不忘本。要不是我们的郭天福老书记带领我们跟党走，学毛选、学大寨、学先进、兴实业，袁家就没有今天。你们来到我们袁家，是袁家的福，我们高兴，我们欢迎。希望你们继承传统，开创未来，实现袁家的新飞跃，为社会主义建设增光添彩。又是一阵掌声雷动。

郭天福接着说：知识改变命运，科技引领时代。这是报纸上的话，但知识分子确实是我们时代的精英。在袁家的发展史上，我们不能忘记两个人，一个就是张朵，插队袁家，以袁家为家，扎根袁家七年多，当先进、当标兵，是时代的楷模。虽然后来考到了大学，学习建筑，但他没有忘记袁家，我们现在的关中风情体验地，就是张朵的建议，初期的规划也凝聚了他的心血。这是一个知识分子赤子之心的体现，这是一个热爱袁家的人的奉献精神。又是掌声，不断的掌声。

郭天福继续说：还有一个女子，叫季琳，踏实苦干，深得袁家人喜欢。她表现突出，被推荐到了南京上大学。她一直心系袁家，通过书信关心袁家的建设和发展。他们是我们袁家的骄傲。又是掌声，掌声似乎成了这场培训会的主旋律。

郭天福最后总结道：现在，季琳把自己的女子又送到袁家，这是传承，我很高兴。我代表袁家人，欢迎你们，你们在关注着袁家，你们也必将成为袁家发展的生力军。

这一次，掌声把会议室的天花板都震得晃了。

有年轻人喊：祝福老书记，祝福我们袁家。

也有年轻人喊：我们也是袁家人，我们为袁家自豪。

第六章　多事之秋

24

1974年5月，袁家村已经开始了新村建设。郭天福跑砖瓦窑，跑工地，抓进度，看材料。由于先一年雨多，砖瓦准备不足，只好暂停箍窑洞的活儿。而从风峪镇买回的木材有点潮湿，不能上墙。袁家村人只好抽出一部分人管理农田，一部分人修路、挖坑栽树。

到了7月，雨又是不停，虽然不是连阴雨，但雷阵雨也够人受的。好在木材干了，后院的大房都上了檩，架了椽，开始铺瓦。上檩的日子，袁家新村敲锣打鼓，鞭炮齐鸣。家家户户都是这样，为了吉利，为了讨个彩头。而张朵不懂，只忙着自己的海绵厂，跑渭城，跑长安，销售很好。烟霞公社给海绵厂挂了牌——先进农民企业。为这个，袁英在自己家里祈祷，她念着阿弥陀佛，祈祷袁家村风平浪静，大伙日子红火。而田德地在忙着准备结婚，他媳妇是袁坡村的袁苜蓿。结婚的日子定在了阴历七月初七——牛郎织女鹊桥相会的日子。结婚那天，田德地邀请媒人，也请了袁英，毕竟袁英也操过心，但袁英推托，说自己胃不好，不能赴宴，只送了串佛珠，算是新婚礼物。婚后，郭天福给田德地说：你也成家了，没有后顾之忧了，就甩开膀子把新村建设尽快完成，也让你媳妇尽快搬进新村吧。田德地高兴地说：书记大哥，没有你，我现在可能还在打光棍，得好好谢谢你。郭天福说：一个村的，谢啥呢。只要我们齐心把我们袁家的事情干红火，比什么都强。

就在袁家村人盖新村、促发展的时期，公社在袁家村成立了总支部委员会，郭天福任总支书记，董德亮任副书记，公社把簸箕村、周礼村、西周村都归于一个总支。在总支成立大会上，公社罗书记说：中央号召学习小靳庄，唱样板戏，开赛诗会，这是繁荣社会主义文艺事业的大事，更是活跃百姓生活、激励百姓学文艺的好事情。希望袁家总支带头，掀起全公社学习小靳庄的热潮。

袁家村人不知道小靳庄是干啥的，张朵说，那是"中央文革小组"在天津树立的一个典型，全国都在学。郭天福不知道诗是个啥，样板戏倒知道，《红灯记》《智取威虎山》等都是要学习的，同时还可以唱革命歌曲，比如电影《闪闪的红星》中的插曲《红星照我去战斗》。郭天福号召各村练习，抽时间进行比赛。这个时候，知识青年发挥作用了，他们教大家唱革命歌曲，在农村掀起了学唱样板戏、革命歌曲的热潮。白天大家下地干活，晚上集中到饲养室练习。在簸箕村四队的饲养室，知识青年正在教大伙唱《红星照我去战斗》，每唱一句，得重复几遍。村民很少懂音乐，有些人更是五音不全，或忘词或跑调，饲养室里笑声不断。光歌词中"小小竹排江中游"就唱了数十遍，总是跑调。没有办法，一个知识青年就教大家吟诗：

学大寨，赶先进，我们都是时代人。

学袁家，超袁家，我们都是先进人。

学唱戏，学赛诗，我们个个有本事。

就这几句，也是根据大伙的水平编的。没有想到，知识青年一教，很快，四队的人都学会了。这诗传到了袁家村，郭天福说：咱们袁家是公社推出的典型，咱们不能落后，叫张朵尽快编诗，好和簸箕村进行比赛。

张朵苦思冥想，想了四句：

袁家天好蓝，人民喜开颜。

团结大奋斗，齐心奔明天。

郭天福说：好啊张朵，有水平，赶快组织村民共同学习，我们总支可以搞一个赛诗会。一首不够，再编几首，要准备充分，听说周礼村请了村办教师在编诗呢，咱们不能落后啊。

张朵说：我们可以读毛主席的诗，也可以唱毛主席的诗啊。

郭天福说：对啊，还是你脑子活，赶快选，赶快学！在袁家村饲养室，拐拐已经有点困了，但唱歌读诗的活动还在继续。饲养室里，苜蓿的味道和牛粪的味道一样浓。袁家村人在这味道中读诗，心情格外好。那么，学什么呢？张朵选了毛主席的七律《长征》：

> 红军不怕远征难，万水千山只等闲。
>
> 五岭逶迤腾细浪，乌蒙磅礴走泥丸。
>
> 金沙水拍云崖暖，大渡桥横铁索寒。
>
> 更喜岷山千里雪，三军过后尽开颜。

大家不太懂，背就有点难了。郭天福说：张朵，你给大家讲讲，这诗是啥意思，大家就好记了。

张朵犹豫，他不知道该怎么讲。他想了想，说：毛主席的诗里说，红军不怕困难，敢于长征，就是万水千山，也没有当回事。五岭是个地名，山和山相连，能吞掉水中的浪花。乌蒙山气势雄伟，但红军长征时把它当成滚动的泥丸看。金沙是条江，金沙江的水浪拍打着悬崖峭壁，溅起水雾，在红军眼里像是冒出蒸气一样。大渡河上的铁索很冰冷，也没有挡住红军长征的步伐。爬过岷山的千里雪，红军脸上都笑开了花。这是说我们红军的精神，再大的困难，在红军面前都不值一提。就如同我们袁家，在穷困中奋斗，获得了全公社的表彰。我们还要继续发扬红军长征的精神，学好毛主席的诗，唱好样板戏。

张朵说得激动。他的话刚讲完，郭天福举手高喊：讲得好，大家鼓掌表扬一下张朵，他是我们袁家的人才。

王厚才说：毛主席的诗写得太好了！我们要牢记，一定要按照毛主席说的，红军不怕远征难，万水千山只等闲。敢吃苦，敢闯关，把我们袁家的事情推向高潮。

拐拐也激动了，抱着儿子，把一把苜蓿草递给黄黄说：我的牛犊啊，快吃！吃饱了，咱们也跟着背。

牛犊黄黄哞哞地叫着，它似乎在回答拐拐：好啊，好啊！

25

渭北的秋天是最忙的。

袁家村中的棉花少，拾棉花，拔棉秆，不是大事。新媳妇袁苜蓿和从簸箕村嫁到袁家的素素表现得非常好。田德地夸：我媳妇好，簸箕村的女子也能行，能吃苦，能干事，经线、纺线、织布、做衣裳，样样都行。拾棉花就更不在话下了。

周穗穗看到后也喜出望外，表扬她们都在和自己的丈夫共同为袁家村的发展出力流汗。

而叶叶却非常抑郁，她来到袁家村，对这里的生活不是很熟悉。尽管已经来了好几年了，她还是喜欢大山，喜欢山中的林海、山里的野果野菜。她逮棉铃虫、拾棉花实在是不在行。她急，但急也没有办法，她就想办法弥补自己的不足。帮穗穗带孩子，帮素素拆洗被褥，帮袁英清扫院子，叶叶人很勤快，就是新村工地不招呼她，她也经常出现在工地上。自愿清除垃圾，自愿搬砖搬瓦，无论谁家需要帮忙，她都跑得最快。

掰苞谷、挖苞谷秆、拉粪、播种这些活儿，黑盾不允许自己的媳妇干。他爱素素，素素也体贴黑盾，两个人非常恩爱。就是结婚快两年了还没有孩子，素素非常急，她很想给黑盾生一堆孩子。这可急坏了素素，她拉着黑盾，跑到玉皇顶上，去时没敢跟任何人说，两个人是偷偷去的。素素准备了自己炸的麻花、蒸的花馍，还有黑盾买的点心，跪在玉皇顶的破庙前，祈祷送子观音赐自己一儿一女。两个年轻人非常虔诚，还认真请教了袁英。袁英说该来的自然会来，急不得。她会念经祈福，为他们求子的。

问题同样出在王厚才和媳妇身上，他们结婚的时间比黑盾和素素还长，但始终没有生个一儿半女。厚才想得开，也许是时候不到，谁家媳妇不会生孩子，他相信自己的媳妇一定会给他生孩子的。他忙着新村建设，忙着跑砖瓦厂，忙着跑赵镇和北屯镇，采购新村建设急需的东西。不仅如此，厚才因为会唱山歌，还在唱革命歌曲的比赛中给袁家村拿回了一个二等奖，公社给奖励了一块被面，把厚才媳妇乐得都忘记了没有孩子的烦恼。郭天福也表扬了厚才，说厚才的进步离不开住在他家的张朵的帮助。张朵却谦虚地说：书记，都是王队长努力，有天分。我都唱不过他，只好守着海绵厂给咱们抓生产了。

这年秋后，公社又在推荐工农兵大学生了，尽管郭天福舍不得张朵，但还是据理力争，给张朵争到了一个名额。谁知，张朵的父亲是"走资派"，公社在审查时没给通过。知道消息后，张朵很失望，很沮丧。但他有什么办法呢，难道，他这一辈子都要生活在袁家村吗？夜半时分，张朵把自己藏了很久的一瓶西凤酒给灌完了。试想，一个书生经过锻炼，虽喝过酒，但他从来没有独自一人喝过闷酒，而且一喝就是一瓶。可想而知，他不醉谁醉！好在张朵醉了不闹不喊，一个人蒙头大睡，一睡就是一天一夜。郭天福找到他时，他还在被窝里。他起身，看着郭天福。郭天福知道张朵心情不好，也没有说什么，只是说：大男人，能蹲下就能站起来。走，海绵厂今天开会，研究产品出新样子的事情，你个大厂长，咋不急呢？张朵一翻身爬起来，洗把脸就和书记去了海绵厂。

走在路上，村西方向有人大喊：谁家孩子落水了，快救人，快救人！郭天福和张朵马上跑了过去，他们看见一个女人哭得死去活来。原来，她带着孩子在四级站北面的地里挖苞谷秆，孩子跑到了水槽边。秋雨过后，雨水把抽水站的水槽灌满了，水有多深，谁也不知道。小孩子贪玩，跑到水边滑了下去，就再也没有上来。女人找到孩子时，孩子的身子已经浮在水面。站上值班的人发现时，孩子已经死了。没有办法，先打捞上来，放在草地上。女人扑过来就昏死了过去。懂得一点急救知识的张朵，掐女人的人中，才把女人唤醒。

郭天福叫了几个袁家村人，帮着把孩子送回簸箕村，女人是被背着走的。看着大家离开，郭天福在想，这抽水站淹死过不下三个孩子了。现在，宝鸡峡引水已经进地，引泾河水代价太大，四级站几乎报废了。如果真无用了，这个地方得想办法改造一下，要不还会死人的。问题是，这站是公社的，占的地是袁家村和簸箕村四队的。看来，要解决这问题还需要时间。

而站在一边的张朵，正为失去一个孩子感到痛惜，生命是这么脆弱，一个还没有真正认识生活的孩子，就这样走了。想到这儿，他豁然了。虽然没上大学，在袁家村他依然可以发挥自己的作用。问题是，他也不小了，原来想等上了大学再考虑婚姻，现在看来，不考虑也不行了。他的母亲经常来信，催他回城，说他们厂子有个姑娘，一直喜欢张朵，但张朵根本不知道。

在回海绵厂的路上，张朵向郭天福请假，说自己的母亲来信说他父亲的身子不好，叫他回去看看。郭天福马上同意了，说：好吧，今天会议开完后，你立刻就走，不能叫老人太操心。有什么需要告诉我，我会竭尽全力帮忙的。张朵说：谢谢书记，给我批假就是对我最大的帮助。

在他们准备回厂开会的时候，工地传来消息，从周礼村请来的匠人不小心从屋架上掉下来了，摔断了腿，还躺在工地。田德地知道后，立即组织人，用架子车把匠人拉走，准备去烟霞卫生院救治。郭天福和张朵赶到了，拐拐的媳妇叶叶抱来了褥子，盖在受伤的匠人身上。郭天福再三叮嘱田德地，全力救人，一定要保住人家的腿，不论花多少钱，袁家认。

送走了德地和伤员，郭天福对叶叶说：你回村叫黑盾的媳妇和厚才的媳妇，都到烟霞卫生院去，需要的话，轮流看护，咱们要对匠人负责。叶叶说：我去照顾。郭天福说：拐拐的饭怎么办？叶叶说：我蒸了馍，他凑合凑合就行了。郭天福不好再说什么，便点了点头。

回厂时，郭天福感慨：今秋真是多事之秋。也不知道玉皇大帝忙什么，不好好照顾他的子民。张朵笑了：书记还信这个？郭天福说：开玩笑，要不心太累。张朵说：是啊，要是不舒服，看看咱们的九嵕山，似乎也会好点。

放眼望去，秋高气爽，风轻云淡。连绵的九嵕山逶迤在渭北黄土塬上。山上，有一只鹰在翱翔。张朵说：我要是一只鹰多好，想回家，一飞冲天，二飞就进长安了。

郭天福说：我们袁家人都应该像鹰，机敏大胆，把天空当成自己的家。张朵没有明白，看着郭天福，郭天福眼里有一道光闪过。张朵知道，郭书记又在为袁家想办法呢。

张朵不是天福肚子里的蛔虫，当然不明白。张朵有时很吃惊，这个渭北汉子，有胆魄、有勇气、有智谋，别人不敢想的事情他敢想，别人不敢干的事情他敢干。郭天福有一句话说得好——上对得住天，下对得住地，心中对得住党，没有什么不能干的。

26

能干的事情很多，百废待兴，机遇难寻。

袁家新村的主体终于竣工了，周礼村那个从屋架上掉下来的匠人只是骨折，现在也能拄着拐杖走路了。

郭天福把眼光瞄向了渭城和长安。他先在温秀县小试牛刀，让德地带着人开一家经销店，经营农副产品。而那时的政策并不明朗，能不能办，郭天福还是那个观点，不违背党的政策和毛泽东思想，不违背做人的原则，一切为了袁家村，为了集体，有什么不行？起初，只是袁家村海绵厂的经销店，既然政策允许办厂，厂子生产的东西就得卖，这是天经地义的事情，从这一点考虑，温秀县经销店完全可以成立。谁知，开门不久，县工商、税务不愿意了。他们查封了袁家村的经销店。田德地给郭天福汇报，想去找罗书记，公社罗书记能通天，该办理的手续他们办理，该走的流程他们走。谁知罗书记去渭城开会了，他们只好等着，一等就是半个月。半个月之后，罗书记亲自到了袁家村，捧回了袁家村的奖牌。袁家村被渭城市政府评为"农村发展示范点"。那一天，罗书记满脸红光，把大红花戴在了郭天福胸前。那是袁家新村竣工后的第一件喜事，郭天福为罗书记在烟霞公社安排了一顿羊肉泡馍，上了牛肉、黄瓜、西红柿炒鸡蛋、猪头肉四个菜，喝的是简装西凤酒。酒足饭饱，郭天福向罗书记汇报了两件事情：一是想把温秀县经销店开办起来，由经销海绵扩大到经销砖瓦、石灰、农副产品，试一试袁家人的经商才能；二是新村竣工，选个良辰吉日，举行竣工庆祝会。起码得演几折样板戏、好好放放炮仗，使千年榆树坪火起来。郭天福说这些事情时，罗书记很高兴，这不仅仅是袁家村的大事，也是全公社的大事。他对郭天福说：再难，新村也要盘长龙灶，把簸箕村那个大厨请来，我邀请全公社的村书记给你祝贺，向你学习。你不仅是温秀县的明星了，还扬名渭城了。我开会回来时，渭城市委宣传部要《渭城日报》专题报道你们袁家村，你郭天福成了名人了。郭天福给罗书记敬酒时说：感谢党，感谢罗书记的关心，袁家人会再接再厉，给烟霞争光，给县委、县政府争光的。

郭天福是这样说的，也是这样干的。不到两年，袁家人搬进了新村。骡马运输队已经被汽车运输队代替，黑盾也会开汽车了。开上了汽车的黑盾眼界大开，他竟然跑到了新疆，他激动了，没有想到自己的祖国如此辽阔，虽然风土人情不同，山水风光不同，但人人都很精神，脸上都带着笑容。就是偏远的山间小村，那些纯朴的山民也非常和善。黑盾虽然读书不多，但很善于观察。他每次跑车回来，都会给素素带小礼品，新疆的驼铃、杭州的荷花、上海的酥糕，素素非常高兴。虽然他们一直没有儿女，但生活过得有滋有味。

拐拐似乎身心憔悴，郭天福要派人帮他，他坚决拒绝。他说，他一个个子秤锤高的人，要本事没有本事，队上给他娶了媳妇，给他分了新房，房子宽敞豁亮，媳妇还是那样好，他就喂个牲口，有什么难的。他知足了，他只有好好把自己的秦川牛黄黄和它的兄弟照顾好，把退下来的骡马照顾好，才对得住自己的良心。分到新房后，媳妇叶叶和儿子田黄黄早已经住了进去，田拐拐死活不肯住。他说，他离不开饲养室，没有饲养室那味道，没有牛和骡马，他睡不着。媳妇也没有办法，就由他去了。

拐拐经常心口疼，也许是苦难时期落下的病，也许他是心疼自己的牛黄黄。他心口疼，从来不给人说，都是自己忍着。在渭北，很多农村人就是病了，也是硬扛。有的扛过去了，有的扛不过去就一命呜呼了，只剩下自己的亲人悲伤。拐拐倒不至于如此，但还是渐渐力不从心了。正如自己的牛黄黄一样，拉车，耕地，从不吭声。不知不觉，牛也老了，跑不动了，就是吃草，也没有那么香了。

看着黄黄日渐消瘦，脊背都变形了，拐拐心疼极了。已经到了这一年的年尾，冬日的太阳还是暖人，拐拐抚着黄黄的头，说：我的黄啊，你快好起来吧，你再不好，我就没有活头了。牛偎着拐拐，没有言语。拐拐说：黄黄，走，去晒晒太阳。说着，他解开缰绳，牵着牛，慢慢走到饲养室背面的土梁，他靠着土梁，黄黄看着太阳，很是悲凉。

拐拐说：累了就歇歇，卧着舒服。

牛很听话，就顺势卧在土梁下。阳光照在黄黄身上，暖暖的，牛虻在黄黄身上乱窜。拐拐也看不清，就抱着黄黄，也坐在土梁下。

这时，叶叶端来面条叫拐拐吃。拐拐接过饭，吃了两口就递给叶叶，说：你回吧，我不想吃，饿了我再吃。叶叶看着自己的老汉，心里不是滋味。

郭天福知道后，从新村下来，去看拐拐。他先进饲养室，满屋腥味和草料味让郭天福有点晕。他走出饲养室，阳光照在他的额头上，他忽然觉得袁家老村那些破破烂烂的老墙和草舍很是可爱。当大家都搬到新村时，他也舍不得村北的皂荚树和村南的老槐树。不论别人有什么想法，这都是他郭天福立下的规矩——不准砍树，他没有想到三十年后，自己的儿子怀山也动过砍树的心思。

郭天福很欣慰，儿子逛旦已经快四岁了，比自己当年更淘气，东家西家的门他都踢过，谁家的孩子也没他闹。更神的是，他三岁多时就一个人跑到烟霞公社大门口，冲着公社大院喊：罗书记，罗科举，说话像放屁。答应给我手枪和子弹，一直没兑现。公社看大门的老头大吃一惊，心想，谁家凤娃，胆子太大，竟敢当街骂书记，直呼大名，毫无惧色。他跑出门，大喊：谁家的野种，在这地方撒野！

这个娃娃逛旦笑了，他看着老头说：哪里的老头，我是袁家人，叫逛旦，我就骂了。

老头似乎听说过这个娃娃。他喊出声：我的天啊，你是郭天福书记的娃，那个被全公社树立为典型的书记！

很快，罗书记跑了出来，手上拿着一支玩具枪，递给逛旦。逛旦大喜，抱住罗书记的腿，说：好书记，好书记，说话总牢记。罗书记说：好了鬼尿，怎么来的？

玩着玩着就想起你，一个人跑来的。逛旦从容地说。

你这小子，把你爷你爸能急死。小王，把咱的吉普车开来，送这小子回去。下午，县委要考察班子，你顺道给郭书记打声招呼，考察组有可能找他谈话。罗书记对秘书说。

郭天福想到这儿，自己都笑了。男娃不能太腼腆，更不能没有血性。这样想时，他看了一眼自己刚刚走过的坡道，似乎看到了自己的老父亲。那阳光太刺眼，他知道老人念旧，就没有多想，叫一声拐拐大哥，就朝饲养室的北后墙走去。

郭天福刚拐过墙角，就看见拐拐和老黄牛在相偎着晒太阳。他快步走过去，吓了一跳，差点以为牛和拐拐都没有了气息。他喊：拐拐大哥……大哥！拐拐是睡过去了，郭天福一叫，他忽然醒了。

拐拐看见郭天福，说：书记啊，你咋来了？

郭天福说：我的大哥，我天天忙，都没有时间和你说话，兄弟现在身不由己啊。

拐拐站起来时，摸了摸牛，牛已经死了，身上要不是太阳照着，早已经冰冷了。他忽然大哭起来，边哭边说：郭书记，黄黄，我的黄黄死了。他哭着，紧紧抱住牛。

郭天福心里很难受，但他不能和拐拐一样悲哀。他要照顾他的拐拐大哥，拐拐也筋疲力尽了。他走过去，抱住拐拐说：大哥，别哭了！黄黄是哭不回来的，它是咱们村的功臣，我会厚待它的。这时，郭天福觉得有人在背后，他回头一看，是自己的父亲。在冬日的黄土梁下，这画面被永远定格，被蓝天大地收藏。

黄黄死了，厚才建议找一个杀牛的宰了，把肉分给村民。拐拐哭喊：不能杀，不能杀，它是我的黄黄，我的黄黄！有村民说：黄黄不就是一头牛么！拐拐哭喊：它是我儿子，我儿子！拐拐哭着，人已倒地，不省人事了。等拐拐醒来，大家说找一个合适的地方把牛埋了，拐拐再没有意见了。

牛是埋了，是在拐拐的哭声中埋的。

埋了牛，叶叶扶着自己的老汉向新村走去。上坡时，拐拐不走了，他要回他的饲养室。儿子田黄黄抱着拐拐，直嚷回家。拐拐抱住儿子哭着说：家，大的家就在饲养室。儿子再哭，拐拐挣脱了叶叶和儿子，一跛一拐地向饲养室跑去。叶叶想起了自己的母亲追随父亲而去，扔下她一个人。她眼眶湿润了，便抱起儿子向新村走去。

27

叶叶不明白，自己的丈夫怎么会那样呢？

也许，就是拐拐自己也不清楚。人和牲畜也有感情，牛死的时候，是死在他拐拐怀里的。而且，他隐隐约约听到牛在说话。拐拐记不清楚了，牛好像在说：泥土好，泥土是天下的宝，躺在泥土里，躺在我主人的怀里，死也是福。我黄黄福大了，辛苦一辈子，死了躺在太阳下，躺在泥土的怀抱里，温暖幸福。黄黄最后似乎说了句：我走了，我会记住你对我的好，下辈子让我做马我都不愿意，我喜欢我牛的秉性，我知道活着是罪也是福。但如果还有来世，只要在我拐拐大的身边，我就知足了。看啊，那西边的云彩，那高高山上的风……拐拐明白，黄黄已经永远地走了。

郭天福说过要和簸箕村四队商量解决水电站的事情，那里淹死过好几个孩子了。现在宝鸡峡的水从高干渠就可以进村进地。这水电站报废好几年了，电机被人盗了，看站的人也被处分了。水电站几乎毁了，只留下了一座破房子。

好在这一年，1976 年初，他被烟霞镇委以重任，让他兼任簸箕村四队的队长。

罗书记临调走时告诉他：要把全县典型的光芒释放出来，簸箕村四队选不出合适的队长，簸箕村董书记给我提问题，要我解决。那我解决给他看看，你来，大家都服气。

郭天福说：书记啊，我不能黄鼠狼吃过界边，跑到四队去啊！但他转念一想，如果真是这样，他在龙脊梁上萌生的那个念头不就好实现了吗？他推辞几句，看着罗书记说：我认。不过，你得去宣布。

罗书记说：有什么不合适的。你们原来就是一个总支，你是总支书记，管着簸箕村。如果我给你公社的红头文件，事情不就好办了。当然，这事几天前已经议过了。

有几个村民正在看文件。还得你去，你不去，我就当这事没有发生过。郭天福很固执地说。

罗书记说：好吧，陪我的大红人走一趟。就这样，郭天福兼任了簸箕村四队的队长，任期一年。

刚上任，他就动员四队村民填坝造田。问题是四队人确实还不适应郭天福的作风，让村民干活，也不提工钱，谁去？郭天福似乎看出来了，他和四队副队长董济民商量，说：咱们毕竟是连畔种地，都是一个总支的，我好坏也是总支书记，这事情得干。要不，谁家的孩子不懂事，再出乱子，我们心里过不去。

董副队长同意天福的意见，问天福：怎么个填法？

郭天福说：土不能动地里的，地里都是熟土。咱们去韩窑村取土，韩窑村书记我认识，我也跟他提过这事。他说，要别的他不敢答应，要土，怕咱们一辈子也拉不完。我问他到底在哪里拉，他说去韩窑村要过两道沟，咱们在那儿随便挖。

董副队长听完，说：劳力咱们都有，总得调动调动大家，下下苦力，

122

村民要实惠。

郭天福说：那我可以给大家发一点补贴，再者填出的地可以变成菜地，根据出力情况，一家分一块，谁出力大谁家种菜地。菜不用买了，种些萝卜、白菜、黄瓜、西红柿，都是宝贝。董济民很痛快地答应了，说：怪不得袁家能成为全县学习的典型，你大书记有点子啊。郭天福哈哈一笑：下边的事情你具体安排。

董济民是答应了，但人算不如天算。过完年，他大病一场，这事情也就耽搁了。没有想到，一场接着一场的大雨，不仅四级站的水池，连陷下去的凹地都积满了水，淹死个大人都是小事一碟。

那一年，烟霞公社村村通喇叭，书记可以喊话，也可以通过喇叭知道其他地方的事情。窝在渭北塬上的人开始醒了，心似乎也大了，他们能听到新闻了。这一年，真是多事，还是多大事！1 月的时候，人民最敬爱的周总理走了，十里长安街都是哭泣送别的人。在农村，老百姓追念着、缅怀着，村村都有人自发别白花、戴白孝。郭天福在袁家新村设了灵堂，全村村民共同悼念。这在烟霞也是大事。罗书记已经调任温秀县县政府秘书长了。新来的张德月书记很年轻，在悲恸中到袁家村参加了追悼会，会后和郭天福见面了。两个人握握手，简单寒暄两句就分别了。

时间一晃就到了 6 月，大伙准备等路干了再去拉土。袁家村的书记想起用他的运输队，郭天福问黑盾：6 月底有没有时间？黑盾明白，郭书记要用车。他想了想，说：长安有一家卖菜的，积攒了一批白萝卜、红萝卜，还筹集了大量的洋葱，要运到新疆去，费用已经谈妥，就等出发了。郭天福说：那就好，天已经放晴了，我抽空去四队走走，尽快把水电站给填平，能造出近百亩地，两村各一半，咱们也能得到将近五十亩地。黑盾啊，五十亩地，你丈人村和咱们合作，你愿意不？黑盾也高兴，说：书记啊，你已发话，谁有二话。你说几时出发，我绝不迟到半秒。两个人在说事时，叶叶跑了过来，哭着喊：书记，娃他大，娃他大……话没有说完，就晕过去了。陪着的素素急忙说：黑盾，拐拐哥掉水里了。郭天福问：在哪里？素素说：四级站水槽。郭天福把腿一拍，骂道：我他妈的，这事弄的。走，去看看！黑盾和郭天福走到四级站水坝岸边时，那里已经围了好多人。他吓了一跳，拐拐漂在水面上，水边已经有人在搭架襻绳了。而指挥做这些的正是张朵。他喊了一声：周边的人向外挪，离水远点，小心路滑。张朵说：书记放心，我会把拐拐大哥捞上来的，岸边的安全是董济民在管。郭天福一看，瘦瘦的董济民像吆喝小鸡一样大喊：向后靠向后靠，说填坝造田，要是你们早听话，怎么会淹死人呢？董济民也看到了郭天福，说：我的大书记，你来了，你来我就吃了定心丸了。说着，他跑到天福身边。天福说：快，捞人！

人是捞上来了，拐拐被张朵和几个年轻人抬到了饲养室门口。天福说：拐拐大哥的事要在新村办，设灵堂，请乐队。要请野狐岭的名唢呐手，要演皮影戏。他辛苦一辈子，咱们不能冷了拐拐哥的心。叶叶知道了，非常感激大家，给村民磕头，村里的男人和女人都为失去拐拐而悲伤。但天福不明白，拐拐怎么一个人去了那地方？

有人说，拐拐自死了牛后，人就迷迷糊糊，经常一个人自言自语。起初，也有人答话，后来看他自顾自说话，也就很少有人搭理他了，因为饲养室在老村西边的土坡上，拐拐做什么，一般人都不知道。今天，有人看见他在饲养室门外转，什么时候转到这站坝边，就真不知道了。

拐拐过头七，袁家村的车队带着袁家村和簸箕村四队的人，开到了韩窑村沟西土崖下，起土装车、填坝造田。四队的一条小路拓宽成通车的土路。不到十天，龙脊梁东头的水站、水坝都没有了，一片黄灿灿的土地展现在村民面前，所有人都很激动，那可是黄灿灿的土地啊！虽然暂时长不出庄稼，但只要是土地，农民谁不爱？郭天福也惊讶，心想：这土真黄真纯啊，还能干什么呢？他忽然想起，自己过去在赵镇的时候有人和他谝：咱们北边的黄土可是个宝，渭城有一家水泥厂，专找这样的土，咱们人不开窍，土也能卖钱啊！郭天福一拍脑门，心想：这是一个路子啊！要说找黄土，哪里有这么好的土啊。

他站在新整的土地上，叫来董德亮和董济民，各派一个丈量的、一个监工的，把地分了。袁家村到场的是张朵、袁英、素素；四队叫了一个三队的中间人，又叫了个本队的会计。三下五除二，土地就有界边了。地到手了，村民都很高兴。张朵忽然宣布：四队的人，凡参与造田的到我们会计那里领补贴，全勤十块，半勤五块，一人还有一条毛巾，一块肥皂。我们的会计就在这，董队长，把名册拿上，咱们快事快办。

董济民跑了过去，郭天福喊：毛巾肥皂也有董书记和三队那个帮忙的。

张朵说：没问题。

董德亮摇摇手说：无功不能领赏。

郭天福说：我的大书记，遇上了就有。何况，簸箕村大事小事能离开你？再者，兄弟有个想法，咱们村连村、队挨队，有些地是不是交换一下，大家都方便。

董德亮说：这是好事情啊，你说说看。这时候，郭天福脑子里的那个念头又闪现了出来。他故意卖关子：还不是我东岭有大片地，离我们远，离三队近。你也知道在榆树坪，我们就巴掌大一块地，以后想发展都没有办法了。董书记你看，你能不能出面协调说合，四队把引水坝南的六十亩地给我，我愿用东岭的地置换。怎么样，董书记你给想想办法！

董德亮也是个痛快人，何况郭天福已经在秦川省出名了。这样的事情提出来，也不意外。换地，两个当家人完全可以定夺。他也不能让天福小看他，这么一件事情，难道他董德亮玩不转？他犹豫了几秒，拍了天福的肩膀一下，说：我的大书记啊，好事情。我给两个队长说说，这事就让济民出面吧。你等着，不出三天，我就给你办好，怎么样？

郭天福喜出望外，说：好啊，巧了，今天完工早，各自新土地到手，咱们庆贺一下。张朵，去烟霞安排一桌酒席，咱们喝一回。

好啊书记，我回来就想喝一口，你给我机会了。张朵笑着说。

快去！给你机会？是书记给咱面子。郭天福说。

董德亮不好推辞，叫上济民和三队那个帮忙的人，一起上了车。车快启动时，董德亮忽然说：等一下，我说个事。天福看他，董书记给三队的人说：去叫你们三队队长一起来烟霞。在什么地方？张朵立刻接话：董书记，咥就咥饭馆，新开的。董德亮手一拍，三队那个就跳下车，朝村子跑去。

郭天福明白，董书记想让换地的事早早弄完。他大喊：黑盾，开上东风车，走。咥就咥，谁还咥不过谁。说着，他看了一眼董德亮。董德亮笑着点了点头。

饭桌上，郭天福一字未提交换土地的事情，只叫喝酒，把董德亮、董济民和三队队长他们都喝高了、喝糊涂了。郭天福叫黑盾：把你丈人门上的人送回去，顺便带一份猪肘子给你丈人，叫素素跟你一起去。黑盾起身，说：没麻达。郭天福问张朵：袁英怎么没有来？张朵很神秘地说：她吃斋，不便来。田德地不知从哪儿冒了出来，说：英子啊，还要给拐拐念祈福经呢。郭天福也笑了，说：这是自由，我也没有办法。

送走了董德亮他们，郭天福拉着张朵的手，问：你回去收获怎么样？张朵脸红了：书记，忘记告诉你了，我也是大人了，大男人了，我结婚了。我妈给我说了一个国棉四厂子校的女老师，我看人家女子也挺好，就没有拒绝。

啊呀，看来，还得来一趟"咥就咥"，我摆席你请客，人不要太多，抽空热闹热闹。郭天福大喜。张朵点头，脸依然红着。

郭天福说：不过今天不行，公社有安排，下午要开一个全公社广播会议，咱们先回村，这事再说。这一天是 1976 年 6 月 12 日。

下午的广播会议在 3 点召开，会议的一个重要议题是安排夏收工作。抢时间，抢夏收，缴公粮，留种粮，把该给社员的分给社员，全公社要打好一个漂亮的夏收仗。

这时，忙乎了一阵的郭天福才看到，麦浪滚滚，袁家村四周闪耀着金色的光芒。他拉着张朵的手，跑到龙脊梁上，激动地说：你看，这麦子快黄透了，是什么颜色？

张朵四下一望，他在袁家村好几年了，从来没有在这个时节站在龙脊梁上，关中的夏日真是美极了。黄色麦浪，绿树成行，野花点点，袅袅炊烟，新盖的袁家新村，远处的狗叫声，真是妙不可言。麦子快熟透了是什么颜色，他一时也不知怎么形容，就说：大地要疯了，头发变黄了。

郭天福哈哈大笑：你个张朵啊，读书人把什么都能说成书，你是在念诗吧。郭天福脑子闪过学习小靳庄时的赛诗会了。

书记啊，诗人是皇冠上的明珠，我怎么能当，难啊。

郭天福似乎没有在意张朵的话，自言自语地说：夏收一结束，这肥沃的四十多亩地就是我们袁家的了。张朵不明白，等他明白过来，董德亮已经派人来找郭天福了。

开镰前期，董德亮就已经和两个队长协商好，四队和三队的地在大冢渠相连，要是没有意见，大冢渠的四十五亩地换东岭六十多亩地，只要三队同意，就一样置换，然后，袁家村用六十亩地换三队的，三队和四队再置换，大家一算，也没有吃亏，就是四队的地远了点。董德亮发话：三队给四队再加两亩地。就这多加两亩地，四队人已经很满意了。尽管簸箕村议论纷纷——书记和队长把四队人卖了！老百姓说说也就过去了。从此，龙脊梁也成了少年郭怀山的玩耍之地。斗鸡、狗撵兔，各种玩法，在龙脊梁上玩得一样不剩。

时间过得快，山道的御杏还没有吃够，就到了 7 月 27 日。这一天，公社干部忽然喊话：下午有个重要通知，等广播。到时，学校、医院、工厂、地里干活的都得听。大家不知道怎么回事，只是听在袁家老村碾子上乘凉的一个老人说，他晚上正睡着，后半夜，有人似乎在推碾子，他翻身起来，感觉碾盘子也在动。他以为有鬼，就大叫一声，没有想到，这一叫，簸箕村就炸开锅了，有人大喊地震了。一时间，老的少的、穿衣的、提裤子的、光着膀子的都站在了街道上，观望着，吵嚷着，站了快一个小时。胆大的人都回家睡了；胆小的在外站着，或铺张席子躺着，啥样的都有。第二天大家还在议论时，广播就喊话了。

张德月书记在广播里先发话，就一个话题，防震。他说：北京传来大消息，今天凌晨 3 点多，在我们河北唐山发生了大地震，几十秒时间，死了无数人，重伤轻伤数不清。一个大唐山，也就在几十秒的时间化为一堆废墟，惨不忍睹，不可想象。全公社要齐心协力、团结共进，在毛主席领导下，预防地震。公社购进了一批防震棚，数量有限，按照村民比例，一百人只能领一个，其他只能自己解决，用木头条搭架子、用玉米秆围棚也行。总之，要重视，人命关天，我们要化悲痛为力量，支援唐山人民，抗震救灾，不怕困难。请各村书记负责，三天后公社开会，听取汇报，再派工作组专门抽查。

当天，郭天福就找来王厚才、田德地、张朵，说：我看这唐山大地震，把人能震日塌咧，几十秒，就死了那么多人，毁了一座城。要重建唐山，全国人民都得出力，咱们袁家要当先。咱们也没有什么，就海绵厂的海绵可以做床垫，有多少送多少。再就是粮食，越多越好，明天给我实数。德地负责粮食，张朵负责床垫，厚才联系捐赠。郭天福安排好，又对厚才说：龙脊梁以南的地是咱们袁家的了，三方签字的契约在我柜子里，我要安排簸箕村四队的事情。

田德地问：啥事？

郭天福说：你是四队人？

田德地说：咱是袁家人啊。

郭天福笑笑：这就不劳你的神了，搞好你的事就是大事。

田德地也一笑，说：你看看，书记兼了个队长，还不一样了。

郭天福问厚才和张朵：一样吗？

两个人同时笑了，说：一样。

28

温秀县出大名了，《渭城日报》头版报道：温秀县袁家村献大爱，向抗震一线捐赠两万元物品。文章说，袁家村人富了不忘党，不忘国家，第一时间伸出援手，把价值两万元的粮食、海绵垫捐给唐山。这批物资由袁家村郭天福书记安排，用自己的车队运出，县民政局派人一同前往。

郭天福被渭城市委来人挡住了，市委的同志跟他谈：明年我们党要开十一大，正在提名推选代表，市委建议推荐你。郭天福没有想到他居然能去北京，能去见国家领导人，那是他郭天福几辈子修来的福啊。

和他谈话的是一个部长，哪个部门的部长，他都高兴糊涂了，忘了问了。郭天福一回来，就准备到簸箕村四队的填沟造田工地看看，那是四队的一件大事情啊。

公社的张书记坐着一辆破旧的吉普车跑到袁家村，把啥话都说透了。张书记还夸他：天福，郭书记，不得了。

郭天福这时冷静下来想，自己不就是一个农民、一个干事的人嘛，有什么可浮躁的，有什么大不了的。

他跟张书记说：书记，和我一起去四队工地看看。四队西北角有一道沟，二三里地，沟南的地既有四队的，也有沟道村的，填沟的事情给沟道村说，人家不理，只好让四队独干了。干完后，沟西南原本是谁的还归谁，沟西北填沟造的田归四队。四队人积极扛锨、扛镢头，劳动力齐上。我们袁家出车，四队出人，在韩窑村取土，顺顺利利。

张德月很有兴致，他比天福小几岁，他一开始觉得天福是个神秘的人，时间长了，才觉得天福也是一个普通人。郭天福兼任四队队长，还真下了功夫，他不由得佩服郭天福。他到工地一看，几乎都是全家上，男人女人、老人小孩都在忙。新造的田和四队几年前平的梯田连成片。这下宝鸡峡的水能浇上，从沟道吹下来的风也没有了，流出沟道的大水流也就流到梯田平地了。张德月看着扒架子车的小孩、推车的老人，喜滋滋地夸天福：我们明星村的明星书记真是好样的。公社开会，我要通报表彰。

郭天福说：张书记，就别通报表彰了，这是我该想该干的事。人怕出名猪怕壮，道理大概都一样。

张书记说：不一样，不一样。人往高处走，水往低处流。我虽然年轻，但我看郭书记不是袁家，也不是烟霞能容得下的主啊。郭天福哈哈一笑：就这样，就这样了。

时间过得说慢也慢，说快也快，不知不觉，到了9月9日这一天。这天上午通知，下午3点有重要广播。3点，广播里准时传出一个浑厚嘶哑但非常清晰的声音：毛主席去世了！

话音未落，哭声四起，山河同哀，人人同悲。一下子，天塌了，地陷了，人都不知道自己怎么了，丢魂了，看不到前路和明天了。就是学校的孩子都傻了，站在原地，一动不动。

郭天福很悲伤，但他现在冷静了许多。哭完后，他叫来王厚才和田德地，站在绿油油的白杨树下，说：我们要化悲痛为力量，把主席的事业继续下去。主席走了，我跟没了爹的孩子一样难受，但你们看，天空还有白云，大地还有庄稼、绿草和树木，一切都得向前看。几千年了，都是这样。不过，老人家走得太快，人没有办法接受，这个弯太大不好转。我们的事情还要干，按照上面安排，先静默哀悼，然后再追思悼念。无论怎么样，咱们袁家要设灵堂，挂上主席的像，请人写一副对子，全村人人戴白花，村子的小孩要懂事，不嬉闹、不打架、不乱跑。我先去看看我家怀山，那小子，不能出事。

郭天福说完，迈着沉重的步子向自己的家走去。他远远看见妻子周穗穗哭成了泪人，儿子蹲在一边，女子蹲在一边，似乎都在哭。他知道，孩子虽然小，但也知道毛主席。他放心了，就赶到簸箕村四队，四队的人都默不作声，真是天塌地陷了，一切都处在悲寂中。郭天福想，还是要给人点勇气和力量，挽回人身上的精气神，这样才能干事，才是对主席最大的感恩。但他不知说什么，就和大家站在一起。直到村东老红军带着自己的七八个儿女跪着在街道哭泣，人们都哭丧着脸没有去劝。他一脸悲戚地离开了簸箕村。

这天下午公社通知，从 10 日开始，公社设公祭灵堂，村民可以前来吊唁。袁家村也设了灵堂，张朵拟联，教书的先生写字。上联是：山河同悲大地哀恸，下联是：人民同泣草木伤魂，横批是：举国哀悼。挽联挂在袁家新村西门口，来来往往的人都能看到。郭天福回家，儿子逛旦问他：书记大人，咱们书上说伟大领袖毛泽东主席万寿无疆，怎么就去世了呢？这时，郭天福才想到孩子已经读书了。在儿子在哪儿念书的问题上，他和妻子还有过一场争论。他说：簸箕村学校大、历史悠久，有百年龙爪槐，有老庙宇，有老戏台子。现在庙宇戏台都变成教室了，学校盖了两间新房，做教室和老师的办公室，学校还有教书几十年的先生。妻子说：周礼村学校也不错，在老村南面，也才半里地远，学校老师年轻、有朝气。何况外甥在舅家读书，有啥事他舅管着，你不操心。再说簸箕村学校那庙，去年冬天还闹鬼呢。郭天福说：你信？穗穗头一歪，说：不信。大人不信，但孩子怕啊。孩子都吓哭了，你不知道？天福没有话了，只好如此。逛旦上学后，念了几天书，人也不再那么淘气捣蛋了，一下子变乖了。

9月剩下的日子，人们几乎都在悲痛中度过，似乎也麻木了，渐渐地一切恢复正常，该吃饭就吃饭，该洗锅就洗锅，该剥蒜就剥蒜。公祭过后，郭天福就安排田德地考察渭城市场、张朵考察长安市场，开袁家村经销店，卖袁家村农副产品和工业品。毕竟，袁家村已经不是20世纪70年代初的袁家村了，有些东西总得有销路，地里的西瓜、黄豆、苞谷、小麦、红芋、芝麻、葵花籽，海绵厂的海绵床垫、海绵手套等都能卖钱。

考察一结束，张朵就去看父母。父亲身体虚，人已经昏昏沉沉，患了老年痴呆症。母亲年纪也大了，腿脚不方便。而妻子上班，照顾起来不方便。他想请假，不知如何张口，就写了封信：

尊敬的郭书记及各位村干部：

非常感谢毛主席和我们袁家的好干部，使我们一个名不见经传的小破烂村一跃成为秦川省响当当的明星村。我见证并投身在这场变革中，我感到自豪和骄傲。在长安考察，我认为条件不成熟，主要是市场没有放开，人们的消费意识还不强，前景不乐观，只能等待时机。我本想提前回村，和大家好好干社会主义事业，为实现"四个现代化"奋斗终生。但家中父母年迈，身体都出了问题，身边就我一个儿子，我不能不尽孝。我在袁家七年了，从来没有和大家说过家事，也没有请过假，一心扑在袁家。但现实无奈，我只好张口向书记及各位申请，请假半年给二老看看病，也使我之后可以安心回村。如果书记同意，我感恩戴德。我把毛主席语录举在手中宣誓，言必行，行必果，保证回村，投身"四化"建设。如果村子的事实在离不开人，请允许我带父母在身边，以方便伺候。谢谢袁家留我，谢谢书记和各位村干部。

向袁家和袁家人致以革命的敬礼！

张 朵

1976 年 10 月 3 日

郭天福收到信后，让村干部传看。谁看谁心酸。大家都同意，就问：告知公社不？郭天福说：这是咱们的事，不准外传。我觉得张朵是好厂长，城里娃在咱们村这样踏实肯干，我都佩服。父母有病，娃给老人看病，这事谁能挡？我和大家一样，同意。德地，你文化水平高，张朵这小子的信写得文绉绉的，你给回个信。村里同意，如时间不够，根据病情，留家伺候。百善孝为先。同时告知，安慰照顾好新媳妇，咱们村的人，咱们得关心。田德地感慨：书记就是不一样。大家纷纷鼓掌。这可能是 9 月以来第一次掌声，虽然晚点，但毕竟开启了新生活。

关于产品经销的问题，郭天福说：先瞄向小城市，打出品牌闯闯，就是失败了，也是买经验呢。海绵厂袁英代管，叫黑盾家的素素，还有德地的新媳妇参与，变成巾帼海绵厂，怎样？王厚才好奇道：书记怎么这样安排？郭天福说：你的意见呢？王厚才摇摇头：没有。那就这样。天福拍板说，各干各的事情，我去簸箕村四队看看，四队的事情也不能停。

大家纷纷走出村西北刚建好的接待站会议室，公社广播已经有了新歌曲和讲新闻的节目。北方的九嵕山依然一片翠色，羊群在山谷悠闲吃草，鸟儿在野地上空鸣叫，渭北已经有了新的气象。

郭天福走出门，就听见吉普车的声音，刚走到街道，就看见张德月书记从车上下来。郭天福跑过去和他握手。张书记高兴地说：县委来电，你已经被渭城推荐到省委，成了党员代表，出席党代会。等省委通知，一旦尘埃落定，公社一定要好好庆祝一下。

郭天福很淡定，也许他早已猜到，但他还是要表示感谢：谢谢张书记的厚爱，袁家感激你。这代表不仅仅是我们袁家的，更是烟霞的，甚至是温秀县的，不是我个人的。我不会忘记党对我一个农村干部的培养和关心，还希望得到张书记的继续支持和帮助。走，去接待站坐坐，喝口水。书记未发话，随同的先跑到前面，说：书记，咱们去簸箕村还有事。张德月摆手说：不了，有点急事，改日，改日。郭天福说：我也去四队，托书记福，坐个车。张德月说：明星书记坐我的车，也是我的光荣。郭天福说：这样说，不敢坐了。张书记拉着天福，说：走，公事为大，高兴高兴。

在车上，张德月说：县政府罗秘书长也表示祝贺，让我转达。郭天福聪明，立即说：那就麻烦书记代我问罗秘书长好。不一会儿，车已经进了簸箕村四队主街，郭天福拍了拍司机，说：我下，你们去董德亮书记家，改天我请几位。董济民看见公社书记，本想搭话，但跑出门，车已走了，郭天福在招手。他赶快叫老婆泡茶，然后对郭天福说：咱们的大书记大队长来了！郭天福哈哈一笑：胡扯，先看看你屋。

四队街道，虽然没有多热闹，但地窖少了，院子多了，简易的瓦房建了好几家。而董济民家，似乎比别家好点。看来，这也是个人精，会来事。进了屋，东一隔房，西两间厢房，坐人放东西宽敞。院子里，济民只放了辆架子车、几把铁锨、一把镢头、一张小木桌、几个木凳子。郭天福顺势一靠，就坐在木凳子上，董济民叫进屋，他摆摆手，说：这里豁亮，好。刚落座，济民媳妇的茶就端了出来，茶壶、茶杯都在托盘里。郭天福没有想到，济民家这样讲究，很是欢喜。他看了济民媳妇一眼，人个子不高，一看就麻利能干。他想夸一句，话到嘴边，却说：这壶好看。董济民说：老先人留的，好多年了。董济民端过茶，递给天福喝，天福抿了一口，说：茶好家好啊，院子建得好啊。东西厢房，厨房在里头，院子栽着一棵无花果树，似乎已经结果子了。董济民喊：娃他妈，给郭书记摘些无花果，尝尝鲜。郭天福问：有娃了？董济民说：两年两个，完成任务。郭天福问：一儿一女？董济民说：都是带把儿的。郭天福开心地说：好啊，两个顶门柱子。董济民说：我的书记啊，你一儿一女，人又能行，全省知名，我济民给你提鞋都不配。你家的洋气沙发、客厅，就是好看。我看了，才学着收拾了家。郭天福说：你收拾得很是个样子，宽敞、清净、实在，住着也舒服。正说着，济民媳妇端来无花果。天福不客气，自己拿了一个，剥皮一尝，大叫：这个好吃，甜而不腻，酸酸甜甜，真是说不出的好味道。说着，又吃了一个。董济民说：你有福，第一拨，孩子小，够不着，才能长成这样。村东茂盛家的，果子没有熟就被娃给打完了，大人根本吃不到。郭天福也说：是啊，要是有个匪家伙，我看，放我家我也是吃不上，我那小子能上天。董济民说：是啊。你逛旦可是个人才，我第一次到你家，他就问我是干啥的，叫我给他捉墙边的一只蛐蛐，我没有逮住，他嘟囔了一句"狗熊，我来"，一脚下去，蛐蛐不叫了，他说，死了，算了，你进屋。你想想，那时，他才五岁多，真是个材料。我那两个娃人称虎仔，就是两个窝囊货。你逛旦，你给起的官名叫啥？郭天福说，叫怀山。董济民说：怪不得，怀山，心里有座山，那还了得。天福说：咱不谝了，你看什么时候把西北沟填地再收拾一下？要不，秋雨起来，山洪无法分流，再刮成沟，咱就白费力气了。董济民说：秋天雨难缠，不会有大雨，但就怕那百天老淋雨，下起来很害怕。今年问题不大。我做了准备，近期处理，分地修堤、筑土围渠，我们庄北梯田大片是麦子，新修的种点小白菜、葱、菠菜之类，把地固住，明年连成一片。郭天福听后，很是满意，说：那好，你济民会想会干，我建议你担起担子，我事情多，年底我也任职期满，也算没有白干。认识你小伙、董德亮书记和三队那个神秘队长，也是缘分。过去，虽连畔种地，只隔半里，但咱们不熟，这次在簸箕村，我看能人很多，以后，有一起干事的可能。这是福，天福我的福，好事。我走了，要是张德月书记问，就说我走了。

　　说着，郭天福的脚已经跨出了济民家的门槛，出门一看，街上蹲着许多闲谝的人。郭天福打了个招呼，就转身走了，身后是济民媳妇的声音：郭书记，有空来啊。郭天福挥挥手，迈着步子，走到自己的老村，看见那几棵皂荚树，心里热乎乎的。

回到新村，家家在清扫院子，他不知道是怎么回事，问德地家老大：村里干啥呢？德地家老大才两岁多，也不清楚，就摇摇头。天福一看，田德地在擦门框，他还没有开口，田德地就汇报说：县上告知公社，市上要来个采访组，来看咱们袁家。你说，不收拾收拾行吗？没有找见你，就先干了。工厂叫厚才家的去通知了，上次没有安排她，我看她有点情绪。郭天福一拍脑门，说：你小子也不提醒我，张朵住在他家七年，咱们应该安排一下人家家属的工作。要不把厚才老婆安排到接待站，可以在食堂里擀个面、炒个菜。田德地说：书记想得周到，这话得你说，人情是袁家的，更是书记的。郭天福问：老婆呢？田德地一笑：看小的吃奶呢。哎，忘记了，你有老二了啊。好了，你忙，我去找厚才。说着，郭天福走了，他远远看见他老父亲弯着腰和德地的老父亲一起在扫落叶，走过去说了句：有年轻人，您二老歇歇。旺年老汉说：你大勤快了一辈子，闲着心慌。你不管，不碍事，忙你的去。郭天福不再说什么，继续向前走，看见一个小孩在玉米地要，他怕玉米掉下来，砸了孩子头，过去把他抱了出来，那小家伙叫他福福叔。他一看，是自己二哥的儿子逛野，后来起名怀石的那个。他欣喜，二哥有自己的孩子，心里也踏实了。就抱着逛野到了二哥家门口，嫂子看着天福抱着自己的儿子，十分高兴：书记兄弟，进来坐，嫂子给你倒水去。天福说，嫂子不忙，我还有事情，孩子看好，秋种了，玉米容易掉落，砸了孩子不是小事。你看娃，我走了。天福转身，逛野大叫，福福叔，抱抱。天禄妻子赶快抱起儿子：你叔有事，咱回屋，给你好东西。说话间，天福已经走到了厚才家。

厚才也在收拾院子，看见天福，说：书记忙啊，忙了袁家忙簸箕村，大家找不到你，没有办法，就先干了。厚才又是一堆话。

郭天福说：你们操心了，我说厚才大哥，你也不说我，有些事情我犯糊涂，你说一声，咱们自己的事情也能解决好。你给村里忙，孩子都没有顾得上要，对不住了。

厚才笑了：媳妇不生娃，能怪炕边高？我那婆娘不争气，整天也闷，成天和黑盾的媳妇聊天，念经求子，吃药拜神，啥精都成了，就是没有。是咱上辈子亏人了，老天惩罚，没有办法，能生就生，没有，也得活啊。

天福宽解他：不是没有，时候不到。你老哥宽仁，老天不会惩罚好人的。

厚才说：看吧，咱还能成着呢，应该有机会。

天福说：没问题，你是龙虎之人，哪有不产崽的可能。

书记取笑。哈哈。俩人都笑了。

天福停了一下，说：我说老哥，叫嫂子去接待站上班，要是有孩子就回家养娃，没有娃，给咱们做饭去，接待站总得接待人啊。

厚才一想：那也好，她忙，就不烦我了。这样，两个没有娃的媳妇都有事，男人就好干事。书记想得周到，谢了。老哥准备酒，在我这儿喝点儿。

天福也觉得饿了，就说：嫂子不在，不麻烦了。

我一喊就回来，家里刚割了肉，炒个菜，来两杯，我也想喝，就是没有人陪，一个人喝有啥意思。

天福说：好，我也是，想喝口酒。

天福想，出席党代会的事情是铁定的，簸箕村的事情圆满结束，新村规模没有说的。这不，市上要来采访，烟霞镇和温秀县的领导对他不薄，袁家人心也齐了，事业好干了，继往开来，不是没有可能，而且一定要大发展。想到这，他高兴。厚才邀请，他没有推辞，快乐要共同分享啊。这好像是张朵的话，有用、实在，就学。

书记喜欢喝西凤，我这有几年前的，咱俩尝尝。厚才拿出酒，打开盖一闻，递给天福。天福一尝，大喜：老哥，醇厚绵长味烈不干，酒未喝，人已醉，好酒好酒。说着，他吸溜一口，干了一杯，然后闭目养神，靠着门框，半醉半醒。厚才说：大书记，至于吗？等等，菜快好了。天福也不知道厚才媳妇什么时候回家了，依然闭目养神。

天福问：龙脊梁下的地里种的啥？

厚才说：黄豆，看能不能跟上，地没有荒。那个冢埋的谁也不清楚，没敢动。

天福说：那是老先人留的，唐王的事情，不敢动，动了怕伤了龙脉。我好像听烟霞那个文化人说，是个忠臣，叫什么秦琼，就是咱们的门神啊！

是啊，那里现在有人开掘看守，听说是国家重点保护文物，出土的东西多。徐茂公土疙瘩也围着，国家派人看守，县里派来个文化人，叫什么孙迟，人精明，有骨气，也是低个子不弯腰的人，有问就答。公社书记要看他，他说，忙，免了。你看看，有骨气的主。厚才说完，自己喝了一杯。天福也端起：不够意思。说着自己也喝了一杯。厚才憨憨一笑。

厚才怎么知道这么多，天福疑惑：你认识？不认识。我媳妇她远房叔父的儿子，话是烟霞公社传出来的。人能行，看来，烟霞会因为这个墓发迹的。厚才说。

天福停顿一下：是啊。是叫孙迟，我有印象，在县里也有影响，是个文化人。看来，不仅仅是烟霞，咱们袁家，也可能要托福，跟着人家一起发迹呢。

厚才说：书记看得远，我倒没有想到。好了，菜来了，咱喝酒，大老粗，管去。弄好咱的事，比啥都强。天福端起杯：喝。厚才大哥，不是这一事，凡事都有关联，一人得道，鸡犬升天。烟霞发达，咱们袁家能不发达？

厚才端起酒说：书记喝。喝个酒也能学到好多东西，看来，咱得多喝几回了。

天福说：不敢再喝了，下午有事，改天吧。说着站起来转身出门，厚才要扶，他甩手：没事，再喝半斤都没事。

　　刚出门，逛旦直勾勾看着他，他抱住自己的儿子。逛旦问：乱跑啥呢？我妈找你。天福问：啥事？吃饭。啥饭？扯面。走儿子，咱回家咥扯面。他嘟囔着离开了厚才家。

　　厚才看着这父子俩的背影，心里咯噔一下，他也不知道怎么回事。他想，天生蛟龙，蛟龙伏虎。袁家是得靠他们父子领头了。这样一想，他赶紧说：媳妇，快给咱们生一个，得赶上好日子啊。

第七章　自然而然

30

郭天福是在什么时候离开的？是风光无限好的春日，还是满目金黄的秋天？是飘雪裹被的早晨，还是晚霞辉映的傍晚？

郭怀山忽然想不起来了。郭怀山在接手袁家村的时候，父亲还是实权派。不但秦川省委委员、温秀县委副书记、县人大常委会副主任郭天福都干过，而且干得风生水起。但他觉得自己跟不上时代的步伐，不适应坐在办公室工作，就辞官回到袁家村。在袁家村，他的农工商集团董事长的职位仍可以让他驰骋渭北，纵横四野。

在郭怀山看来，父亲就是比自己吃的苦多、干的事多、得的荣誉多，是一个值得尊敬的父亲。当他深入学习了更多文件精神，结识了有缘人高树，读了很多书后，他忽然觉得自己空空的，又实实的。

有时有一种恍若隔世的感觉，他觉得梦就是现实，现实就是梦。他不是一个能看透自己的人，但他看人却能入木三分。一般地，他不会把话说透，会给对方一定的余地。如果对方还很迷糊，他很有可能大发雷霆，甚至和自己的父亲一样，骂娘骂老子了。

他忽然想起自己的那个梦，那个梦见贾云拉着小提琴的梦。他的眼睛一眨，忽然从床上坐起来，看看表，已经是 2011 年 1 月 28 日了。他听见母亲在院子喊：三九四九，冻坏砖头……七九八九，河边看柳。逛旦，都9点了，快点起来，炭火炉烧得正红，妈知道你爱吃烤红芋，快熟了。早起高树来过，看你睡着，没说啥就走了。

郭怀山应着他妈：知道了。你总是起那么早。

周穗穗说：妈就这爱好，一个人写写小楷，读读古诗，找点乐趣。郭怀山穿好棉衣，走出卧室，看见母亲在抹抹洗洗，一眼看见母亲丝丝缕缕的白发。他跑过去，抱住母亲，周穗穗也放下手中的抹布，轻轻抱住怀山，很是幸福。

妈呀，别太辛苦了，我姐说家里要雇人，你就是不愿意。我姐在长安，觉得照顾不上你。我在身边，也没有好好照顾你。郭怀山心里带着深深的歉意说。

穗穗放开儿子，说：你姐弟的心意妈领了。妈就是一个农民，多干点也舒服，要啥照顾？妈能吃能睡，能跑能逛，要谁伺候？麻烦！好了，快起来。

郭怀山抬起手，抚了抚母亲的额头，说：妈，你对自己一定要好点。我爸人呢？

早出去了，说冬天人少，怕康庄街没有人，你弄的那些工地摊子大，他去看看。穗穗看着儿子，说：你父子两个人差不多，都是拼命三郎。去洗吧，先吃点烤红芋，早饭已经做好了。

郭怀山走出屋子，他家坐南朝北，一出屋就能看见高高的九嵕山，似乎就在眼前。怀山不知道自己怎么这么喜欢这座山。他隐隐记得，一个月前，新招来的李琳娜陪他和高树去了趟九嵕山。按理说，冬季不适合登山，但走到山的北麓，看到高高耸立的李世民铜像，踏着蓬松的野草，琳娜有点冲动。郭怀山和高树有点冲动，但都没有喊出来。而琳娜年轻，就大声在山下呼叫：九嵕山，我来了。不要看我小，我只要登上去，我就比你高。

山似乎在风中大笑，似乎也在叫：我独撑渭北的天，不在云端，似在云端，凭你，站在我的顶上？可笑啊。哈哈哈……这一笑，怀山和高树没有听见，琳娜像是听到了，就一个人向山上冲去。

冲的时候，她在和自己较劲——山再高，也是我脚下的一马平川。女子不才，也要征服你。这是琳娜的信念。人有了信念是可怕的，坚不可摧的，万事难不住的。琳娜这样想，就冲向九嵕山。

郭怀山和高树一看，喊了句：慢点，咱们三个比赛一下。琳娜回头停下脚步，等着二位领导，然后说：好，今天谁赢，谁在山上有指挥权，怎么样？琳娜很有意思。郭怀山说：行，我同意，谁先登顶，占山为王。

三个人在山道上攀爬，或撅着屁股跑，或抓着草根爬，或弯腰低头找路，总之各使各的招。第一个登上主峰的竟然是琳娜，其后是郭怀山，最后是高树。三个人气喘吁吁，站在山上，而山上的风几乎能把人吹倒。

他们三个手拉着手，琳娜喊着：九嵕山，我比你高啊。

高树问琳娜：小李，比山高的是啥，比天辽阔的是啥？

琳娜扭头一笑，说：我的大主任，我第一个登上山，还没有发号施令，你先夺权了。

郭怀山说：是啊，是该小李说。

琳娜抬头看了一眼山下，心头一震：好家伙，这山远看敦厚，站在山巅，却感觉山突兀峻峭，石如剑劈。她身子不由得向后一退，郭怀山和高树跟着退了半步，但他们不知道是怎么回事。琳娜很调皮，说：我就是发号施令，也不能驳了我们大主任的面子。你刚才问高呀远呀，那是小孩才问的问题。比山高的是人，你俩看，此时你们是不是比山还高？比天辽阔的自然是人心啊。书记你说，人比山高，心比天大，天空有多辽阔我们不知道，一个人的心思有多深，我们更不知道。但我们知道，他心里装的是天。满意吧，我的大主任？琳娜说完，笑着看高树。

高树哈哈一笑，说：看来还是咱们袁家厉害，要不是你妈的遗传，你能这么厉害？要不是你妈在我们袁家待了多年，能有你个小机灵啊？

郭怀山说：这娃厉害，袁家的希望也在你们身上。

谢谢领导栽培。琳娜边说边拱手施礼。高树和郭怀山蹲了下来，琳娜也有样学样蹲了下来。这一蹲，竟蹲出奇迹来。

琳娜激动地喊：书记，你看。

顺着琳娜手指的地方，三个巴掌大的蝴蝶落在草上，似乎动，又似乎不动。

高树看到，其中一只的翅膀在抖动。

郭怀山也很惊讶，寒冬腊月的，山上怎么会有蝴蝶？可奇迹就是奇迹，这三只蝴蝶要在九嵕山顶结束自己美丽的生命，也许，是期望来世飞得更高吧。

琳娜毕竟是个女子，她非常惋惜，说：大冬天，看来要冻死了。我把它们捡回来，也许就是把我们的希望捡回来。

高树哈哈大笑，说：琳娜，你是个诗人！

琳娜说：我的大主任，你有没有同情心？要是我们三个是这三只蝴蝶，该怎么办？这一问，高树也真无语了。就在他们说话的瞬间，一阵风卷走了蝴蝶，消失在三个人的视线里。

他们手拉着手，站了起来，高树向东南方向的平原一指，说：小李，蝴蝶已随风追梦去了，何不看看人间。你看，我们袁家美丽极了。琳娜说：就是啊，四周阡陌交错，村落呼应，树木萧条。唯我袁家关中风情新村，在朦胧的雾气中显得如仙如梦，那就是渭北塬上的蛟龙。

郭怀山听得入神，他没有想到，袁家村会给人这么多美好的想象。

逛旦，吃饭了。周穗穗喊着。这一叫，把高树和李琳娜从山上叫了下来，也把郭怀山从回忆中叫了出来。

郭怀山看着他妈，说：妈啊，以后不能再叫儿逛旦了，我已经是袁家当家人了，要叫我怀山。他妈说：好好好，妈注意就是，我娃成人了，现在又在成精啊。郭怀山说：妈，你的意思是啥？周穗穗说：妈没有意思。妈现在能有什么意思，就是看看闲书，写写小楷，磨磨性子。

袁家村在他爸郭天福手里时，他妈就抑郁过。老汉成天不着家，整天在县上、公社、村上忙活，她一年能和他吃一顿团圆饭的机会都不多。儿子现在也忙，早出晚归，就是儿媳妇回家也是一样。她心里急，也没有办法，因此得自己找点乐子。她在看电视时看到一个节目说，老人练书法能长生不老。她觉得有意思，不求长生，但求有个乐子，也养心养人。那练什么呢？她选择了小楷，楷书方方正正，也体现了做人的准则。就这样，郭怀山的母亲成了蝇头小楷的爱好者。

这时，高树进了院子，后面跟着琳娜。这就是秦川温秀县，说怪就怪，想啥来啥。

郭书记，我来了两次了。没有跟姨说，接待站准备好了水盆羊肉，大家等你很久了。姨一起去。高树说。郭怀山母亲还没有来得及说话，郭怀山就问：哪里来的羊肉？琳娜说：咱们营运办的高化杰，那个高高壮壮的青年，他是陕北人。他父亲从陕北扛着一只羊来看儿子，昨天晚上到的。一到，就把羊扛到接待站，说让大家尝尝。我们几个一商量，在接待站煮了，让大师傅辛苦一下，大家一起吃。高化杰他父亲非要叫主任、书记也去尝尝，书记你能不去？郭怀山看了一眼高树，问：主任已经答应了？高树说：老书记也在，王厚才、田德地老主任也在，王三老汉也在大口咥着呢。郭怀山说：那好，走，咥水盆羊肉去。

郭怀山进了接待站食堂，人满为患。莲莲倒上了袁家村人自己煮的茶，端到书记面前。郭怀山问：高化杰他大呢？莲莲手一指，他就看见一个沧桑的老人，标准的陕北大汉，一件羊皮外套，头上还扎着一条发黑的白手巾，一支长长的旱烟锅杆插在后腰上，腰里还扎着宽腰带。老人正和郭天福几个拉话呢。他想过去，又怕影响他们，就坐在靠里的一张桌子旁。琳娜说：书记，你们有事我去和他们坐。高树说：没事，吃个饭有啥事。就是有事，你一个外宣办的，坐这里也合适。郭怀山也顺水推人情，说：坐啊，吃个饭么。莲莲的壶被琳娜接了过去，她给高树倒上水，又给书记添了水，然后径直走到老书记桌前，给每一个人添水。

郭怀山说：这女子能干。

高树有点得意，说：你没有看谁招的，书记亲自点兵，能不行吗？

是啊，行也得行，不行也得行。咱们得给她机会。郭怀山说。

高树说：书记说得对，先吃个热乎的，你看，饭来了。

郭怀山抬头，看见接待员只端来两份，每人一块锅盔馍，一个小碟子，一碗水盆羊肉汤。汤上漂着葱花，汤里有羊肉，还有粉丝什么的，很丰盛，很香。在郭怀山进屋时，这香味就占据了他的胃。他在小碟子里抓了点香菜撒进汤里，别有滋味。他又用筷子夹了几个红泡椒，用手抓了几瓣糖蒜，自顾自咥了起来。

高树如法炮制，也咥了起来。

两位领导也不绅士，只顾自己，也不把这小女子放在眼里。

书记抬头，看见琳娜自己端来一碗肉汤，笑了。

高树接话：快吃，从没有吃过这么香的水盆羊肉啊。这羊肉一是鲜，二是香，三是回味无穷。

郭怀山问：陕北大院建好了吗？

高树停下筷子，说：书记，院子建成了，土墙土窑洞，实际是一种不怕风雨的工艺墙，很好看，就像在陕北。院子里能容得下几个饭摊，还开了羊杂、陕北油糕、陕北糜子馍等特色店，好像还有一家卖羊蹄子的，很好吃，做法跟咱们不一样。

高树没有说完，郭怀山打断他的话，说：有意思，那就开家陕北水盆羊肉店，就叫化杰他大来。你听听，正宗的陕北腔，嗓门高，声音洪亮，他开店，生意不会差。话音未落，就听见高化杰的老父亲唱了起来：

> 羊啦肚子手巾哎耶，三道道蓝哎耶，
>
> 咱们见个面面容易拉话话的难。
>
> 一个在那山上哎耶，一个在那沟沟哎耶，
>
> 咱们拉不上那个话话招招那个手。
>
> 瞭啦见那村村哟瞭不见那人，
>
> 我泪格蛋蛋抛在哎呀沙蒿蒿林。
>
> 泪格蛋蛋抛在哎呀沙蒿蒿林……

歌声未停，掌声响起。高化杰也站了起来，谢谢大家。父子俩很真诚。郭怀山很高兴，琳娜几乎叫了出来。正在鼓掌吆喝的时候，王建一、袁锁成几个端着碗凑到书记桌前，一坐下就夸：哎呀，陕北人就是不一

样，豪迈豪爽，把歌唱得震天响。

高树说：是啊，陕北天高地阔，人少山多，声不大听不见，不唱歌，太寂寞。

王建一赶紧说：还是主任学问高，一首歌就能听出这么多门道。

是啊，王主任，这样的商家你也不招一个？琳娜插话。

王建一不明白。其实，琳娜听到郭怀山的话了，就递话。王建一不明白啊，他回头看着高树。高树说了句：郭书记，从咱们东门进来，再北拐的陕北大院西侧，有个甘肃西峰人开了一家羊肉店，味道很正宗，生意也火。

袁锁成说：竞争是进取和发展的动力。

郭怀山看了一眼袁锁成，他没有想到，锁成会这样看，他表态说：好啊，允许公平竞争，开一家陕北的，有意思。

咱们不是说一店一品牌吗？王建一问。

与时俱进，何乐而不为呢？袁锁成说。

与时俱进是好，但我们还得坚持一店一品牌的大方向。这是咱们独一无二之处，是袁家民俗风情体验地发展的必然方向。郭怀山表态说。

真好真好，吃个饭能吃出学问，吃个饭能吃出观念，大人们，你们聊，我还有事，走了。李琳娜毫不顾忌地说完，放下碗，跑了出去。

高树看着李琳娜，不知怎么回事，苗苗和他分手造成的痛苦瞬间烟消云散。他不是一个没有情义的人，但分手时，苗苗没有过多的话，就送他一本书，一本诗人泰戈尔的《飞鸟集》。他知道苗苗喜欢《飞鸟集》，他何尝不喜欢。过去，两个人一起吟诵，现在只能独自体味了。

高主任，怎么没有见张副总？郭怀山问。

高树说：张西峰副总去了长安，为袁家村集团公司的事情忙去了。

郭怀山说：张副总就是这样，不爱说话，不爱参加接待活动，就一心扑在集团的工作上，也省了我很多事情。

郭怀山虽是夸奖，但还是有点失落。他看看高化杰父子，对高树说：吃快点吧，化杰他大好像在等咱们呢。高树一看，果然，高化杰和他父亲在门口送走了所有人，饭堂里只剩他们几个了。高树匆匆吃了几口：好了好了。郭怀山说：莫急，催命都不催食。高树站起，说：走，书记，看看去。他们起身，王建一和袁锁成自然随后，一起走到食堂门口。

王建一和袁锁成知趣，打声招呼，就先走了。

郭怀山还没有走到门口，就见高化杰拉着他父亲的手走过来，说：大，这位就是我们的大掌柜，书记郭怀山。

郭怀山一笑，握住了老人的手。

高化杰又指着高树，说：我们的大主任，也是个大学生，已经是袁家人了。我们私下叫他前辈，人前叫高主任。

高树诚惶诚恐，他握着老人的手，似乎抓住了这个时代农民的命运，他没有松手，问老人习惯这里的生活不。当问第二句时，他忽然觉得，有些问题不是他问的，应该是怀山书记问的。他松手，退向一边。书记自然地和老人接上话了，但书记只是感慨：老叔啊，咱陕北人就是嫽，身板硬，羊肉香，还给我袁家送来了一个好儿郎。话音未落，郭怀山都觉得自己像个唱戏的，说了声：老叔，见笑了。而化杰父亲一板一眼地说：郭书记、高主任，我不知道说啥好，咱们袁家，我的妈呀，不得了不得了，党领导得好，你们干得好，咱老百姓能过上这样的日子，真是幸福日塌了！

郭怀山说：老叔，我们也是在摸着石头过河，有啥不对的，你就提出来，我们改进。

老汉很激动，说：我才听我娃说，主任是大学生，现在是袁家人。我想，我这娃要是能成为袁家人，我高家就烧高香了。

老叔放心，只要化杰努力，他自己愿意，袁家随时欢迎啊。郭怀山高兴地说。

高化杰扯了扯他大的衣袖，老汉是个聪明人，便说：书记，你们忙，你们忙，不要叫我老汉耽搁了正事。郭怀山拉住了老人的手，说：老叔，你放心，你儿子在袁家，就是袁家的儿子，袁家人不会亏待他的。对了，老叔会做这水盆羊肉？

高化杰说：我大在米脂还是有名的羊肉师傅。

是吗？高树很惊讶。郭怀山一听，看老汉点头，就说：叔呀，好了。你要愿意，陕北大院给你一个店铺，当年不收分文。你只管把肉汤弄好，至于以后怎么收，看你儿子的能力了，他现在是我们营运办的业务能手啊。陕北老汉忽然跪地，郭怀山和高树赶快扶起他，说：老人家，要不得要不得，你是折我们的寿啊。高化杰也扶起自己的父亲，但眼眶已经湿了。

化杰，我给锁成打个招呼，你今天陪陪你大，在咱们袁家新村走走。郭怀山撂下了话，拉着高树，说：走，今天我还约了温秀县农村商业银行的长孙昊天行长谈事呢。你去准备准备材料，把资金缺口弄清楚，人家答应给咱贷款，但必须有质押物或者担保人。我还没有想好怎么办，你再想想，我去打个电话。

郭怀山临出门时，看了一眼陕北老人，说：谢谢老叔的羊肉。

而高树看着怀山的背影，似乎有话要说，但还没有开口，怀山已走进城西客栈。

郭怀山进了客栈，客栈金老板满脸堆笑，说：郭书记，你的茶已经泡好，是独自享用，还是我叫念儿过来斟茶？郭怀山扭头一看，面无表情地说：一边儿去！话很干脆。金老板退下，不敢妄加安排。就在这时，念儿端着一盘松子、一盘无花果、一盘甜品走了进来。郭怀山准备打电话，看了一眼念儿，这女子就是水灵，就是好看，比电影明星还好看。郭怀山这么想，可面上却很冷静，说：出去后关门，闲人莫打扰。念儿懂事，说：书记慢用。郭怀山听见木门咣一声关上，就给贾云打了个电话。

喂，贾经理吗？我是袁家的郭怀山。郭怀山说。

是郭大书记啊，大冬天，你的电话给了我惊喜呀。贾云很意外。

我还怕打扰了你。郭怀山语气很温和。

没有没有。书记有何事？就是有事也不会找我。你是通天的人，我是个打杂的人。贾云说着，很是愉快。

我通不了天，但你肯定是个能人。怀山开玩笑说。

嘿嘿，书记真有趣。贾云的声音很有亲和力和魅力。

贾经理，我知道你向往自由独立的生活，如果你愿意，这些袁家都会提供给你。我们袁家是风水宝地，要山有山，要泉有泉，给你提供大别墅，享受田园生活。怎么样？考虑考虑。

贾云停顿了几秒，说：书记，我不知道能不能适应你的工作节奏，我不知道我能否给袁家带来更多的发展，我很想去你们袁家。我独自去过几回，都没有打扰你。我喜欢袁家，我爱袁家。给我点时间，我再答复你。好吗？

郭怀山说：好吧。你要是需要我们袁家的酸奶、麻花、醪糟、油泼辣子，你说一声，我叫人给你送过去。

不了郭书记，我知道那是袁家响当当的名牌农产品，不用麻烦，谢谢书记。区政府来人了，我得去一下，挂了。贾云说。

郭怀山不知道是激动还是失望，在沙发上一靠。发展靠人才，高树走在前面带头。他忽然想到高树给他汇报见专家梁澄清和学者高志攀的事情来。这事他想过，民俗与历史，地域与风俗，大唐与袁家……但他一直没有头绪。他没有想到，知识分子就是敏锐，提前拜访了有这方面经验和学识的人。

过程他已经想不起来了，但他记住了两个专家说了什么。民俗专家梁澄清说：民俗是传统，是文化，它不仅仅是歌谣、剪纸、传说、乡俗和一些地方小吃，更是地域文化和历史文化相结合、共生共鸣的结果。这是积累，更是传承。它有地域性、民族性，更有国家性。袁家村的风情体验基地，立足关中，基于体验，就应该放眼全国甚至全世界，才能做强做大。

这一点震撼了郭怀山，但他没有急于发表意见。高树当时也不明白，高志攀的话给了他新的启示。他记得高志攀是这样说的：大唐开明昌盛，而这一切都被我们这块神奇的土地所见证。大唐文明的开创者及其追随者都在我们烟霞这块土地上，那时的书法、绘画、三彩陶，以及大唐人洒脱风流的生活，都是我们希望了解的。如果打好大唐旅游文化这个品牌，把这个品牌和关中民俗文化结合起来，袁家村前途不可限量。高树听了也非常激动。在高树面前，郭怀山说：学者就是学者，专家就是专家！我们得考虑考虑。

这一考虑，郭怀山有了主意。他想，2011年是发展的关键一年，既要提出当年的发展思路和计划，又要制定三年发展规划，争取在2014年让袁家村的旅游品牌得到认可，起码和他爸一样，给袁家村挣来全国荣誉。这荣誉自然是综合实力、民众收益的实质体现。两年内先落实两件事情：一是举办一次高层论坛会，探讨袁家村如何在民俗风情和历史文化的融合中找到突破，具体就是在打好大唐文化品牌和乡村民俗旅游上做好文章；二是袁家的规模化推进及相应的科学管理问题。郭怀山想，只有在城西客栈这个很少有人知道的地方，他才能静下来。过去，要不就在办公室，但办公室人多口杂，没有思考的空间；要不就到龙脊梁上，看着九嵕山，独自体味。

思考完这些问题，郭怀山给长孙昊天打了电话。长孙昊天说他刚要给郭书记打电话时书记电话就来了。他说：我们上级行忽然通知，年底大检查，今天就到，看来见面只有再找时间了。郭怀山一想，是啊，离过年也就几天时间了，他说：你忙吧，年后谈。就挂了电话。

郭怀山走出屋，看见念儿在整理挂在房檐的红辣子，金老板端着一把泥茶壶。郭怀山没有说啥，就迈出了院子。身后传来金老板的声音：书记慢走。

31

冬天，街道上人也不多，几个招聘来的大学生在清理办公区，李琳娜在抹桌子，安浩跑来跑去忙活，云飞在扫地，赟斌在擦洗玻璃，高化杰在清理垃圾。而刘先模站在接待站的门口，凝视着街道上的落叶。

高树离开食堂后，就回到自己的住处。他原来打算告诉书记，年关将至，旅游和参观的人很少，是不是给新招的大学生放个假，看书记很忙，他就没提。他回到自己的屋子，打开电暖器，靠在床上，又看见林苗苗送他的《飞鸟集》，他忽然想到其中两句话：

生命里留了许多罅隙，从中送来了死之忧郁的音乐。

他高树啊，忽然真感到有点孤独了。但他又记起另两句话：

在黑暗中，"一"视如一体；在光亮中，"一"便视如众多。

他在想，有一个信仰就足矣。他相信中国共产党，他相信中国农民在党的领导下能改变命运。当下的一切，不就是奋斗的结果吗？爱情，爱情是什么，就是《飞鸟集》里描述的那样吗？他忽然想到苗苗的话：果你离我有多远，花我藏在你心里。那份甜蜜已成过往，他只有相信"恋爱中的叶子开出了花，崇拜诗的花朵成了果"。他很矛盾又很坦然，这事搁在谁身上都是坎，但高树就是高树，他相信泰戈尔的那句话：

当人微笑时，世界爱了他。但他大笑时，世界便怕了他。

他哈哈一笑，把书丢到了床那边。

就在他胡思乱想的时候，琳娜敲他的门：大主任，书记找你。高树应了声。他想，书记找他，怎么不打个电话，反而叫琳娜叫他？他似乎意识到了什么。

就在他出门时，电话响了，是县委宣传部张倩的电话。他接通电话，说：你好，张部长。电话那头张倩说：别客气，高树，咱们同龄，就叫名字吧。高树开玩笑地说：哪敢。张倩说：见外了，我说高主任，你给怀山书记说一声，下午我要带几个同志到袁家进行调研，为年后全县经济工作会议做准备。高树满口应承：等你。电话那头一句"下午见，我的高主任"，就挂了电话。高树不明白，张倩最后一句话"我的高主任"，是什么意思？

高树见到郭怀山的时候，郭怀山跑到了朝阳门口。

郭怀山在想，沿城墙修筑的古街，和古街南段对应的广场，还有广场南的大戏楼，如何规划布局？在通向南广场的古街修一座观星楼，使游客在观光的时候，登高望远，既可以看到九嵕山、方山、玉皇顶，也可以通过望远镜看天象星斗，感知宇宙的神秘。

这其实不是郭怀山自己高明，他喜欢琢磨，喜欢听游客的意见，更看重来自长安的大学生或者一些外地游客的建议。他在完善古街及其东城墙内环境建设中，思考了很多。他找高树，意在得到高树的认可和更进一步的意见。他不能显得太独断，他需要民主和谐的氛围。

高树在营运办高化杰带领下，来到了朝阳门，市场办的副主任田黄黄也在一边站着。

郭怀山说：就这些事情嘛，你看，我想把新建的这条古街建成回民小吃街。在长安，回民街很火，咱们也来回族朋友，咱们本地农民也喜欢回民的牛羊肉，就是城里人，能吃到正宗的清真食品也不多。高主任，你看？

高树看了看，说：那就在通向回民街的街口，修一牌楼，用鎏金字刻成门牌，按照回族礼仪，设门牌，招回族客商，建成一条真真正正的回民街。

这事要抓紧办，咱们说干就干，不能拖泥带水，具体我看和锁成的营运办、建一的招商办和市场办协调，争取2012年看到热度。郭怀山说。

我同意书记的意见，我们外宣办搞好策划和宣传，全体动员，打好主动战。高树反应很快。

高主任，我想在古街南段修一座观星楼，既可以望袁家全景，也可以观星望月，使古街多点元素，你说怎么样？郭怀山似乎看到了修好的观星楼，喜形于色。

那当然好啊。高树立即赞扬。

书记抓全局，具体的你也看到了。看来你再修炼修炼就能做设计师了。高化杰插话，书记就是我们袁家的总设计师啊。

郭怀山笑笑，说：我就是一个农民，多念了几年书，和你们比，差远了。郭怀山忽然谦虚起来。他一谦虚，在场的人也不知该如何应对，忽然沉默了。

郭怀山看看大家，说：叫你们来出主意，想办法，你们怎么没有话了？黄黄插话：大书记，我是一个小辈，见识少，也不知道你们的打算，不敢造次。

话不能这样说，我们都是袁家人，都有义务和责任为袁家的发展和繁荣多出点子。至于书记用不用，那都是一份奉献！高化杰插话说。

化杰说得对。书记是书记的想法，大家是大家的想法。想法和想法碰撞，总会有火花，大冬天能产生火花，那不也是一件很妙的事情吗？高树说着，看了一眼郭怀山。郭怀山指了指街南，说：走，到前面看看。

一行人向南走着，碰见了田忠伟和胡妞儿。田忠伟看到书记，拉着胡妞儿准备折返，郭怀山叫住了他：忠伟，德地叔好着吗？

忠伟赶紧转过身来，说：好着呢。整天夸你，说我是个浪荡鬼。

这么冷，你在这干啥呢？怀山关切地问。

忠伟看了看胡妞儿，说：我媳妇说，咱们又建了古街，看能不能给她个门面，拉我过来看看。

郭怀山问：你媳妇不是在手工作坊吗，现在又想卖啥？

胡妞儿走上前，说：书记，咱们袁家手工作坊外地人多，把机会给别人，我自己也想找点事情做。再说，我们袁家虽是农村，但也应该有时尚的艺术品，插花、缎花、泥娃娃都可以啊。

郭怀山看了看高树，说：有想法好。门面我给你，但不会在这儿。你们的事高主任会负责的。怀山回答时，心里在说：这女子有想法，有想法就好。如果袁家的年轻人都有想法，那梦想离现实也就一步之遥。他看着胡妞儿，说：我们有事，你们先走吧。田忠伟一听，非常高兴，拉着胡妞儿唱着"你是那冬天的一把火，火光照亮了我"，跑出了古街。

郭怀山看到袁家人和他们的家属，都铆足了劲，想好好干一场，心里别提有多高兴了。他给高树说：我们得考虑胡妞儿的建议，在什么地方建一条古朴优雅的艺术街，咱们不能落后啊。

高树说：康庄街背面有一道梁，梁不高，和康庄街相呼应，咱们就在那里沿土梁东西向修一条古街，不求高大完美，种上青藤，搭木屋、木棚，招艺术客商。荒地利用上了，胡妞儿的问题不也解决了。

好啊，你就是有主意，脑子活。我原来还想那一块地怎么办，你一说，我心里就亮堂了。那就叫人给咱们设计一下，风格古朴，古色古香。高主任，拜托了。郭怀山说着，回头看了一眼跟在身后的高树。

几个人说着，就到了古街南广场。站在广场上，郭怀山舒了口气，紧了紧披在身上的黄大衣，感慨道：还真是有点冻破砖头的意思，把人冻得缩手缩脚。高树不知道郭书记要看什么，新落成的戏楼冷清清地坐落在广场南端，只有几个游客，在指指点点，说着什么。就在高树准备问郭怀山书记时，谁的手机响了。大家相互看了看，黄黄不好意思了，跑到了一边。

郭怀山还没有等高树问，就提出了问题：我们能不能在戏楼对面建一座财神庙，就在广场北端，正对戏楼。戏楼演古今传说、人间笑话；财神庙在一旁，让游客拜了财神，再看人间喜剧，是不是好事情？

那会不会被人说我们袁家人迷信呢？高化杰忽然提问。

高树想了想，说：财神也是中国传统文化的一部分。

那高主任的意思，咱们没有违反什么规定吧？如果没有违规，我看可以搞。这件事，在总体规划中我们提过，不上会，化杰回头补个记录，我和高主任现场决定。郭怀山很坚决地说。

那书记啊，咱们的资金缺口可能就大了。这个问题你和长孙行长谈的时候，应该考虑一下。高树提醒书记。

郭怀山说：开年，我主攻长孙昊天，你总抓项目。具体事情安排到相关部门，咱们要群策群力，把事情办好。好了，高主任，把这两个带上，去吃扁豆面，面摊火爆得很。

高树说：好。化杰你和黄黄先去，我有话给书记说。

郭怀山看了看高树。高树说：书记，快过年了，咱们是否考虑提前给大学生放假，让他们回去过年，正月初七再回来。年前，他们能在自己的老家和父母多待待；年后，也不误咱们的正月十五闹花灯。郭怀山一听，说：有理，好事，也能体现城里人说的那个什么人性化。他痛快答应，并嘱咐高树，让综合办发通知，要讲安全、讲和谐，希望他们回去也宣传宣传袁家。两个人向小吃一条街走的时候，高树就给莲莲打了电话。放下电话，他说：书记，我得给你汇报，下午县委宣传部张倩副部长带人来调研，说是为年后经济工作会议做准备。郭怀山一听，说：好啊，晚上留张部长他们吃个饭，好久没有和县委宣传部的同志聚了，要和上级多沟通，这样才能政策明、思路清嘛。对了，你给我说过两位专家的意见和看法，我觉得非常好，你在外宣办，就把这事抓起来。围绕我们袁家的总体发展规划，打好两张牌，大唐历史文化旅游和民俗文化旅游，设计标识文字，给烟霞镇西交叉路口竖起广告牌，把标识文字弄上去，多气派。高树惊讶道：书记就是书记，眼界开阔，思路清晰，敢说敢干。和你这样的人共事，快哉！

说着，他俩走到了扁豆面馆前，高化杰已经把辣子、醋放在桌子上，黄黄不见了。郭怀山也没有问，就坐在木凳上。老板娘出来，喜滋滋地说：书记，木凳凉，我这有两个垫子，给！高化杰接过，给书记和高树垫上。郭怀山刨了一口，抬头给高树说：是不是考虑在适当时候开个高层论坛会，把能人高人请来，给咱们把把脉，出出主意？高树正准备咥，一听这话，非常激动，说：好啊！书记你想的也是我想的。这得等贞观酒店开业以后，咱们才有论坛的会场、来宾的住处啊。书记问：酒店什么时候能开业？高树说：主体已经竣工，装修已经进入后期，估计 5 月就差不多了吧。郭怀山说：误不了事，误不了事。

高树说：那当然，论坛需要充分准备，选题议题、邀请人员、会场布置、接待规格等，都需要时间。要开好，秋季是收获的季节，最好。

郭怀山说：我不管其他，我要的是结果。论坛初步就定在 2012 年 10 月 10 日，按这个日子准备吧。

高树说：书记放心，我会全力而为。先吃面，吃饱饭，好干事嘛！

两个人哈哈大笑。

32

黄黄在古街接的电话，不是老娘的，也不是妻子的，而是剧团小旦莺歌的。莺歌说剧团放假，她想回家，搭车不便，看黄黄有没有时间送送她。黄黄满口答应，说一个小时后，在剧团门口朝南一百米的南华门外墙西侧等。

其实，莺歌知道黄黄没有车，但她知道黄黄有驾照，她也知道在袁家村跑车的人有黄黄的铁哥们儿。她并不是真想让黄黄辛苦，她是想和黄黄单独处处。自从她心里有了黄黄后，怎么也放不下。她知道黄黄有媳妇，有儿子，但她就是喜欢黄黄的单纯可爱、憨厚实诚。在她的心目中，白马王子就是像黄黄那样的人。尽管她大胆地拥抱过黄黄，但黄黄就像受伤的小兔子，有点畏缩。在畏缩的同时，她感到了黄黄的兴奋。但黄黄还是克制住了，他也喜欢莺歌，就如同哥哥对妹妹那样。这是莺歌所不希望的，她没有办法，就想法子和黄黄亲近，哪怕是不道德的，她顾不了那么多。也许，爱就是一团乱麻，理不清；也许，爱如同一团雾，看不明。莺歌想理清楚，想弄明白，越是这样，爱的迷途就越来越远，远得什么都看不见了。莺歌不知道，依然迷途追爱。

黄黄按时到了南华门外，看见莺歌穿着件大红色的羽绒服，喊了声：走。莺歌快步上车，放下行李，也没有看车外有没有人，就亲了黄黄一口。黄黄甩手，惊吓地说：下不为例。莺歌一笑，说：小女子知道了。黄黄听着莺歌的声音，像音乐那么美妙，他只好嘿嘿一笑。

莺歌的家在温秀县北的小河村，就是当年修宝鸡峡水坝的地方。等车到了小河村，黄黄看见河面已经结冰，停下车，说：我不进去了。你回吧，过个好年。莺歌就是不想下车，看着黄黄说：黄，我想你。黄黄打断了莺歌的话：不想咧，想也白想。我们就是朋友，你回吧。莺歌要拥抱黄黄。黄黄说：莺歌，我现在是市场办的副主任，在袁家，我不能乱了分寸。你要理解我，回吧，祝福你。莺歌的眼睛湿润了，她依依不舍地走下车，黄黄一踩油门，掉头离去。而莺歌依然站在原地，看着黄黄远去的车。风从额头刮过，莺歌不由得抖了抖，满地的黄尘在风中飞旋，几片枯叶落在莺歌面前，她踩了几脚，转身而去。

在黄黄去送莺歌的时候，张倩带的人也来到了袁家村。

张倩一到袁家村，先去了外宣办。她知道高树经常在那里，但遗憾的是她没有看见高树，只碰见了琳娜。琳娜问：是张部长吗？主任交代过，要好好接待。他们在开集团经理会，高主任现在也是集团副总，正在研究今年的工作。张倩一听，说：好啊，那我们就稍等会儿，你如果方便，把你们最近外宣工作的情况说说。琳娜很谦虚，说：张部长，我是在外宣办，但我资历浅，不敢乱说。我给你一份我们的工作要点，你看看。张倩很满意，说：好吧，这也行。

在集团会议上，郭怀山把自己和高树现场决定的事情提到会上，他不想落一个独断专行的名声，他要民主、和谐、团结、共进的氛围。他提出的想法，与会人员全体通过。他同时强调：我们要制定三年发展规划，就要结合中央和省、市、县的有关要求，围绕中心，打好两个主动战，提出三年后发展的成效和目标，再贯彻执行。这一规划等上级经济工作会议后，再具体部署。郭怀山慷慨激昂，似乎一切都在他的掌控之中。他说：天行健，君子以自强不息。我们袁家人，要立足袁家，放眼全国，看看江苏华西村、河南南街村，我们要把袁家打造成秦川袁家村，中国袁家村。我希望袁家成为中国农民发展繁荣的样本。郭怀山的话使这个冬天的袁家村忽然热气腾腾。掌声，持续不断的掌声传到了外宣办的办公室。张倩起身，走出外宣办，她看到郭怀山和高树一班人走出会议室。

郭书记，我来打扰了。张倩穿着紫色的羽绒服，围着一条显眼的红围巾，但她处事很低调。郭怀山几乎是跑过去的，张倩伸出手，郭怀山很自然地握住了张倩的手。张倩感到一股力量迅速传遍她周身。然后，她又和走出会议室的其他人握了手，在袁家村农工商集团，没有张倩不认识的人。张倩说：郭书记，你抓得紧啊，有什么好消息告诉我？郭怀山说：天冷，走，去接待室，空调早已经给你开好了。

在接待室，郭怀山毫无保留地把会议讨论通过的事情向张倩汇报了一遍。张倩激动地说：这就是我这次调研要了解的。接下来，请高树主任和我们部里的同志具体谈谈。我想和书记说点别的事情。高树明白，他叫上部里来的两个同志，说：走，去我办公室。这时琳娜端上茶，也退了出去。接待室里，只剩下张倩和郭怀山两个人。

郭怀山书记问：领导，你看我们高主任人怎么样？

张倩本是要给郭怀山说些事情，没有想到他问自己这个。她迟疑一下，说：高树人正义、正直、善良、有学识、有修养、懂政策、明事理，好同志啊。

那你没有感觉我们高主任也是这样看你的？郭怀山一笑。

郭书记，你想什么呢？我们是志趣相通，虽有好感，但人家是城里人，跟咱们不是一条路上的。

我的大部长，你是年轻人，爱情我不懂，你难道也不懂？我只听说，千里姻缘一线牵，有情人终成眷属。你怎么也……

好了郭书记，这要看缘分，我看他们办公室那个女子，对高树有点意思。人家年轻，有资本。再说我目前还没有考虑这个问题。好了，咱们不说这个，我想和你聊聊别的。张倩说完，看着郭怀山，怀山点头。

郭书记，先说正事，我们张部长有个想法，如果你同意，他准备在常委会上提。他给我说过好几次，县里想把旅游品牌打好，必须依托地方资源优势，连续举行几届乡村旅游文化艺术节，以扩大影响，提升温秀县知名度，带动全县经济发展。我们部长的意思，这个节就搁在咱们袁家村，依托大唐和袁家村关中风情体验地，把艺术节搞起来。我觉得这对咱们袁家，也是一件极好的事情。张部长本想亲自来和你谈，但今天县委召开纪委工作会议，他让我和你先聊聊。张倩一口气说完，身子向后一靠，问，大书记，怎么样？

郭怀山忽然站起来，说：我的张倩部长，你真是雪中送炭啊。这是求之不得的好事情，我有什么不同意的，你回去告诉张岳峰部长，如果此事能成，我在长安最好的大饭店请咱们宣传部的同志。你们说怎么办，我们就怎么办。争取把袁家村大唐历史文化旅游和风情民俗文化旅游艺术节搞得红红火火。

张倩也很激动，说：这事十拿九稳。我们张部长就有这想法，肯定和县里主要领导谈过。再说，他曾经在烟霞担任过书记，对袁家也有感情。你同意，张部长自然高兴，这事就这样，好事就要办好。张倩说到这里，话锋一转，又说：郭书记，我要给你说个情况，咱们袁家的功臣，当年烟霞公社的罗书记，后来不是当了县政府秘书长，过了两年又提到政协任副主席，几年前已经退休。但最近在反腐工作中，有人举报他有作风和腐败问题，而且是实名举报。县纪委已经把人隔离审查了。

郭怀山坐下，好久没有说话。他知道罗科举书记，在他爸奋斗的那些年，罗书记对袁家村不薄，支持很大。说真的，要不是罗书记把袁家村树立成公社的典型，会不会有袁家村以后的发展也未可知。他心里不是滋味，对罗书记的晚节不保很是遗憾和痛心。

张倩看着郭怀山，他在想什么，张倩不明白，罗书记与袁家村的关系，袁家村人对罗书记的感情张倩更不知道。特别是怀山，当年还在公社门口和罗书记叫板，是人家罗书记的照顾，才给了他爸更多的支持。

张倩说：震着你了？

我爸常念罗书记好，在我心里，他就是一个菩萨或者是个救世主。小的时候，我有印象，他人帅气，但晚年……唉，人啊人。郭怀山感叹完后，又说：看来，我们袁家也要注意这个问题。张部长，请你给我们草拟一份反腐倡廉的文件。我们村虽然有人，但论能力，怎么能和张部长相提并论啊。张倩想拒绝，但她怎么好意思拒绝郭怀山的邀约呢。她想了一下，便痛快地答应了。

临走出接待室时，张倩对着郭怀山说：不好意思，前段时间你们获得农业部"中国最有魅力休闲乡村"荣誉称号，县委领导和我们张部长都前来祝贺，我去北京出差，听到消息，给你发了短信表示祝贺，你也没有回，是不是生我的气了？

郭怀山在自己的头上一拍，说：唉，我这人，太粗心，那几天忙得不可开交，忙忘了。对不住我的张倩副部长，今天晚上，我多喝几杯，表示致歉，如何？

那就不必了，我今天得赶回去，明天还要给我们部长交差呢。张倩推辞。

郭怀山说：在袁家，你得听我安排。将在外，军令有所不受。何况你们是公事，要不我给张岳峰部长打电话，你看？

张倩急忙说：好了，郭大书记的心意我得领。人不能太多，就高树和你们的外宣办的同志参加。

郭怀山说：那当然，一切唯张部长马首是瞻。张倩嘿嘿笑了。

晚上小聚是在王家大院的二楼包间里举行的。

张倩进王家大院的时候，看见大堂的西墙上有一幅字很有意思：贫困是弱者的地盘，富足是强者的领地，落款是昭陵山人。张倩问郭怀山：昭陵山人是何许人也？怀山一愣，说：九嵕山北一个农民，喜欢写字，题赠给王家大院老板，也是我们袁家的后生。这小子喜欢，就挂在那儿了。张倩再看东墙，挂了两幅照片，一张是老书记在北京天安门前和秦川省领导的合影，一张是袁家村在 1988 年获得的"文明村"烫金牌匾的照片。张倩觉得眼熟，似乎在袁家村很多农家乐的大堂都有这两幅照片，她记得"小康示范村"的牌子就挂在袁家村村史馆里。这是袁家村人的骄傲，他们应该是以此激励后来者。张倩这样想时，王家大院的老板已经走到他们面前，说：请部长、书记上楼。

在张倩和郭怀山上楼的时候，高树在街上被郭怀石和莲莲拦住了：高主任，找你找得好辛苦。

高树惊讶：找我啥事？

莲莲看了一眼跟在高树身后的琳娜，有点害羞地说：高主任，这是我们的喜糖，请你在正月初六给我们证婚。

高树赶忙贺喜，然后看着郭怀石，说：好小子，好事多磨，有情人终成眷属，祝贺祝贺！

郭怀石拿出双喜烟，高树摆手，说：糖我吃，烟就免了，从来没有动过。你应该叫郭书记证婚，你们的事情，是袁家的大事、喜事。

郭怀石有点不好意思地说：我说过，他叫我务必请你回来。他知道你初六在长安，他特意交代让专车接你，你就别推辞了。到时，把我叔和姨也接来，感受一下咱们渭北农村的婚俗，吃一吃咱们的婚宴，"十全""十三花""十五观灯"，都很有意思。

高树似乎没有选择了，这是书记的主意，又是市场办和综合办两个主要负责人的婚礼，他不能缺席，更不能拒绝。他拍拍怀石的肩膀，说：好吧，我参加。琳娜插话：不邀请我参加？莲莲说：当然，你参加我更高兴。到时，要去接你们。莲莲接着说：村上有接待活动，我们不耽搁主任了。说着，两个人跑进古街。

高树笑了笑，迈进王家大院。

33

送走张倩后，已经是晚上9点10分了，高树喝得有点多，被琳娜扶着回去了。

郭怀山回家，看见父亲在看袁家村发展的图册，这本图册是父亲亲手制作的，很精美，父亲总喜欢一个人独自翻看。他没有在意，他本想回自己的卧室，父亲推了推老花镜，说：儿子，不想和老子喝一杯？郭怀山一看，桌子上有盘花生米和牛肉，有一瓶十五年西凤酒，两个酒杯。他说了句：爸，晚上我喝多了，我陪你三杯，怎么样？

郭天福高兴了，说：好，就三杯。

这时，他母亲端着一盘西红柿炒鸡蛋走了进来，说：你们父子俩很少在一起喝酒，逛旦，就陪你爸喝一杯。

三杯，我们已经说好了，要不，你陪一杯？郭天福很激动。

周穗穗说：你什么时候见过我喝酒，你们喝，我不掺和。说完，她到自己的卧室看电视去了。

爸，有啥高兴事啊？郭怀山看着自己的父亲问。

当然高兴。你给咱们扛回来"中国最有魅力休闲乡村"的牌子，爸一直没有夸过你。今天，爸是给你祝贺，你小子，我没有白疼，能干大事。当初你要搞风情体验地，我反对，你坚持。没有想到，你是对的，我们袁家是该转型了。那么，转型后怎么办？我一直在观察，我没有选错人，你小子是个人才，会用人、会想事、会决断。虽然你有点独断，但非常时期，必须用非常手段，你是对的。孩子，你没有辜负我的期望。郭天福很激动，举起杯，接着说，儿子，来，咱们父子干一杯。为你，也为咱们袁家。

郭怀山不知道该说什么，他一口气就喝了满满一杯。父亲从来没有夸过他，从来没有。今天，父亲看着画册，想到自己当年的艰辛、困难、荣誉、幸福，就自然地想到日渐繁盛的袁家村。而这一切，是他们父子两代人的心血啊。

郭怀山很少和父亲探讨袁家村的问题，他忽然问父亲：你对儿子还有什么嘱托，对咱们袁家的发展还有什么指示，儿子一定遵从。

郭天福很开心，这是他们父子很少有的场面。他端起酒，说：喝了爸再说。说着，两个人喝了第二杯。

放下杯子，郭怀山倒酒，天福清了清嗓子，说：儿子，你已经长大，你有你的智慧和处世哲学。袁家的发展规划早已经在你的心中，你做事要始终牢记党的领导，把袁家人的福祉和未来抓在手中。我们袁家，不仅仅是烟霞镇的袁家、温秀县的袁家、秦川省的袁家，更是中国的袁家。

郭怀山没有想到，整日在茶楼听戏聊天的父亲，其实心里一直放不下他的袁家村。他说：父亲放心，自从回到袁家，我的心里就只有袁家。袁家不仅仅属于我们父子，更属于勤劳善良的父老乡亲，属于发展探索中的中国乡村。

郭天福似乎没有话说了，他端起酒杯，说：爸放心了。来，喝了第三杯，你去睡吧，明天还有明天的事。郭怀山也很激动，说：爸，你放心，现在政策好，我们袁家一定不负国家、不负百姓。说着，父子俩干了第三杯。

这时，周穗穗走出来了，说：时候不早了，都睡吧。

郭天福起身，郭怀山扶着他。郭天福甩了甩手，说：还没有到搀扶的时候，睡你的觉去吧。郭怀山不知自己心中是什么滋味，默默走进了自己的卧室。

这一夜，他能睡着吗？他打开床头的《道德经》随意翻看起来，看到了《道德经》第二十二章：圣人抱一。圣人抱一，为什么圣人要抱一？他好奇，就看原文：曲则全，枉则直，洼则盈，敝则新，少则得，多则惑。是以圣人抱一为天下式。懂得退而求其次，懂得亏就是盈，懂得少取反而多得，贪多反而迷惑。人要在退与进中学会掌握。至于后面讲的"不自见，故明；不自是，故彰"，郭怀山一时懵懵懂懂，就蒙头大睡了。

昏睡中的郭怀山怪梦连连。看见贾云在放风筝，他想跑过去，面前是一条大河。河上没有浮桥，河里没有摆渡者，也找不到一条船。四野茫茫，只看见贾云站在对岸的花海里。他喊啊喊啊，就是没有声音。而贾云自顾自奔跑在花海中，看着风筝，看着天空。

郭怀山很沮丧，他顺势坐在草地上，独自悲叹。他的儿子，他的妻子呢？就在他沮丧孤独的时候，他的儿子跑过来了，他的妻子站在他的身后。儿子亮亮问他：爸爸，你在看河吗？我老师说，逝者如斯夫，不舍昼夜。你能看够吗？

郭怀山回头看看妻子，妻子笑了。

他站起来，轻轻抱住自己的妻子。而他的儿子，似乎想问他很多问题：爸爸，咱们袁家是不是建了条书院街，书院街是不是有一个烟霞书院？我想去烟霞书院读书。妻子鼓励说：孩子，那是出圣贤的地方，你能去，妈高兴。郭怀山忽然感到浑身热乎乎的，他再想抱儿子时，儿子和妻子都不见了。

对岸狂风大作，贾云放的风筝在空中被撕碎了，贾云哭了，在花海里狂跑，跑啊跑啊，就不见了踪影。他不知道如何是好，站在那里。当他感到孤独无助的时候，张倩出现在他的面前，告诉他全县经济工作会议将要召开，县委胡书记点名要请袁家村党支部书记郭怀山参加。郭怀山看着张倩，又恢复了往日的神采。

这时，九嵕山上的浮云已经散去，一只鹰扑向郭怀山，他大叫一声，从床上坐起来，定神一看，自己就在卧室里，墙上的四个大字"上善若水"让他明白，他做了一个奇怪的梦。

他想着梦里出现的人物，想到儿子的问题。他想：我们袁家没有书院街啊，也没有建什么烟霞书院。他明白了，这可能就是预示，不过是借着他儿子的嘴说了出来。他伸了伸腰，重新打开《道德经》，自言自语，看来，袁家不仅仅要建风情、民俗文化街，更要建一条书院街，把烟霞洞曾经的烟霞书院建在书院街。他这样想时，又纠结着昨夜翻看《道德经》后面的几句话。

人不单靠自己看到的，反而能看得清楚；人不自以为是，就会得到他人的尊敬；人不浮夸炫耀，反而能建功立业。先贤说的"曲则直"的道理，不是一句空话，也绝不会是一句空话。对于哲学中说的辩证法和对立统一的规律，只能诚心遵循。这就是人们常说的自然之道。难道，这是一种启示？

郭怀山想不明白，他知道，世间很多事情是想不明白的，在想明白的时候，自己已经不是原来的自己了。但他清楚，他要遵循自然之道，要学会控制自己，凡事多角度多方向思考，面对荣誉，戒骄戒躁；面对困难，群策群力，攻坚克难。没有过不去的坎，没有蹚不过的河。

郭怀山这样想时，时间已经迈过了2011年的春节。正月十五那天，袁家村人和四乡八邻的乡亲，唱大戏，演社火，耍杂技，一片热闹祥和。十五的下午，空中飘起了大雪，人们在雪中奔跑、嬉闹，祥瑞的兔年，在雪的问候中，欢欢喜喜地来到了。

正月十八那天，温秀县经济工作会议顺利召开。会议由县政府常务副县长张德月主持。新任女县长做了一个小时的报告，报告主题就是"打好地域文化品牌，推进经济快速发展"。会议提出了"打好两张牌，抓好一个调整，促进经济快速发展"的口号。所谓打好两张牌，一是打好大唐旅游文化品牌，发挥在温秀县的文化资源，比如昭陵、建陵。昭陵是天下第一陵，建陵是目前保存最好的石刻艺术的陵园之一，唐代的风云人物都埋葬在温秀的热土里，挖掘和开发大唐陵园资源，无疑会拉动温秀的经济；另一张牌自然是以袁家村为核心的风情民俗乡村旅游品牌，县里围绕这一品牌，把现代农业示范园、石榴种植园、御杏种植园、花卉种植园、美国红提种植园等经济作物的种植带动起来，使乡村旅游有文化、有内涵、有支撑。县长的话还没有讲完，烟霞镇的文书记看了一眼坐在自己身边的郭怀山，悄声说：郭书记，又是你们的功劳。这两张牌，我听说你年前就提出来了。郭怀山悄声说：文书记，县长还在讲呢。两个人说话的时候，女县长说：一个调整，就是要尽快调整产业结构，温秀的发展要结合实际，要以提升广大农民的幸福指数为奋斗目标。这一点，希望袁家村再好好探索，争取给全县找到快速发展的路径。当然，县委、县政府会全力支持，以推动温秀县经济再上一个台阶。话音刚落，掌声四起。

郭怀山还不知道新任女县长叫个啥，他问文书记。文书记说：叫长孙颖秀，跟咱们温秀县有缘，都有个秀字。

她情况你知道多少？郭怀山好奇地问。他知道，他以后要和这县长打交道。

文书记说：新任县长是从关峪县常务副县长直接提拔到咱们温秀县的。过去当过镇长、关峪县政府副县长，一路很红。作风硬，干事想法多。听说，在关峪县是个女强人。我没有接触过，听说要到咱们烟霞来，考察你们袁家的发展状态。这事情，还不能马虎。

郭怀山说：那当然，领导视察，我们得认真接待。

文书记说：你什么场面没有经过，我想，凭咱们去年获得的"中国有魅力休闲乡村"的光荣称号，她长孙县长也会给你面子。郭怀山说：女领导不好打交道。文书记笑了。郭怀山也不知道他笑什么，和他一同走出会议室。

街道上的雪还没有消完，郭怀山感到有点冷。他一看文书记和跟在身后的张倩，说：走，会议提供的是自助餐，咱们去吃老孙家羊肉泡馍。文书记说：好。郭怀山喊张倩，张倩说：不好意思，我们张部长找我有事，谢谢郭书记。话音未落，人已经跑到县委院子了。

郭怀山自言自语：随缘吧。

第八章　翻天覆地

这是一个晴空无云的渭北4月天。泥土里有无数亟待冒出的绿色生命，古街的砖缝里都开始有声音了。在袁家村关中风情体验地，已经有穿着皮裙子的城里姑娘在打闹取笑了。

郭怀山把他集团辖下的十二个子公司调动起来，请高树结合袁家村的总体发展思路，按照他的意图，由外宣办、市场办、综合办、营运办共同商讨，拿出了未来三年发展规划和五年发展蓝图。他把这份规划书带回家，想请他的父亲过目。郭天福正在品他的金骏眉，郭怀山也端起一杯，抿了一口，说：爸，我喝过金骏眉，从来没有这么香啊。

郭天福一笑，说：小子，这可是你季琳阿姨从原产地带回来的正宗货。她叫我和你妈到她那里过年，我们没有去，她让女子专门送来，这是第二泡，你小子赶上了。来，再品品，余香绕舌啊。

郭怀山没有这样的心境，他看着他爸，说：规划书你不看看？郭天福说：你把我孙子什么时候带回来？过年刚走，我想得要命。爸啊，问你正事呢。郭怀山很着急。

郭天福抬头，说：心急吃不了热豆腐。再说，规划书是你的事情，你们定，我不发表意见。其实，郭天福通过自己的渠道已经掌握了这份规划书的内容，仔细斟酌后，他觉得儿子有远见、有眼光，是个干大事的料，他不能掺和。所以儿子急，他不急。郭怀山再问时，郭天福忽然冒出一句话：天地尚不能久，而况人乎？你的事情你看，规划和发展相结合，就是优中选优。

郭怀山很吃惊，他爸说的似乎就是《道德经》里的话。郭怀山隐隐记得，这句话前有一句话——"希言自然。故飘风不终朝，骤雨不终日。孰为此者？天地。"其实，他更喜欢后边两句话："同于道者，道亦乐得之；同于德者，德亦乐得之。"人能合乎道的话，道就会乐于帮助他。人要是合乎德的话，德就会使他有德。道是虚无，也是实实在在的现实，是古人遵循的法则，也是当下执行政策标准。一切按照政策运行，一切遵照法度办事，这其实就是道。有道有德，大事可成。

郭怀山明白了他爸的意思，看来，袁家村的实权已经基本过渡到他的手里，但他不能浮躁，不能独断，还是群策群力，发挥众人所长，才能成就未来。郭怀山这样想时，电话响了，高树要向他汇报县农业商业银行的事情。郭怀山说：这事情还是按照咱们原来说的，你抓规划和建设，我亲自去找长孙昊天。放下电话，郭怀山急急忙忙就出了门。

看着儿子出门去了，郭天福又拿出当年印的那本画册，他不自觉就翻到了自己站在天安门前的那张照片。照片中的他和秦川省委书记站在一起，身边的党代表都意气风发，他郭天福更是开怀大笑。

那是1977年8月12日中午开完会后，秦川省代表团在天安门前的合影。那天，北京万里无云，郭天福始终沉浸在激动和恍惚中。当他早晨沐浴着朝霞，乘礼宾车前往人民大会堂的时候，就激动万分。前一天傍晚，他和渭城市委书记在宾馆进行了交谈。高一明书记对他说：你代表的是渭城乃至秦川的广大农民，你是第一次到首都，要好好感受祖国的伟大，好好体会大会的精神，把你的所见所闻带回秦川、带回渭城、带回你们温秀县，让我们的农民兄弟充分认识我们伟大的党、伟大的祖国、伟大的人民，充分认识社会主义的优越性，把你们的集体经济抓得更好，使你们袁家不仅仅是我们秦川的骄傲，更是我们伟大祖国的骄傲。

郭天福激动地表态：请高书记放心，我是一个农民，我知道自己肩负的重任，我也知道秦川省委给我的荣誉和使命。在北京，我会认真开会、认真领会。我会主动和来自全国各地的农民代表进行交流，取人之长，补己之短，争取把会议精神吃透、弄懂。回去后，我会按照书记的指示，向农民兄弟进行宣讲，把中央的思想和政策贯彻好、落实好。

高一明含笑看着郭天福，说：我相信你。如果有机会，我会向省委书记汇报你们袁家最新发展的成就。听说，你又兴办了硅铁厂，还有向城市进军的构想。很好，有胆识，有远见，我支持。高书记说，他还约了岭南市委书记说点事情。郭天福明白，他握手告别了高一明，独自一人走出宾馆，在东长安大街上漫步，车水马龙，灯火辉煌，首都在夜色中更加美丽。

他怎么也无法忘记自己走进人民大会堂的情景：与会代表列队进入会场，当他迈进人民大会堂会议大厅的时候，忽然不知道自己该迈右脚还是左脚，在队列中迟疑，后边的代表在他的后腰轻轻推了推，他才发现有引导员可以把他带到座位旁。他坐在软椅座上，靠了靠，说不出的舒服涌遍全身。他看到主席台上，党旗鲜红，党徽明亮，台上靠后已经坐了很多人，而前排的座位还空着。他头脑一阵晕，这时国歌奏起，他又和大家一齐站起来。他无法忘记自己的狼狈，怎么就不能使自己冷静下来呢？郭天福想，他怎么能冷静下来呢？

在进京开会前的8月8日，他和王厚才、田德地喝了场酒，也算村委会给他送行。其实，在他们喝酒前，烟霞公社的张德月书记已经专门给他摆了一桌，那天是8月6日，在烟霞新建的昭陵宾馆里，张书记请了公社的两个副书记作陪。而郭天福则带了两个人，一个是厚才，一个是张朵。张朵是按时回到袁家村的，他回来时，带来了他的父母。他的妻子因为工作留在长安。他父母的病情并没有好转，只是能勉强维持着，没有张朵，他们的生活都无法继续。郭天福很看重张朵这一点，一个孝子，一个好同志，他没有辜负自己的承诺，他看似文弱，其实是一个强者。他甚至觉得张朵比他做得都好，忙工作，一丝不苟，说尽孝，尽心尽力。而他几天都看不到自己的父亲，人啊，有时就这样，自己给自己找台阶下，他只想着袁家村的发展。

其实张朵心里明白，国家在 1977 年的冬天就开始面向广大的工农兵和高中生公开招生，他知道消息晚了，没有报上名。他相信，1978 年肯定会恢复高考制度，他看到过关于小平同志和教育部部长刘西尧谈话的报道，他相信，中国的春天已经来到。他激动得好几个晚上都没有睡着。他父亲知道后，声音很低地说：孩子，快找回你的高中课本，准备复读，只有参加高考，你才能改变自己的命运。

张朵何尝不知道，他早早就把自己的课本找出来，尽管有点陌生，但记忆总是在的。他相信自己，相信曾经的梦会实现，做一个中国的建筑设计师，为天下百姓建造家园。

没有想到的是，当他和张德月书记共同参加欢送郭天福酒局的前几天，也就是 8 月 1 日，《人民日报》《秦川日报》等媒体就已经报道，国家于 1978 年夏正式恢复高考，面向往届和应届高中毕业生公开考试，择优录取，为社会主义现代化建设选拔人才。因为父母的病，他在袁家村除过工作就足不出户，尽管他看到很多年轻人在烟霞街道奔走相告，也没有在意。批判林彪和"四人帮"的活动已经开始，他被运动搞糊涂了，但他相信高考制度一旦恢复，他的理想将要插上希望的翅膀，而这一切离不开扎实的学习，他做好了准备。因而，参加这样的酒局，他的心情是舒畅的。

在酒桌上，张德月书记忽然想到了昭陵文管所的孙迟所长。烟霞的发展，离不开国家对昭陵陪葬陵冢的考古发现。特别是徐茂公墓的发掘，那里出土了撼世的文物，唐三彩精美绝伦，那顶什么高冠帽，还有什么镇墓剑都是天下罕见。请孙所长，就是想有机会一睹大唐文物的风采。虽然徐茂公墓在烟霞公社西边，但要想看那些出土文物，比登天还难。特别是孙所长原则性太强，人也固执，但他只要认定了谁，怎么都可以。这个肯定是有底线的，底线是什么，只有他自己知道。张德月想探个究竟，想结交有骨气有底线的文化人。这样，在三请四请的情况下，孙所长才坐在了饭桌旁。

开席时，张书记也很激动，他的开场白不同凡响：各位，我德月福大，受命在烟霞为人民服务，是我德月的荣幸。今天，能邀请到诸位大贤，特别是文管所的孙所长，为即将参加在北京举办的党的十一大会议的袁家村党支部书记郭天福饯行，更是我德月的荣幸。现在，我提议，为郭书记，为咱们烟霞的快速发展，共同干杯。觥筹交错之间，欢声笑语不断。

张德月和孙所长在喝酒，两个人的杯子碰到一起。张德月哈哈大笑，孙所长放下杯子，服务员给斟满酒，他又举起满杯，走到郭天福面前，说：早有耳闻，今日一见，非同凡人。郭天福赶忙也站起，说：哪里，哪里，孙所长见笑，咱就是一个把日头从东背到西的农民，哪敢和你这位大专家比。孙所长竖起大拇指，说：不得了啊，郭书记，你前额宽大、浓眉黑发、鼻梁高挺，乃成事之人。孙所长忽然也幽默起来。天福只是笑，举起杯子，说：孙所长，我敬你。孙所长急忙说：我是专门敬你来了，你不是郭天福，你是中国农民的代表，你能去北京，那是我们农民的光荣。不要叫我什么所长，我也是个农民。就是多读了点书，没有什么。和你天福书记比，你在天，我在地。咱们天地呼应，烟霞兴盛。很少说话的孙所长忽然也激动了。

张德月听到两个人的话，也端着杯子，走了过来，说：为孙所长讲的，为天福，为烟霞，为咱农民，干杯。张书记提议，大家都举杯，欢送郭书记，烟霞齐欢喜。整个宾馆被热烈祥和的气氛包围着。

就在这气氛中，张德月拍了拍张朵的肩膀，说：你是咱们烟霞最优秀的插队知青，几任领导没有把你推荐去上大学，我虽然有心，但已经不可能了。郭天福问：怎么回事？张德月大声说：看来，你们最近学习抓得不紧，消息铺天盖地，来自北京，来自中央，1978年夏天恢复高考，张朵这样优秀的人，看来要远走高飞了。张朵，我敬你，谢谢你为袁家、为烟霞做出的卓越贡献，祝愿你明年高中。到时，还在这地方，郭书记做东，为你庆贺。

郭天福也激动了，说：好事，好事，我亲自给我们的张朵厂长戴上大红花，请德月书记在公社用喇叭喊喊，让全公社都知道，袁家出了个大学生，他的名字叫张朵。

孙所长也高兴，说：我也参加，郭书记，不能忘了我啊。

昭陵宾馆礼宾厅里的热浪一阵高过一阵。

张朵几乎快流泪了，他高举酒杯，说：谢谢，谢谢袁家，谢谢烟霞，谢谢我热爱的父老乡亲！我会给大家一个交代。

那一天，郭天福醉了，张朵也醉了，王厚才和田德地准备叫辆马车，德月书记说：开我的吉普送袁家人。

而在村委会给他送行的酒局上，没有张朵，倒多了个袁英。

张朵的父亲忽然病重，郭天福叫烟霞卫生院的医生跟着，护送张朵一家回长安给他父亲看病去了。临上车时，张朵落泪了，也许他意识到，这一走，父亲就再也回不到袁家村了。他可能也要告别袁家村了，他拉住郭天福的手，说：书记，如果可能，给我点时间，让我复习复习，我早已忘记了高中知识。

郭天福激动地说：老人的事情是大事，你参加考试更是大事。这不只是你的事，也是咱们袁家的事。你放心，拿到通知书，你就回来，咱们不能丢了张书记的脸面。

张朵落泪了，说：书记，我觉得，这样对不住你，对不住袁家的父老乡亲。

郭天福说：只要你考上大学，就是袁家的福。好好努力，管好父母，不忘学习。至于海绵厂的事暂时交给袁英，你放心，把家里的事情安排好，拿到通知书再回袁家。

张朵不知说什么好，边流泪边点头。

郭天福说：大丈夫傲视天下，仗剑四海，男人家，莫流泪，走吧。张朵真正离开时，站在车边的所有人眼睛都湿润了，王厚才也落泪了，毕竟，张朵在他家住了七年多。他有点伤感，但他只是看着张朵，挥挥手，然后回头抹泪。

袁英是海绵厂的副厂长，虽然她不喜欢这样的场面，但是给书记送行，她不能不来。在德地书记端起杯子时，郭天福说：好弟兄，先莫急。我们袁家能发展到现在，多亏了你们的帮扶。没有你们，就没有袁家的今天，也没有我天福的今天。靠毛主席思想的指引，在你们的影响下，我带领大家脱去贫困的外套，穿上了新衣服，住进了新房子。今天，我得先敬你们。说着，郭天福举起杯子，咣当一碰，自己先喝光了。他大声说：先干为敬，兄弟姊妹们，今天不醉不归。

35

1977 年 8 月 18 日，北京的天空明朗，长安街上彩旗飘飘，天安门广场上人潮涌动，各路记者站在大会堂外，准备采访即将结束会议的党的十一大的与会代表。郭天福刚刚走下人民大会堂大门外的台阶，秦川电视台和《秦川日报》的记者就追了过来，问他参会感受和对自己未来工作的打算。郭天福没有犹豫，面对记者和镜头，笑着说：激动，高兴，自信。我就是一个农民，能到北京来参加这样历史性的会议，除了激动就是高兴。听到中央的报告，领会会议的精神，就是自信了，心里敞亮了。至于未来，我在袁家会贯彻好中央的会议精神，抓好我们农工商各项工作，使袁家人在社会主义现代化建设中赶上新时代、超越新时代。

记者很满意，又掉头追问渭城市委书记去了。

郭天福在引导员的安排下，上了礼宾车。回到宾馆，他收到通知：19 日早上 5 点起床，集体看升国旗。

19 日早上 5 点不到，郭天福就已经站在宾馆的院子里，等待大家同去天安门广场。当他站在广场的人群中，看着仪仗兵手托五星红旗，迈着矫健的步伐从金水桥上走来时，他忽然感到浑身燥热，心里好像燃起了烈火，肃穆庄重和热血沸腾的感觉同时包围了他。当五星红旗在国歌中徐徐升起时，他站得非常端正，抬头注视着国旗在空中飘扬，他的眼睛里热泪滚动。他在心中说：中国，我为你自豪。他不知道自己当时是怎么离开天安门广场的，他只记得自己在早上 9 点 30 分，登上了飞往秦川的飞机。

当天下午3点，省委召开了全省贯彻落实党的十一大会议精神的专题会议。会议强调要在近期贯彻好、落实好党的十一大会议精神，抓好全省批判"林彪、江青反党集团"的运动，贯彻落实华主席的讲话精神，抓好全省经济工作和农村社会发展的相关事项。要围绕党中央，抓大局，促全面，为更快更好实现秦川省的"四个现代化"而努力奋斗。

会议结束后，渭城市委书记高一明邀请郭天福坐他的车回渭城，本来高书记有话要对郭天福说，谁知，车一出长安，他就眯瞪着了。天福也感到困了，就靠着座位，一不小心竟睡过去了。

车到渭城市委家属院门口时，司机看了看高书记，他已经醒过来了。他回头叫醒郭天福：天福啊，你今天就住市委招待所吧。郭天福睁眼一看，天还亮着，就急忙说：高书记，谢谢你！我得赶回去，村里还有些事情，需要尽快处理。高书记也困了，就说：那好，小王你送天福回袁家，路上小心。说着，高书记下了车，给司机摆手，然后给天福挥手，就径直走进家属院。

天福回到袁家村，已经是晚上8点了。车到村口，他叫司机停车，自己打开车门，走了出来。他忽然感到神清气爽，他站了会儿，叫司机留下吃个便饭。司机说：郭书记，你回吧，市委还有安排。郭天福只好说，谢谢小王，你辛苦了。司机一笑，脚踩油门，消失在郭天福的视线中。天福站在村口，看着自己的袁家村，心里热乎乎的。街道上已经没有多少人了，正在玩耍的郭怀石看到了他，快步跑过来，喊着：爸爸，你答应给我带的好吃的呢？天福愣了，忙着开会把这茬忘了。他抱住怀石说：走，咱们回家，爸爸给你好吃的。接待站的小刘看到了他，就赶忙提着书记的箱子和行李，跟着他回到了家。

郭天福回到家的第二天就闭门谢客，告诉妻子：今天谁也不见，我想好好休息休息。郭天福能休息吗？他早早起来，靠在床头，望着墙上的一幅书法。这是长安大书法家谢三写的，内容是：宠辱不惊，看庭前花开花落；去留无意，望天上云卷云舒。那意思就是为人处世如果能视宠辱得失如花开花落般平常，才能不惊；视职位去留如云卷云舒般变幻，才能洒脱。谢三说，这是《菜根谭》中的话。郭天福觉得这话很有意思，就挂在自己的卧室里。他今天再看这句话，觉得很有深意。谁能有这样的境界，才是真英雄、真名士，洒脱风流。而他毕竟是个农民，骨子里的农民意识和现代思想在不停地碰撞。闭上眼睛，他看到了华主席的自信，也感受到了邓小平、李先念等老一辈革命家的气度。他想，无论怎么说，都要抓好当下的工作。而当下，正是夏收时节，把夏粮归仓，把玉米种上，把集体经济抓好，才是他郭天福首先要考虑的问题。这样想时，他又想出门看看，去和王厚才和田德地碰个头，回来了，总得见见父老乡亲啊。

他还没有出门，就听见锣鼓齐鸣，鞭炮声声。他很好奇，问妻子：谁家办喜事，我怎么不知道！外乡人总传说袁家小伙娶媳妇，我得去看看，那是为了我们袁家的未来。看看，锣鼓炮声震天响，我都不知道谁家办喜事，笑话！正说着，他家的门被人敲得乱响。谁啊？他问道。郭书记，你啥时候回来的，也不说一声，把我们的真心都辜负了。原来是王厚才。他打开门，逛旦也在门外乱喊。

是厚才，啥事？郭天福说。

王厚才说：你去北京见中央领导，是咱们袁家人的骄傲，大家一定要热烈欢迎。没有想到，你昨天晚上就回来了，要不是接待站的小刘，我还蒙在鼓里。走，到街道上看看大家。郭天福不知如何是好，他迈步出门，村民掌声雷动。在这一瞬间，他拉了厚才一把，说：不要这样，把锣鼓队请走，我跟你和德地有话说。王厚才说：不在这一时，走，给大家说两句。郭天福看到人群，就停了下来，锣鼓也停下了，炮声也没有了，街道忽然变得非常安静。

郭天福清了清嗓子，挥手讲话：我的父老乡亲，你们好。北京是我们国家的首都，我能去首都看到中央领导人，见到华主席，见到老一辈革命家，听到他们的声音，我非常激动和高兴。咱就是一个农民，就是把我们袁家的一亩三分地经管好了，没想到各级领导给了我这么高的礼遇。贯彻好中央会议精神，扎扎实实把我们袁家的事业推向一个新里程，为烟霞和温秀争光，为秦川争光，为中国农民争光，这才是我们要奋斗的目标。我们要解放思想，放眼未来，要用科学发展的眼光迎接挑战。这话不是我郭天福说的，是中央一位德高望重的领导讲的。我觉得这话含有深意，到底是什么，我需要和大家一起去思考。昨天从北京回到长安，省委就召开了全省贯彻落实党的十一大精神的专题会议。我们袁家一定要按照省委的部署，围绕中心和大局，打好主动战，为实现工农业现代化而努力奋斗。郭天福话音刚落，整个袁家村街道一片掌声和欢呼声。

拥护党中央，实现现代化！这完全是自发的声音。

郭天福忽然热血沸腾起来，他看到了康庄大道，一片阳光。

他挥挥手说：大家去忙吧。正是关键时节，不要误了农时，德地和厚才留下，通知一下袁英，不要总是在家念阿弥陀佛，还有大事，我们开个碰头会。正说话时，一辆吉普车开到了郭天福家门口。一看，是张德月书记，他哈哈大笑：见到你了，见到你了。昨天秦川省电视台播了你的采访，讲得好，讲得精彩。郭书记，你使咱烟霞扬名了，温秀县扬名了。早上，县委胡书记打电话给我，接着是孙县长的电话，让我代他们向你表示祝贺，同时胡书记让你准备准备，在全县进行一次宣讲，让大家也好好学习一下。郭天福说：好了张书记，到家里还是接待站？张德月说：都行。郭天福一想，不能让群众有看法，就伸手指路说：那好，咱们去接待站，王主任和田主任也一起去。他们说说笑笑向接待站走去。

这时，袁英也跟了上来。

接待站小刘很有眼色，看见吉普车进村，早早就沏好了茶，打扫了接待室。郭天福和张德月他们一进门就闻到了茶香。天福很满意，看了一眼小刘，小刘笑着退出了接待室。

张书记，你不要赶着鸭子上架。我就是一个农民，话又说不好，对党的十一大精神的领会未必准确，又不是笔杆子，让我讲，难啊。郭天福谦虚地说。

我的郭书记，面对镜头，你讲得多精彩，甚至比市委书记讲得还精彩。有什么难的！况且，这是县委胡书记的指示。你说，就你代表了我们烟霞，代表了温秀，你不宣讲，难道让我宣讲不成？张德月说话的语气是自豪的。

这自豪，来自郭天福带给他的信心。

张书记，让我想想。郭天福还在推辞。

没有选择，必须的，我的大哥！张德月忽然变得非常可爱。

只是有些事情我还没有想明白，郭天福说。

郭书记，没有什么担心的。没有想明白，就慢慢想。把咱想明白的、看到的、感受到的，以及会议的主要精神、精彩见闻谈出来，就是温秀干部的福，更是咱们烟霞的福。如果条理不清，我叫公社文书给你打个底稿，你参考参考。

张德月似乎已经拍了板，郭天福没有选择。他只好说：那敢情好，谢谢张书记体恤啊。咱就是一个农民，把咱们农民的事情干好，就是本分。

我的郭书记，你这个农民不简单，现在已经有了七八家厂子，在渭城还有经销部，听说你还在长安谋划着什么。今年，硅铁厂可以投产了吧。张德月几乎是羡慕的语气。

一切得感谢毛主席，感谢党中央，也要感谢你呀，大书记。郭天福不是在说大话，这是他发自肺腑的话。他始终觉得，他一个农民能把事情干大、干好，没有党和各级领导的支持，他是寸步难行的。他看着厚才、德地和袁英，对张德月说：张书记，我想在袁家建设一个卫生院、一个托儿所、一个文化活动室。从中央领导讲的"解放思想，放眼未来"这句话来看，我们的前景十分广阔。如果我们农民的健康、文化意识跟不上，我们的孩子拖累了大人的工作，都会影响我们事业的发展。

张德月很激动也很高兴：好啊，郭书记，你总是有前瞻意识。中国农民的生活质量是需要提高，你郭书记是探索者，我支持，完全支持。如果搞得好，可以在你们袁家开个现场会，在全公社进行推广。袁家发展的点点滴滴都和烟霞公社有关，袁家兴盛了，我德月不也能搭个顺风车？

郭天福没有察觉张德月的这个心思，脑子里光顾着想袁家村的发展了。

那张书记，批判活动还得继续搞吗？郭天福问。

那当然，这是党的十一大部署的一项政治任务。我们公社准备召开一个全公社动员会议，到时，你在会上得表个态。你的态度就是烟霞公社的态度。会前，咱们要通气，要统一思想，把这场运动轰轰烈烈开展起来。张德月又在做指示。

郭天福说：一切按照领导安排的进行。但我总觉得……

你觉得什么，没有什么觉得，就这样。我先回公社，县委一会儿要来人安排检查近期的工作，我得准备准备。说着，张德月就离开座位，走出门，临走时说，都快9月了，还这么热，这个夏天太漫长了。

送走了张书记，郭天福和他的班子成员继续开会。

王厚才说：书记进了一回北京，讲话就像飞机上挂暖瓶——高水平啊。田德地也说：是啊，刚才听你的讲话，我都傻了，这是我们袁家的郭书记吗？简直是从北京来的京官，佩服。袁英只是沉默，她似乎对红尘中的事情漠不关心。郭天福嘿嘿一笑，说：你们莫说，进一回京，真开了眼界。要是弄得好，把咱们村的老少爷们都带到北京去，去看看我们伟大祖国的首都，好家伙，气派又繁荣。

王厚才说：可以先把咱们村里评的先进模范、好媳妇、好丈夫、给村子做出贡献的领头人带到北京去感受感受，也能给大家鼓舞士气啊。

郭天福说：你这个提议好，秋收以后可以考虑。这事是你提的，你就给咱抓。摸底造册，上会研究。他抬头看了看田德地，说：田主任，你给咱抓卫生院和托儿所建设，前期考察、选址、预算、设计，等完成后，上会研究。

田德地点头：没有问题。

天福又看了看袁英，说：英子，你是咱们村有文化的人，你信仰什么我不干涉，这是你的自由。只要不违反党的规定，不违反国家政策，你喜欢做什么，都可以。

袁英说：书记你放心，我听人说，儒家治国，道家治身，佛家治心。我就是想图个心静心安，对于佛教我知道的并不多，但我知道它能普度众生，教人善、教人美。我就是喜欢这一点。至于村上安排的事情，我向三位领导起誓，忠诚、尽心、奋力，把组织交办的事情搞好。

郭天福嘿嘿一笑：我说你是个文化人，没说错吧，说得好。你就给咱们把文化活动室的事情抓起来。一样，选址、预算和基本构想完成后，上会研究。这几件事情，给你们一个月期限，国庆前争取拍板，明年建设好。至于其他事情，按照公社安排进行，再不搞新花样。另外还有一件事情，我想和大家通个气，这也是昭陵文管所孙所长给我的启示。听说挖出了好几个兵马俑坑，被称为世界奇迹，我们能不能去看看。咱们要走在前，看看有没有商机或者投资的项目。目前，我们的集体资金积累可以考虑向外发展了，只有快速发展，我们袁家人的生活才能早日实现现代化。电灯电话，楼上楼下，过去不敢想，现在就在眼前。什么电视机、电冰箱、电摩托、小汽车，我看我们都可以想。

郭天福话未说完，王厚才惊讶道：我的妈呀，多亏我爱爱怀上了，要不就亏大了！我不能只管自己看到见到，我得让我们的后代也享受到。

是吗？厚才大哥，千年的石头开了花，那可是了不得的事情。郭天福高兴地说，我们袁家又要添丁加口了。

田德地插话：不仅仅是厚才老婆，连黑盾的媳妇也怀上了。这真奇怪了，是上天的垂爱，还是书记进京的吉兆？把素素高兴得逢人就说，黑盾更是喜得见人就笑，逢人就发烟。

好啊，好啊，我们袁家后继有人，我们当更加努力，为后世子孙造福，为我们袁家添彩。郭天福高兴得站了起来，说，看来今天得喝一回。

是啊，为你回来，为袁家的后继有人，我们就在接待站开伙，菜不在吃什么，关键是高兴。田德地也很欢喜，急忙跑出去喊小刘，准备几个小菜，他激动地说：我家里还有两瓶陈年老西凤，拿来一起乐乐。

36

时间就是一个魔术大师，来时看不见，走时无踪影；来也匆匆，去也匆匆。

又是一个漫长冬季，瑞雪飘飘，西北风猎猎。开春了，花香四溢，大地蓬勃，九嵕山上空白云如棉，渭北大地一片祥瑞和复苏的气象。到了1978年的5月1日国际劳动节那天，袁家人以劳动者的脊梁支撑着自己的欢乐和劲头，在新村进行了一场田径比赛。

比赛前夕，袁家村还发生了一件大事。郭天寿的老大怀玉和张西峰两个人应征入伍了，成了袁家村人中第一批保卫祖国的战士。他们临行时，全村人敲锣打鼓进行欢送，村委会给两个年轻人戴上了大红花，小伙子们骑上了高头大马，风风光光。趁着这个喜庆劲儿，郭天福和班子成员商量开展一次田径比赛。

比赛是围绕新村进行的长跑比赛。比赛那天，袁家村班子成员和村民一起参加了活动。王厚才是总裁判长，就在大家跑得正欢的时候，有人大喊：厚才主任，你老婆爱爱要生了。王厚才起初没有听到，等到别人跟他说的时候，他才急忙把哨子交给站在一边的袁英，说：英子你把关，取前三名，郭书记要给颁奖。袁英还没有反应过来，王厚才早已经跑远了。

比赛前三名是黑盾、田德地和郭天禄。在比赛现场，郭天福给大家颁奖：一人一辆飞鸽牌自行车。黑盾骑上车子，飞快地回到家里，他想让自己快临盆的媳妇素素高兴高兴。而田德地对郭天福说：书记，我不好意思领奖，咱是村干部，应该让给第四名。郭天福说：说啥呢，你该得，骑走。而郭天禄更不好意思，他说：兄弟，哥拿奖，别人会有意见的，我让给别人。郭天福说：我的哥啊，这是凭自己实力争取的光荣，骑走。而没有得到大奖的，凡参与的每人有一份厚礼——一条红围巾，一块肥皂和一块香皂。就这样，袁家村在这一天充满着欢声笑语。

而这笑声，同样出现在王厚才家的院子。素素挺着大肚子在院子笑，厚才的邻居围在厚才媳妇的房子外也在笑。几分钟前传出了女人的尖叫声和婴儿的哭声。接生婆出来说：胖小子，母子平安。王主任，吉人天相，儿子壮实，一看就是一个结实的儿郎。王厚才鞠躬施礼，脸上笑开了花。他迟疑了几秒，跑回里屋取出糖和糕点，分给院子里的人。邻居吃着笑着，有人说：素素，看你了。素素一笑，特别美。

这时，郭天福进了门，一听是个小子，说：好啊，厚才大哥，恭喜恭喜。郭天福说这话时，心情非常好，他似乎看到袁家村的明天，有一个顶天立地的好男儿向他走来。他问王厚才：给儿子起名了？

王厚才说：早想好了，就叫王英俊。

好，英俊，英雄俊杰，是个好名字。王主任，今天必须先喝个喜酒了。郭天福开心道。

王厚才说：烟霞昭陵宾馆，书记说叫谁就叫谁，书记说吃什么就吃什么，酒随便选。我厚才等这一天，已经等了好多年了。

那还有我们啊。进门的是田德地和黑盾。

黑盾没有看到媳妇，就跑到王厚才家，两个人在门口碰见，就一起进门了。

那当然，只要看得起我厚才，来多少算多少。王厚才狂喜。

郭天福说：这是袁家的大喜，自然人多热闹。说话间，黑盾拱手向王厚才表示祝贺，同时走到素素面前，轻轻抱了抱素素。素素回头一笑，似乎看见了自己的孩子在向他们两口子招手。而田德地拉住郭天福的手，说：书记，你安排的事情我已基本完成，卫生院主体已经竣工，打算明天挂红放炮，怎么样？

郭天福问：那托儿所呢？

田德地说：书记啊，匠人已经收工了，就等招老师、进孩子了。我看，如果顺利，秋后就可以按照烟霞中学的开学时间开学了。

郭天福说：德地啊，咱们可以搞个仪式，但不是非要搞，我看你最近这么忙，就免了俗套。看咋样选医生进设备，尽早开门接诊，这是大事。你看袁英的文化活动站，人家低调，已经办了两期学员培训班了。

田德地觉得不好意思，说：招人我看得有个办法，设备可以到烟霞卫生院问问，常规的都有，我拿出方案，咱们上个会，这样好点。

郭天福点头说：还是你有见识，想得周到，就按你说的，分头筹备吧。

正说着，王厚才挤过来说：啥时摆席，书记发话，我厚才照办。郭天福笑笑说：你看厚才大哥，笑得嘴都合不拢了，你孩子是 5 月 1 日的生日，6 月 1 日是儿童节，也是你儿子的满月。咱们在满月大搞一下，怎么样？田德地插话：我孩子来得早，没有厚才老兄孩子来得巧。两个日子，全国人都为你高兴。一个月时间太长，十天，就咱们接待站食堂，先喝他一场。郭天福开心地说：好事多多，十天也好。王厚才说：按大家的意见办。我看你俩有事，我不掺和，得给老婆熬鸡汤了。说着，王厚才闪进厨房。郭天福说：人家喝鸡汤，咱们走。

两个人刚出门，邮差骑着车子，看见郭天福，大喊：郭书记，有你的信。郭天福有点困惑，谁会给他写信。他打开一看，是张朵。

张朵在信中说：郭书记，你好。我很想回来看看，没有想到我回城三个月父亲就撒手人寰了。接着我媳妇怀孕，老娘病倒，我实在无法抽身。就是复习功课，也是三更起，黎明忙。无意之中，我看到秦兵马俑博物馆招商的信息。我想，书记眼界开阔，早有打算，若知道这个情况，可能对袁家发展有帮助。我们袁家不仅仅在渭北平原上赫赫有名，更应该在省城大放光彩。代问厚才大哥、德地大哥好！海绵厂如果有问题，叫袁英写信告知，我会尽心解决。最后，请书记放心，就是有再大的困难，我也不会辜负袁家这个响当当的名字，辜负书记和大家的厚望。

郭天福看到这里，除了感动还是感动，一个下乡知青，在这样的情况下，依然关心袁家村的发展。他郭天福为有这样的好同志感到自豪。他看完信，对田德地说：明天咱俩去一趟临潼，去看看世界第八大奇迹！田德地疑惑：去看兵马俑？是啊，就看兵马俑。天福很果断。

走过了夏日的闷热、秋日的缠绵，郭天福没有想到，在这个刚刚飘雪的初冬，张德月给了他莫大的惊喜。

郭天福知道中央召开了十一届三中全会，但由于村里接二连三地发生事情，他没有仔细领会会议的精神。首先是黑盾家的事。对天福而言，村民无小事，何况是黑盾家里出了人命，哀痛、惋惜、关心都不足以宽慰黑盾冰冷的心。秋天在雨和风的搅和中，有了凉意。黑盾的媳妇在 8 月 11 日生孩子的时候，因大出血和难产撒手离去。多亏田德地跑得快，把烟霞卫生院的医生请来，才保住了孩子的小命。黑盾看着死去的素素，跪地哀号。郭天福的妻子抱着素素的孩子，孩子在哭，大家一时没了主意。这时，王厚才走出来，说：黑盾兄弟，若不嫌弃，让你爱爱嫂子给你养娃，她的奶水足。黑盾趴在地上，给王厚才磕头，王厚才和田德地都伸出手，扶起黑盾。郭天福说：兄弟，你的女子就是我们袁家的女子，厚才有心，你就放心。你一个大男人，先把媳妇的后事料理好。两个孩子也是个伴，就叫你女子拜厚才为干大，爱爱为干妈。黑盾说：王主任，你是我的恩人，我黑盾就是给你做牛做马都愿意。王厚才说：傻兄弟，都是一家人，别说了，先安排媳妇的后事，孩子叫我媳妇来抱。

这件事就这样告一段落，没有想到，村里10月筹办的金属构件厂，由于技术和原材料质量等问题，开工后就生产失败了，立即停工。这件事，令郭天福非常郁闷。在袁家村，从来没有发生过这样的事，请人来看，人家说，需要一段时间的整改和工人培训才能复工。再后来，卫生院招的两个主治医生，不知何故，忽然挂职离去。据说是在乡下不习惯，不喜欢和满手是茧、浑身冒臭汗的农民打交道。郭天福很生气，大骂道：农民，农民怎么了？没有农民，你们狗日的吃什么？你们还是知识分子，你们是狗屁，没有你们，地球就不转了？我不相信，家有梧桐树，引不来金凤凰。他给田德地下了死命令：不论怎样，我们要高看人家，高薪招聘，总会有贤能厚道的医生来咱们袁家，这事总会有个解决办法。

郭天福没有想到，流年不利，在12月初，一场大雪把还没有拆除的老饲养室压塌了，雪积得厚，秋雨时节又没有人注意，屋顶上的草都被风刮走，南墙已经裂缝，北墙已经倾斜。房子塌是不可避免的，问题是房子塌了就塌了，没有想到，拆除时发现了一具尸体。一时人心惶惶，谁也不认识，也不像簸箕村和周礼村的人。给公安局报案，警察一看，推测是个讨饭的，没名没姓，只好结案。袁家村出丧葬费，公安局出证明材料，给找个地方，埋了了事。你说说，郭天福心能安吗？

当公社通知召开全公社干部大会，贯彻落实党的十一届三中全会精神时，郭天福才松了口气。也是在这个会上，张德月书记的讲话和解读使他心里有了希望。

张德月说：党的十一届三中全会，在党的历史上是一个非常重要的会议。会议批评了"两个凡是"的方针，高度评价了关于真理标准问题的讨论，禁止使用"以阶级斗争为纲"这个口号，否定了党的十一大沿袭的"文化大革命"中的"无产阶级专政下继续革命"以及"文化大革命"今后还要进行多次的观点。全会强调要从科学体系上掌握和运用毛泽东思想，同时把毛泽东思想的普遍原理和社会主义现代化建设的具体实践结合起来，并在新的历史条件下加以发展。关于这次会议，县委要举办讲习班，首批参加学习的有袁家村、簸箕村、韩窑村、野狐岭村的书记，学习时间定在 12 月 25 日，学习一天。请参加学习的同志们认真学习领会三中全会精神，把我们工作的重点转移到经济建设上来，为早日实现现代化而共同奋斗。

张德月话音刚落，掌声响起。郭天福站了起来，他感到自己轻松了，同时又感觉担子更重了。

他走出会议室，不由自主吼了一声：我的天啊，蓝汪汪，亮堂堂，一派新气象。

德月书记走出来说：郭书记，秦腔唱得美！走，中午，我请你，咱们喝一个。

郭天福笑了，说：哪能，我请大书记。

德月书记说：不管谁请，我就是想和老哥喝一个。

那就走！郭天福说着，就和张德月一起去喝酒了。

37

其实，在郭天福郁闷的那几个月，花也开过，果也熟过，田野芳香四溢，叫人留恋。就在这样的氛围中，还是有两件喜事，叫天福高兴。

那是黑盾媳妇出事后的第十天，也就是 8 月 22 日，郭天福的哥哥天禄的第二个儿子来到了人间，天禄给孩子取名怀宇，他希望这个孩子读书，有大出息。因此，这个孩子自从生下来，几乎没有在袁家村待过，小的时候就被送到渭城，直到后来大学毕业。

而这一天，也逢上了令郭天福更高兴的事情，张朵忽然回来了，大包小包，还带了一个婴儿车。

他没有去书记家，而是先到田德地和袁英家，给德地两个孩子买了书包，给袁英送了一套发黄的《金刚经》和《地藏菩萨经》。田德地表示非常感谢，问长问短，就是没有问张朵考学的事情。他心里打了鼓，要是考上，张朵会说的；要是没有考上，这么直接问了不是很尴尬吗？田德地要留张朵吃饭，张朵说时候还早，他要先去看看大家。而袁英双手合十，万分感激。毕竟，有了解她的人。她说：张厂长何以得之？张朵说：我在长安大雁塔给家人祈福时，一高僧送我，说：佛会善待众生，善待有缘人。就这样，我得到后，就想到了你。袁英说了句"阿弥陀佛"，送张朵出门。

接着张朵去了工厚才家，身后跟了很多小孩，农村娃没有见过婴儿手推车，都很好奇。张朵还没有进门就喊：王主任，王大哥，我回来了。王厚才和媳妇爱爱一人抱一个孩子走了出来，张朵惊讶道：我失策，我失策，没有想到，嫂子不生不说，一生就是两个。我带了一个婴儿车，不好意思。说着他把车在院子一放，还没有放稳，就被孩子们推着在院子追逐打闹。

王厚才看得高兴，说：张朵，回来好，回来好，快，进屋。你嫂子没有那本事，只生了个儿子。这女子，是我们的干闺女，是黑盾的娃。张朵不明白，等他明白过来时，说了句：黑盾可怜，我抽空得去看看。王厚才说：现在好多了，看见自己的女子，有笑脸了。唉，人啊，真是有旦夕祸福，斯人已去，空悲切。还是要给黑盾宽宽心，生活总是阳光灿烂的。张朵也感慨了几句。王厚才也不大明白，他忽然拍了拍张朵的肩膀，问：大学怎么样？张朵笑了，这一笑，王厚才说：好啊，我们得去书记家，报喜。张朵取出一条围巾、一件中山装上衣，送给厚才夫妇。爱爱说：兄弟啊，见外了。张朵说：在袁家，你们是我最亲的人，我要一辈子都记住你们的好。王厚才说：那就收下，张朵不是外人，一个院子，滚爬了六七年。

爱爱插话：是不是弟媳也快生了？

张朵笑着说：嫂子，快了。

王厚才说：好啊，要是有缘，你生个女子，咱们就结儿女亲家；要是儿子，就结为兄弟。不知道兄弟给孩子把名字想好了没有？

张朵不好意思地说：大哥，要是女子，就叫米粒，粮食普通，咱袁家人不是说，娃的名字越土越好吗？要是儿子，就叫虎子。你知道，兄弟一生性情温和，没有大丈夫气概，看儿子能不能有虎气，虎虎生风啊。

王厚才说：好啊，兄弟，好好，咱们说定了，让我们的感情在孩子身上延续下去。

老哥，那是我张朵的福，我求之不得啊。张朵满口答应。

王厚才说：好了，兄弟，咱不聊了，一起去书记家。你一回来，可扫除了近日的晦气，书记肯定高兴。

到了书记家，郭天福一看厚才和张朵兴奋的样子，也高兴地喊：中了，中了。我们袁家的大学生回来了。张朵握住书记的手说：书记，还没有开学，还不算是个大学生。那通知书拿到了，什么学校？张朵激动地说：报告书记，张朵完成了你交代的任务，顺利被长安建筑科技大学录取。郭天福说：好啊，张朵，学习建筑，当个建筑设计师，将来把咱们袁家再整改一下，给咱袁家人一个大大的惊喜。张朵说：只要袁家需要，张朵义不容辞。谁不爱自己的家，袁家也是我张朵的家。郭天福说：好啊，咱们已经和秦兵马俑博物馆招商办取得了联系，他们的招商项目有十几个，咱们正在考虑，该投资什么项目。你要是早学几年，我们投资的项目设计不就是张朵设计师的了？郭天福很自豪，在袁家村插队的两个知青，都成了大学生，一个在六朝古都南京学军事，一个在十三朝古都长安学建筑，这难道不是袁家村的光荣！

张朵考上了大学，最高兴的还是郭天福，他觉得天就是厚道，总能赐福给勤劳善良的人。像张朵这样的青年，天岂能不护佑？他高兴地说：厚才，我看，就在村东麦场，搭棚过事，买头猪，买只羊，支上长龙灶，请簸箕村的董师傅上手，搭红放炮，热闹热闹。一切开支村上出。

王厚才双手一拍，说：好啊，这样我们袁家就热闹了，喜庆了。王厚才也知道，书记需要热闹。而张朵坚决推辞，说：我带了钱，咱们不是说好烟霞昭陵宾馆，我做东，请大家。

郭天福说：看来，你不听书记话了，就照我说的办。王厚才也帮腔：就是，书记一言九鼎，你当了大学生，要离开了，不能不听书记的话。张朵搓了搓手，说：那好，如果有来生，我还愿意和你们在一起奋斗。

天福哈哈一笑，说：这就对了。

村里人知道张朵考上了大学，要在麦场过事，大人小孩奔走相告。簸箕村和周礼村也送来贺礼，烟霞公社的张书记带了公社一班人也赶来了。袁家，在热气腾腾的欢庆中送走了 1978 年冬天，又以别样的色彩迎来了 1979 年的春天。蝴蝶在郭天福的梦中出现，鹰在九嵕山上空盘旋，一条奔涌的大河，流向远方。郭天福醉了，在 4 月的桃花和杏花里，他看到了季琳带着他的女子雪梅，走进了一片芳草地，在他挥手时，眼前一片空白。他急了，登上九嵕山，俯视关中大地，阡陌交错，绿树婆娑，王厚才和田德地竞相奔走，一个在追太阳，一个在追月亮。而他忽然化作一只鹰，扑向大地。忽而他又变成人，在袁家村口，向县委来的书记汇报袁家村突飞猛进的工作。

县委书记很高兴，说：袁家永远是咱们温秀县的典型和先进，你的计划和目标，也是县委的计划和目标。咱们要的不仅仅是农业的大丰收，更要全面发展。在这一方面，你郭天福始终走在前头，是咱们的排头兵，有闯劲，有精神。好，县委全力支持，如果有问题，及时向烟霞公社书记汇报，也可以直接找我。

郭天福很激动，他去握书记的手，却又忽然抓住了自己臂膀，他感到自己有了无穷的力量。

当郭天福明白过来时，他知道自己把现实和梦境掺和在一起了。但他很清楚，这一年，自己该走向何方，袁家村该咋样发展。集体经济要壮大，袁家村人解放思想的力度要加大，改革是一场革命，是一场摸索和追赶的竞技赛，靠的是不断发展的毛泽东思想，靠的是坚强有力的党中央，更要靠和自己一起打拼的袁家村父老兄弟。当他迈步出门时，田德地正向他走来。

田德地说：郭书记，你提出的创建全省文明村的规划，公社同意了。公社批文说，时代需要新风尚、新精神、新农村。袁家提出的创建全省文明村是个大胆的构想，尽管我们县没有开展，省委尚没有明确的指示，但袁家人敢想敢干的精神是超越时代的。只要按照你们的规划推进，公社率先在全公社开展文明村创建活动，为袁家搭建平台，为袁家的超前思维打好根基。这也是贯彻中央解放思想、改革开放精神的。郭天福听完他的汇报，暗暗佩服德地的记忆力，同时满心欢喜，无论怎么样，这是好事，是正大光明弘扬社会主义精神的大好事。

他对德地说：咱们不是标新立异，咱们是想实实在在干点有益于当代、有益于后世的事。在村里农民活动中心，建立图书室、阅览室，使我们的农民兄弟眼睛是明的、心里是亮的；给袁家孩子就读的周礼村小学和簸箕村小学捐献些书本，让孩子课外有读的东西；把农民夜校办好，请一些文化人给咱们传播一下老先人留下的文化，给咱们讲一讲德孝、礼仪、廉耻，使我们的农民兄弟多懂一些文化、多明白一些道理，这不是造福袁家的好事吗？

田德地也是暗暗佩服，他没有想到书记的视野就是不一样，书记的看法就是独到。他激动地说：书记啊，有一句话是怎么说的，站得高看得远，你真是高瞻远瞩，放眼未来，你把袁家人带进了一个新时代。你就好像站在九嵕山上看太阳，看得透、看得清。我原来想，咱们只要把经济搞上去，家家有了城里人的生活用品，个个腰包鼓鼓的，人人都幸福，那就好了。看来，我是井底之蛙，见识太短。钱不是万能的，钱买不来健康，买不来文明，更买不来幸福。袁家要发展超越，首先是观念和思想的更新，是我们这些大老粗的改变和进步。

德地啊，你想对了，说对了。咱们利用三到五年的时间，彻底改变袁家的村风村貌，要为伟大的社会主义建设添砖加瓦，并通过我们的努力来带动大家，使我们的社会风气更积极、更健康、更文明。这说得容易，做起来难啊！我们得鼓起劲，加把油，力争上游。郭天福说完，心中的大石头似乎忽然消失了，那梦中和现实中发生的一切似乎都找到答案了。他清了清嗓子，说：德地，走，咱去赵镇转转。

去赵镇？德地疑惑，但他知道，郭天福心中又有了新的打算。

是啊，看看赵镇的市场，看看赵镇那个高高的建筑，看有没有咱们种的菜。郭天福说着，喜形于色。

他俩在乘车去赵镇的路上，看到徐茂公李勣的墓已经被围墙圈起，临近大路正在建一座门楼，主体已经竣工，雕梁画栋，正在上色。孙所长正好从里面往外走，郭天福看到了孙所长，他感谢孙所长给他的启示，使袁家村人接触到了秦兵马俑博物馆的建设工程，给建筑公司弄到了活儿，给袁家村人立足那一片热土找到了出路。

时值5月，天高云淡，鸟语花香。路边的树木郁郁葱葱，途经的西屯村、新寨村充满活力，整个大地都被激活，人们的脸上充满着对春的赞扬。扛着锄头的农民兄弟也都筋骨舒展，喜气洋洋。这真是煦暖春风今又是，换了人间。

郭天福哼起了秦腔，田德地也很开心。

书记你的葫芦里到底卖的啥药，我都有点糊涂了。田德地问。

你只管看景，看谁家媳妇俊俏，多看一眼，心里乐就行。郭天福开玩笑说。

咱都是娃他大了，红红绿绿，对咱已经没有吸引力了。田德地一脸郁闷地说。

是吗？我看你看人家邻家大嫂，眼神都不一样。心中有鬼，男人心思花点，可以理解。郭天福心情非常好。

那书记喜欢哪个？田德地狡黠地问。

要是放在早几年前，我真心喜欢过，自从有了媳妇，挑起了袁家的大梁，我天福就受罪了，哪有这样的福啊。郭天福哈哈大笑。

是啊，书记，咱们就是苦命人，风风雨雨，哭过，骂过。累倒了爬起来继续干，就是趴下了，眼睛还是看着咱干的活儿。这是老天的恩赐，咱这一代人，只知道卖命，而且是精神饱满、从无抱怨地卖命。说大了，为了实现共产主义；说小了，是为了造福后世子孙。试想想，要不是你郭书记挑头带领大家埋头苦干，咱们的孩子能住上现在的房子？这可是老人几辈子都不敢想的事情。咱农民开工厂、闯市场、进军大都市，谁敢想，谁敢干？只有你郭书记，跟着你，我这一生知足了。田德地忽然发了感慨。

郭天福看着蓝天，忽然想流泪。他控制住了自己。难得有德地这帮人，难得遇到好时代。他对田德地说：这都是毛主席教导有方，这得感谢党的英明领导。

田德地说：是啊，春天再美，没有太阳，没有阳光，美就找不着北了。两个人说着，就到了赵镇街口。郭天福望了一眼赵镇水泥厂高高的料塔，说：德地，咱去看看。

田德地不知道书记的真正用意，当他明白过来时，两个人已经走进厂区，引路的是烟霞公社张书记的一个远亲，姓吴，叫吴涯。他对郭书记也很佩服，见了面，非常客气。

吴涯啊，这水泥厂利润怎么样？郭天福问。

郭书记，咱们赵镇水泥厂年利润也就是二百多万，随着市场变化，或者政策的调整，提升的空间就很难预测了。吴涯很认真，也很恭敬地说。

是吗？这原材料就是石头和黄土？郭天福继续问。

是啊，当然还有其他辅料，但主要就是咱们北山的石头，黄土塬上的生黄土，也就是碎石、碾土、储藏、入炉，土石活也很辛苦。吴涯说。

那咱们农民也可以搞？郭天福回头看着吴涯问。

当然。除过几个技术工，咱们厂的大部分人员都是赵镇附近的农民。只要培训，都可以上岗。吴涯有点自豪地多说了几句，郭书记，我也是一个农民，现在已经是分管碎石供料几个部门的副厂长了。

好啊，吴厂长，谢谢。我和我们的副主任在镇上还有点事，咱们回头再聊。有时间到我们袁家来，我好好招待你，陪你喝好。郭天福总算是问完了。

离开赵镇水泥厂，郭天福说：走，咱两个吃碗烙面去，张二的烙面汤那叫一绝啊。

田德地神秘地看着郭天福：书记，你莫不是想创办水泥厂吧？

郭天福说：为什么不行呢？

田德地心想，书记还是有气派，啥都敢想。在德地看来，兴办水泥厂，不是开个海绵厂、硅铁厂那么容易。投资、技术、销路，一切都没有干过。他看着书记，问：咱是不是想一口吃个胖子，水泥厂能行吗？

郭天福很自信，说：天下没有人干不成的事。只要敢想敢干，啥事把咱们能难住了？

是啊。田德地忽然明白过来，说：书记说得对，从来没有。

郭天福说：这只是个想法，目前条件不成熟。条件成熟了，上会开工，不出几年，咱们袁家一定会有咱们的水泥厂。郭天福很自信，自信使他心情非常好，他又哼起了秦腔，迈步向街中心走去。

吃烙面的时候，他看了一眼赵镇街道，今非昔比，过去只有几家门面，现在市场活跃、人头攒动、改革开放，真是天地大变，笑声不断。

田德地忽然说：书记，这一年比一年快，还没有感觉，一年就到头了。咱们得抓紧时间，稍不留意就是一年。

郭天福说：是啊，咱一夜醒来，不知会发生什么变化，如果抓不住机遇，等醒了，一切都消失了，咱只有望天悲叹了。与其悲叹，不如抓住不放，说干就干。

现在正是发展期，咱们的集体主义经济不能丢掉根本，但也不能保守。你不是说要解放思想，放眼未来吗？咱们的分配制度是否该改改？大锅饭要吃，但要吃得有先后，有质量。田德地忽然转了话题。

郭天福听着，心里一动。这书多读点就是不一样。德地说的，也是天福想的。如何改，他还得观察，还得思考。他对德地说：你说得对，你回头想想，拿个方案，可以向县委和公社咨询，看咋样改才是最好的。

田德地说：是啊，书记，这事急不得。咱们发动群众，共同思考，共同面对，问题总有合理的解决途径。

郭天福说：好啊，德地。咱们要的就是这股劲，心往一处想，劲往一处使，还有什么事情能难住咱们袁家人？这就是我提倡的秦川牛精神，执着、坚定、踏实、奉献。

就是这种精神支撑着袁家村人，使他们在不到两年的时间里就获得了烟霞和温秀县命名的文明村荣誉；在不到三年的时间里，新建了印刷厂，兴办了石油运输公司，拿出了兴办水泥厂的基本思路。就在这样的发展速度中，郭天福带领袁家村人，走进了 1982 年。

1982 年的 9 月，郭天福又一次走进了人民大会堂，参加党的十二大会议。这一次，他不再那么紧张，而是心情舒畅，以自豪的心情参加这一盛会。

临去北京时，儿子抱住他，叫他一定把北京的烤鸭带回来，还再三说，他们还要天安门模型，要北京最好的玩具。郭天福看着儿子和女儿，开心地说：放心，爸就是把自己卖了，也会带回你们想要的东西。

儿子逛旦喊：不能卖了你，卖了你，我们就没有爸爸了。

郭天福笑了。

第九章　梦在飞扬

38

郭天福怎么也没有想到，当年抱着自己大腿要吃烤鸭的儿子竟会有这么大的出息。时隔多年，他会给自己一个大惊喜。他想，虎父无犬子，看来老先人说得真不错。郭天福这样想时，自己竟笑了。

爸，怎么偷着笑，有什么喜事给儿子说说。郭怀山一回来就看见笑呵呵的郭老汉。

郭天福抬头一看，邪乎，想啥来啥。他看见怀山和高树进了门，说：什么风把袁家的两个当家人给吹来了？

高树走上前说：最近太忙，好久没有见老书记了，想来看看你。说着，高树把他带的茅台酒放在了桌子上。郭怀山说：高主任回了趟城，说朋友给的，他不胜酒力，就给你带来了。

郭天福说：来了就高兴，还带什么酒。我看快到饭点了，你妈在包饺子，再加两个菜，让我也沾沾光，和袁家的当家人喝杯酒。

高树本想推辞，但老书记这样一说，他真不好意思了。高树急忙说：老书记，你是开创者、奠基者，我们怎么敢和你比！我们就是跟着你学走路呢！你莫取笑，有什么不对的，你就批评，我们坚决改正。何况，都是怀山书记在掌舵，他才是值得你骄傲的接班人。

郭怀山笑着说：我爸会取笑人了。袁家的事情，没有你，能行吗？

你小子早已经看不上我了，自己主意大，说话在地上能砸个坑，袁家已经不是我那个时代的袁家了。郭天福说得有点感伤，只是郭怀山没有感觉到，而高树感觉到了。他忽然说了句：天不生仲尼，万古如长夜。郭怀山父子俩看着高树，不知道是什么意思。

高树看出了这对父子疑惑，就说：两位书记，这话是说，上天如果不生仲尼，也就是孔子，那么我们的千古岁月就如在漫漫长夜中度过。

郭天福说：我们过去批孔老二，他和你说的是同一个人？

对。老书记，我们过去认识错了，我们知错就改。孔子是儒家的创始人，咱们国家自汉代以来，儒家文化就是正统文化，它和道家、佛教共同推进着我们社会文明的进步。高树说。

那你刚才的话是谁说的？怀山问。

这说来话长，有人说出自宋代理学家朱熹之口；也有人说，朱熹也是引用，实际上出自古时四川一位官员的笔记，这位官员也是在会馆墙上看到的。似是一个狂傲之人的酒后之言。高树说。

郭天福好像听天书一般，但他明白，这是高树在夸他们父子。

郭怀山说：这话有意思，但却是酒话。你就别高抬我们父子了。

高树说：怎么是高抬？袁家要不是你们两代人的奋斗，哪会有今天的大好局面？说是醉话，我也是道听途说，但他的话很有道理。孔子的思想影响了中国几千年，《论语》是天下奇书。古人不是常说，半部《论语》治天下。孔子就是咱们中华文化长河上的一盏长明灯，照亮了千古岁月。

好家伙，高主任学问就是大！看来，读书和不读书就是不一样。郭天福感慨。高树急忙说：班门弄斧，不好意思。

郭怀山说：高主任，闲的时候我一直喜欢看《道德经》，看来这《论语》咱也得看看。看这书，你得指导啊。高树站起来，准备给老书记添茶，郭怀山接过来说：在家里你是客，怎么能烦劳我们的大学问家！高树赶紧说：共同学习，共同进步。正说着，周穗穗端来了蘸汁牛肉、蒜片黄瓜、青椒炒鸡蛋和麻婆豆腐，说：饭好了，吃饭吧。高树接盘，怀山倒酒，天福看在眼里，心里有一种说不出的幸福。

喝酒的时候，饺子也端上来了。郭天福说：好吃莫过饺子，高树，多吃点。吃点，垫点，咱好好喝喝。

高树说：要说喝酒，我不是怀山书记的对手，和你比，更是不行，陪你高兴高兴，还是可以。

郭天福放下酒杯，夹了个饺子，在蒜水碟一蘸，大口一张，一个整饺子就已经吞进嘴里了。他咬了几口，对老婆说：娃他妈，今天这饺子就是香。

穗穗说：饺子和过去一样，就是和你吃饭的人不一样。

郭天福说：难怪有人说，不看你吃什么，看你和谁吃。今天家里有大学问家，又有袁家的掌门人，吃起来的滋味就是不一样。

郭怀山说：爸，吃个饭还有这么多说法。

那当然，如果高树再带上对象，那滋味就更不一样了。郭天福看似在说闲话，其实他是在关心高树。

郭怀山说：这事你就不操心了。县委宣传部的张倩副部长对咱高主任有意思，可高主任似乎不领情。我看，我季琳阿姨的女子喜欢上了高主任，他比琳娜大个四五岁，其实正好，如果这事能成，那可是天大的好事。

高树还没有顾上说话，郭天福就急忙说：这是好事，只要他们俩愿意，我愿意当这个媒人。我想，我的话你季琳阿姨还是会听的。

那好，老将出马，一个顶俩，只要你出面，此事能成。高主任，还不敬酒，我们这里有个说法，是媒不是媒，先吃两三回。你就等着请这位德高望重的大人物吧。郭怀山说。

去你的，什么德高望重。高树是个人才，现在又是咱们袁家人，咱不关心谁关心？郭天福激动地说。

书记啊，八字还没有一撇，但你的好意我领了。我的事能烦劳老书记，是我高树前世积的德。无论怎么样，酒是要敬，饭必须请。高树说。

哈哈，看来我这个媒人当得有彩头了。要是举办婚礼的话，我还得请各界朋友，季琳的孩子就是我的孩子，她要是忸怩，我叫梅梅到她家去。她可是把梅梅当成了自己的女子，要不是季琳，梅梅现在还不知在干什么。郭天福说得很激动，也很开心。

谢谢老书记，我要是不好好干，怎么能对得住你对我的厚爱和关心。我还得谢谢怀山书记，他给了我自信和力量，能和这样的兄弟干事，爽快。高树有点激动。

好了高主任，你不要再夸我们爷俩了。你也很优秀啊，学问大，人谦虚，能谋事，能干事，有远见。要不是你出面，咱们能请到渭城师院的雷教授、市图书馆的梁馆长、民俗博物馆的张馆长？他们为咱们袁家发展提出的思路和想法既超前，又符合我们袁家的实际。刚刚落成的昭陵画院，不也是你的杰作？郭怀山说完一番话，很感动，也很感激。在他的生命中，能有这样的伙伴陪同他一起走过，那真是幸运和幸福。

书记言重了，你提出的构建书院街、烟霞书院，不也体现了你关注文化，重视提升我们袁家文化发展，打造人文生态的远见卓识？如今正是春夏之交，春的明媚和夏的火热，在我们袁家呈现出多姿多彩的美景。这一切，都离不开袁家两代书记的奋斗。如果说老书记是过去袁家的设计师，那么，怀山书记就是我们正在超越发展的新袁家的设计师。这一切，袁家人会记住，历史也必将记住。高树觉得自己的表述是准确的，是发自内心的。他端起酒杯，与郭天福、郭怀山碰了一下，说声先干为敬，就一下灌进肚里。

郭天福看着两个年轻人，站起来说：怎么最近没有见张西峰副总？郭怀山说：张副总的主要精力在集团的事情上，十二家子公司，够张副总忙的。关于民俗旅游和休闲度假旅游的事，他原则上不参与意见。他说术业有专攻是事业成败的关键。天福说：我没有看错，西峰是个人才。你大伯的怀玉，回来不也在集团工作吗，好像是新成立的外贸公司的经理，干得怎么样？

郭怀山说：我那大哥很自负，外贸公司经营得不错，就是不和人搭话。回来几年了，和西峰一个脾性，和我说话的次数都能数清。

那好，高主任也可以给做做工作，弟兄两个，不能显得太生分。我们郭家要低调。你大哥是对的，怀山，你没事的话多关心关心你大哥。他和你大伯一样，稳当、话少，但心里有数，人也踏实。郭天福说着，觉得自己是不是说多了，他看看怀山和高树，又说，你们两个当家人聊，我老汉听戏喝茶去了。说着，他健步出门。而他身后，是一缕和煦的春风，吹动着门帘，给人舒畅温馨的感觉。

老书记出门了，郭怀山喝了口茶，问高树：书院街不是已经竣工了？招商和布局怎么样了？

王建一准备给你汇报，我只知道长安文图公司已经入驻，秦川省的出版社也已经派人联系，省图书馆和市图书馆也在街上挂了牌，还有省曲艺剧团的音像制品制作公司也到了，省、市的书画团体也在考察，准备布点。一些民间文化的传承人也来到了咱们的书院街。总之，形势大好。高树说得眉飞色舞，郭怀山听得忘我入神。

高主任，你抓的高层论坛会现在进度如何？郭怀山很关心这件事。

一切准备工作基本到位，酒店环境优雅气派，宣传资料正在编印，外宣办负责宣传接待，综合办负责图文资料，市场办负责会议期间的市场管理和环境整治，招商办抓住机遇继续扩大招商，后勤处负责接送嘉宾，同时保障后勤供应和对酒店饮食进行协调。这些等有了方案后，再提交集团会议或者村委会研究。到时落实到人，责任到人，确保高层论坛会议如期举行。高树汇报得很具体。

郭怀山想了想，说：你们想得很全面，就是要动用一切力量，排除一切困难，发挥我们的聪明才智，把这次会议开好。争取通过这次会议，使袁家的品牌和影响得到进一步提升。同时，在专家的讨论发言中，找到我们袁家超越发展的新点子、新思路。郭怀山的话就是定位，就是指示。这一点，高树非常明白，他必须考虑周全，不能出半点闪失，就算不能十全十美，也得做到尽量完美。

说到这里，郭怀山停顿了一下，接着说：咱们的袁家旅游接待中心古建筑主体已经竣工，张朵院长答应给咱们设计规划的实景沙盘、大堂布局现在进行得怎么样了？

高树似乎也想到了。他看着郭怀山说：书记，再喝一杯，我给你汇报。郭怀山笑着说：不要总是汇报，你我之间，就是交流工作，你说。

高树停顿了一下说：其实沙盘设计的图纸和内设布局的规划图都弄好了，已经放在了你的办公桌上。

我怎么没有见到？郭怀山吃惊地说。

我的大书记，今天你就没有进办公室！早上，你和我去了趟烟霞，接受文书记的口头表扬，为第一届温秀县袁家村乡村旅游文化艺术节取得的硕果而开心。离开镇政府时，文书记的秘书不是悄悄给你说了句话，文书记可能要调到县上，现任镇长汪明达要升职，副镇长白哲将任镇长。咱们要抽时间给老文送行，毕竟老文人好，给了咱们袁家很大的支持。你说，那是当然。咱俩说完这话，又去了趟温秀县农业商业银行烟霞分行，和人家谈妥了第二批贷款的放款日期。回到咱们袁家，你拉我去南广场看刚刚落成的财神庙，又到艺术街看今年刚刚挂上国画和西洋油画的书画室。碰见胡妞儿，她又和你谈她干插花的前景，说说笑笑，之后又把我拉到你家里。你怎么能看到啊？今天一早，琳娜就把图纸放在了你的桌子上，还给你泡好了茶。袁锁成好像有事找你，到你门口转了几圈。县委宣传部还打了个电话，说近期渭城市作家协会要来袁家采风，让咱们接待一下。省电视台说，要拍一部新农村新鲜事的电视专题片，咱们只需要配合一下就可以了。最近事情多，我就多操操心，我不能做主的，再向你汇报。高树一口气说完，像连珠炮似的。

郭怀山高兴地说：今年的旅游文化艺术节搞得真不错，光来的眉户剧、商洛花鼓、华阴老腔、碗碗腔、豫剧、陕南民歌、现代歌舞等不同形式的演出团队就有十几家，咱们袁家的秦腔剧团也给咱露了脸。艺术节后，我们袁家的旅游资源似乎被挖掘出来了，来的人多，关注的人多，我们的农副产品销售也一下子火热起来。关于宣传方面的事情你抓好，怎么安排你定夺。大的投资和发展思路，我们共同定夺。好了，时间差不多了，我们各忙各的，有机会让我妈再给咱们包饺子，我妈包的饺子是村上一绝。

高树站起来，向里屋说：姨啊，我们走了，谢谢你的招待。今天，是我来咱袁家吃得最香的一顿饭，有时间我还会来。怀山妈走出来说：好啊，你来，我也高兴。

高树去酒吧一条街，组织招商办、营运部负责人验收投资开业的情况。他走过正街，绕过农家乐一条街，从接待站后门走向康庄西广场，远远看见王建一和王忠良等人在新盖的古典建筑门楼前站着，就喊了一声。几个人路过一亩三分地休闲度假农庄，向东望去，格调现代、错落有致的一排建筑群就是酒吧街的主街。主街的正北，是昭陵画院、烟霞书院和大秦书协的藏艺阁，向东就是护国祠和休闲文化广场，秦琼墓前的两棵沧桑古槐和不远处依然葱茏的三棵榆树相呼应，使酒吧街显得既神秘又有情趣。

郭怀山想着沙盘设计图和规划图的事，就径直去了自己的办公室。其实，他不喜欢坐办公室，总喜欢到各个街道转转，有不满意的或者忽然想到什么新点子，就通过电话指挥，以最快的速度落实。

2010年3月的一天，他吃完扁豆面，和卖皇妃软摊的簸箕村大嫂聊天，说到小吃街应该有个组织。他脑子一转，说：好主意！在各街成立合作社，选出合作社主任，负责该街的食品安全、经营秩序。这样，责任和服务意识得到加强，集团管理的理念和政策也能落实到位，这是天大的好事！他立即打电话和高树沟通，先在小吃街试点，然后向整个体验地推广。

高树也认为是好事。

郭怀山就立即部署：高主任，既然你也认为是好事，那你就给咱具体抓一下，合作社主任一定得德高望重，有担当，有责任心，愿意为大家服务。如果搞得好，村上可以出台一个政策，适当给主任发点津贴，也算鼓励。不出一个月，小吃一条街合作社正式成立。同年，袁家村股份合作社成立，结束了袁家各街作坊制的时代。那时，郭怀山还到现场讲了话，讲的什么，他自己都忘了。

郭怀山在小吃街继续转的时候，发现一处很别致的门面，门口放着四个大酒缸，缸上贴着大红纸，写着大大的"酒"字。再抬头，门牌上书"德厚兴"三个大字。他觉得很有意思，进去一看，一个年轻的女子穿着朴素的花格子上衣，站在柜台内，身后是一个古朴的酒架。酒架上放满了各种不同的酒。

女子不认识郭怀山，问：先生需要什么？

郭怀山说：随便看看。你二楼是什么？

女子答：酒馆。

郭怀山又问：酒来自哪里？

女子答：咱们自己酿的。作坊就在后院，可以参观，纯粮食酿造，无添加。他满意地点点头，就转身出门。

在农家乐一条街上，大部分经营户都已经转让了。外地客商来到袁家村，看到商机，接手了袁家村人最初的经营权。袁家村人自己的后生得以参与到袁家村的管理和服务团队中。而外地客商根据自己的喜好和经营的需求，对小院进行整修，使农家乐充满了生机。在走过 17 号农家乐小院时，隔壁的十得九舍院子让郭怀山非常好奇。前院绿树花草茂盛，映入眼帘的是一座木廊桥，走过廊桥，就看见一间干净雅致的屋子。艺术品摆放整齐，茶桌飘香，西墙是一个悬空的书柜，放满了各种书籍。屋里放了三排原木沙发，中间是茶几，每个茶几上还有一个精致的花瓶，插着各色鲜花，很是好看。东边是两个小茶房，一处吧台，整个环境安静优雅。那种感觉他说不出来，就是觉得有味道。他不敢想，短短的几年，过去的农家乐已被陕拾三、月亮湾、望长安、烟霞洞等知名品牌所占据，这是袁家村的福啊。

正想着，他已经走到了自己的办公室门口，一眼就看到袁锁成和高化杰。袁锁成看到书记就急急忙忙说：书记啊，你还是有眼光，咱们在举办第一届艺术节时，村上的大小酒店、农家乐、客栈都人满为患，这还不能解决问题。有的客人干脆跑到烟霞镇和县城找地方，看来住宿是一个大问题。郭怀山就让他们俩进去说。刚坐到自己的座位，他就看到了桌上放的设计图，说：锁成，你继续。袁锁成站着，高化杰给郭怀山倒上水，也给他的主任递了一杯。袁锁成没有坐下，继续说：郭书记，你 2010 年底提出的从乡村旅游向休闲度假游过渡的想法实在是太高明了。现在每天晚上住在袁家的也有好几百人，我们的客栈看来要扩大招商。好在王建一给我说，长安的一个大学教授想在咱们袁家建一所云端客栈；一个外国人也想投资，在咱们这儿建个半岛客栈；还有几家正在联系。目前我们觉得可行，就看书记的意见了。郭怀山抬起头说：锁成，你是有心人，我是提出把乡村民俗文化游向休闲度假游过渡的思路，我也想过，这是好事。昭陵书院的后面不是有一片还没有开发的地方吗，那是我早就想好的预留发展地，现在正好用上。它的东面是门神的冢疙瘩，冢疙瘩边是护国祠，住在那里，有门神守着，总是好的吧。还是你们营运部、市场办和综合办碰个头，拿出个方案，先交给高主任，此事就妥了。袁锁成很吃惊，他没有想到，书记比自己想得远，想得周到，他心中的敬意油然而生。他看书记还有事忙，就说：书记您先忙，我们先走了，一切按书记说的办。郭怀山看着他们出门，就收拾好桌上的东西，说了句"这鬼地方不是干事的地方"，就迈步出门，向城西客栈走去。

在走过毛主席雕塑时，他回头鞠躬致敬，这已是他的习惯。看着主席像，他心潮澎湃。他捂了捂自己的胸口，转身迈出村门楼，不自觉地看了看华国锋主席为袁家村题写的村名。他没有去城西客栈，而是沿着太宗路向北走去。听见小火车的汽笛声，他停了停，向东望去，长长的观光小火车从康庄老街跑了出来。在康庄街西小广场，还放着一辆西洋老爷车，车主是一个从长安来的女大学生。那女子留着长发，穿着很漂亮的汉服，笑脸迎接着上车的老人小孩，长发在风中轻轻飘起，给古典的氛围增添了几分浪漫的格调。郭怀山有一种说不出的兴奋。他继续向北走，走出袁家村，站在一片田野上。

要是过去，他肯定就上了龙脊梁，可现在，龙脊梁已经被高高低低的仿古建筑群包围，甚至龙脊梁上也新建了门楼和通向书院街的小巷，南北建了两条小街，目前正在装修。他站在田野向西北望去，天空湛蓝，九嵕山巍峨。他一看见山，心里似乎就踏实了。他总觉得自己一站在山上，就能看得远、看得全面。郭怀山喜欢看山，喜欢在看山的时候思考。

他记得，自从2009年袁家村被秦川省农业厅、环保厅评为"秦川省一村一品农家乐明星村"和"秦川省生态村"后，他的信心倍增。2010年，袁家村被旅游局评为国家AAA级旅游景区，更使他看到广阔前景。经过上下努力，2011年，袁家村被农业部评为"中国最有魅力休闲乡村"，他觉得在三到四年内，再上一个台阶，拿回更大的荣誉，指日可待。这不仅仅是对袁家村新思路新发展的肯定，更是他郭怀山人生的转折。而2012年，还没有到年底，他不知道还有什么惊喜。

他环顾周围的村子，看着簸箕村正在建设的大型冷库和官厅村正在建设的文化村影视基地，他觉得袁家村的发展，就像一块发热的土地，正在向四周辐射热。这种辐射使烟霞镇出现了很多一村一品的特色村，带动了周围村子的发展。这真是无心插柳柳成荫啊，这也使袁家村的休闲度假旅游有了更为广阔的空间。他想到这里，看到一队大雁在西北的天空飞过，大地则花草丰茂，果树飘香。他忽然想到了贾云，这种念头常常闪过，他怎么也忘不了这个女人。要说喜欢，似乎不是；要说欣赏，他觉得有点。他是希望贾云能到袁家村来，接手外宣办主任的角色，把高树解放出来。他相信，贾云完全可以胜任，而且会干得很出色。可他伸出橄榄枝，就是不见鸟飞来。虽然贾云发来过短信，说她到过袁家村，以一个旅游者的身份全面考察了袁家村的发展。她欣赏郭怀山的魄力和胆识，更看到了袁家村的发展和希望。但她说，因为家庭和孩子，她还在考虑。郭怀山就等着贾云的义无反顾，可是，已经是2012年6月了，贾云仍然没有回音，他也不好再问。想到这里，他有点失落，就转身回村，还是到了城西客栈。

客栈的金老板似乎不在，那个可爱的姑娘念儿看到郭怀山，习惯地打开门，泡茶倒茶，然后退出茶坊，虚掩上门。她出门后，对院子里几个年轻人说：不要大声喧哗，我们的客栈是一个思考人生的地方。郭怀山听到后，很是惊讶，一个小女子说客栈是思考人生的地方。真是有意思，他怀山来这里，不也是为了思考人生吗？这样想时，他打开图纸，仔细观看，看着看着，竟喊了出来：不愧是设计院的院长，不愧在我们袁家待过，他怎么那么明白我的想法！郭怀山有想法，但不知怎样表达，而张朵的图纸把一切都说得明明白白，甚至超出了他的预期。他在想，这沙盘应该放在哪儿呢？他盘算，旅游接待中心已经完工，屋脊上是琉璃瓦，外墙古色古香，就放在那里，使旅游者第一时间就能看到袁家的发展蓝图，这不给了游客更大的期待吗？

郭怀山想到这里，喝了口茶，望了望这个屋子，发现墙上多了两幅字，一幅挂在西墙，上书"茶禅一味"；一幅挂在东墙，上书"静心悟道"。身后依然是那幅画——《峻山峻秀图》。他觉得这个金老板有点意思，似乎知道他内心在渴望什么。他笑了笑，又想到袁家文化品位的提升需要时间，更需要从点滴抓起。他想到了父亲创办的农民夜校，夜校似乎已经不适应当下的发展，应该把夜校办成农民文化学校，请专家在学校开办"明理堂"，举办专题研讨会。同时，在烟霞书院开设"唯德书屋"，村民和商户可以来这里讨论和商量事情。理不辩不明，事不说不清。有了这个想法，他打电话给莲莲，让综合办提出办法，交给高树审批，必要时提交上会。打完电话，他笑了，自从莲莲和怀石结婚后，他没有给莲莲打过电话。他知道莲莲已经怀孕了。他真希望贾云来，兼顾莲莲的工作，把袁家的发展推向一个新的高度。他同时在想，让郭怀宇回到袁家，听说怀宇农业大学毕业后又上了研究生，估摸着也该毕业了。如果他回来，就是袁家文凭最高的人，他的看法肯定更现代、超前，而袁家需要这样的思想。这是他的想法，怀宇怎么想，还得尊重人家的选择。想到这里，他立刻就想打电话给郭怀宇。

在他要打电话时，念儿进门加水。郭怀山看了一眼，他忽然发现，这个女子素静文气，如睡莲初醒，似月下桂花，很是好看。他问念儿：姑娘，袁家好吗？他也不知道自己怎么会问一个小姑娘这样的问题。念儿说：这儿是我梦中的地方，很好。郭怀山更是好奇了，这孩子不一般，要是能放到袁家村接待中心该多好。他这样想时，就问念儿：你愿意去袁家村接待中心工作吗？要是愿意，就可以签合同。如果想成为袁家人，也可以落户袁家。念儿很高兴，说：谢谢书记大人，只是金老板那里，我不好意思说，他待我也不错。郭怀山展露了从没有过的随和，说：孩子，这事你不管，等着，他会送你去接待中心的。念儿不知说什么好，眼眶有点湿润，她给郭怀山添上茶，看着他。郭怀山说：去忙吧，姑娘，我还有事。

念儿出去后，郭怀山一时不知自己要干什么。他迟疑了一下，拨通郭怀宇的电话，说明了自己的想法。没有想到，郭怀宇非常痛快地答应了：哥呀，我已经谢绝了我的指导老师的引荐，就打算回村和你共事。外面的世界再精彩，还是没有家乡好。

郭怀山放心了，看来，怀宇毕业就回来了。他有点兴奋，拨通了贾云的电话，没有想到，贾云惊喜地说：郭书记，真是心有灵犀一点通啊。我正准备给你拨电话呢！

郭怀山心中一喜，说：那你说，有什么指示？

贾云说：我的大书记，我要在你的麾下混口饭，怎么敢给你指示啊。

郭怀山更是惊喜，这不是说明，她愿意来袁家了吗！他激动地说：贾经理，你想通了？

贾云说：如果你接受，我十日后报到。

郭怀山说：欢迎，我会让你满意，给你一个惊喜。

贾云说：云在飘，山不动；云绕山，山依然。

郭怀山并不是很明白，他只是说：袁家会满足你一切需求。说完，他挂了电话。他觉得自己似乎把话没有说清楚，就把电话挂了，挂得太快，但回头一想，必要的距离是要有的。读书人不是说，距离产生美吗？保留一定的距离，不是很好吗？

郭怀山这样想时，自言自语说：看来最近得开一个集团扩大会议，就袁家的发展规划落实进度和近期需要解决的问题进行研究。想到这里，他又看了一眼"静心悟道"那幅字，心里想，如果有时间，还得看看孔子的《论语》。高树说过，半部《论语》治天下，那要是看得多了，不也能更好地管理袁家吗？

此时，高树已经结束了酒吧街的验收工作，准备去康庄街和小吃街走走。他刚走过去，就听见琳娜在身后喊：高主任留步，县委宣传部通知，明天早上9点，秦川省作家协会和渭城市作家协会的几位作家到咱们袁家采风，带队的是省上的作家庄之蝶。高树回头问：不是渭城市作家协会吗，现在提升规格了？你说庄之蝶，难道真有叫这个名字的作家？记得那是著名作家贾平凹《废都》里的人物。琳娜说：这叫无巧不成书。我在长安念大学时听过他的报告，他不是贾平凹作品中的庄之蝶，他人看起来朴实，但诗写得非常好。那次我们就这个名字还提问过，问他是不是沽名钓誉，有意为之。他说，他的名字是他爸给起的，从小叫到现在。他爸喜欢庄子的《逍遥游》，对庄生梦蝶很痴迷，他又姓庄，就起了这个名字。他回答完后，我们笑声一片。高树说：原来如此啊。

听完琳娜的汇报，他继续向前走。琳娜急了，说：高主任，你怎么不急呢？高树说：人家采风，咱们接待，这样的活咱们没少干过。到饭点了，我想吃扁豆面了。琳娜说：我也去。高树没有拒绝，反而很开心。

走进小吃街，看粉汤羊血门口人头攒动，袁家村麻花门口更是排着长队，牛肉铺和油饼铺门口也是很热闹。他没有在意，径直走到扁豆面馆前，把木凳子摆好，琳娜就势坐下，说：来两碗。高树看到斜对面的皇妃软摊，问琳娜：你知道这个皇妃软摊的来历吗？琳娜疑惑：不知道。你说说，让我也长点见识。琳娜很着急，此时，两碗扁豆面已经摆到了他们的面前。老板问：主任还需要什么？我去给你拿。琳娜看了看老板，说：先这样，你忙吧。然后看着高树。

高树吸了口碗里的汤面，神秘地说，那可要追溯到大唐贞观年间，那时没有空调，每年夏天唐王李世民都要到咱们九嵕山避暑。那时九嵕山是柏树连绵，就是烟霞到九嵕山的路上，都是柏树成荫。他喜欢带着尉迟敬德、徐茂公李勣、魏征和韦贵妃。一路上龙辇、凤辇和随从能排三里地长。九嵕山修建的柏城，就是现在山西南那块残留着瓦砾碎砖的平地，起先叫柏城，后改名皇城。一路上，从渭水南乘渡船过河，从渭城古渡下来，当地官员就早早准备了饮食和特产，避暑的队伍稍事休息，就奔向渭城塬。一上塬，李世民就下了龙辇，随行把御马牵了过来，李世民飞身上马，洒脱不减当年。

高树正说着，琳娜插话：这和皇妃软摊有关系？

高树说：这是背景，不说，你能明白？

正说着，软摊大嫂送过来一盘皇妃软摊。琳娜说：我还真想吃，没有想到，这大嫂聪明伶俐，人看起来也漂亮大方。大嫂说：主任，给你切了你喜欢的野菜，还需要什么说一声。高树说：谢谢大嫂。接着，他刨了一口扁豆面，继续他的讲解。他说：李世民到咱们这儿，那不像现在这么方便，说快也得五六个时辰。要上山，也得三个时辰，要是他独自骑马，那就早早到了，但他不能丢掉皇家的威严啊。天子得在驿站休息，喝水吃饭。而那时的驿站就设在官厅村，那是到九嵕山的必经之处。到了驿站后，驿站官员知道皇帝喜欢当地民间食品，就早早提前搜罗。他们听说簸箕村一位大嫂摊的软摊那叫一绝。官员寻访，才知道这位大嫂是个好媳妇，一直伺候着公公和婆婆。两个老人就想吃点软和筋道的面食。这好媳妇左思右想，能不能把菜盒子改良一下，用和的面糊先摊一层，就像摊烙面一样，待锅里的那层上了火色，直接取出，平放在案上。然后再摊一层，把面糊舀上一勺，倒进锅里，用面板抹平，待上了火色，把提前调好的韭菜或者野菜给面上拨上一层，然后把放在案板上摊的那一层翻过来，扣上去，把边压实，一道美食就产生了。当她端给公公婆婆时，老人吃了一口，就满心欢喜，问：这是什么，怎么这么好吃！软软的，筋筋的，香香的。媳妇回答：是软摊。两个老人笑了，说：软摊好，软摊好，以后隔一天，咱们吃一回。没有想到，这事被邻家媳妇知道了，也跟着学，不出几天，簸箕村好多媳妇姑娘都懂得了软摊的秘诀。这事能瞒过驿站官员？他们就决定让这位发明者到驿站给皇帝做软摊。太宗和韦贵妃一到，就感觉饿了。官员端来软摊，让皇帝和贵妃先垫垫，然后上菜。菜无非是野兔、野鸡、野麋鹿和一些当地的菜品。官员知道，太宗节俭，喜欢野味，就这样安排了。

高树讲着，琳娜开心地看着高树。她无意一瞥，看见软摊大嫂和周围店铺的人都围了过来，看着高树，听高树讲故事。琳娜更喜欢高树了，这种感觉无意间已经在她的心里生了根、发了芽。她看高树边讲边吃，一碗面已经见底了。老板问：还要吗？高树摆摆手，继续讲他的故事。

高树说：皇帝和贵妃吃东西，太监先要尝。没想到，试食的太监咬了一口，就喜形于色，心里暗暗叫绝，真是人间美味。等太监验过食物无毒了，就给太宗和贵妃端了上去。太宗取了一块，递给贵妃，然后自己也拿了一块。官员看着，只见贵妃眉开眼笑，一直在品味口中的东西。而太宗更是有意思，吃完第一口，就仰头闭目，似乎在想什么，其实太监知道，太宗皇帝在享受这从来没有享受过的民间美食。看到这里，官员笑了，皇帝舒服开心，就是他们最大的快乐。在官员想事的时候，太宗和贵妃已经吃第二块了。这时，侍女端上茶，太宗和贵妃一人抿了一口，然后看站在身边的几位大臣，说：你们也尝尝，民间美食软摊。我看，韦贵妃也非常喜欢，这软摊就叫皇妃软摊。从此，皇妃软摊就天下扬名。这就是皇妃软摊的来由，你看神奇不神奇？

我的高主任，你到袁家也没有几年，你对袁家的了解可比当地人还多。琳娜夸着高树，然后问软摊大嫂，你可知道这其中的故事？大嫂笑了：只知道叫皇妃软摊，确实不知道还有这么多说道，读书人就是不一样，高主任就是学问大。软摊大嫂的话还没有落地，四周掌声响起。

高树起身，说：走，面也吃了，软摊也吃了，咱们该忙明天的事去了。说着，他掏钱给面馆和软摊铺子。两家馆子都不接，面馆老板会说话：就当普及知识的讲课费。高树说：我们袁家历来提倡买卖公平，童叟无欺。不论什么人，在袁家都得公平买卖。这也是对劳动者的尊重，对我们袁家规范管理的支持。

琳娜接过钱，放在桌子上，说：不用找，剩下的我随来随吃。说着，她拉着高树准备离去，没有想到，碰到了老书记，原来老书记也好这一口。他俩跟老书记打了招呼，就急急忙忙走了。郭天福看着两个年轻人的背影，笑了。

39

6月5日，塬上的草在疯长，果园已经有了给果子套袋的人了。

这一天，县委宣传部张倩副部长在袁家村的牌楼下恭候采风团队作家。有些她还是很熟悉的，比如省作协副主席、渭城的名作家王海，诗人赵博，文化民俗散文家山岚，省作协副主席冷梦。

在门口迎接的还有高树和综合办的安浩。本来郭怀山也很想见见这些作家，但有紧急通知，让他下午2点赶到渭城市委宣传部开会。市上组织十名明星企业家，去温州参加全国企业界特别是农民企业家的高层论坛，郭怀山当然不能缺席。

早上9点半，采风专车开进了太宗路，在袁家村的牌楼下停下，首先下车的是庄之蝶。他握着高树的手说：鄙人庄之蝶。高树说：我是村委会主任高树，这位是我们县委宣传部的张倩副部长。庄之蝶很快伸手，但又犹豫了一下，看着张倩伸出手，他也就握住了张倩的手，说：谢谢关照。七位作家已经站在了庄之蝶的身后，庄之蝶一一介绍，张倩有点激动，诗人樱子也来了，她曾经接待过，樱子也看见了她，微笑致意。还有一位竟然是高树的同学，流浪归来的诗人野狐。两位同学见面，先是互相给了对方一拳，然后拥抱。高树说：咱们先到会议室，我请接待处的讲解员给大家介绍一下我们袁家村的发展史。然后根据各位作家的需要，安排引导员，你们想知道什么就去了解什么，你们最关心什么就去采访什么。本来我们郭书记要来欢迎大家，不巧，他开会去了。咱们就切入正题，抛掉俗套，在袁家村亲自感受，如何？

庄之蝶非常满意，说：谢谢。我们听完讲解，就分三个小组深入群众生活。我一人走走，我喜欢自己感受。高树说：一切按照庄老师的意思办。

讲解员的讲解生动有趣，作家也听得兴致盎然。不听不知道，一听吓一跳。作家们都睁大了眼睛，感叹地说：在我们渭北的乡村，有如此传奇美妙的民俗风情体验地，这不仅仅是袁家人的福，更是中国农民的福。

激动归激动，作家们还是急于一睹袁家村风采，就按照庄之蝶的安排，王海带一组，冷梦带一组，野狐带一组，分头行动。

庄之蝶对高树说：高主任，你忙，不用陪我，我自己随意走走。

高树说：那怎么行？出门的三组采风队都安排了带队的人，总得有人陪你。

张倩说：我陪吧。高树说：跑路的事情交给琳娜，她带路，你陪同，我还有些其他事情，就失陪了。高树话音未落，琳娜就走了进来，说：庄老师、张部长请。

庄之蝶看着琳娜机灵可爱，也就跟着出门。

出门后，庄之蝶忽然问：是不是有一个一亩三分地农家乐？琳娜说：不远，就在康庄广场的西北角，对着酒吧一条街和艺术长廊。

庄之蝶说：先去那里感受一下。来的路上，渭城的山岚不停地夸这个地方，我得去看看，体味听景和看景的不同感觉。说话间，三步五步就到了"一亩三分地"门口。

庄之蝶一看，门脸很特别，怀旧、典雅、朴素，还有门神守着。迈步进去，是一个照壁，照壁中间是神龛，神龛里供奉着财神，两侧是牡丹富贵图。看起来俗，但符合百姓的心理。这样想时，庄之蝶和张倩进了院子，西北角是两层古典式楼房，房门前茂林修竹，繁花盛开。亭台楼阁，小桥流水，别有情趣。人在其中，心静神安。他顺势坐在小桥边的藤椅上。这时，老板娘已经端来热茶，让张部长和琳娜坐。庄之蝶心中暗喜，不是都说看景不如听景，但在袁家村，是听景真不如看景啊。他忽然兴起，掏出本本和笔，三下五除二，就写下了一篇短文。他想吼几声秦腔，在如此斯文的环境，他控制住了自己。但他还是忍不住，他要读他写的东西。于是他站起来，对着张倩和琳娜说：我要朗诵，二位美女不能笑话我的"醋熘"普通话。张倩和琳娜一听，觉得作家就是有意思，有情感就抒发。两个女子鼓起了掌。庄之蝶没有犹豫，就朗诵了题为《一亩三分地记》的文章：

一亩三分地是一个好去处，这个地方集休闲、供餐饮、蕴文化，农家乐是也。

其屋舍构建，犹存古韵秦风。厅堂院落，恰似风情园林。其占地一亩有余，包纳万象自然。地倾西北，水流东南。位居西北，盘龙附势。泥土瓦房，绿树成荫。似闲庭，可信步，可美餐。有平台，能赏心，能观景。曲径通幽处，流水赋新诗。离去心神在，回首宾至归。

道家云，一生二，二生三，三生万象。方家说，一不为小，地不在大。心中有天地，万物自葱茏。天地有三维，人间当太平。一亩三分地，谁在谁当主。入门图文龙，照壁镌民风。右看竹拔节，左望槐苍古。脚踩盛唐土，头顶大秦天。暗香紫檀木，浮华流水声。怀拥沙泉柳，品味五角枫。邀月亭下坐，举杯平台歌。遥想李杜时，苍柏长安城。试看大关中，文化绵九州。烟霞名天下，袁家独一景。

来时不知情，其境千古幽。流连谁离去，塬上生仙风。

执手红袖香，弦月水清澄。心声在云端，晴空万里明。

读完之后，张倩和琳娜都陶醉了，仍不忘鼓掌，就连坐在一边赏花的游人也鼓起了掌。

同来的赵博也是个激情诗人，竟然在朗诵声中完成了自己的诗作。诗人也洒脱，当着众人就念起自己的《袁家村印象》来：

> 一座旧门楼，浸透
>
> 多少风雨，才能屹立村口
>
> 一条老巷子，穿过
>
> 多少脚步，才能代表关中
>
> 一座戏楼，吼出多少秦腔
>
> 才能刻上乡音
>
> 一口水井，舀出多少故事

才能溢满乡情

一排老作坊，说出一筐

童年的趣事

一壶陕青茶，泡出一堆

农家的话题

不是故乡的小宅院

却能安下一颗心

没有儿时的古槐树

依旧牵系着游子根

一条酒吧街不在丽江

同样是，风花雪月的印象

一条雨巷远离江南

也能有，醉人的时光

踏过青石板，这是走进

谁的梦乡

撑起小花伞，又是遇见

谁的新娘

雨过袁家村，风吹相思花

故乡在梦里，而我的爱

近在咫尺，又远隔天涯

  随队的野狐大喊：为诗人，为袁家村骄傲。而冷梦队也出了彩。他们走过福林堂客栈，步入小吃街。山岚说：冷主席，我给你推介皇妃软摊和扁豆面，先尝尝，这街上好吃的吃不完，保你一吃终生难忘。冷梦很吃惊：是吗？我们得去尝尝，早起没有吃好，也有点饿了，先垫点。说着，他们就到了这两家店铺的门口。山岚招呼说：主席你先坐，吃软摊，我再给你要碗扁豆面。你看，一家在北，一家在南，斜对门，方便。冷梦疑惑地问：皇妃软摊是什么？她看见旁边的宣传栏文字，很是惊讶，又感慨道：好啊，这还是李世民和韦贵妃赞誉的民间美食。正说着，扁豆面端来了三碗。冷梦问山岚：你怎么不吃皇妃软摊？山岚说：我早上吃得太饱，就要一碗扁豆面。欧阳倩只顾吃，而山岚打开手机，说：二位慢慢吃，我给你们读篇短文，前几日我来袁家村前写的，我的朋友嘎子正在编一本名叫《不一样的袁家村》的书，我把稿子给了他，他满心欢喜。我知道自己的斤两，总想叫冷老师和欧阳大美女给予指正。文章的名字就叫《不一样的袁家村》。冷梦感觉非常好，一边吃着美食，一边欣赏美文，人间美事不过如此。没有等她表态，山岚看着手机，便读了起来：

　　春尚在，夏热烈，我们一行到袁家村采风。一路桃红梨白草青青，雨中的红醉意浓浓，雨中的白脆格生生，雨中的青绿格莹莹……像牛毛、似花针的蒙蒙细雨，柔柔地吻人眉眼，润人心田。白色的花海一浪接着一浪从车窗外掀过，红色的花毯一片连着一片迎面铺开，春天以不可抗拒之势，依然向我们打响了美丽的伏击。

　　这是第五次走进袁家村，来一次就会有新发现，袁家村总会给我们一个个意想不到的惊喜。我们穿梭在拥挤的人流中，首先寻找的是可口而又独特的风味小吃，以安慰辘辘的饥肠。鱼儿挤出人流，买来几个纯菜油炸的小油饼。我远远看见扁豆面的幌子，我们忙挤过去，香喷喷热乎乎的一人咥了一碗。鱼儿说她想起儿时秋收后，新打的红豆刚一晾干，母亲就隔三岔五地做豆子面，豆子面里不要别的菜，只要葱花臊子下锅，那味道馕香无比。这经历我也有过，而且我母亲和我爱人做豆子面都是行家里手，可我没料到，这么简单的关中农家饭，竟然在这小吃一条街如此受宠！

　　由小吃街转到民俗风情一条街，在同济茶楼前选一茶座坐下，要一壶红茶消消食。身后突然响起金属铿锵的颤音，身旁立刻闪出一位挂着吊牌的按摩师，手拿不锈钢镊子弹拨有声，其声悦耳，他躬身含笑地问：先生，掏耳屎不？按摩按摩吧。这声音让我想起了20世纪三四十年代北京城里走街串巷的剃头匠。明知他是三脚猫的手艺，还是答应了，互惠互利么。老戏台上唱的是弦板腔，戏台两边有一副对联：和弦名古调，放声歌盛世，其意味深长。而弦板腔也是秦腔的一种，属于国家非物质文化遗产，流行于温秀县和乾州一带。地方戏曲，你只要听进去了，倒是蛮有味道的，那词，那曲牌，可是再经典不过的文艺作品。

离开民俗街，拐上艺术长廊，这条街是时尚文化的领地，聚满了东西方文化元素。独特的创意是这条街的主题，基本上都是手工艺术：陶艺、布艺、木雕、石头画和手工制作的奢侈品等，独一无二，精致贵气。我们坐在一家小店窗外的条凳上拍照，转身透过窗子看见挂了一屋子黄色的葫芦，奇形怪状。临窗一张几案上的电脑正播放着轻音乐，年轻的店主正聚精会神地雕刻着一只葫芦，神态安然。窗口一景呈现给我们一幅悠闲自得的画面，偶尔有人进去问价，店主稍作回答，清清淡淡的。这场景真令我们羡慕，感叹人一生若能做着自己喜欢的事，既悠闲又赚钱还可享受那一份创造的快乐，何乐而不为！

一路欣赏着，闲聊着来到一家手工纸品作坊，被门口一个书架上的书籍吸引住了，书封内页极简极素，典雅大气，牛皮纸封面，白色轻型纸内页，黑色宋体书名，正与我即将出版的《乡愁咸阳》版式相似，我爱不释手，干脆就买了一本。鱼儿和艾村此时已进到店里，他们召唤我快进去看看，原来里边内容丰富，有规格不同的手工真皮、各色棉布、特种纸张作封面的笔记本和记事本，有用干花瓣和干树叶贴在纸片上制成的书签，还有手工精制的信封信笺，不时有年轻男女聚在桌案旁，写一封寄给未来自己的信，期待几十年后能够收到。交谈中得知店名就叫寄给未来，店主是一位年轻的出版策划师和视觉设计师，我的同行。人不亲行亲，又获悉他正在编辑一套《不一样的袁家村》丛书，意欲把袁家村零零散散的资源做一个全面的有机整合。为此，他们以各种形式做了很多尝试，比如这张手绘的袁家村全景图，还有那些用袁家村景点图片制作的明信片，以及搜集到的关于袁家村的文学作品，这一切都是为这套书做铺垫。我们介绍了自己的身份，他热情地邀请我们把写袁家村的稿件及时发给他。这可是我们没料到的事，这袁家村长长短短的街巷里，到底还隐藏着什么样的宝贝和机遇呢?!

不一样的袁家村，从最早单一的农家乐形式，发展到现在的百业竞技、立体成长、逐步扩展、环境成熟、声名远播的民俗文化旅游村和"中国十大魅力乡村"，实属不易，又前景明朗。在袁家村原来的村委会院子，修竹茂生，小桥曲径，门墩石、拴马桩、古牌匾、老院子，真是静中蕴动、动中因水流动而婉转有道。大堂两侧，一副对联更是有意思。上联：恭宽信敏惠，仁义乃贤师，下联对得也工整：忠孝成家学，道德培福基。由此可见袁家村的家风村风。喜看包罗万象的袁家村，在设计与发展中注重细节，也就美在细节赢在细节，它会让所有的游客在细微处自觉不虚此行。

大家都沉浸其中，等反应过来时，软摊和扁豆面的老板，隔壁卖傲子的簸箕村老红军的老二都挤到了他们周围。四周掌声雷动。冷梦看着山岚，很是高兴地说：山岚，你不仅仅文笔好，文章背后还有故事，有文化。听美文，吃美食，今生足矣。欧阳倩嘻嘻一笑，说：冷主席的人生精彩，日子滋润，文章如花，怎么能满足呢? 冷梦说：认识一个人，读一篇好文章，就是三生有幸。我喜欢山岚老师的文章。山岚，到渭城，我要和你聊聊。有机会到长安，我煮茶招待你。山岚忽然觉得不好意思，说：只要美女高兴，我乐意至极。

　　而庄之蝶出了"一亩三分地"后，忽然对张倩说：张部长，我想见见老书记。张倩说：他不带手机，喜欢在老茶炉茶坊那个地方喝茶，咱们去看看，碰碰运气。张倩说的老茶炉在风情村靠近红枫林的北面。老茶炉是一个很大的茶场，有个说书台，说《水浒》《三国演义》等老段子，人们品着茶、听着说书，如在天堂，很是享受。炉台上有两架手推风箱和一排长嘴铜壶。最精彩的是茶台上一位六十好几的老人，在音乐的伴奏中，头戴地主帽，手摇着长烟锅，腰扭得跟拨浪鼓一样，嗓子也是出奇地好。听说，长安一位女诗人和老人聊天，老人忽然得意地说他荡秋千是高手，无人可及。说着，老人走到茶坊门前正面小广场，那位女诗人看了非常吃惊，这可以吗？太高了，秋千有数十米高。而老者坐到秋千板上，在地上一蹬，跑了两步，飞身坐稳，越荡越高，最高时，几乎和吊秋千的横杆持平。女诗人大喊：快下来！她怕万一出事，她就一生有愧了。而老人过了一会儿缓了下来，然后落地，快步跑到女诗人面前，很是兴奋。女诗人也是能歌善舞，看着老者，献歌一曲。

　　张倩看到庄之蝶很执着，就带他们去茶坊。寻访一遍，没有看到老书记，他们就顺势坐在一处空桌前。那台子上的老者，是个很有眼色的人，早早看见张倩副部长，就跑下炉台，跟在他身后的女招待早已端茶站在了庄之蝶的身边。

　　而高树离开会议室后，去了市场办，营运办的高化杰在，田忠伟和黄黄也在，三个年轻人似乎迫不及待，都想说话。黄黄说：忠伟你说，我说不明白。忠伟也给站在一边的赟斌说：你和高化杰说吧，我们都表达不准确。高树点名说：化杰，你说吧。高化杰看了看赟斌，赟斌也支持他。

　　高化杰很干脆地说：本来我们想一次到位，把运营系统研究出来，虽然有点难度，但我们不会放弃。电子化、网上平台、网店都是我们亟须解决的问题。目前只能人工和计算机并用，每月给经营饮食的商户发一本登记簿，由市场办派专人负责，登记商户需要的原料。登记完再汇总，统一采购。有些食品就出自咱们袁家，如面粉、菜油、调料等。如此，可以确保食品的卫生和安全。高化杰又补充说：当然，这需要制度支撑，凡在袁家经营饮食的店铺，绝不能自己采购。这样，市场办的人手肯定不够，如果书记和主任同意，那就得考虑招聘新人。

高树听得入迷。关于网上平台，琳娜提过，她还建议尽快开办袁家村网站。他没有想到，这批年轻人这么前卫，有思想。特别是当他听到关于食品卫生和安全的内容时，非常高兴，立刻指示说：你们是能人，规章制度先搞出来，等书记回来，上会通过。至于其他，你们做好准备，争取7月1日实施。田忠伟插了话：制度我们已经草拟好了，等领导批示。高树哈哈大笑：袁家在发展，是插上科技的翅膀在发展。好啊，感谢你们！

高树心里踏实了。他看着远处的九嵕山，听着琳娜唱着《爱你在心口难开》，心里有一种说不出的喜悦。他准备去酒吧一条街看看已经试营业的酒吧，去找那个有趣的歌手——一个戴着金丝眼镜，留着马尾小辫，头发微卷，上着绿色文化衫，下着牛仔裤，蹬着马丁靴，把《带我到山顶》能唱到雪域高山之巅、云层之上的年轻人。而这首歌，高树也非常喜欢。他还没有走出接待站，琳娜和张倩就带着庄之蝶进院了。

庄之蝶提出采风组想去昭陵，感受一下大唐的神韵。高树说：午饭已经安排，请您在吃饭前讲个话，大家非常期待。庄之蝶看着张倩，说：你问问张部长，采风组走遍了小吃街，吃遍了小吃街，只有张部长没有吃好，你好好招呼招呼部长和县里的同志。如果方便，安排个引路的就行。话刚落地，琳娜自告奋勇，说：请高主任同意，我愿意前往。高树不好说什么，便应了。

高树叫了高化杰和王建一一同陪张倩去了王家二楼。

在大家举杯的时候，高树的手机响了。打开一看，是郭怀山打来的，他就悄然离席站在楼下一个僻静处，接着怀山的电话。怀山强调了两件事情，一件是他曾经提过的贾云，将在十日后到袁家村，安排在外宣办。他说：高主任辛苦，抓全盘已经很累，外宣办的事情交给贾云，但必须先带带。高树非常高兴，袁家又有人才来了，而且是书记一手抓的，他能说什么。他只是问：十日后书记回不来？郭怀山说：儿子要看西湖，会议结束后，妻子带着儿子到杭州，我得去陪陪他们娘儿俩，也算了一个心愿。贾云的事情你和她谈，莫提我。集团和村委会的会议你安排适时召开，时不我待。高树无法拒绝，他只好说：书记好好开会，好好陪陪嫂子和侄子，有事我会和你联系。

高树放下电话，觉得应该在会议上讨论一下建立袁家村网和袁家村网售平台的事情，还得叫几个年轻人抓，先拿方案，待贾云到了后，交给外宣办统筹安排。

就在高树和张倩谈到袁家村将要举办的高层论坛会时，秦川电视台播出新闻：国家住建部评选了"中国第二批传统村落"，我省温秀县袁家村榜上有名。张倩和高树站了起来，所有人都喊了起来。碰杯声、欢呼声把王家大院弄得沸腾起来。

而这时，接待站的院子，鞭炮声不断，赟斌、高化杰、安浩、黄黄、马云飞、史成功和一帮村里的小伙也在庆祝。王莲莲去看袁英，两个人刚见，消息也传到了她们这儿。尽管袁英不问俗事，但袁家村还在她的心里，她带着莲莲拜在菩萨像前，焚香默念阿弥陀佛。

村外的田野，果树与花草一片欣欣向荣。树上麻雀也开始追闹，地里的蚯蚓爬出了土层。天地祥和，万物葱茂，就是远在他国的游子，也在为家乡欢呼。这一切，都是袁家村的荣耀。

高树沉醉了。

40

这一天，高树知道贾云要来，也换洗一新，系了条红领带，配着深蓝色的衬衫，也是很斯文周正的。

准备出门时，他看到郭怀山给他发了一条短信：天下之至柔，驰骋天下之至坚。高树大概清楚，这话的意思是说，天下最柔弱的东西，能腾跃穿行在最坚硬的东西中。他明白，书记希望他大有作为。这话是不是还有深意，高树一时想不明白。他很快给书记回了短信：天地神器，我不能获之，但我明白，心往之是为念，而守诚为之，是为本。书记，工作顺利，诸事放心。高树回了短信，就去了办公室。

而使他眼前一亮的是琳娜。

高树看见她焕然一新的装束———一袭月白色长裙，裙摆上有一朵用淡蓝色丝线绣的荷花，而荷花则半掩在一片荷叶里。她腰间扎了条淡绿色的裙带，脚蹬一双白色的高跟鞋，真是一幅美人临窗图。高树忽然热血沸腾，心里呼唤了一声琳娜。没有想到，这心的呼唤似乎被琳娜听见了，她回身也叫了声高树，就情不自禁跑过去，抱住了高树。高树似乎忘记了是在办公室，也抱住了琳娜。

爱情就是这样神奇，不知不觉就会产生火花。

就在高树陶醉时，他忽然看到了窗外一双带着笑意的眼睛。他松开手，看着琳娜，琳娜红着脸假装在收拾桌子，准备倒水。高树说：不忙了，你先去看看王莲莲主任来了没有，我有事找她。琳娜一笑，春心荡漾，裙摆似也飞了起来。

琳娜走后，高树拨通了怀石的电话，叫他尽快拿出市场集中配送原材料及后期工作的规划方案，集团和村委会准备开会研究。他又拨通袁锁成的电话，问及休闲度假村的筹备情况。袁锁成说只等上会了。高树放心了，他看看窗外的玉皇顶，白云飘飘，有一种说不出的舒心。

他想起自己筹划高层论坛的安排和有关事项，又拨通了贞观酒店总经理和国庆的电话，说：和总，关于高层论坛会你得准备个文字性东西，12日准备召开集团会议，你要参加。

和国庆非常谦和地说：集团会议，我隔墙打枣，是不是过了？

高树说：扩大会议，不要推辞。

和国庆说：那好那好，我也上一回台面。

高树笑了：和总什么世面没有见过？

和国庆嘿嘿一笑：神秘的袁家村集团会议的台面还是令人神往啊。

两个人哈哈一笑，挂了电话。

刚刚放下电话，莲莲就敲门进来。

高树说：快坐，我给你倒杯水，快生了吧？莲莲说：还有两个多月，到8月了。高树说：好啊，8月好。莲莲说，高主任找我有急事？高树说：也没有啥，就是农民学校和明理堂、唯德书屋建设情况的报告准备得怎么样了？近期要上会研究。

莲莲说：农民学校科技化、现代化问题安浩准备了个材料。我也吃不准，我带来了，你抽空看看。明理堂的事，我们请来了在咱们袁家创业的长安大学教授作为主讲，村民一事一辩，道理一辩自明。要是不清楚，教授解释，一切自然明了。唯德书屋提出了采购图书计划，也想建立借阅电子化管理系统，目前已经通过渭城新华书店完成初步构想，一旦实施，只要我们在书店购书，其他工作由他们负责。

王莲莲说到这，高树觉得妥了，说：我的王主任，想在前，走在前，好啊！我们袁家人敢想敢干，创新奋进的精神在你这儿体现得非常好。报告你留下，回去好好休息，开会时，让大家刮目相看。

莲莲说：高主任厚爱，我才疏学浅，在你面前，永远是学生。高树起身，笑了笑，送走莲莲。

这时，琳娜适时进来，给高树泡好茶，准备出去。她知道，高树在等人。而高树叫住了她，说：琳娜，这本《飞鸟集》送给你了。我喜欢泰戈尔，你肯定会喜欢。

琳娜说：你给我天空，我让你飞翔。你给我草地，我送你花朵。说完，她笑着跑出高树的办公室。高树心想，琳娜也喜欢泰戈尔啊。

就在高树准备看看报纸、品品茶的时候，门口出现了一位穿着得体、仪态非凡的女子。高树看她背着挎包，手拉着行李箱，赶忙起身，迎了上去。

你是贾云？高树问。

女子反问：你是高主任？

两个人同时笑了。几乎是同时，两个人都说：和想象的不一样。

高树有点不好意思，贾云说：哪里不一样了？

高树接过行李箱，说：先进屋，给你倒杯水。贾云还是追问：不急，高主任，我想听听怎么个不一样。

高树囫囵回答：就是气质、风采比我想象的还好。

高主任真会说话，你才超乎我的想象呢。贾云说。

是吗，怎么说？高树也好奇。

不仅斯文，也很气派，有大家风范。贾云笑着说。

别取笑我了，我的贾助理。我们谈谈，你来袁家的事书记盼望已久。没有想到他刚好有个紧急会议，去了外地，一时半会也回不来。但他已经安排你出任集团总经理助理，兼外宣办主任。很多棘手的事情还等你来解决呢。高树直截了当地说。

高主任，到袁家干什么都行，只要能给袁家的发展出力奉献，我都非常高兴。人不是为了金钱而活着，是为了共同的事业而存在。有郭书记和你的指导，我相信袁家明天一定会更美好。贾云回答得也很痛快。

说得好，贾助理。我们先放下工作，让外宣办的李琳娜帮你收拾一下屋子。书记专门给村子引进人才建的配套公寓楼，条件和环境都不错，你看看，如果不满意，随时提出，随时解决。高树说完起身。贾云看见一个美丽的女子闪了进来，拉着她的行李箱，说：走，贾主任，我带你去公寓楼。

高树送贾云出门，说：先休息，让琳娜给你介绍一下外宣办的工作，特别是近期要抓的几件事情。过几天开会，你得出席，和大家见个面。如果有其他需要，告诉琳娜，她会帮你解决。

谢谢高主任，我先去了。说着，贾云和琳娜走出办公区。

其实，贾云心里清楚，在她来袁家的时候，和郭怀山通过电话。这一切安排她早就知道。而高树也非糊涂人，他也清楚书记和贾云一定沟通好了。因而工作安排，他只是简单地说了一下，这也是给书记留的余地，他不能太显摆自己。

高树安排完一切，想着开会的事情已一切就绪。不知怎么回事，这时，他非常想念郭怀山，也许配合的时间长了，书记忽然不在，还有点不适应。虽然如此，他的心情还是不错的，在书记不在的情况下，能把一切安排得井井有条，他也是很开心的。他很想和郭怀山分享此时的心情，也想向郭怀山汇报拟在 12 日开会研究的问题，特别是研究推荐提拔村委会副主任、集团副总经理的事情。尽管郭怀山有交代，人选初步已定，但书记不在场，他还是不踏实。但回过头又一想，他完全可以定夺这些。他犹豫再三，只发了一条短信：郭书记好，人间天堂美，西湖使人醉。祝福书记一家玩得开心。发了短信，高树又有点后悔。他不是这样的人啊，洒洒脱脱，现在怎么了？就在他对自己产生怀疑的时候，书记回了短信：辛苦了，高主任，无为而为是为大为，谢谢。高树一看，似乎明白了什么。

12 日上午 9 点，袁家村村委会、集团扩大会议如期召开。会议由高树主持，他的开场白很简单：今天，受怀山书记的委托，开一个村委会和集团扩大会议，主要有几件事情要在会上议定。会议的议题有这么几项：一是袁家村农民学校建设"明理堂"和"唯德书屋"的事情。二是休闲度假客栈楼群的构想和建设事宜。这是书记提出的由风情民俗游过渡到休闲度假游理念的具体落实。三是高层论坛的有关安排及准备情况汇报。四是关于建立袁家村网站和袁家村农副产品销售网络平台的有关事项。五是关于对风情街、小吃街及相关商铺进行统配统管的问题研究。六是推荐村委会和集团副职人选的问题。下面咱们开会。开会前，我给大家介绍一位我们袁家聘任的总经理助理兼外宣办主任，一位资深管理人才，她就是贾云同志。请大家鼓掌欢迎袁家又有贵人来。

贾云站了起来，给大家招招手。会场有小小的骚动，可能贾云的气质惊了他们。

高树继续说：贾云同志在一家大公司从事高管工作，是 MBA 高才生，到了袁家，就是袁家人。让我们再次鼓掌欢迎贾云同志加入我们袁家腾飞的团队。会议室里掌声雷动。

高树看了一眼张西峰，说：张副总，咱们进入会议议程。张西峰笑了笑，点点头。高树继续说：那就进行会议第一项，请王莲莲主任说说情况。

王莲莲站起来，给大家鞠了躬，然后坐下。她环视了一周会议室，大家都看着她，她有点紧张，但心里有一个声音在对她说：镇静，一切如你准备的那样。王莲莲定了定神，说：各位领导，袁家村农民学校是老书记创办的农民夜校的延续和新生。我们增加了现代化的设施，开辟了科技文化的窗口，创办明理堂和唯德书屋，都是为了提升袁家人，包括在袁家创业的所有人的综合素质，为袁家现代化发展奠定人才基础。我要说的是投入，要增加投影仪、自动借阅器、电子书籍阅读平台，要设置读书沙龙的场所等。按照科技化、现代化的标准，需要近百万元的投资。是否同意此提议，是否增加投资，请会议审议。

会场上沉静了片刻，袁锁成发言了。他说：这是好事，一个民族如果丢掉了文化，那就等于丢掉了灵魂。农民学校，就是让我们的农民兄弟脱离愚钝，让每个人都能感受到我们袁家发展带来的幸福。

好，我赞同袁主任的话。田忠良也举手表态。王建一也站起来，激动地说：十年树木，百年树人。我们袁家从业人员大都是高中水平，如果不学习、不充电，那我们迟早都会被踢出局。不要说增加投资，就是捐资办学，我也支持。特别要开设农民学习大课堂，请专家学者或者有一技之长的人给我们上课，这不是一件很有意义的事情吗？

高树看看会场，大家都在点头，他说：此事通过，具体由综合办和营运办共同运作。下来请袁主任介绍一下休闲度假客栈的事情。

袁锁成很干脆，他说：这件事是书记与主任亲自部署，由西北设计院张朵院长和他的设计团队拿出的方案，我们就是选址，提建议。具体选址在接待站西北那十亩地，那里向东可以瞭望古街风貌，向西可以远望九嵕山的苍美，加之是建客栈或者别墅，外有南北风情，内将古典与现代风格相结合。每栋客栈和别墅都取个本土化的名字，使人有回家的感觉，有家的体验。至于建设，我们想采取两步走的方法：一是招商，谁建谁用，可享受我们袁家最初发展时提出的优惠条件。二是自己投资，自己建设，这需要集团或者村委会出面协调解决。我要说的就是这些。

高树看看大家，似乎没有人急于表态。而坐在高树身边的贾云似乎想说什么又忍住了。她欣赏袁家这些干事的人，也想表达自己的意见，但她还是有所顾忌。这一点，高树看在眼里，他示意贾云谈谈想法，贾云一笑，摆摆手。高树没有勉强她，而是问大家有什么看法。

市场办副主任田忠伟忽然站了起来，说：各位前辈，我不会说话，但我认一个理。郭书记领导我们袁家实现第二次飞跃，大家看在眼里，记在心里。书记都是在为袁家人和在袁家工作的人谋幸福，他的一切出发点在我看来，都是对的。这个项目既然书记和主任谋划过，营运办和招商办也参与过，我觉得行。没有什么可议的，说干就干，这就是我们袁家人的精气神。田忠伟话音未落，掌声再一次响起，有人说：后生可畏啊！

高树也暗暗叫好，没有想到，忠伟如此出息，短短的时间在工作岗位上得到了锻炼，有了进步。这是袁家之福啊！高树在兴奋的时候，立刻表态，他说：从大家的掌声中我已经有了判断，大家支持这个项目，那么具体实施交给营运办和市场办负责。大的事项向书记汇报，一般问题，找我就行。接着，高树换了话题：关于高层论坛会，我通知了贞观酒店和总经理参加会议，主要想听听酒店的准备情况。请和总说说。

和国庆站了起来，说：能参加这个会议是我和国庆的荣幸，谢谢袁家的父老乡亲。关于高层接待，我们都按照国际会议接待标准在准备着，有关会议布置、餐饮、安保等问题，我们一定按照村委会的意见切切实实落实好，请高主任放心。酒店里的事情我负责，我会以最好的状态投入这次接待工作中。

高树首先鼓掌，接着大家共同鼓掌。

高树说：会议接待工作就拜托和总了，积极准备，保障会议。至于其他事项待贾助理熟悉工作以后，和外宣办、综合办共同把这项工作落到实处，使会议体现高标准、高水平的要求。下来，研究一下开建袁家村网站和袁家村农副产品销售平台的事情。这个事一旦运行成功，袁家发生的新鲜事、袁家的发展动态就在第一时间传播到各处。人人知道袁家，那么旅游产业是不是跟着也在壮大？而吃过袁家放心食品的外地人会通过销售平台选择自己喜欢的农副产品。这是一本万利的好事情。这件事只是通报，但具体细节还得由外宣办运作，具体问题具体解决。这个事情大家没有意见吧？

又是一片掌声。会议进行得很顺利，高树也觉得很有底气，他想到了怀山书记的话，无为而为是为大为。他定定神，把会议引进下一个环节。他说：请市场办田忠伟副主任谈谈。

田忠伟有点紧张，他站起来，高树示意他坐下。忠伟表示，在座的都是前辈，以示尊敬，还是站着说话顺。忠伟说：这个方案是依据各合作社的意向提出的，具体是招商办的马云飞、史成功和我们市场办的田黄黄及赟斌共同草拟的。一个是统配统管的具体操作办法，一个是管理制度。前提是为了保证食品的卫生和安全。办法和制度都已经放在大家的桌子上了，大家看看，有什么意见。几个大学生真是人才，他们在研究制度的同时，提出了电子管理，建立电子管理台账、电子统配网络。商铺需要供应的材料，在晚上 8 点前，通过自动识别器进行登记，后台管理系统进行统计，第二天早上 9 点前按照商家需求，供应给商铺。当然，这需要一定的人力支持。我要说的就是这些，大家看，有什么意见，我们再修订。

后勤处副处长刘先模首先发言，说：这是好事，大大的好事！材料统一配送，统一管理，使袁家品牌更有保障。我看办法到位，就是制度约束力需要强化。不能说不允许私自购置原材料，要改成绝不允许私自购进原材料。这样，绿色、健康的目的才能得到保证。

刘副处长说得好。列席会议的田德地发话了，我们是农民，要本分，要实诚，要给来袁家的人一个安心舒心的餐饮环境。这个思路和做法是超前的，很好。我老汉高兴，袁家已经不是手扶拖拉机时代的袁家了，袁家需要科技化和现代化。

老主任，谢谢，你的话说得真好，这代表了我们袁家人的共同心声。为您老点赞，谢谢。高树说着，站了起来，我代表个人，向袁家的老一辈致敬。

会场响起了热烈的掌声。

高树一看表，快 12 点了，没有想到，会议有序，气氛热烈，似乎郭怀山就坐在中间，会议进行得非常顺利。高树看看窗外，阳光格外灿烂，有几只喜鹊在窗外鸣叫，他有一种感觉，郭书记回来了，只是没有来会议室，而是在静静地看着他。想到这儿，高树又换了话题，说：最后，咱们按照书记的意思推荐村委会和集团副职人选。大家都看着高树，心里在打鼓，谁会脱颖而出成为袁家村决策层的人。这次只是推荐，真正考察任命还得开个党支部扩大会议。

会场没有看到郭怀石，只有少数人知道，郭怀石在半年前去了长安大学读市场管理学去了，那里正在办一个短期培训班，为期十个月。就是怀孕的王莲莲都守口如瓶，从不谈郭怀石的事情。这一安排，是郭怀山早就考虑好的，他不能给怀石机会，毕竟他是自己的堂弟。这一层，高树明白。因而在推荐候选人时，高树提过郭怀石，但郭怀山没有点头，他觉得用人要唯贤、唯德、唯才，而怀石还需要磨炼。最后，名额就落在营运办主任袁锁成、招商办主任王建一和后勤处处长田忠良及综合办副主任王莲莲四个人身上，而只能推荐两人。

高树提出了推荐条件：一是必须是中共党员；二是在中层干过三年以上；三是懂得科学发展观，明白政策，熟悉袁家总体发展方向；四是忠诚于袁家发展道路，廉洁自律，工作积极热情；五是年龄不能超过四十五岁。从这几个条件看，符合条件的只有袁锁成、王建一、田忠良、王莲莲。他说完后站起来，看着张西峰，说：张副总，你还有什么意见？张西峰看了看会场，说：交给大家讨论吧。我们袁家人，谁出任都是好事。高树颔首同意，他看着贾云，说：请刘先模和外宣办的李琳娜发推荐表并监票，请贾云汇总和整理，最后通报结果。

高树安排完后，走到窗前推开窗户，一股和煦的风吹了进来，他回头再看，三个人已经在整理收集的推荐表了。他走回自己的座位，喝了口茶，贾云就站起来说：报告高主任，总体发出选票十八张，收回十八张，符合推荐条件。经过整理，袁锁成得十七票，王建一得十六票，田忠良得十四票，王莲莲得十三票。报告完毕。贾云说完，很得体地坐下，等待高树表态。

高树听完后，说：这是大家的推荐意见，按照书记差额推选的意见，符合条件的就是袁锁成和王建一。待书记回来，开支部扩大会议后，进行考察和任命。至于谁任村委会副主任，谁任集团副总，这也需要研究。咱们完成了推荐任务，今天的会议就很成功，谢谢大家。会后各回各家，午餐没有安排。这也是新政策和新制度在袁家执行的具体体现。

散会后，琳娜叫住了高树，问他中午吃什么。

高树看看走出院子的人群，又看看贾云，说了句：叫上贾助理，去小吃街吃扁豆面。琳娜当然愿意，她也不好意思单独和高树去吃饭。而贾云又刚来，一起吃饭有利于交流，更对琳娜的发展有帮助。毕竟，贾云要接管外宣办，而琳娜就是她名正言顺的手下，这不是顺风顺水的事情嘛。贾云听到要去吃小吃街上的饭，也来了精神，说：我们是不是得洗把脸，不能给高主任丢面子啊。

高树哈哈一笑，说：走了。

41

郭怀山确实是 12 日回到袁家村的，他回来的时候，高树主持的会议已经进入到最后阶段了。他没有去会议室，直接带着妻子和儿子回了家，一进门，把老书记和周穗穗高兴得似乎要跳起来。他们太想孙子了，看到孙子亮亮，郭天福一把抱起来，尽管孙子已经快四岁了，但他抱得很稳。站在一边的老伴，伸过手和天福一起抱住了孙子。伊宁很开心，她拿出手机，拍下了这幸福的一刻。

接着几天，郭怀山待在家里，也没有急于找高树，他要陪陪妻子和儿子，在家闭门休息。他没有告诉任何人自己回来了，但高树已经知道了。书记不找他，自然有他的道理。

过了几天，郭怀山陪好了妻子和儿子，也静下心来想了很多事情。他给高树打电话，两人相约到十得九舍茶坊坐坐。

高树先一步到，泡好普洱茶，等待书记到来。就在高树准备和女老板说说茶经时，郭怀山迈步进门。人未到，声音先进了屋：高主任，辛苦，辛苦，叫你久等了。亮亮要来，不好打发，他爷爷带他去听戏，才不跟了。

书记，回来了。高树站起来，伸出手，两个人的手紧紧握在一起，高树让位，郭怀山落座。两个人寒暄几句，就进入了正题。郭怀山还没有问，高树就主动汇报了会议召开的情况，说一切按照书记安排进行，很顺利很热烈。

郭怀山说：我知道高主任可以总览全局，大事你可以定。至于人事问题，咱们过一段时间再研究，留给考察和选择更充分的时间。高树明白，这是书记准备再考虑考虑。

高树点点头，他完全理解书记的意图。就在他考虑是不是把自己和琳娜的事情向书记通个气时，书记忽然说：贾云怎么样？高树看着书记，说：她可能快到了。我约了她，毕竟人到咱们袁家，书记总得先见见啊。郭怀山笑了笑，说：高主任，你也埋伏笔。好，在这儿喝喝茶，聊聊也好。

没有多长时间，贾云就出现在十得九舍茶坊，她看见郭怀山，就像见到老朋友一样，笑了笑，算是问候。郭怀山很绅士，他站起来，让位给贾云。

贾云合掌，说：不敢不敢，两位是领导，我坐一边就可以。

高树说：又没上班，没有关系。贾云还是坐在了偏椅上。

郭怀山问：还适应吗？

贾云看着怀山，说：有山有水，有花有鸟，有繁华，有安逸，我很满意。

郭怀山说：那就好，我怕委屈了贾经理。关于职位，高主任应该已经安排，如果有其他问题，可以提出来。

贾云莞尔一笑，说：我已经喜欢上了这片热土。如果两位领导不嫌弃，我会考虑当一个真真正正的袁家人。

郭怀山很高兴，说：那求之不得。近期开会，正式任命，你可以施展才华，为咱们袁家发挥自己的才能，我会给你记一功的。

贾云看着他们，说：不会让二位领导失望，我会尽心尽力。请放心，尽管我还没有被任命，我已经在着手准备高层论坛会议的工作，特别是宣传。在会议召开前，开通袁家村网站，及时将我们袁家的发展现状和愿景对外公布。让世界认识袁家，让大家明白中国农村正在发生的巨变，看看中国百姓幸福快乐的生活，给我们民族自信和力量。贾云忽然有点激动，郭怀山和高树也被感染了，三个人以茶代酒，痛饮了一杯。

时间过得飞快，说着说着，已经到了这一年的8月。郭怀宇研究生毕业，回到了袁家村。

郭怀宇是学有专长的，他也一心想回乡报效袁家村，这对郭怀山和高树都是一种鼓舞。他们同意了王莲莲辞去综合办副主任的请求，她要生了，还兼任村妇联主任。综合办的工作，她感到已经不能适应了。高树建议怀宇任综合办主任，郭怀山想了想，说：那就在支部扩大会议上提议，一并解决人事有关问题，包括袁锁成和王建一任新职后其原来职位的人选，你先摸底，把机构整合好。另外，综合办的办公室保留，财务处可以考虑和集团财务部合并，集中管理，统一安排，分账处理。最好设一个财务总监，这个人我们可以再招聘，必须是专业人员。

高树点头，觉得书记思路清晰，似乎在他的心里，袁家村的一点一滴，早已规划到位。

可以说，袁家村就是在他们的思考和选择中找到了突破口，在他们的智慧和胆识中完成飞跃。而这一切，都离不开对政策的理解和把握，更离不开县委和烟霞镇党委的支持。郭怀山深有体会，他眼界开阔，思路清晰，但一切都有源可溯。就这样，袁家村完成了中层和高层干部队伍的充实和调整，为进一步发展积聚力量。

袁锁成任村委会副主任，王建一任集团副总经理，贾云任总经理助理兼外宣办主任，田忠良任村委会主任助理兼后勤处处长，高化杰任营运部副主任，郭怀宇任综合办主任，郭怀石任招商办主任，田忠伟任市场办主任。这一切，都是袁家村人共同的期待。郭怀山书记的考虑非常到位，既考虑功臣和前辈的影响，又考虑各人的才能。这是袁家村之幸。高树看到这一点，他不能不佩服书记的洞若观火和体察入微，更重要的是抓大放小，高瞻远瞩。高树忽然觉得，自己似乎落伍了，他也产生了想去进修的想法，但现在似乎时机不成熟，待新班子磨合一段时间后，他该考虑自己的未来了。他知道，结婚是必须的，而提升也是迫切的。这一切，都需要时间。时间飞快，三不等四不靠就到了9月底，距高层论坛也没多少天了。

贾云向郭怀山和高树汇报说：会议主题确定为"历史与民俗、风情与文化、资源与开发"。会议流程安排如下：提前一天报到，晚上举办欢迎宴会，温秀县县委副书记、县长主持并介绍温秀县历史、文化、经济情况，袁家村党支部书记、袁家村农工商集团总经理郭怀山致欢迎辞。晚宴后分组参观夜色中的袁家新貌。第二天上午是论坛的精华，由受邀的北京、上海、广州和长安等地的专家发表对袁家历史开掘、文化民俗拓展与风情演绎等问题的看法，给袁家的发展提供智力支持。在论坛之前，先把袁家村村委会和集团领导请上主席台，和专家见面，并回答记者提问，目的在于推出袁家核心领导班子，让外界了解袁家的带头人是怎么想、怎么干的。下午请有关专家参加记者招待会，同时推出温秀县县委的发展决策和烟霞镇发展的总体思路，而这一切都与袁家村的发展息息相关。会议第三天安排与会人员参观昭陵、建陵，提升袁家旅游文化的厚重感。关于宣传，邀请中央电视台、秦川电视台、新华网、新浪网、搜狐网及地方媒体共同参与，目前邀请到报道论坛会议的媒体已经达到四十五家。我们会给媒体及时提供通稿，并协助媒体把会议的盛况传播给外界，短短几秒钟，就可以看见。至于袁家村网站，也安排了几个王牌栏目，主要反映一线袁家人爱袁家、奉献袁家的故事。总之，外宣办把宣传作为一项大事来抓。

郭怀山听得很兴奋，高树也激动，贾云就是贾云，一个人策划了整个活动。郭怀山问贾云：那第三天是不是安排返程？贾云说：有专家学者想留下，我们继续提供接待服务。返程的我们安排票务和接送，确保会议圆满成功。

郭怀山打断贾云的话：贞观酒店的事安排到位了？

高树插话：酒店总经理和国庆已经汇报了四五次。现在就是装饰咱们的村子，租赁花草树木，竖立宣传牌子，营造氛围，还需要综合办郭怀宇

228

主任全盘去抓。

贾云看着书记，说：郭主任已经和我沟通过了，这些工作在会议前两天肯定到位。另外，我们在所有经营户中间开展了"我是最美袁家人"和"笑脸看世界，热心待游客"活动，以期提升总体的文明服务状态。

郭怀山很是满意，他忽然问：我提出的把"有朋自远方来，不亦乐乎"挂在南城门外的事落实了没有？

贾云笑着说：我的大书记，你最近没有去村外看看，我们还在太宗路立了一块大广告牌，内容是：梦回大唐，梦回故乡；袁家村欢迎你回家。在美食街的入口，我们也悬挂了一块广告牌：乡村味道，家的味道，让我们的舌尖在袁家村感受快乐。

高树说：好啊，万事俱备，只欠东风啊。

郭怀山说：东风舞动袁家人，花好月圆待宾至。

贾云笑了，笑得非常灿烂。她说：二位领导是不是来个战前检查，看看是否还有漏洞？毕竟，领导看得比我们远。

高层论坛会如期举行，一切都在按部就班进行。会议期间，各报刊、各电视台纷纷报道了中国渭北农村发生的巨变。会议的亮点是袁家村村委会和集团领导见面会。论坛当天，袁家村农工商集团总经理助理、外宣办主任担任新闻发言人。贾云走上台，看着所有来宾，说：尊敬的各位专家学者，来自全国的对乡村旅游高度关注的朋友，你们好！按照会议安排，这一环节是袁家村当家人的见面会。见面总得说些什么，因为时间关系，我们只给各位媒体朋友三个提问的机会。论坛的主角是专家和学者，我们想把舞台留给大家。下来请袁家村党支部书记郭怀山带着他的班子走上主席台。整个会场掌声雷动，这是袁家村当家人第一次集体亮相。

贾云说：走在前面的是袁家村农工商集团总经理、村党支部书记郭怀山。紧跟其后的是袁家村农工商集团副总经理、袁家村村委会主任高树。再后边是袁家村农工商集团副总经理张西峰，村委会副主任袁锁成，紧随副主任的是集团副总经理王建一。董事长郭天福觉得现在是年轻人的时代，未来属于他们。他推辞了见面会，但他是袁家村的一棵参天大树，是袁家村的奠基人。让我们为袁家村两代领导班子鼓掌致敬。

贾云说完，看了看媒体席，他们一个一个非常活跃，谁都想抢到提问的机会，第一个抢到的是《中国青年报》记者。提问的女记者人看起来睿智而富有魅力。她首先问郭怀山：请问郭书记，袁家村的二次飞跃是一次艰难的选择，你是如何发现机会，抓住机会，成就了今天的袁家村？

郭怀山很镇静，他看了一眼主席台，向专家和与会者深深地鞠躬致谢，然后看着记者说：袁家村是站在前人的肩膀上发展的。没有曾经的辉煌，没有老一辈的敢想敢干，袁家村的今天都是空中楼阁。当年发扬的是秦川牛精神，走的是社会主义集体经济的道路，执着坚忍、一心只想求变求新，袁家村成了全国文明村、先进村。我们曾经徘徊过、矛盾过，在科学发展观的指导下，我们向世人求思路，重金求金点子，道路不变，思想在变。我们探索出了农村发展的新途径，这一切都离不开党的领导，离不开各级政府的支持，更离不开袁家村人奋斗创新、敢想敢干的精神。

郭怀山说完，整个会场又是一片掌声。

接着，新华网的记者抢到了第二个提问的机会。记者直奔主题：请问高树主任，你是城里人，怎么会落户袁家村？在袁家村你得到了所有人的尊重，不知道你是心血来潮还是初心如此？

高树没有犹豫，走上前来，也向大家鞠躬致谢。他说：我是大学生村官，但来到袁家村，这里的人、这里的空气、这里的土壤似乎就是为我准备的。我不知不觉爱上了这块神奇的土地，我也体会到了改变中国农村的使命和责任，我没有选择，这是心的呼唤。一个人一生能够按照自己心灵的呼唤干一件事情，那是幸福的。何况，袁家村有善良和智慧的民众，他们是我精神家园不可或缺的元素。加入袁家村建设者的队伍，为袁家村的飞跃发展尽自己绵薄之力，我觉得我是这个时代的幸运儿。

又是一阵掌声，论坛会似乎进入了高潮。

最后一个问题是《秦川日报》记者提出的。他很坦率，直接问郭怀山书记：请问郭书记，你的工作理念是什么？

郭怀山依然是先鞠了一躬，说：各位，我就是一个农民，但我更明白我是华夏民族的子孙。我想通过我们袁家村的发展，带动大家把百姓的生活改善了，把我们农村人的文明程度提高了。我们走的是社会主义集体经济的路子，坚持党的领导，坚持改革开放。我知道，要时刻走在时代的前列，准确把握时代发展的脉搏，时刻把百姓的幸福当成我们追求的幸福，不懈努力，拼搏创新，这才无愧于自己是华夏子孙，是袁家人的儿子。

还是掌声。这掌声，让整个会场沸腾。袁家村班子见面会，时间虽然很短，但给外界留下了深刻的印象。

至于论坛讨论涉及的话题，有的高深，有的玄妙，有的和袁家村现实紧紧相扣，有的将历史学和民俗学聊得透彻。郭怀山觉得，这次会议产生的深远影响是不可估量的。

民俗专家梁澄清谈到民俗，自然说到中国人对先祖的敬畏。中国人心里永远住着的神，那就是先祖。如果袁家村在民俗街中开辟一条祠堂街，供奉先祖，那不是文化的回归、精神的传承吗？还有昭陵博物馆张馆长的发言，他提出要把民俗文化游和大唐历史文化游相结合，开辟旅游新资源，拓展袁家村旅游新空间，这也是很好的建议。

高层论坛在热烈、和谐、有序的气氛中圆满结束。郭怀山专门在袁家村设宴感谢参与这次活动的所有袁家人。会议之后，温秀县和烟霞镇的领导都来祝贺，新上任的烟霞镇党委书记汪明达、镇长白哲也受邀参加了庆功宴。

坐在家里的老书记郭天福斟着小酒，和妻子一起喝了起来。他对袁家村近些年发生的巨变感到欣喜，他把欣喜藏在心里，总是以一种赞许的眼神看着自己的儿子。他暗暗告诉自己：这小子真是个人才，怪不得当年敢上公社骂书记，有胆识、有才干，是我郭天福的种。

郭天福想到这里，心里有一种说不出的滋味，这使他自然而然想到他自己当年雄姿英发闯天下的豪气。想到这里，他吼了一句《下河东》，谁也没有听清楚，但他的嗓门和气势，使妻子周穗穗吃惊不小。

第十章　遍地生辉

42

　　从北京参加党的十二大回来后，郭天福的心里亮堂了许多，他对自己的选择和人生的历程进行了回望，他坚信自己一生的信条：跟党走，走社会主义集体经济发展的道路，只要心中有梦想，天地自高远。

　　在农村长期的奋斗中，郭天福感觉到了坚守、坚持、创新、奋进的乐趣。回到袁家村，他及时召开村委会，对袁家村的发展现状和存在问题进行了分析，推行"统、专、包"的经济责任制，运用"目标分解法"，"站在村头看世界，立足袁家想市场"，在把袁家村农业搞上去的基础上，大力发展村办经济。

　　也就在这样的情况下，郭天福和村干部研究，于1983年提出建立袁家村自己的水泥厂，这是一件得天时地利、顺应国民经济建设的大事。而要建设水泥厂，光在赵镇水泥厂学习是远远不够的，他聘请技术人员，经过分析论证，觉得不但可为，还可以大为。经过半年紧锣密鼓的准备，水泥厂在袁家村西南角拔地而起，接着是培训工人，规范操作流程，以制度和纪律确保水泥厂的正常运转。

　　关于水泥厂厂长，郭天福心中早有人选。郭天福很早就发现，张西峰这小子是袁家村的人才。张西峰高中毕业，在村里待了两年后，和郭天福大哥的儿子怀玉一起穿上了军装，去了兰州军区。西峰在部队一待就是五年，据说已经是营级干部了，怀玉早两年转业，去了渭城寻找发展机会。作为营级干部的张西峰，从部队回来，被渭城安置办安排了工作单位——渭城商业局。但他请辞，要回袁家村。虽然在外，但他一直关心袁家村的发展，他回来的时候，正是郭天福筹办水泥厂之际。张西峰在军工厂待过，也在地方水泥厂见习过，对水泥厂的业务非常熟悉。他回到袁家村，主动请缨，要去水泥厂工作，发挥自己的专长，为袁家村贡献自己的力量。郭天福了解后，就直接任命西峰为水泥厂厂长。张西峰说：感谢书记信任，我从部队回来，就是想奉献袁家，我爱我们袁家。虽然我人在外，但我对袁家的关注和牵挂从未放下。我不敢保证什么，但我会尽心竭力，把水泥厂打造成明星企业，为袁家增光添彩。郭天福拍拍张西峰的肩膀，说：就看你的了。从此后，默默无闻的张西峰，在袁家村人心里，就像忽然拔地而起的一座山，令所有人刮目相看。

1984 年初春，水泥厂建成投产，在张西峰带领下，当年利润就达到三十万元。郭天福笑了，他站在灰尘四起的厂区，开心地告诉身边的人：我们袁家人只要敢想敢干，没有什么事情可以难住我们。水泥厂的建成，是我们袁家飞跃发展的一个标志。三十万元，已经不简单了，然而郭天福没有想到，在后来的发展中，利润逐年攀升，1986 年年产量超过五万吨，1990 年年产值达到三百八十万元。这对郭天福来说，是一个天文数字。他激动地想，如果再扩大生产规模或者再建几个村办企业，袁家这汪水不就活了嘛！

1985 年，全国政协主席邓颖超在长安接见了袁家村党支部书记郭天福，对袁家村走集体致富的路子给予肯定。这对郭天福来说，是莫大的荣幸。他没有想到，自己一个农民，会得到邓大姐的接见，他更没有想到，邓大姐和蔼可亲，就像自己的大姐一样。

在长安，郭天福掏出袁家村人种的玉米，交给邓大姐。他说：这是我们袁家人种的玉米，金黄金黄，颗粒饱满，送给主席留个纪念。邓大姐接过玉米，非常高兴，看了又看。郭天福看着邓主席的笑脸，忽然觉得自己像个小孩，提出和邓大姐合影。邓大姐很高兴地接受了。那天，郭天福似乎醉了，他在长安大街上完全放松了下来，吼了一声秦腔，唱响了长安城。

回到袁家村，郭天福信心倍增，干劲十足。他觉得袁家要发展，观念很重要，袁家人只知道看当下和国内经济发展的大势，而对外国状况丝毫没有了解。他忽然冒出一个大胆的想法，想带袁家的村干部去国外看看，看看人家农村农民的发展现状。有了这个想法，他几个晚上都没有睡好。他通知王厚才和田德地，三个人合计出国的事儿，如果可以，就着手准备。出国要向上级领导请示，咨询有关部门办理相关手续，同时要和渭城外事局联系，落实随行翻译。

王厚才说：我的书记呀，咱们这一辈人，谁想过出国，还是你书记敢想。既然书记决定了，我觉得就按照书记的安排，先做前期工作。

田德地也说：这可是开天辟地的大事。对我们农民来说，能出国看看外国人在想什么、在干什么，那真是奇迹。

郭天福说：我们不是出去看景游玩，我们是去取经。我听张朵说过，战后德国发展得很快，那里的农民生活得很好。我们为什么不能创造奇迹，让我们的老百姓也生活得幸福快乐呢？

就这样，经过近一年的努力，1987年8月，由郭天福带队，县委宣传部副部长陪同，渭城外事局派出翻译，袁家村赴德国考察团终于成行。

在德国，郭天福看到了大庄园耕作的现代化设备，看到了农民住的花园式的建筑和异国风情的农家屋舍，看到了德国人的休闲自得。一家人躺在草坪上，享受阳光和自然的恩赐。他同样注意到，德国人喜欢啤酒，喜欢读书，喜欢跳舞，活得很轻松。郭天福惊讶了，袁家村虽然在发展，但村民似乎没有读书的意识，大家的文化水平还停留在过去，人们有斗志、有拼搏精神，就是缺乏闲适的生活态度。也许，农民还没有闲适的条件，温饱和住房问题在慢慢解决，花园和洋房都是梦想。但大家得有梦想，要不到这德国看什么、学什么？现在就是想改变前人不敢想也不敢干的局面。

这一年，郭天福几乎是着魔了，外国人也是人，他们能创造奇迹，我们这个有着五千年文明的古国，有着无数杰出人才的华夏大地，怎么能落于人后，怎能不放开步子，大胆革新，勇往直前呢！

他对袁家村的发展有了新的定位。农业是基础，工业是快车，而商业更是催化剂，这一切只要运用好，发挥好，袁家村还能不步入快车道？他脑子在转，发动村委会的干部和他一起转，转得快，想得多，思路就豁然开朗。

他总结袁家村兴办的企业特点，发展似乎有盲目性。而新兴的产业在向他招手，他计划投资影视，成立袁家村的影视公司。同时，他和王厚才及田德地商量筹办制药厂，据渭城市政府通报，有一家制药厂急需招商，寻求投资伙伴，这给了郭天福极大的鼓舞。他的袁家，已今非昔比，水泥厂、硅铁厂、海绵厂、金属构件厂、建筑公司、汽车运输公司等，全村有企业十二家，如何整合资源，寻求发展？郭天福想到应该成立一个组织，把袁家村的村办企业统领起来，想到这里，他非常激动。人是要走出去，人是要有想法的。这对郭天福来说，就是灵感和神助。

将近一年时间，一切都实现了飞跃。

时间在自己的轨道上无声无息地前行着，谁也不能把握，就是在说话或者放屁的瞬间，逝去的时间都无法追回。郭天福知道，时不我待，抓住了，就在手中；抓不住，就随风而逝。他不想给自己留下遗憾，既然已经想通了，说干就干，那是必然。

1988年的春天，袁家村农工商总公司成立了，郭天福任董事长兼总经理，和他一起打拼的王厚才和田德地自然成了副总。之后在副总里，又增加了张西峰。他进入总公司当副总，是郭天福提议的，既然是书记提议的，谁还有话说。在总公司成立时，张西峰非常感慨，他说：感谢书记的信任，我爱我们袁家，我愿和袁家的父老乡亲，为奔小康、求幸福奉献一生。

总公司成立的那一天，烟霞镇书记张德月亲自送匾，匾上题写"时代先锋　发展楷模"。也就在这一年，张德月调任县政府秘书长，之后又升任温秀县副县长。而接手张德月工作的是从渭城市下派的干部，叫李非，人很精干，对袁家村也很关注。1988 的 10 月，袁家村被省委、省政府授予"文明村"光荣称号。同年，省委、省政府把"小康示范村"的牌子也颁给了袁家村。郭天福很是高兴，他明白，只要付出，总有回报。他在授牌大会上说：感谢省委、省政府，感谢各级领导。没有党的领导，没有各级政府对袁家的关爱，我们袁家不过就是渭北旱塬上一个不起眼的小村子。现在，我们看准了方向，迈开了步子，发展是必然的选择，为农民谋福祉是我们这一代人最大的幸福。感谢感谢！

说完感谢，郭天福心里热血沸腾。他觉得，现在的住房似乎需要改建，把窑洞拆了，建成敞亮的大房子。这是他在德国时最深的感受，无论怎么样，把百姓的衣食住行解决好，才谈得上发展和飞跃。有了这种想法，他就召集村干部讨论，要改变村容村貌，袁家村现在是全省的"文明村"，也是全省的"小康示范村"，如果村容不整，那怎么对得住这些光荣称号？何况，创建文明村，是他郭天福早就提出来的，没有想到，通过努力，变成了现实。郭天福有一种从未有过的幸福感，同时，一种无形的压力也在向他逼近。

现在袁家村的盘子大了，如何掌控，如何调动各方力量，共同为袁家村的发展献计献策，这确实不是一件小事。

郭天福走出屋子，看了看街道上匆匆忙忙的行人，心里有点空落落的，便快步走向接待站，路上看见张西峰正着急慌忙地跑着。张西峰看见他后大声说：书记，出事了。郭天福还不知道出了什么事情，就听见救护车的鸣笛声从水泥厂传来。张西峰说：碎石车间主任黑盾出事了，我来取钱，人很危险，两条腿怕是保不住了。郭天福很吃惊，他快步跑向水泥厂，救护车已经把人拉走了，直接去了渭城第一人民医院。

郭天福看着救护车消失在马路上，对身边的人说：无论如何要保住黑盾的命，袁家不能失去黑盾，他是功臣，就是把袁家的钱花光了，也要救黑盾。黑盾出了事，莲莲哭着跑到水泥厂，没有看见父亲，就向郭天福大喊：书记，我要进城，我要进城！郭天福说：莫慌，我和张副总陪你一起去，就是天塌了，有我们在，你放心。莲莲怎么能放心，她知道，要不是当时父亲身边有人，可能她父亲当时就已经去了。她又伤心又焦急。郭天福看在眼里，他对张西峰说：找最好的医院，最好的大夫，即使保不住他的腿，也要给他装假肢，我要的是能站起来的黑盾。

郭天福不忍心，黑盾一生多么不容易，莲莲刚一出生，妻子就撒手人寰，为了女儿，他也没有再娶。为了袁家，他从痛苦中走出，在兴办水泥厂的时候，不计个人名利，只要能为袁家发展尽心尽力，他就是充实的、快乐的。没有想到，天有不测风云，眼看着他要享福了，却遭此厄运，郭天福感到痛惜。这黑盾，可是袁家人的骄傲啊！

王厚才知道黑盾出事了，就带着媳妇爱爱跑到了渭城第一人民医院，守在手术室外，爱爱抱着莲莲的头，和莲莲一起哭。

黑盾的事，给了郭天福很大的打击。尽管他抓过安全生产，制定了安全操作流程，但在实际执行中，总有漏洞。在医院，他把张西峰叫了过来，说：张副总，看来抓安全生产，是保证健康发展的前提。我看，回去后要查找漏洞，集中培训，把安全教育当作一件大事来抓。随后他们俩到了水泥厂，询问了出事的具体情况，看了看安全记录本。郭天福对门卫张三老汉和因为给袁家村盖房子受伤的周礼村的老伙计说：老伙计，你俩也得操心，无关人员绝不能进厂。你们是袁家的老人手，我们过去流血流汗，现在要巧干实干，注意厂区安全，也要保护好自己。身体好，享福的就是你们了。

在这段时间里，郭天福对总公司下属的十二家公司进行整合，对财务报表、人员配置、资源利用等方面进行综合评估，需要调整的调整，需要整合的整合，需要优化的优化。经过半年的工作，袁家村农工商总公司出现了前所未有的新转机、新变化、新业绩。村民年平均分配现金四千五百元，家家住上新房子，家家都有大彩电，袁家村被誉为"黄土高原上一颗璀璨的明珠"。

对此，年幼的郭怀山看在眼里，记在心里，他对父亲真是佩服极了！在他心里，父亲就是一座山，一座需要仰视的山。有了这座山，有了渭北拔地而起的九嵕山，郭怀山也懵懵懂懂地对袁家村的发展充满了期待。

在这段时间，父亲创造了奇迹。

1989年9月22日，袁家村党支部书记郭天福被评为全国先进党务工作者。捷报频传，28日，郭天福被评为全国劳动模范。这两项殊荣给袁家村人带来了莫大的欣慰和鼓舞。袁家村农工商总公司做出决定，为庆祝祖国生日，袁家村庆贺国庆40周年酒会在接待站举行。在庆祝大会上，田德地很是激动，他说：我们袁家，在各级领导的支持鼓励下，以拼搏、奋进、求实的精神实现了"三级跳"，一是走出窑洞，入住新村；二是发展经济，富了袁家；三是国人认可，实至名归。在庆祝国家繁荣、人民富足的今夜，我们为书记获得的全国先进党务工作者、全国劳动模范荣誉称号共同举杯！为我们袁家的未来共同干杯！

这一夜，是不眠之夜。

43

对郭天福来说，20世纪90年代初期是他事业达到顶峰的时期。

他要感谢党，感谢毛主席，是党的政策和毛主席的话给了他方向和力量。他觉得一切听党的话，跟着党走，才有前途。

1992年，袁家村的经济出现了前所未有的快速发展。

这一年的3月9日，郭天福被推选为秦川省省委委员。接着是渭城市委的任命，郭天福任温秀县人大常委会副主任、温秀县县委副书记。这一突如其来的变化，使郭天福受宠若惊。他就是一个农民，本本分分干着农民的事情，他没有从政的任何经验，也不懂大的政策，他怎么能胜任这些职务。他不图名图利，他就是一个农民。农民就应该干农民的事情，一直非常自信的郭天福这一次确实坐不住了，他正在考虑袁家村的现实问题，整合总公司资源，发挥优势产业，实现袁家村的新飞跃。这突如其来的变化，使郭天福措手不及。

任命的第二天，县委就派了专车，接他去县里。

　　县委给他准备了办公室，配了秘书。当天上午，县委开了常委扩大会议，会议就班子分工进行了部署，郭天福主管农业和乡镇建设。散会后，他在县委会议室门口碰见了张德月。张德月很是兴奋，说：我的郭书记，以后可要照顾照顾老部下了。郭天福说：笑话，张副县长，你一直是我的领导，过去是，现在也是。张德月笑了：郭书记折煞我了，你虽在袁家，但天下谁人不识君。袁家已经是全国文明村，你当书记的也是全国劳模，在温秀县，你不罩我张德月，谁罩啊？

　　郭天福哈哈一笑：还是你会说，在县委我就是一个生瓜蛋子，啥也不懂。很多事情，你得提醒，不要叫人笑掉大牙啊。

　　张德月说：怎么会，你一路走来，都是自己在判断，在决策。没有什么事情能难住我们的郭书记。两个人哈哈一笑，郭天福似乎也轻松了许多。

　　郭天福忙着县里的事情，袁家村的事情就得交代给田德地和其他人。

　　这事他已经给烟霞镇新来的岳峰书记打过招呼了。岳峰书记是临危受命的，之前的李非书记辞去职务，下海去了深圳。张书记来到烟霞后，第一时间看望了郭天福，这对郭天福是极大的鼓舞。后来，岳峰书记对袁家村更是重点关注，他知道，袁家村是烟霞的门面，郭天福是烟霞的名片，他懂得抓点带面和典型的辐射带动效应。而任职县委的郭天福，对这个岳峰也是另眼相待。

　　郭天福在县里，心里总不踏实，很多会议他弄不明白，但研究农业问题，他总会有精辟见解。关于渭北旱塬如何发展，他建议种植经济作物，或者苹果树，或者柿子树，或者杏树。会议对他的建议进行了认真讨论，大家一致认为，发展优质果业，是富民的大政。而果业在那几年，主要以秦冠为主，渭北旱塬，昼夜温差大，光照时间长，适合苹果生长。会上就苹果产业相关技术问题，政策研究室的同志请西北农业大学的农业科技专家进行全县摸底培训。毕竟，这是一场革命，过去只知道在旱塬种麦子的农民，要接受果业种植，观念很重要。郭天福提出，他可以跑北部五个乡镇，亲自抓，亲自和农民谈。县委同意了他的提议，主要考虑郭书记在全县、全市的威望，让北部农民知道，袁家村的领头人和他们共谋发展，如果他们心里信服了，现实中就更容易执行政策。

在郭天福临到县委的前一天晚上，王厚才、田德地和张西峰都到了他家。他们进门时，烟霞新来的张书记刚出门，他们打了个招呼，就径直走进郭天福的屋子。

郭天福靠在热炕上，看着几位得力干将，他坐起来招呼，说：天还是冷，上炕。张西峰没有犹豫，直接上了炕，把腿伸进热被窝里。王厚才和田德地还在地上转悠，郭天福说：好了，不想受罪就上炕。王厚才和田德地才上了炕，脚塞进被窝时说：还是热炕好。这时郭怀山进屋，端着花生、红枣和糖果放在炕桌上，然后端来热茶，就势坐在炕沿。田德地招呼怀山上炕，郭怀山说：我年轻，有热劲，没事，你们聊。

等郭怀山出去后，王厚才迫不及待地说：书记啊，你真成了大书记了。这是咱们袁家人老几辈子都不曾有过的事情，我看得给你挂牌树碑了，让后世子孙知道，我们农民也能出人头地，也能光耀门楣。

郭天福说：好了，老哥们儿，我们就是农民，就是当了官，我们还是农民。农民就应该像泥土，无声无息，生长万物。这没有什么值得自豪和骄傲的。低调，务实，是我去县上工作的基本原则。

张西峰说：书记，你的锋芒遮不住。该是什么就是什么，真实地活着，其实也是人生最大的幸福。

郭天福说：西峰，你是见过世面的人，说话的水平我们跟不上。我不在村上，你要多帮我看着怀山，他太年轻。

张西峰说：怀山很沉稳，也很果敢，未来是个干大事的人。

田德地也说：是啊，真是虎父无犬子，我也看好怀山，如果假以时日，必成大事。

郭天福说：好了，不夸那小子了。你们对我有什么建议，说说。

王厚才说：建议没有，就是不要去了县里，就忘了袁家。

郭天福笑了：会吗？

张西峰说：书记，该出手时就出手，你是县委副书记，又是省委委员，说的话，谁都要掂量一下。要的就是个性和胆量，不能让人小看我们袁家。

郭天福说：好啊，你的话消除了我好多顾虑，还是像在袁家那样，敢想敢作敢为。

田德地说：是啊，当一天和尚，撞一天钟，不但要撞，而且要撞得震天响。田德地话音未落，大家都笑了。

郭天福看大家兴致很好，叫媳妇准备几道小菜，取来西凤酒，准备好好喝几杯。

大家齐声说：今夜不能没有酒。

第二天一早，簸箕村的锣鼓队、周礼村的秧歌队、山道村的小戏剧团都来到了袁家村，对郭天福出任温秀县委副书记表示祝贺。郭天福很是感激，封了大红包，发了糖果和纸烟。糖果是成袋装的，纸烟是红塔山的，村村三条，考虑簸箕村的人多，就多发了两条。田德地和王厚才本想留下乡里乡亲，但大家都很自觉，表演结束后就纷纷散去。

到县上后，郭天福觉得太忙，他不知道为什么会议那么多，很多事情就是一句话，或者吃饭时碰个头，就解决了。但不行，体制如此，他逃脱不了。他在应付会议的同时，还想就全县农业发展问题再去市委政策研究室咨询，或者去请教专家，看看温秀县发展的优势在哪里、需要调整什么。整个县的农业问题，可不像袁家村的问题那么单一，他要综合考虑。但在考虑时，他总觉得力不从心。他到县上一个月，每次回袁家村都是在晚上，匆匆复匆匆，郭天福忽然觉得有点累了。

累了又能怎么样，既然上级信任他，他如果没有作为，就觉得对不住天地良心。他相信自己是天地间的男儿，太阳照着他的灵魂，大地给予他无穷的力量。

有人私下说他是农民书记。农民怎么了？没有农民的辛苦，怎么会有当代人的幸福！郭天福听说后，在县委会议上公开表示，他就是农民书记，代表农民参与温秀县的建设和发展。农民是尊贵的，更是富有的，他们在泥土里滚爬，相信一分耕耘，一分收获。这样的人生，难道不值得称颂吗？郭天福这样想时，豁然开朗，人也变得轻松了，没有了思想包袱，思维也敏捷了。

郭天福很不喜欢参加一些扯皮的会议。如果县委研究农业问题和乡镇建设问题，他必须到会；县委班子研究人事问题，他也一定会参加。他觉得，温秀县要发展，需要人才，需要科技，更需要超前的思维。他在关于人事的会议上提出，用人首先得考虑德和品，其次才是才和智。他一般不推荐人，一旦他推荐了，县委书记和其他人都不会反对，他的话很有分量，他推荐的干部或破格提升，或按照组织程序晋升，都会落到实处。

这事被县里有些领导干部传了出去，传得郭天福神乎其神。于是，寻情钻眼、想法子拉关系，就成了很多干部钻营的捷径。郭天福的家里从来不接待生人，不要说送礼，就是想看看郭天福的院子，那也是痴心妄想。也有找到县委的，郭天福说，他就是一个农民书记，解决不了任何问题，高兴迎进，高兴送走。

在一次关于乡镇建设的会议上，郭天福提出农村危房改造的问题。他经历过水灾，知道危房意味着有人会因此而失去生命。

郭天福说：生命是可贵的，每个人只有一次。我们当官的，得考虑百姓的死活。我建议，县上可以出台相关政策，由财政拿出一定的资金，动员银行贷款，借助多方力量，把全县的危房问题解决。保证百姓安居乐业，这是党提出的惠民政策。郭天福的提议，会议一致通过。当年，县政府组织人力，对全县的危房进行了摸底，郭天福亲自出面，找银行借款。

在县里，郭天福经常感觉力不从心，他觉得当干部就得有清醒的政治头脑。县委似乎考虑到这一层，书记找他谈话，说市委党校有一个为期三个月的培训班，希望他去，提高政治修养，熟悉党的理论、政策，使他在现实工作中更有主动性。郭天福想了想，他的经验在袁家村可以行得通，而在县里有时就行不通，现在在县里当官实在是劳心劳力，他有点吃不消。因此，他拒绝了培训的安排，县里也不能勉强他。

郭天福睡不着了，终于他在一个晚上跑回了袁家村。他有了归隐之心，他不想占着茅坑不拉屎，他要把机会留给更为年轻的干部。对于县人大常委会的工作，他更不熟悉，他觉得自己是被赶着鸭子上架的。他没有告诉儿子这些，只是对儿子说：爸只是九嵕山下的一个农民，党和政府信任，给了那么高的政治荣誉，咱们不能把荣誉当资本。回袁家，爸才舒心，而在县上，爸很纠结，也很矛盾。现在忽然想通了，请辞是最好的选择。

1992年9月，在秋高气爽的日子里，郭天福离开了县委。鱼要入水，龙要归海，这不失是一种选择。回到袁家村不到一个月，他作为代表，到北京参加了中国共产党第十四次全国代表大会。他没有想到，在北京，中共中央政治局常委、国务院副总理接见了他，陪同他的是秦川省委书记和渭城市委书记。

看到副总理，郭天福很激动。副总理很亲切，看着郭天福，问：郭书记，你今年多大了？郭天福说：我们农村人说的是虚岁，应该四十七了。副总理说：看你面部的皱纹，像五十多岁的人了。看来，你在农村付出很多，把一个落后村带成全国文明村、先进村，不容易啊。郭天福说：总理，我们农民容易显老，在我们渭北，风高地寒，人也粗犷，像我这样的，很是平常。副总理说：岁月如金，你没有忘记农民的本分，也没有忘记党的政策，解放思想，创新奋进，使你们袁家村成为全国人心目中的模范村。我得祝贺你。郭天福说：谢谢总理。我会牢记总理的教导，跟党走，大踏步，求奋进。省委书记和市委书记在场，不断点头，他们没有想到，郭天福给秦川带来了莫大的鼓舞。

从北京回来后，郭天福开始坚持学习党的十四大会议精神。他明白，中央的步子在加大，开放的力度在加强，只有与时俱进，才不会被时代淘汰。

郭天福在考虑袁家村经济发展的障碍和瓶颈时说：要大胆想，超乎前人的想象去想，想透了，弄明白了，一切都会迎刃而解。

44

从 20 世纪 90 年代初到 21 世纪初，袁家村不再是烟霞镇的袁家村，也不再是温秀县的袁家村，而是成为全国的文明村、小康村。郭书记成了全国先进党务工作者、全国劳动模范。一个响当当的名字在人们口中传颂，一个个创业奋斗的故事被赋予传奇色彩。

　　于是，参观的人络绎不绝。

　　于是，上级领导考察看望也不少。

　　1994 年 5 月，原国家主席华国锋来到袁家村，他是听闻袁家村的发展专程来看看袁家村的。中国最大的问题是农民问题，而袁家村不仅仅解决了温饱，还实现了农民的富裕，有了质的飞跃。这是令人振奋的。华国锋参观了袁家村的农业生产和村办经济，了解了总公司的发展，亲自到水泥厂和张西峰厂长谈，和技术工、碎石工、筛土工进行交流。他问得仔细，看得仔细，看完之后，对郭天福说：你这个书记了不得，观念超前、思想解放、科学务实，真是中国农民的骄傲。随后，郭天福提出，请华主席给袁家村题写一个村名。华国锋哈哈一笑：我就是一个为大家服务的勤务兵，给袁家村题写村名，我高兴。随后，苍劲有力，笔锋稳健的"袁家村"三个大字跃然纸上。后来，袁家村人把字刻成牌匾，至今仍悬挂在村子的牌楼上。

　　全国人大、政协、国家各部委的领导，各省组织的考察团，纷纷来到袁家村。这给了袁家村荣誉，更给了袁家村压力。郭天福在将近十年的时间里，会见接待各级领导，使他精疲力竭。后来，他实在有点招架不住了，就给自己定了个标准，凡省部级以上来人，他必须出面，而其下就交给张西峰和田德地去接待，而考察团，一般由接待站负责。袁家村，已经有了成熟的参观路线图——先看村容村貌，再看几户农民的吃住环境，然后听解说员介绍情况，最后再看水泥厂、硅铁厂、海绵厂。如果有考察团提出要去看看袁家村人过去居住的地方，就带到村东的场畔，站在那里，指着皂荚树和那三棵老槐树，还有已经倒塌的土庙，讲一讲袁家老村的历史。

现在的袁家村，已经不是小打小闹的袁家村，而是插上科技翅膀、瞅准市场动向、优化集体经济结构、在快速发展的道路上不断前进的袁家村。郭天福觉得有点力不从心，他把儿子郭怀山从渭城叫了回来，对怀山说：现在我们要考虑如何稳健发展、快速发展的问题。我要把肩上的担子交给你，担子你要扛起来，不懂的可以问，不明白的可以学，总之，袁家的未来，就看你的了。郭怀山这些年来早已被父亲的精神所感染，他神色坚定地点点头，决意要在袁家村干一番大事业，把父亲努力多年的辉煌成就继续保持下去，让袁家村仍然是那个在全国响当当的袁家村。

郭天福还有点不放心，他要看着儿子一步一步走下去。尽管儿子告别了城市生活，决意回到袁家村，与他一起创造袁家村的新辉煌，但这不是一句话两句话就可以实现的，需要行动，需要现实的成绩。他在观察，他扶儿子上马，要送儿子一程，看儿子驰骋自己曾经的战场的样子。儿子，是不是能承担袁家村的未来，这一切，都需要时间考验。

1996 年底，郭天福酝酿了很久的想法，在田德地、张西峰的提议下，变成了现实。郭天福想，袁家总公司如果发展成集团公司，那子公司就有了靠山，有了动力，发展的步子就能走得更稳当。这一年的 11 月 28 日，袁家村集团成立，郭天福任董事长，而郭怀山走马上任，成为总经理，同时也担任村支部的副书记。副总也发生了变化，王厚才提出，自己观念和年龄已经跟不上时代的步伐了，不能占着位子不做事，就是想事，也跟不上了。田德地也有了退下来的心思，他想把机会留给袁家的年轻人。但郭天福发话了：你们两个，厚才可以休息，但德地不行。德地你脑子活，在渭城也有人脉，先干着。班子不能人太少，凡事有个过程，等时机成熟了，把地方留给他们，我和你一起退下来，到时候就可以享享福了。

田德地说：既然书记发话了，那就这么办。

关于袁家村集团的事情，郭天福一再告诉郭怀山，凡事要和张副总商量，他是个有头脑、有远见的人。不要看他不爱说话，但心里有数。郭怀山自然明白，自己没有退路，只能勇往直前，尽管可能会有阻力，也有棘手的问题等着自己，但这不正是磨炼自己的机会吗？

要当袁家村的领头人，政策不明、思路不清那是可怕的。郭怀山生来就是一头猛虎，果断勇敢、敢作敢为。年轻的魅力就是这样，天塌了，也无所畏惧，何况是父亲创业奋斗的袁家村。他有信心当好一把手，他相信，父亲的时代已经到了巅峰，而他自己得从巅峰出发，去攀登另一座巅峰。

集团成立后，下属公司经理开了一个动员会。以后，集团会议分两类，一是集团高层会议，主要是董事长、总经理、副总经理及部分相关的子公司经理参加；二是集团经理会议，所有子公司经理都得参加。这个层面的会议，原则是一个季度召开一次，汇报总结工作，解决各子公司迫切需要解决的问题。

在集团运行中，张副总分析了一些问题，从财务报表来看，运输公司在走下坡路。分析其原因，全国铁路运输业务大幅度提升，大集团货物走物流运输的多，小城镇运输难成规模，袁家村的汽车运输业务就受到了影响。同样，建筑公司也在走下坡路，全国建筑行业方兴未艾，机会很好。但袁家村的建筑公司没有从根本上实现转型，建筑公司没有设计和技术人才，设备还停留在原有的基础上，虽然有更新，但很难适应时代发展了。物竞天择，适者生存。如果不能适应大环境，怎么发展，怎么壮大？而要转型，那不是件简单的事情。对于处在成长期的水泥厂，确实利润年年递增，但潜在的问题也纷至沓来。国家提出绿化山川、美化家园的号召，同时提出把蓝天留给百姓、把幸福留给百姓，很多地方已经开始着手整顿水泥厂，对小型水泥厂，个别省份提出了关停的意见。秦川省虽然还没有下文件，但不能说这个问题就能逃避掉。硅铁厂、水泥厂发展前景也不容乐观，石灰厂因为新的化工产品的出现，也慢慢退出市场。再过五六年，这些问题愈加突出，如果不着手考虑出路，袁家村新的增长点将会在哪里？张西峰在思考，郭怀山也在思考。

就是在这样的情况下，袁家村集团决定进军文化产业，文化产业无疑是个朝阳产业。从哪里入手，郭怀山请示董事长，想投资影视公司，以长安为基地，向外辐射。郭天福认为思路新，想法好，他同意了郭怀山的想法，召开集团会议，一致通过，并让郭怀山全力抓好文化产业的事情。

郭怀山心里踏实了，他的一只脚已经迈出了袁家村的天地。他和张西峰研究过，影视投资如果剧本好、导演好、演员好，那就是一本万利的事情。袁家村没有这方面的人才，但可以组建公司，袁家村人出任财务总监和制片，公司聘请专业人士管理。经过酝酿和考察，袁家村于1997年6月成立了秦川金裕有限责任公司。当年投资拍摄了二十集电视连续剧《黄土地》，播放之后，效果出奇地好，收益叫人惊喜；随后又拍了电视剧《朝前走，莫回头》。后者出人意料，获得了第六届秦川省"五个一工程"奖。影视公司的成立，给了郭怀山很大的自信，泥腿子搞艺术，也能出精品。这坚定了他大胆革新、锐意进取的决心。1998年10月，经过考察论证，袁家村集团成立了制药厂。

郭怀山走出新村，看着巍巍九嵕山，望着玉皇顶，他有点小激动。父亲创造的奇迹，将会在他的手里得到延续，得到更大的发展，他能不激动吗？

而郭天福明白，他的使命就是扶上马送一程，然后放下马缰，在马屁股上一拍就走。他对郭怀山说：儿子，县委要举办支部书记培训班，爸这年纪还学什么，你去吧。

郭怀山说：我是副书记，人家通知书记参加。

郭天福说：你还是年轻，副书记难道就不用学习？你需要学习的太多了，党的理论思想，爸是一知半解，但你不同。我们走的是集体主义的路子，是有中国特色社会主义的路子，有些东西你不明白，就很难做到心里亮堂，更难站得高，看得远。

郭怀山点头：那好，我去培训。

郭怀山走后，郭天福找来张西峰，说：集团的事情现在很多，怀山年轻，你要多提醒，多帮助。张西峰说：书记放心，我会摆正位置，但也会像老大哥一样关心他、帮助他。郭天福又说：你现在对集团的总体发展很重要，水泥厂的担子可以交给其他人。至于交给谁，你推荐人选，等怀山回来后，咱们研究一下。把你从繁杂的水泥厂事务中解脱出来，把集团的事情向前再推一把。另外，我大哥家的怀玉——你的战友也回来了。你考虑考虑，在集团给安排个位置，毕竟，他在外头闯荡了几年，经验还是有的。

张西峰说：这事我和怀山碰个头，看看干什么合适。

郭天福说：那我就放心了，你大胆工作，袁家需要你们。

张西峰很忐忑，他能够得到书记的厚爱，得到郭怀山的信任，他没有理由不殚精竭虑，把自己的才智奉献给自己的家乡。他这样想时，郭天福忽然问他：袁锁成怎么样？

袁锁成是副厂长，也是他的徒弟，他没有提出来，郭书记倒是提出了，这正好合了他的心意。锁成这人业务好，责任心强，很有闯劲和想法，他接手水泥厂，兴许会干得更好。张西峰没有犹豫，立刻说：这是个好人选。

郭天福说：你要是没有意见，怀山回来，就改组水泥厂的班子，你一心一意抓集团的事情，好吧？张西峰点了点头。

郭怀山学习归来，郭天福对儿子说：袁家迟早要交到你手里，你必须学会隐忍，学会退让。你应该明白，退不见得就是退，进不见得就是进。

郭怀山看着父亲慈祥的目光，他知道，父亲还在考察他。父亲不可能把自己艰苦奋斗、打下基业的地方轻易交给别人，包括他郭怀山。他点点头，对父亲说：你只要相信你儿子，儿子我就会给你惊喜。

郭天福点点头，说：好了，爸把话题扯远了，我要说的是，尽快召开集团经理会议，为集团的发展寻求更大的空间。你们投资文化产业，方向很对。要集中优势，再创辉煌，困难一定很大，你要有思想准备。我听说张副总给你分析了集团的现状和存在的问题。我想把张西峰从水泥厂的工作中解放出来，尽心投入集团的事情。水泥厂厂长的人选，我和西峰推荐袁锁成。至于你最后用谁，我不干涉。会议我就不参加了，给你树立威信的机会，你要好好把握。郭天福说完就起了身，接着说：我去龙脊梁转转，散散心。袁家的事情，你要多考虑，爸准备退休了，好好地享享清福。说完，他出了门。

在这之后，郭天福专门去了一次镇上，把儿子出任袁家村支部书记的事情给烟霞的当家人岳峰书记提了提。两人聊完之后，达成共识，任命的事不能一次到位，但可以先代为行使职权，慢慢过渡。

岳峰书记明白，袁家村的未来是郭怀山的。

郭怀山看见，一只鹰一直在山顶盘旋。他不知道那是父亲还是他。

时间推进到1999年秋天，全国政协主席李瑞环到秦川考察时来到了袁家村，他兴致很高，会见了郭天福、王厚才、田德地、郭怀山、张西峰等班子成员，深入农户看农民的新房和大彩电，并对陪同的秦川省委书记说：在你们关中北部，奇迹总在发生。他又对郭天福说：你是一个有思想、有拼劲的书记，你给了中国农民更大的希望。说完后，他欣然题写了"劳动致富　无上光荣"八个大字。

劳动是农民的本分，唯有劳动才会凸显农民的地位和尊严。

农民从来不怕劳动，不扛着锄头或者铁锨，不耕耘，不收获，日子就变得乏味。这就是袁家村人，不走向田间地头，也依然会以别的形式，投入劳动中。袁家村人靠劳动改变了袁家村，改变了自己的日子。这些，郭天福明白，就是一个普通的劳动者也明白。

45

在郭怀山心中，父亲就是一座巍峨的高山，他只不过是高原上的土丘，他要沉淀，要静心，他觉得自己还有很多东西需要向父亲学习。

2002年春节，雪落北国，四野洁白。袁家村人依然在追赶超越时代的步伐，体会发展中的快乐与挫折。

闲下来的郭天福开始享受天伦之乐，女儿带着外孙回来了，小外孙的个头又蹿了不少。

雪梅不断夸季琳，说季琳姨很在意琳娜的发展和将来，琳娜就是坚信，她和袁家村有缘。大学毕业，她一定要回到袁家村，看看母亲插队的地方，看看成为全国先进的村子。

女儿这番话，给了郭天福莫大的安慰。季琳虽然离开了袁家村，但她的女儿将成为袁家村的下一代，这对袁家村来说，是进步，是提升。越来越多的年轻人会到袁家村来，袁家村未来的发展还愁没有人才吗？天福看着儿子，说：你有啥看法？

郭怀山看着父亲，笑着说：你说了，我也想过，袁家在发展中一定会招聘人才，季琳阿姨的女子能来参加招聘，假如真是个人才，袁家能不欢迎吗？

郭天福看着妻子，说：看看，郭总经理都打官腔了。话一出口，满屋笑声。

而王厚才也是开心得不知道怎么才好，他跑到老书记家，对老书记说：张朵当年住在我家，没有想到，我们的孩子都在美国读书，都在一个大学，学的都是世界经济分析与宏观管理。两个孩子都很好。张朵还说，无论在美国学得怎么样，他对孩子的要求就是毕业后必须回国。而我的孩子，也一心要报效国家，这真是缘分啊。郭天福听后，也很激动，说：我们袁家有了在美国读书的洋学生了。这在袁家，是惊天动地的大事。他告诉王厚才，正月十五要唱大戏、耍社火，让村民好好地乐一乐。

王厚才说：书记放心，这事情你就不要操心了。无论是飘雪还是晴天，我们袁家都要红红火火地闹他一回。

郭怀山看着王厚才和父亲，一股热血在胸口涌动。冬天不是休眠的日子，而是应该准备迎接新的一年的时间。他看着自己的妻子伊宁，心里也有一种幸福感。

渭北人把过年当成了一件大事，马虎不得。

祭地神，请灶王爷，请祖宗牌位，全家祭祖，大年初一足不出户，在家里享受一年的最快乐和幸福的时光。从初二开始，走舅家，走姨家，走舅爷家，走丈人家，一家大小，提包带礼，早出晚归。想想当年，也就拿几个油包子走亲戚，而能买得起油包子的也不多。现在，袁家村人走亲戚，酒、烟、糖果、南方的水果，样样都好，出门时喜气洋洋，回来时高高兴兴。渭北农村过年，离不开炮仗，从除夕到正月十五，夜半放炮，图个吉利。睡懒觉的，不是被儿子怨，就是被媳妇骂。大年初一，弄几个小菜，早上吃饺子，吃烙面，中午按照习俗，家里都准备了十五贯灯，或者十出头、十三花，甚至平时不喝酒的人，也得喝上几杯。

郭怀山和家人吃了大年初一的团圆饭，就一个人跑到龙脊梁上。雪很厚，上坡有点滑，但郭怀山从小就是玩雪的高手，他三步五步就爬上了龙脊梁。大雪覆盖的袁家村，显得肃穆和沉静，偶有几下炮仗声。他在想，父亲在这过渡时期，给他机会，也给他考验，他不能一无是处，更不能碌碌无为。他想，袁家，是不是有点守旧了、保守了。他坐在雪地上，冷风吹过来，使他清醒多了。环视四周，大雪茫茫中，九嵕山隐隐拔起在渭北大地，依然是那么巍峨壮丽。

而此刻，郭天福也在想，袁家发展到了关键时期，开春后，对集团的发展要提出新的目标，这不仅仅是在考验自己的儿子，更是考验袁家团队的协同奋斗能力。从1999年到2004年，这五年，袁家村人在思考、选择中改进着村委会的工作和集团的发展思路。但目前似乎出现了问题，水泥厂已经停产，硅铁厂、海绵厂面临市场危机；影视公司市场没有大的起色；运输公司和建筑公司从城市撤回乡村，利润空间太小；唯有制药厂和新兴的农副产品加工厂获得了前所未有的发展。郭天福似乎没有回天之力，他是个敢于面对现实的人，他明白现代科技和市场的竞争是残酷的，谁也难以幸免。他也知道，危机出现是正常的，走向成功，必然要经历低谷，走出低谷不就是一马平川了吗。他对儿子充满了信心，他决定，把一切工作都交给袁家村的接班人。不是他面对困难退缩了，他是要看新书记如何面对困难、克服困难，带领袁家村人走上发展之路。

他这样想时，郭怀山正坐在龙脊梁上，望着三棵老榆树，思考着袁家村的出路。

不一会儿，雪停了，天放晴了，太阳露出红彤彤的脸蛋来。此刻，阳光映着白雪，大地处处生辉，他郭怀山还有什么不能克服的困难。

郭怀山走下龙脊梁，似乎看见新的一年里，渭北旱塬上草色葱茏，繁花盛开。

第十一章　光照大地

46

就是在这样的紧迫感中，袁家村的老书记郭天福和新书记郭怀山带着他们的袁家村人迈进了 2014 年。

这一年的初春，雪依然覆盖着渭北的山川。九嵕山变成一座雪山，圣洁神秘，给人无限的想象空间。而玉皇顶，就像一个白色的馒头，等待渭北人去取。大山稳稳当当地把厚厚的积雪堆在自己的身上，要是想上山，那是痴人说梦。沿着雪山向关中平原推移，雪在滚动，在风中舞蹈。

而在袁家村，街道早已经清扫出来，从城里来看雪的人，随意地走在雪地上，或追闹，或捧着雪感受自然的神奇。这时，郭怀山和高树正望着拔地而起的休闲山庄，新任招商办主任郭怀石跑了过来。这小子看来运气真好，刚上任，就有两个大单子找上门来。

他看见两个领导，高兴地说：南方一个集团准备投资一个亿建大唐地宫博物院。他们集团的总经理和秦川历史博物馆馆长是亲戚。他们早在一年前就在考察，在省委领导支持下，前期的预算和未来的发展都有了保障。咱们需要做的是土地的转让、配套设施的完善。他们看上了关中古镇南面那三百亩地。具体的设计图纸也给咱们发过来了，就等着和咱们先签一个前期合同。一旦事情落实，就可以签正式合同了。

郭怀山高兴地说：这是好事，需要从长计议，但得先稳住投资方，前期合作协议可以签，具体我们开个会议研究一下。现在咱们村委会班子齐整，大家集思广益，把事情做好。

高树也非常惊讶，如果这一工程落户袁家村，那不是推进了大唐文化旅游与袁家村文化旅游品牌吗？他对郭怀石说：这是好事，前期先谈，需要书记出面，你说一声，这是大事。你说有两件事，还有呢？

郭怀石看看周围接着说：两位领导不冷吗？要不去接待室，我们慢慢谈？郭怀山说：你简单说，我们知道就行。至于怎么办，需要上会讨论。高树也笑着说：瑞雪兆丰年，开年吉祥。

郭怀石看两位领导兴致很高，就继续说：长安麦喜龙购物集团看上了咱们袁家，想投资开办麦喜龙袁家村连锁店，他们要把现代元素融入民俗文化之中，使现代商业与袁家得到很好的结合。我对这个提法不懂，但我觉得这是好事，先进的购物渠道，现成的要啥有啥。书记，你说这是不是好事？

郭怀山说：好啊！我也想过，一家台湾公司和一家日本驻上海的公司也把电话打到我这儿，我一想，何不拓疆扩土、提升水平，我就答应了。他们说，北方冷，开春了，他们派代表亲自来谈。怀石，你是吉人天相，我们袁家何愁发展。哈哈，这雪该消了！高树，咱们和怀石去吃一碗水盆羊肉，热乎热乎。高树说：书记请客，我自然愿意。咱们也算给怀石庆贺，当了爸爸，升了职，开门大吉。

郭怀石说：书记哥请客，我得叫上怀宇，他女朋友来了，也喜欢这一口。

高树说：是吗？

郭怀石说：陕北人家，你说呢？

郭怀山说：好了，日子不过了。高树，把琳娜也叫上，人家可等你吃饭呢。

郭怀石说：不用，我已经打过电话，走吧！说着，他们离开了休闲山庄，直奔回民街去了。

吃完饭，郭怀山接到父亲的电话，让他回去一趟。他一口气喝完一大碗清汤，说：你们慢慢吃，我有点事。他匆匆回到了家。一进家门，屋子里有很多人，他爸说：你姐夫接你姐和外甥回长安，你不送送？郭怀山看见姐夫，叫了一声，然后抱着比自己还健壮的外甥，开玩笑说：好好练练，回来给舅教几招防身术。外甥说：我给舅舅当保镖。舅舅可是大名人，名人都有保镖。舅舅，你得给我开高工资啊，年薪怎么也得给个百八十万。郭怀山笑了，一屋子的人都笑了。

那我请不起，你还是好好读书，将来当一个将军，或者成为我们国家最优秀的人才，为国出力。好男儿志在四方，舅这一亩三分地容不下你啊。怀山说着，问姐夫，最近可好？姐夫说：都好，都好。你要劳逸结合，不能太累。你现在是总设计师，不要事必躬亲，抓大局，抓要点，抓闪光点。姐夫有点倚老卖老，你别介意啊。郭怀山说：我的姐夫，你都是为我好。回去时，车开慢点，路有点滑。需要什么，我得准备准备。他姐说：好了，大书记，爸和妈准备了一后备厢，你不操心了，照顾好自己。有时间，姐会去看伊宁，她也不容易。你要是有时间，也回去多陪陪他们。你儿子总念叨你，不要一干事就把啥都忘了。不要嫌姐唠叨，我走了，你就清闲了。郭怀山说：好了姐，你一辈子不回去，我都高兴。我想给你们在袁家留个地，你们都不要。这时，郭天福插话说：好了，走吧！出门时，怀山的姐姐抱住了自己的老娘，嗔笑着说：妈，叫你和我去，你就是不愿意。好了，你和爸都照顾好自己。我一忙，就很少回家了，有事打电话。说着，娘儿俩眼眶都湿了。

送走了姐姐，郭怀山进屋，他爸把茶早已经泡好了。郭怀山吃了羊肉水盆，觉得有点燥，也想这一口，就和父亲品起了茶。

去年不错，咱们袁家被国家住建部评为"中国传统村落"。好事啊，儿子，你的想法就是大胆！没有想到，你这一折腾，我们袁家收不住了，发展的势头挡也挡不住啊。郭天福很高兴，接着道，爸听说，你提高了农民学校硬件设施，我去看了一下，和城里人的设备差不多。你请的那个宰老师真会说，把死人都能说成活人。知识真了不起啊！儿子，爸得谢谢你啊！

郭怀山很惶恐，说：我的老书记，我的亲爸啊，没有你，哪有袁家的今天！我只是在大家的帮助下，实现了我们袁家的新突破，没有什么，都很正常。

儿子，爸感觉你在实现你的梦想。至于你的梦想是什么，我不知道，但我觉得，你的梦想正在向你靠近。因为你敢想，有梦想，也会想。郭天福说这话时，似乎感到儿子也帮助他实现他的梦想一样。他品了一口茶，说：好茶要慢慢品。

郭怀山明白，父亲话里有话。他又想到了"水利万物而不争"这句话。他明白，袁家村的发展节奏很重要，三年规划基本实现，但离自己的想法尚有距离。这非人力，非自身，而在于天时地利，乾坤合一。他对父亲说：爸，今年是关键一年，很多大事要定，很多机会在等着咱们，我们不能错失良机，我想让袁家走出去。袁家不可复制，但可以以自己的方式走进城里，给城里人一个全新的饮食环境和一个感受中国传统文化的氛围。

郭天福说：这些你不要给我说了，爸不干涉你的工作。宽松的环境和发展的空间都是你的，你得懂得用人，用好一个人，省心一万年。话是大了些，道理实在。好了，我不和你唠叨了，我去看看敬老院的老人们，他们喜欢和我谝。你忙你的事去吧。

郭怀山站起来，目送父亲出门。

他母亲走了过来，说：儿呀，你瘦了，妈去买点好吃的给你补补。不要听你爸唠叨，他就是那样，倚老卖老，多和你班子成员商量，凡事要顾全大局，不能还是个急性子，更不能骂人。妈在练字中感受到，静是一种境界，也是一个人得以正确把握自己、更好地做出判断的一剂良药。

郭怀山很吃惊，他对母亲不仅仅是爱，更是崇敬。一个家庭主妇，把小楷写得人见人爱，挂在昭陵书院，竟然有人出价万元买。他妈没有卖，怕人家买的不是自己的字，而是自己背后的家庭影响。怀山知道，母亲是个明白人，他对母亲说：妈，不用操心，你儿子就是个瘦人，什么时候吃胖过。妈啊，我还有事，我出去一趟。

郭怀山和县农业商业银行的长孙昊天约好，就袁家村开辟农业商业银行袁家村分理处的事情要具体说说。郭怀山很感激长孙昊天，过去说贷款一千万元就是一千万元，说再追加五百万元，就追加五百万元。面对袁家村，长孙昊天行长没什么可担心的；面对长孙昊天，郭怀山也没有什么好考虑的。互惠互利，彼此支持，达到双赢，这是天大的好事。郭怀山准备满足长孙行长的一切要求，见面只是叙旧聊天，正事其实在电话里已经基本解决。

而袁锁成新官上任，火得不行。他直接把"陕拾叁"这一品牌引进袁家村，给了"陕拾叁"最好的待遇。过去，袁家村村委会有一个僻静的地方，隐藏在住宅楼群中，谁也不太在意，青翠的修竹冒出墙头，院内小桥流水，曲径通幽，两扇大方古朴的大门，正门两侧的砖墙上都有雕花。这座建筑，坐北面南，南临村大街，北临农家乐一条街，只隔着一两家店就是拾得九舍茶坊。后来村委会搬到了办公楼上，这处院子空闲了几年，有人早早看上，但郭怀山觉得他们经营的风格不符合这院子的气场。而陕拾叁不仅仅是名牌点心，还经营茶饮、冰激凌等，既有风格又有特色，刚好和茶舍彼此呼应，使充满烟火气息的街道多了几分古幽、雅致与静和。

而王建一也一样，他积极向张副总请示，建议把县委宣传部副部长张倩当年给袁家村制订的廉政制度和廉政责任人制度引进到集团各分公司，每年签订，用制度来约束。同时，他在思考，袁家村集团是大家的公司，应该责任共担，利益共享，那么，未来的发展是不是考虑走股份制改革的路子？他想，这是必然。

其实，郭怀山早就想过，也和张西峰商量过，他觉得时机还不成熟。没有想到，他们想法一致，不怕发展不起来，怕只怕发展的步子太快，就是听音乐，也是要讲节奏的，更何况是企业发展。

2014年的春天似乎蕴含着无限生机，袁家村人人朝气蓬勃，个个怀揣梦想。

黄黄带着马云飞出了西城门，直接到了秦腔剧团。远远地，莺歌看见黄黄，很是开心。她看见黄黄带着一个英俊的小伙子，心里也打了鼓。不知是不是心动，她走到门口，说：黄黄，怎么有时间到剧团来？黄黄说：我带着朋友马云飞过来看看，他也喜欢秦腔，说了多少次，想过来看看演员在后台的排练，一直没有机会。这会儿，我们都没有正事忙，就过来了。

马云飞看见莺歌，自我介绍说：我是马云飞，大学毕业应聘到袁家，我要以袁家为家，以后还请多多关照。莺歌不好意思，说：就是不一样，有文化的人就是不一样。我也不知说什么好，认识你很高兴。黄黄见状说：好了，我的任务完成了，你们聊。云飞要看后台排练，就叫莺歌安排吧。我忽然想起来书记要安排考察祠堂街的位置，我得去了。

后来，在袁家村酒吧街、在烟霞镇的美味餐厅，大伙经常看见莺歌和云飞走在一起。起初是并肩各走各的，后来就手挽手，有了亲密的动作。有人把这事说给郭怀山，怀山说：该到谈恋爱的年龄了。谈成了好啊，谈成了，我们袁家的队伍不是又壮大了吗？

而营运办的高化杰在钻研营运管理电子化工作，已经接近尾声。

琳娜呢，也在不断提升，她和贾云在一起真学到了很多东西。她已经被贾云提名拟任外宣办的副主任了。

贾云在开辟的袁家村网站上开设了"村民谈袁家村"的栏目，栏目一播出，反响非常大。她看到了互联网超时空、超现代、超地域的力量。她在袁家村已经感到了工作带来的幸福，这种幸福，是尊重、理解、爱与被爱带来的。

贾云明白，郭怀山对她有点别样的情感，这是一种对自己才华和能力的欣赏，还是一种男人对心仪女子的赞赏，但绝不是儿女情长，更不是人性的迷失。对于郭怀山而言，他是一个有着好皮囊好灵魂的人。这个皮囊就是袁家村；这个魂就是不断进步、不断超越。因为他知道，他身负袁家村人的使命和责任，更应彰显一个男人的风范。他有傲骨，但在贾云面前，只有亲和的语气、商议的口吻。他好像把贾云当成了哥们儿，有时竟也会冒出几句脏话来。这对贾云来说，其实也是一种幸福。

2014 年的 3 月，花蕾初绽，整个渭北弥漫着春的气息。

47

是啊，春的脚步是谁也挡不住的，就像袁家村的快速发展，想慢一点儿都很难。就在这年的 3 月，中央电视台来袁家村拍摄《美丽乡村中国行》，通过电视节目全面推介现代新农村——袁家村。

也是 3 月，袁家村领到了秦川省委宣传部"2013 年度秦川最具成长力文化企业"奖。这对袁家村来说，意义非凡。最具成长力的文化企业，是对袁家村发展旅游文化、深化文化资源的一种认可，这种认可，有划时代的意义。

还是 3 月，中央有关领导到访袁家村，对袁家村适时调整产业结构、发展乡村旅游、打造美丽乡村给了极高的评价。领导握着郭怀山的手说：我们的农民是有智慧的，我们的袁家是有代表性的，你郭怀山敢想敢干，为百姓创造幸福，是大境界啊。郭怀山不知道说什么好，省、市、县的领导都在，他对大领导说：谢谢您的赞誉，我会继续努力。话一落地，周围响起了热烈的掌声。

郭怀山经常想，自己就是干了自己该干的事情，国家给荣誉，领导给支持，群众有掌声，这是不是有点过了？

贾云似乎看出了怀山的心思，说：我的大书记，桃李不言，下自成蹊。只要是给人民做事，就是点点滴滴，人民也会记在心间。何况，袁家是神州独一无二的，它和华西村、南街村都不一样，它有自己的风格。这风格，是袁家带头人多年集聚的一种力量和神性，是无法取代的。

贾助理，高层论坛会有没有后续情况？那次会议很成功，但不知是否达到了预期效果？郭怀山忽然问起这事来。

贾云不假思索地说：我不知道书记的预期是什么，但产生的社会效应很难估量，咱们的活动在英国《泰晤士报》和《伦敦新闻》上都有报道，而且都用了一个词——中国神话。他们的说法是，中国袁家村的变化是一个神话，也是一个梦。而神话和梦都立足在那片黄土地上，奇迹在东方发生，中国在改变世界的目光。

郭怀山激动地说：我的妈呀！英国人都知道了。

岂止英国人，美国大鼻子也发出了惊叹。他们的《时代周刊》转载了会议的通稿，还刊登了我们村领导在见面会上的照片。其他刊物和报纸也有报道，他们的说法更有意思："中国袁家村，把农民带进了新时代；这是中国未来的趋势，东方人的智慧不可小觑，他们像魔方一样改变着自己的生活；他们找到了幸福，这是奇迹。"

郭怀山大笑，说：看来这个会议价值非凡，你的那个中国袁家村网站也神奇。这神奇发生在袁家，就不神奇了，很正常，就像吃面喝面汤那样自然。

我的大书记，不仅仅是这两个国家，法国、德国、俄罗斯、埃及、印度、马来西亚、韩国、日本等国都有报道。可以说，一夜东风春落地，万花开时日正红。我们袁家现在是世界品牌了。贾云说得激动，怀山听得入神。

我早就叫办公室把情况通报给你了，你怎么也没有看？我的书记啊，你知道，外国已经下了批量的订单，我们的农副产品可以走出国门了。再说说国内，同期旅游人数较去年增长 189%，收益如何我不清楚，我没有问财务处。贾云接着说，书记，按照你的安排，明天上午召开村委会工作例会，下午召开集团总经理会议。会议的议题是综合办的事情，我不好插手。

郭怀山说：议题不复杂，村委会工作例会的事情，我和高主任以及袁锁成副主任碰了头。集团会议你准备一下，你是总经理助理，这是你的事情。

我看书记用我用顺手了，好吧，你说，我准备。贾云笑着说，却没有看怀山一眼。

郭怀山说：主要听取张副总对当前集团工作的总结和分析，审议通过王建一副总提出的廉政措施，为集团今后的发展寻找更有前景的方向和市场。同时，高树提出辞去集团副总的申请，我多次挽留，也没奏效。他认为，集团领导班子人员充足，他想主要抓村上的事情，精力有限。他好像准备"五一"结婚，虽然没有明说，我看他和琳娜已经到了时候了。另外，他想在目前班子健全的情况下，抽出时间到长安大学进行一次专业培训，那里好像举办了一个乡村城镇化建设的培训班。你说，我能挽留吗？

贾云说：高主任也不容易，该有个人疼他了，有了家，就有了知冷知热的人。再说，他和琳娜真是郎才女貌，很是般配。他们结婚，县委那个张倩副部长怎么办？贾云也不知道自己怎么会问这样的问题。

郭怀山哈哈一笑：张倩已经结婚了，人家的爱人是市政法委的一个部门负责人，在渭城都摆酒请客了。

那不会不叫我们的大书记吧？贾云好奇地追问。

那当然得去！张倩那女子人不错，对袁家有恩，我得出席，而且还带着家人。郭怀山很坦然地说。

书记心里是什么滋味？贾云的好奇有点超常了。

什么滋味，能有什么滋味？和大家一样，共同分享人家的幸福和快乐啊。郭怀山看了看贾云，说，我的大助理，心思很细啊。

不得不说，得知张倩结婚的消息，郭怀山起初是不信的。直到张倩给他通过手机发了邀请函后，他才确信了。他知道，张倩结婚是好事啊，可他有点失落感。这失落感搅和得他好几天都没有睡好，他不是一个把小事放在心里的人，也不是一个儿女情长的人，他知道抽刀断水水更流的道理，何况，他和张倩也没有什么。就是有那么点好感，甚至说有点喜欢。而这些心思也仅仅只是萌芽而已，他怎么会纠结呢？是不是自己真的动过心？他思前想后，没有啊。也许就是这样，人很难判断自己的情感归属，也无法确定自己心里到底在想什么。只有当身边的人或事离你而去时，才觉得珍贵。

这就是生活，不要说郭怀山，就是站得再高的人，依然有被浮云遮望眼的时候。怀山想到这，自然也踏实了，特别是当他想到妻子伊宁时，他觉得自己那小小的心思就是背叛。他一生最恨的就是背叛，现实的、精神的，都不行。

4月3日上午，袁家村村委会工作例会如期召开。高树主持会议，他开门见山地说：今天的会议就五个议题：一是袁家与南方宏泰实业有限责任公司签订大唐地宫博物院前期合同的事情；二是袁家与长安麦喜龙公司签订入驻袁家民俗风情体验地前期合同的事情；三是关于祠堂街的选址和建设的事情；四是关于郭书记提出的建设大型生态农业旅游观光采摘园的事情；五是商讨长安西部映像文化传媒公司改建露天剧场、排演《风情袁家村》的事情。这些都是迫在眉睫的大事，早议早推进。现在，先请郭书记讲话。

郭怀山站了起来，给大家鞠躬致谢。从内心来讲，这是真诚的，他非常感谢一路陪他前行的人。他说：高主任已经讲得很清楚了，咱们开务实会，开短会，各位发表意见，如果一切顺利，我们袁家将再上新台阶。郭怀山说完坐下，看了一眼新进班子的袁锁成和主任助理田忠良，他们有点拘谨。郭怀山笑了，说：放松点，咱们不是上刑场，是决议大事情。我看，高主任，你继续主持吧。

高树说：第一个议题是个大事，南方宏泰公司完成投资后，等项目建成运营了，前三年收益归宏泰，以后三七分，袁家派人分别担任财务副监理、博物院副院长。咱们的分红客观上看起来不是很好，但博物院如果建成，大家想想，博物院的社会效益和由此带来的新的旅游增长点会低于我们的预期吗？

袁锁成听后非常赞同，他站起来说：找上门的好事，咱们能拒绝吗？我举双手赞同。

田忠良也说：是啊，机会千载难逢，何乐而不为呢？我没有意见。

高树问：综合办和外宣办有没有意见？

两个部门的负责人齐声说：我们没有意见！

郭怀山举起手，表示赞同，然后说：那好，我们进行第二个议题。麦喜龙虽然是家现代购物公司，但它和袁家的农副产品并不矛盾。尽管这看起来和咱们的风情村不搭调，但仔细想来，一枝独秀别样红，不见得是坏事，起码可以给富了的乡村人提供采购的便利条件，我看是好事情，大家看呢？

大家沉默了几秒，齐声说：没有意见。

高树说：那好，田助理具体负责，安排市场办接洽，协议由书记签订。

怀山插话：高主任，你是主任，一切协议还是你签。如果你因事不在岗，袁副主任代理，但必须向我请示。

高树说：好吧。那咱们继续研究祠堂街的事情。市场办考察后看了两个地方，一个是对南广场财神庙西侧的商户进行改建，这就有点复杂。还有个地方在回民街南头，观星楼东南靠墙有一处长百米、宽十米的地方，我和书记看了看，觉得还行。现在关键还要看大家的意见！

袁副主任说：既然有空地，而且在回民街南头，过了观星楼，建一条祠堂街，位置静僻，让人能安神，让灵魂有个归宿。我觉得书记和主任有眼光，这事我觉得行。

田忠良也说：祠堂是中国千年的文化积淀，放在东边，寓意吉祥，我觉得好。

高树看了看贾云，贾云举手，表示没有意见。

高树说：既然定了，就让市场办具体操作，袁副主任拿出方案和预算，尽快进入运作阶段，力争2015年年底前开业。

袁琐成站起来说：书记、主任放心，保证完成任务。贾云偷偷抿嘴笑了笑。

高树说：第四项议题是建设生态农业观光园的事情。这件事书记早在两年前就提过，建设民俗风情村的事务缠身，一直没有顾上，但现在不能再耽搁了。农村农民，没有农业，那是说不过去的。而建设现代农业生态观光园，是大趋势。具体是想在老村原址开辟新地，建成集种植、采摘、观光于一体的现代农业生态园，使城里人体验农耕生活、感受种植和采摘的乐趣。把观光和旅游有机结合起来，这也是开发乡村旅游资源的一条好路子。咱们主要议什么时间建设，什么时间完工，其他问题都在前期请教

262

了现代农业专家。大家看，何时开工，何时建成？

田忠良说：当然越快越好啊。

袁副主任说：我看前期准备得两个月，我们加班加点，缩短准备时间，最好在"红五月"开工，以庆祝国际劳动节。至于何时建成，这得科学推算，不能想象。

郭怀山插话：很好，工作要务实，我看5月可行。这件事，高主任你亲自挂帅如何？

高树说：书记放心，2015年5月1日开园。如果超期，我们自罚一年薪水。袁锁成站起来说：主任说话掷地有声，待明年按期开园，我给主任戴上大红花。

高树说：军中无戏言，大家监督吧！最后的议题是引进文化产业，扩大袁家影响力。剧院改建的事由长安西部映像传媒公司投资，把现在的露天剧场改建成室内剧场。剧场外观古典，兼顾现代格调；剧院内部安装梯级软座椅，装置现代声光设备。剧场建成后，既是秦腔剧团的专业剧场，也每天定时演出他们打造的印象剧《风情袁家村》。据说剧本已经出炉，尚在修改中。剧场和演出，无疑是推动袁家旅游的又一举措。我想，剧场前景应该十分可观，只是在管理上和收益上需要好好分析，请有关专家研究，怎么签协议才能既公平合理，又能鼓励投资者。

高树话音刚落，袁锁成说：这似乎没有什么可议的。一方完全投资，双方共同管理，应该是共赢的好事情。

贾云说：长安有投资预算公司，我们可以请专业团队，第三方拿出协议草案，对双方都公平。

郭怀山说：这个提议好，我看这事就交给贾助理全权处理。

高树接过话题：书记说得对。现在所有议题都已经通过。第一个议题的责任人尚未到位。这件事是大事，投资额度大，涉及问题多。既然议题通过，我提议交给集团会议定夺，毕竟这是公司行为。书记，你说呢？

郭怀山清了清嗓子说：今天研究的都是大事，也是实现袁家新飞跃、推进袁家进入新时代的大事。这几件事情关乎发展，关乎提升，关乎境界。大家要齐心努力，共同奋进，把这几件事情抓好、抓实、抓出成效。同时，我要强调，时代的发展要求我们村干部严格要求自己，积极学习党的十八届一中全会精神，廉洁自律，为民奉献，特别是新一届党中央提出的执政思想和理念，提出的目标和任务，我们要好好领会。中国人有中国人的梦想，我们袁家人有袁家人的梦想，把实现中国梦落到现实中就是实现袁家梦。为了百姓福祉，为了探索解决中国农村农民问题的新途径，我们的路还很远。同志们，使命在肩，任重道远！我们不能满足现有的成绩，而要不断进取，扎实工作，把我们袁家真正建设成为具有中国特色的社会主义新农村，民富国安，举国繁荣。

郭怀山激情的讲话，赢得了一片掌声。高树想，书记就是书记，思虑远，站位高，有大智慧。

会议结束后，贾云看着郭怀山说：大书记，大丈夫啊！

高树问：怎么说？

郭怀山也好奇，他就是一个小个子，站在山上是高人，站在平地几乎没人能看见。他这么一个小个子怎么能和大丈夫相提并论呢？

我说书记啊，人不以个子论英雄。司马光在《资治通鉴》中说，"君子立天下之正位，行天下之正道，得志则与民由之，不得志则独行其道。富贵不能淫，贫贱不能移，威武不能屈，是之谓大丈夫。"贾云接话说。

郭怀山说：我的助理，之乎者也我不懂，什么意思？

高主任解读吧。贾云推让说。

解铃还须系铃人，你说，书记明白得快。高树说完，不由得笑了。

贾云说：高主任笑什么，我说就我说。首先声明，书记肯定明白，他在考我，我就得交一份满意的答卷。这话的意思是说，君子处世堂堂正正，走的是天下的正道，得志的话，便带领百姓和他走一条路；不得志的话，就洁身自好，自己独行，走自己的路。富贵了不能有坏心思，贫贱不能改变他的意志，就是武力也不能使君子屈服，这样的人才是大丈夫啊。高主任，你说，书记算不算大丈夫？

那当然，大丈夫立于天地，无愧无憾。书记是好样的，我服。高树笑着说。

好了好了，你俩就不要笑话我了，我充其量就是一个真男人。郭怀山哈哈大笑。

真男人就是大丈夫。今天中午我怎么想吃高化杰他老爸的水盆羊肉了。贾云说。

那我请客。高树自告奋勇。

好啊，叫上琳娜，你们真是天仙配。锁成和忠良呢？郭怀山说。

我打电话，主任请客，他们岂有不到之理。贾云体现了助理的身份。

吃完午饭，高树和怀山没有回家，而是去了接待室。

高主任，你再考虑考虑，辞职在咱们袁家很少有啊。郭怀山说。

我的书记，饶了我吧，我得有自己的幸福生活啊。我现在正式向你汇报，有两件事情必须请示：一是我准备"五一"旅游结婚，现在有"八项规定"，不能大办。咱们是村干部，带好头，低调点好；二是6月长安大学有个为期三个月的短期培训，我想去参加。再不学习，我们就要被淘汰了。年底还有一个支部书记短训班，我觉得书记可以考虑参加一下。当然，这些事情绝不会影响现代农业生态观光园的建设速度。

郭怀山笑了：终成正果，祝贺祝贺！你这样搞，想喝你的喜酒都难了。

高树说：我的书记，再不大办，我能不请老书记和你吗？咱们小范围，总得给人家女子一个结婚的氛围吧。虽然琳娜不讲究，但咱得懂礼数。肯定要在袁家摆个四五席，在长安也得摆个八九席。

好好，既然这样，我就同意你的请辞，一心扑在村委会上。郭怀山点头。

下午2点，集团会议如期召开，会议由张西峰副总主持。他说：今天的会议按照总经理的意思开短会，开务实的会，开有成效的会。会议主要分析集团近来的经营现状和问题，探讨未来发展的思路，讨论成立袁家村集团大唐地宫博物院综合管理公司和袁家村集团客运公司。现在我就集团的发展情况向大家通报一下，重点是优化结构、重新布局、凸显特色。张西峰的发言总结分析到位，他提出优化结构，打造优势，得到了与会人员的一致好评。那么如何优化结构，如何打造优势，是每一个与会人员都要思考的问题。这个问题交给大家，在下一次会议上进行讨论。关于未来发展，大家谈谈。

高树说：可以考虑成立袁家村风情体验基地股份有限责任公司，统一归集团管理，从财务管理入手，把袁家的整体发展统筹考虑起来。

王建一说：这个提议是个思路，我们为什么不考虑把集团股份化，实行股份制改造，使参与袁家发展和建设的每一个人都成为股东，如果运行顺利、发展乐观，可以考虑上市。这是现代企业优化发展的最好选择。

郭怀山说：思路好，想法好，不是不可以考虑。其实我们集团在两年前已经着手考虑这件事情了，因为太复杂，涉及现代企业管理、现代财务审计，一切都有个过程。大家有这个想法，我觉得好。王建一副总多关注这方面的情况，对袁家成立集团公司的可行性进行评估，请股份制改革专家提出意见，如果时机成熟，不失为一个好路子。

张西峰说：我同意总经理的意见。这件事情暂就这样，按照郭总的安排，建一你全权负责。下来就成立两个公司的事情咱们议一下。目前形势逼人，我看没有什么可以选择的，如果大家没有不同意见，我看就交给贾助理负责，建一你在村委会负责外宣办。成立公司涉及很多外部因素，需要协助，我是第一责任人。当然，也有郭总。关于成立客运公司的事情，总体而言，我们袁家现在不仅仅是走出去，也要关注走进来。出去进来对有车族，很简单，对无车族，就犯难了。我们考虑开通袁家至长安南站和北站的客运车，开通袁家到渭城南站、北站客运车。客运公司由集团投资，一次性先购买二十辆客车，独立营运，统一管理。目前，他们正在跑线路，郭总的意思是，看年底能不能通车。我想，大家如果没有意见，王副总具体负责，选购车辆、选抽人员、招聘司机，争取12月通车。所有客运车要喷上袁家的商标图案。大家看，还有没有意见？

袁锁成举手表示赞同。

高树举手，贾云举手，张西峰举手，郭怀山也不例外，举起了手。

　　张西峰说：全票通过。至于高副总辞职一事，请高副总说说。

　　高树站起来说：长江后浪推前浪。我觉得，袁家的后备干部是现代企业管理的中坚力量。给年轻人让位是一方面的考虑，更重要的是，村委会的工作越来越复杂，事务多、任务重，整个村子从业人员达到了三千五百八十九人，医院、银行、学校、安保等一系列问题都需要重新考虑。科技的发展，现代化程度的提高，给我们提出了挑战。另外，随着中央发展农业、农村的举措加大，推进城镇化进程步伐的加快，我感觉自己力不从心，很难跟上时代的步伐了。在这种情况下，经过深思熟虑，我还是想集中精力抓好村委会的事情。尽管有书记掌舵，但我还得睁着眼睛睡觉，任何事情马虎不得，只有向时代学习，向现代化学习，才能不错过好机会。所以，恳请各位同意我的辞职请求。我和大家共事很快乐，这快乐会一直延续在袁家的角角落落。我说完了，请郭总批示。

　　好了，高总把话都说到这个份上，我同意他的请辞。集团的会议开得很好，我似乎看到了一扇打开的天窗，一切都充满希望。袁家有这样的团队，我的信念更为坚定。郭怀山意味深长地说。

　　贾云拿出笔记本，窗外的阳光正好照在她的脸上。

48

　　琳娜有点兴奋，她不知道该怎样迎接自己的婚礼。

　　时间已经是 4 月下旬了，高树似乎还在忙着现代农业生态观光园的事情。他召集有关人员，开会研究方案，确定开工时间，落实项目责任人，一切都在按部就班地进行着。

　　郭怀山再三对高树说，结婚是大事，如果工作忙不过来，先交给田忠良，他年轻，多承担些没有关系。但高树知道，自己是立过军令状的人，他怎么能把责任推给别人呢？就这样他忙到了 26 日。琳娜也没有生气，在袁家村，新房全部是她布置的，她几乎忘记了黑夜和白天，整天沉醉在幸福之中。她没有想到，自己的爱情里没有波澜，没有离奇的故事，一切都在袁家村自然而然地发生，简单、纯粹、彻底。

她都不记得他们是怎么相爱的，也许就是一个眼神，或者一个动作。似乎就是上苍的安排，是命运的眷顾。

在大学时，很多男孩子追她、捧她，鲜花、歌声、浪漫的邀请，还有生日的甜言蜜语，都没有拨动她的心弦。没有想到来袁家村不到一年，高树就走进了她的灵魂。她动摇过，但灵魂告诉她，她一生的幸福将和这个男人搅和在一起。她感谢上苍，感谢袁家村，给了她爱情，给了她未来。

琳娜再忙，也没忘记拍一套婚纱照。她没有告诉高树，只是说，能不能把 27 日给她。高树不明白，但他不能拒绝。他对琳娜的关心太少，给她的爱也不是他的全部。他没有时间把自己全部的爱给琳娜，但他相信，无论生死祸福，他都会不离不弃，一生守护在琳娜身边。他不是一个说大话的人，也不是一个会迷失自己的人。

当琳娜要他把 27 日留给她时，他没有犹豫，哪怕 27 日天塌地陷，他也会挽着琳娜的手，和她一起度过。

其实没有那么严重，琳娜看高树忙，要去城里拍婚纱照起码在"五一"之前不可能了。所以她高价约了长安影楼的人，提前和袁家村老照相馆的摄影师说好，用他们的化妆室，付一定的费用。老照相馆的摄影师胡子刘很是高兴：高主任结婚是大喜事，我们老照相馆有幸提供方便，那是我们的福分。沾着喜气，吃着喜糖，看着新人，那日子多美好啊！

琳娜对婚纱照有两个要求：一是西式婚纱，在实景中完成自己一生的愿望。二是传统婚礼照，她专门从渭城汉服社请来了礼宾专家，带来了服饰和礼仪小姐。可以说，阵容庞大，就像拍电影一样。琳娜把情况说给高树，高树红着脸说：是不是太奢侈了？琳娜说：我一向简朴，在婚礼这件大事上，就允许我奢侈一回。琳娜撒着娇，高树便没辙了。

4 月 27 日是农历三月廿八，马年吉日，既是戊辰月也是戊辰日。琳娜知道，这一天是个好日子，诸事顺达，万事大吉。她不知从哪儿听来几句诗："月洒高山江山秀，平生最喜东南游。一生辛勤贵不显，为人热心福气厚。"她觉得这很符合她和高树的爱情和生活，平顺自然，心善福至。

在她琢磨这个日子时，她还听到了康庄老街一位老人的话："苍龙出海日，春风化雨时。"她自然联想到"好雨知时节，当春乃发生"。这一系列联想，使琳娜高兴激动不已。

他们如期等来两拨婚礼摄影的工作人员团队。琳娜叫云飞帮忙，先把古典怀旧的汉服社和摄影人员安排到十得九舍茶坊休息，同时，中午用餐也让云飞代劳安排。她特意安排，午餐在12点前结束。马云飞高兴啊，他能给高主任帮忙，那是他的福气。他在想，要是过个一年半载，他和莺歌结婚的时候也得这么拍，当然，得有自己的个性和风格。他这样想时，高树和琳娜已经走出了化妆室。

刚刚走出老照相馆，就有人鼓掌。高树抬头一看，是贾云一直在开心地看着他。他有点不好意思，还没有琳娜大方。在出门的瞬间，琳娜已经挽上了他的手。贾云很是羡慕，年轻漂亮的琳娜，披着白色的婚纱，一手拿着一束百合和红玫瑰，一手紧紧挽着高树。

高树似乎也涂了粉，脸色红润，如同少年。

两位新人走出老照相馆。摄影师要他们随意走在老街上，要亲密，要有笑容。琳娜笑得自然，高树不知道该怎么笑，看着琳娜，眼睛放光。就在这一瞬间，摄影师抓拍了一张甜蜜照，真是叫人陶醉和痴迷。一对新人走过古街、老茶炉、酒吧街，所有的游人都停下了脚步，拿起手机、照相机拍照。也不知道会有多少人在分享这份快乐和幸福。

拍完了西式婚纱照，已经是12点多了。琳娜叫化杰过来，帮助他们安排西式摄影团队去老王家农家乐就餐，自己则打电话给云飞，叫古典汉服婚礼摄影团队到老照相馆。在陕拾三的门口，放着一顶花轿，很多人都想上去拍照，在琳娜没有拍的时候，她安排人看着。她拍完了，有兴趣的可以免费参观拍照，也算是支持袁家村的旅游文化。

汉服汉礼，主要拍三个场景，一是"举案齐眉"，地点安排在云端客栈，那里安静，好布置。二是上花轿和下花轿，地点就在陕拾三的厅堂。三是挑盖头、抱新娘，地点安排在他们的新房。一切都在按程序走。拍"举案齐眉"时，两人盘腿对坐，着红色汉服，领口有花结，高树戴龙绕鸡冠山礼帽，琳娜戴凤鸣万华山礼帽。两个人端庄大方，彬彬有礼，很是斯文。身边各自站着一个美女侍从，着汉服长裙，各托一鎏金酒盘。在拍上下花轿那一场时，琳娜很惊喜，陕拾三的门楣上写着四个大字"天作之合"，门两侧也早早贴上了喜联。这个她忘记了，但怀山没有忘记。他找人草拟代写，贴好。郭天福也来看了看，高兴地说：好，好！对联的上联是"鸾凤谐鸣万里云天看比翼"，下联是"夫妻恩爱百年事业结同心"。高树看了也喜不自胜，他轻轻抱了抱琳娜，摄影师又是一个抓拍，形神兼备，乐在其中。准备拍上花轿时，怀石跑了过来说：我的大主任，怎么不告诉我，喜气共享么！我知道有花轿，但少气氛。你们看……穿着汉服的吹鼓手从村西口走进，还没到陕拾三门口，已经是唢呐悠扬，鼓乐齐鸣了。琳娜看着郭怀石，说：谢谢郭主任。一瞬间，街道上拥了好多人，争相拍照。

摄影折腾了一天，琳娜幸福了一天，高树醉了一天。

第二天，高树告别老书记和怀山书记，准备回城在"五一"这个好日子宴请自己在长安城的亲戚和琳娜的亲戚。袁锁成、王建一、田忠良和贾云都来送行。临走时，郭怀山问：准备去哪里？琳娜高兴地说：原来想去杭州看看江南山水，我又想让玉龙雪山见证我们的爱情。"五一"下午，直飞云南丽江，逗留几日，再去洱海，那是一个浪漫的地方。郭怀山高兴地说：我很羡慕你们，也只能羡慕了。

袁锁成喊：回来大贺，一醉方休。

好啊，不醉不归。王建一也在喊。

而贾云则送上一束鲜花，算是祝贺。琳娜抱住贾云，忽然哭了。贾云知道，出嫁的姑娘就是这样，她其实幸福着呢。

49

进入5月，渭北成了鸟语花香的世界。

进入5月，袁家村就进入了这一年的嬗变时期。

花香在天地间弥漫着，无论站在何处，人都在花海徜徉。白的、红的、粉的，把大地装点得明艳动人。

走过袁家村街道的女子，手中拿着野花，头上戴着花冠，在老茶炉的戏楼下说笑。郭天福就坐在戏台下，喝着老茶，听着弦板腔，抬头望着天空。他忽然站起，看着蓝得透亮的天空。阳光把金色的碎片抛洒在戏楼周围，几个老艺人沧桑的脸上被照得暖暖的，唱腔也多了几分豪迈和苍凉。那是秦人的声音，发乎心，出自地，系于魂。几个女子不懂，听了几句，就跑进小吃街去了。自由自在的感觉在古街的流水里回旋。

时间给人成长的机遇，时间酝酿着新的梦想。

在这个5月，袁家村的郭怀山书记不能不走到第一线，他亲自和南方宏泰有限责任公司签订了合作意向书。具体合同细节需要沟通商榷；和长安麦喜龙公司签订了合作协议；和长安西部映像传媒公司签订了改造露天剧场为室内大剧院的协定。

至于祠堂街的建设，郭怀山提出，要请民俗专家亲自考察论证，建成关中老祠堂。最重要的是要把袁家村的几大姓的祠堂落成，如郭氏家族、袁氏家族、王氏家族、田氏家族、张氏家族，还有簸箕村的董氏家族、周礼村的周氏家族、官厅村的刘氏家族、沟道村的李氏家族、寒窑村的韩氏家族等。

这件事情，虽然市场办在筹建，但前期工作交给了贾云。贾云感到力不从心，她请来秦川省民俗研究会的专家和渭城最有影响的民俗专家梁澄清。梁专家是个固执的学者，一是一，二是二，决不马虎，在学术问题上、礼节细节上都要追根溯源，找到依据。他说：建筑是凝固的诗，文化是坚实的根。一旦祠堂落成，那就是千秋的记忆，袁家的瑰宝。

梁澄清先生的话使贾云对他肃然起敬，她佩服学者的执着和坚忍，更喜欢他们身上的风骨和精神。她觉得，要是袁家村的后来者懂得这些，那该是多么有意义的事情。

贾云明白了，而黄黄则糊涂了，不就是一条古街吗，怎么弄得那么复杂？

郭怀石看见黄黄在发牢骚，说：我的田副主任，你和我是半斤八两，不懂文化，就谦虚学习。在整理和收集资料的过程中，我们不是长了见识，明白了很多道理嘛！这是金钱难买的机会，你不抓住，稍纵即逝啊。

黄黄笑着说：我就是井底之蛙，看到的就是巴掌大的那片天，哪像你这么有文化，人和人比不得，马比骡子驴不得。怀石兄，以后多带着点我，我也要进步啊。

郭怀石说：你再不学习，你儿子都会笑话你。那小子聪明，不到三岁，就能背几十首唐诗，不简单啊。

黄黄笑着说：你女子不聪明？不到两岁，就能画画了，我家的墙上，就有你女子画的画。一株向日葵，满地青草，草里还有几朵花，草地后面有洋楼，楼房前是两个大人和一个笑得很开心的小女孩，那是你全家吧。

郭怀石笑了，说：我们袁家的后代，一代更比一代强。

是啊，这也是郭怀山所期望的。他要的不仅仅是袁家村人的文明化，更希望文化就像延续的岁月一样，不断传承，不断发扬光大。

在莲莲上班后，郭怀山就对莲莲说：农民学校的学习培训要常规化、现代化。要抓好"唯德书屋"和"明理堂"的后续工作，把党的新农村政策及时传递给老百姓。要抓好妇女工作，必要时成立互助会，使女同志在袁家有一个安全舒心的工作生活环境。同时，可以考虑扩大团支部的组织建设，真正发挥共青团在袁家发展中的生力军作用。莲莲听得仔细，一条一条都记在本本上。

最后，郭怀山好像记起了什么，他对莲莲说：你现在可以考虑家风教育，对入住新村的几百户住户，进行家风教育，使他们尽快融入袁家人的生活中。要他们感到，他们就是袁家的主人，有责任和义务对袁家的精神文明建设做出贡献。

莲莲很是佩服，一村的书记，一个大集团的总经理，大事小事都在他的心中。她知道，为了解决入住民俗村的两千多户商户和投资者的生活问题，袁家村党支部在 2013 年年初就着手建设五栋商住楼。这五栋商住楼，是在民俗村东北临近簸箕村四组的地方建的。在这一点上，高树立了功劳，黑盾也没有少出力。袁家村要建商住楼，没有土地，选址非常难。最后，黑盾搭线，莲莲找人，才说动了簸箕村四组的部分村民，以转让租赁的方式解决了土地问题。不到半年，主体落成，水、电、气全部入户，袁家新苑的商住楼在年底落成。以成本价和市场价折中的办法登记出售，不到一天，住宅登记一空。

高树回来了，他和琳娜是 5 月 11 日回袁家村的。5 月 15 日，他们请了村委会的干部、集团的各级经理，还有和琳娜同时被招聘进来的大学生，在王家大院举行婚庆答谢宴。在大学生群里，少了赟斌，那孩子好学，在袁家村工作期间，考上了西南财经大学的研究生，提前辞职回城了。走时，赟斌落泪了。在答谢宴会开始前，高树和琳娜一起去请了老书记，老书记高兴，他一句话，就做成了月老。这对新人的答谢宴，他不能不去。使他高兴和吃惊的是，站在王家大院门口的，不仅仅是高树和琳娜，还站着季琳和她的爱人，还有张朵和他的爱人。郭天福喜得直笑，张朵更是高兴，而季琳不仅仅是高兴，更是激动。郭天福也不知道怎么表达此刻的心情，在他愣怔的时候，季琳抱住了他，张朵也伸过手来抱他。三个老同志，在王家大院门口合抱在一起，构成别样的风景。

在王家大院的门口，贴着喜联，上联是"峻山云涛推喜浪"，下联是"袁家春风迎新人"，横批"天作之合"。在门的左侧，贴着一张红纸写的告示，全文如下：

> 各位同仁，袁家的父老乡亲，大家好。感谢袁家，给了我事业，给了我爱情和婚姻。为了答谢各位，我偕妻子李琳娜在王家大院恭候您的到来。酒席虽简单，但情意绵长。拒收礼金，拒收

礼品。不是见外，不必客气。热诚恭候，祝您吉祥。高树偕妻子琳娜恭迎各位父老乡亲！

宴会开始时，门口炮声震天，放铳的扎着红腰带，手打快板，恭贺新婚大喜，福运财运亨通，来年必抱娇子，举家欢欢喜喜。在里头帮忙的郭怀石和郭怀宇，一人掏出几张红票子，打发了门口的闲人。

宴会上，郭天福致辞。他说得很简单：两个孩子，落户袁家，大喜大贺。祝福他们永结同心，白头偕老。希望他们互帮互学，共同提高。来年给季琳生个胖外孙，给袁家生个好村民。讲完后，郭天福被掌声和喊声请下台。郭怀山和袁锁成几个人坐在主桌，王建一说：姜还是老的辣。接着，高树和李琳娜致答谢礼，然后是季琳致答谢辞。当主持人贾云说：请我们袁家的功臣、高树先生的丈母娘季琳女士致答谢辞时，整个宴会现场欢呼起来。

季琳走上台，很激动，手有点抖，她说：不敢想，真的不敢想。我插队时期的袁家已经成为历史，很多曾经一起与天斗、与地斗的袁家人都变得沧桑了，但袁家的精气神永远在。看着发生巨变的袁家，看到郭天福老书记，我似乎看到了一座高高耸立的丰碑。那上面写着"穷则思变，勇往直前"八个大字。看到民俗风情体验地一天天地变化，我似乎看到了巍巍的九嵕山，它永远屹立在袁家人的心目中。我为袁家高兴，我为袁家自豪，更为我的青春岁月能和袁家联在一起感到幸福。今天是我女子和高树的大喜之日，我和她爸只有祝福，希望他们在袁家这片热土上奉献青春、挥洒汗水。如果有可能的话，来年我和她爸也回袁家，和他们生活在一起，和袁家的父老乡亲在一起。谢谢大家，请吃好喝好。

郭天福首先鼓掌，他对张朵说：你个张朵，当了院长，就不理我这个老书记了，和怀山那小子打得火热。谢谢你，为袁家的发展做出的贡献。张朵举起酒杯，说：老书记，我敬你。说着，咣当一声，一杯酒下肚。他又倒满一杯酒，站起来说：我也是袁家人，我幸运地见证了袁家的发展和变化。祝福袁家，祝福新人，我干了。整个宴会气氛热烈，宴会结束后，张朵有事，急急忙忙就走了。季琳本想待一待，军区打来电话，有要事，她就没有多停留，就匆匆告辞了。

郭怀山喝得有点多，就回家休息了。他似乎看见一头牛在问他话：我的怀山书记，现在我老牛没用了，你就把我随意卖给了别人。现在有旋耕机，有播种机，也有除草机，我老牛卧在斜阳下，悲哀啊。我想回袁家。老牛说着，落泪了。郭怀山很感伤，抱住牛头，说：好了好了，我知道你不甘寂寞，喜欢耕耘。那是你的本性，我明白。老牛忽然不见了，他看见王三老汉向他走来，说：我就是一个平头百姓，你小子也有良心，给了我工作。那你怎么忘了给咱们袁家流过血的那个周礼村工匠？那年他从房上摔下，至今生活艰难。还有周围村子的那些孤寡老人，他们也很可怜！郭怀山忽然坐起，原来是场梦，但梦中的情景历历在目。

怀山镇静下来，仔细想了想，是得考虑考虑扶贫帮困的事情了，这几年虽然在做，但力度不够。他想，不仅仅是簸箕村、周礼村，甚至烟霞镇所有村子的鳏寡失独的老人，都在他袁家的帮扶之列。他下床，准备找办公室、村委会的人商量一下，把扶贫帮困当作一项长期工作。每年春节前或者秋忙后，派工作组深入全镇，进行帮扶。准备出门，父亲郭天福叫住了他：儿子啊，我看现在咱们袁家热闹了，村周围四处都停着车，车放得有点乱，一是不好看，二是不安全。你是不是考虑建一个大的停车场，实行规范化管理、电子化计费，把车辆统管起来。这样游客高兴，我们受益。郭怀山看着父亲，说：我的爸呀，我以为你一天就是喝茶听戏遍去了，没有想到，你出的主意，都在点子上。好事好事，儿子照办。他挥挥手，说：走了，我的亲爸，我去落实了。

郭怀山说去落实，他落实的不仅仅是父亲的提议，他把2014年要抓的大事过了一遍，很多事情尚在进行中，这一进行，时间就到了这一年的10月。国庆刚过，王建一找到他，把客运公司的工作向书记汇报了一下。按照批文，往返长安、渭城的旅游专线客运车12月就可以开始运行了。郭怀山高兴地说：建一，办得好，给你记一功。王建一说：就是本职工作，书记客气了。现在就是采购客运车的事情，我选了几个有合作意向的，有的厂家愿意先试用后付款，有的愿意共同投资，有的还同意先付一半，一年后付另一半款项。我拿不定主意，请书记定夺。关于报价和方式，我都写在报告里，请书记批示。郭怀山笑笑，说：你真是越来越会办事了。

11月5日，长安麦喜龙购物有限公司的袁家村连锁店开业了。

12月1日，袁家村直达长安南站和北站的旅游客运车和袁家村直达渭城南站和北站的旅游客运车同时开通了。第一批到袁家村旅游的客人，凭当日车票可以领取四样袁家村农副产品。

也是12月，袁家村被评为"2014年中国十大最美乡村"，被国家住建部评为"中国十佳小康村"。

同年，袁家村被国家旅游局评为"国家AAAA级景区"。

袁家村，在郭怀山的手里，像万花筒，越看越出彩，越看越美丽。

第十二章　大道归一

　　九嵕山屹立在渭北黄土塬上，以自己的雄浑巍峨向世人传递一种思想：该坚守的必须坚守，该坚持的必须坚持。有些东西不是风雨可以改变的，不是日月可以转换的。

　　郭怀山知道袁家村走的道路是集体主义的道路，准确地说，是中国特色社会主义的集体主义道路。未来发展的方式和选择的模式一定会有变化，但其宗旨永远不会变，追求永远不变——使百姓得到物质与精神的更大满足。

　　在 2015 年的年初动员会上，郭怀山对全体村干部说：时代在发展，科技在进步。面对日新月异、突飞猛进的新时代，我们更需要大步前进。我们袁家是独创的典型，更是不可复制的经典。袁家精神和袁家风格，就像一个人一样不可复制，我们不要怕人家学习模仿。实践证明，所有复制和模仿的景点，都是过眼云烟。袁家的精神是秦川牛加"二百五"精神，那就是敢想敢干、不畏困难、勇往直前。袁家的风格则是袁家人自己多年摸索的大胆思考、放开手脚的干劲。这些，能模仿吗？袁家不仅仅要扩大影响，提升知名度，打造旅游文化名牌，更要走出去，这是一步战略决策。我们是集团管理，今后集团发展的路子更为宽广、更为乐观。所谓走出去战略，是经过深思熟虑后，我们村委会的智慧结晶。我们要把袁家的饮食文化、农副产品推销出去，要把旅游景观缩影带到大都市，使那些常年不能出远门、待在城里生活的人，多一个选择。要把绿色、健康、环保食品带进城里人的生活。我们的小吃有家的味道，有纯粹乡村的味道，有老家后院葡萄架下吃扯面的味道，这是真的、纯的。无论是进城第几代，他们往上数几代人，大都是农民。农民兄弟找到自己家的味道，这不是一件幸福的事情吗？我们可以进军长安，进军北京，进军全国各大城市，开一个袁家关中风情餐饮的连锁店。到那时，我们袁家是不是真正进入了新时代？

郭怀山的话没有讲完，掌声已经淹没了其他声音。这是郭怀山第一次提出"走出去"的战略，能提出这个战略，得力于袁家村的实力和影响力。

郭怀山在会议结束时说：2015年，是一个划时代的年份，我们袁家要全面提升自己的形象，使袁家人的精神风貌焕然一新，使袁家永远立于不败之地。

会议结束的时候，接待站的工作人员走了进来，在郭怀山身边耳语一番。郭怀山说：县委书记来了，他是陪同省委书记到袁家进行调研的。我们散会，高主任，一会让贾云负责接待和介绍情况。太突然，现在领导的作风变了，也不打招呼，直接就来。

走出会议室，远远看见县委孙书记陪着几个大人物，站在毛主席雕像前，似乎刚刚向主席致过敬。随行的文昌明秘书长跑了过来，给郭怀山说：省委书记调研，主要是新农村发展所面临的问题和困难。我们在袁家只是看看，主要去生态农业示范村和石榴种植专业村看看，对渭北生态葡萄园建设也有兴趣，下午在县上要开一个座谈会，你们陪着转转。文昌明调到县上任职，这还是第一次回到袁家村。现在的烟霞镇书记还没露面，可见没有来得及通知。

省委书记没有走进接待室，他对温秀县的孙书记说：咱们去看看文化艺术长廊，我们的农村，主流文化不占领阵地，那么我们的社会主义核心价值观就无法得到落实和体现。袁家有这样的先见之明，建立农民学校，兴办"唯德书屋",还搞了一个"明理堂"。好！省委书记高度评价,他看着郭怀山说:不简单,在袁家你所开创的是农村、农民问题前所未有的新局面。

走出接待室,贾云带着领导一行去艺术长廊,途经袁家村游客接待中心时,省委书记看了一眼。贾云很有眼色,说:各位领导,我们顺道去看看我们袁家的总体规划设计吧。省委书记很感兴趣,他对郭怀山说:走,去看看。郭怀山亲自带队,走到游客接待中心的沙盘前,负责讲解的是一位乖巧的姑娘,说话很有节奏,讲得清楚明了。书记很高兴,看了一眼姑娘,然后对怀山说:好,非常好。郭怀山看了看姑娘,是那个念儿。这孩子真出息了。他也很高兴,他知道,省委书记很开心。

离开接待中心,走进艺术长廊,长安文化公司的影像制品、秦川省秦岭出版集团出版的最新图书以及农民开发的插花艺术品、葫芦雕刻艺术品,都成为游客喜欢的东西。省委书记看得很仔细,看得很兴奋。他对随行的人说:不一样就是不一样,这个郭怀山,真是个人物。走出艺术长廊,省委书记忽然问郭怀山:据县委孙书记汇报,你现在正着手打造袁家的现代农业观光旅游文化生态园,现在进行到什么程度?郭怀山回答:这件事我们村委会主任主抓,他立了军令状,今年"五一"开园。目前,前期施工已基本完成,正在修建园区的配套设施。省委书记听后很满意,说:你郭怀山总有出人意料之举,好!今天时间紧张,我就不去看了,等有机会,我也自行到袁家,体验一个平常人在袁家的幸福生活,也喝大碗茶,也听老弦板戏,也在小吃摊随意一坐,吃个洒脱。说完,书记哈哈大笑。郭怀山高兴地说:欢迎书记随时到袁家,袁家是每一位游客温馨的家园。

送走了省委书记,时间过得飞快,一不留神,这一年又过了三个月。4月底,生态园如期试营运,"五一"开园是没有问题了。

高树为此付出了很大的努力,他更感谢的是综合办主任郭怀宇。没有郭怀宇的科学布局,生态园的开园起码推后三个月。在郭怀宇建议下,高树把生态园建成了农业作物的百种园,关中土地上的麦子、玉米、芝麻、红薯、黄豆、扁豆、绿豆、黄瓜、西红柿、西瓜、梨瓜等全部引进。就是早已不大种植的棉花、高粱在园区也可以看到。当然，有机蔬菜、新品种水果也是应有尽有，让游客体验采摘、种植的乐趣。

同时，按照郭怀山的意思，在生态园里散养两头秦川牛，这也是郭怀山对自己那个梦的兑现。说是散养，当然是在园子的外围，给牛建了牛棚，使观赏、采摘、种植者体验乡村和自然。

生态园管理上已经实现了现代化，这一切都是郭怀宇的功劳。但郭怀宇说：没有高主任的英明决策和准确判断，我的建议和设想很难变成现实。就是在一批人的努力下，生态园才得以按期开园。在高树看来，合理运用人力资源，最大限度调动人力、财力，这才使得事半功倍。他对自己的进步暗自高兴，但对自己不能及时参加长安大学的短期培训班感到遗憾。

但就生态园这件事，高树还是有一种强烈的成就感，这成就感不仅仅是来自生态园的顺利开园，还来自琳娜给他带来的惊喜。

生态园开园的那天晚上，郭怀山和袁锁成、贾云给高树庆功。高树建议叫上郭怀宇，郭怀山说：怀宇脱不开身，就咱们几个。四个人在峻山达人居农家乐的二楼包间有说有笑。这家农家乐很有意思，采用九峻山旱塬上生长的麦子磨面，用九峻山南坡头地里产的菜籽榨油，用沟道的泉水浇地种菜，在旱塬果园下放养土鸡。猪是黑猪，羊是散养的羊，一切来自渭北旱塬，是袁家村特批的非专供物资的农家乐。要的就是山野之味与家的味道。这里也是袁家村专门招待久居城里的文化人、专家和远道而来的客人的农家乐。这一晚，他们要了土鸡蛋、红烧土鸡、猪肉炖粉条、凉拌饺子皮，叫老板擀了一案面，烧了半锅臊子汤，汤上撒着韭花，再剥了几瓣大蒜，要了瓶十年西凤酒，一切就绪，就开始了他们的庆功宴。

酒一人一大高脚杯，分三次喝完，贾云也不例外。玩"老虎棒子鸡"的游戏，郭怀山说：今晚不谈工作，谁说工作罚谁酒。咱们第一声不能喊虫。从高主任开始打通关，走一圈。吃完喝完咱们收摊。

袁锁成插话：好，书记高明，早收摊，高主任还要陪媳妇呢。

高树说：你不也想媳妇了？

贾云说：你们男人！好了，贯彻书记指示，高主任先打通关。你们再说，我就吃完回长安，你们想媳妇我还想老公呢。

怀山笑了，说：赶紧开始。

通关打得火热，酒也喝得有点微醉，贾云忽然站起，说：书记，你们喝，我给你们朗诵一首李白的《月下独酌》。

是不是那首"举杯邀明月，对影成三人"？高树问。

贾云说：那是之一，我朗诵的是之二。不要打断，好好欣赏。

郭怀山拍手：好，鼓掌伺候。

贾云看了看三人，朗诵了起来：

> 天若不爱酒，酒星不在天。
>
> 地若不爱酒，地应无酒泉。
>
> 天地既爱酒，爱酒不愧天。
>
> 已闻清比圣，复道浊如贤。
>
> 贤圣既已饮，何必求神仙。
>
> 三杯通大道，一斗合自然。
>
> 但得酒中趣，勿为醒者传。

锁成大叫：好一个"三杯通大道，一斗合自然"！

高树也叫绝，只知李白有诗云"古来圣贤多寂寞，唯有饮者留其名"，没有想到，还有如此的妙句。

郭怀山插话：喝酒喝到这般境界，真是高人啊。看来，我们俗了，打老虎棒子鸡，有趣是有趣，没有文化啊。

贾云说：就是图个高兴，只要今夜高兴了，我们庆贺的目的不是达到了吗？我看，李白是酒中仙，各位是酒中神。喝好就好。

高树说：谢谢，我满杯敬各位。我高树如果有那么点成绩，都是托了书记和各位的福，谢谢！说完，咣当一声，酒杯已空。

郭怀山说：时候不早了，是仙是神，回去梦中找吧。说完，大家起身，在醉意中互相扶着，走出峻山达人居。

高树很少唱歌，回到新家，哼起了《爱你在心口难开》。一进客厅，琳娜喜滋滋地看着他。高树轻轻抱了抱琳娜，琳娜给了高树一个吻。

高树明显感到琳娜很兴奋，他看着琳娜，满眼都是幸福。他问琳娜：有什么高兴的事啊？琳娜说：你长大了。高树不明白，琳娜又说：我也长大了。高树疑惑。琳娜说：高树，我们都长大了。高树说：我们都是大人，走进婚姻殿堂，就意味着我们长大了啊。琳娜说：那不算，只有为人父为人母才是。高树忽然明白，端详着琳娜，大喊：我的媳妇，我要当爸爸了。琳娜的眼睛红红的，高树觉得自己的心都要跳出来了。琳娜也感到了高树的激动和幸福。高树没有想到，幸福来得这么突然，他还没有准备就掉进了蜜罐里。他抱起琳娜，在客厅旋转了一圈，说：媳妇，想吃什么，告诉我。你是我的仙女，我是你的仆人。

同样，郭怀山也得到了意外之喜。他回到家里，看见老父亲红着脸，举着手中的酒杯。郭天福说：等你喝一杯，你已经喝过了，唉，老了，跟不上了。

郭怀山说：我的爸呀，陪你喝，再喝三杯都没事。来，儿子也高兴，今天生态园开园，大剧院又封顶，喜事连连，给高树庆庆功。你也不要介意，没有请你剪彩，不是不尊重你，是怕你现在清闲惯了，不爱热闹。

郭天福说：我没有生气，也没有介意啊。老爸是高兴，看着你真出息了，摊子越弄越大，越弄越红火，把爸甩远了。

老书记似乎特别高兴又有点心酸。他继续说：儿啊，我弄的是翻身，你弄的是革新。今天，张朵打了个电话，说我们袁家的模式得到了欧洲人的夸赞。他说，欧洲人能看上眼，说明袁家已经有了国际水平。他说，在外国，媒体关于袁家的报道神乎其神，英文的、法文的、西班牙文的、德文的，样样都有。他让人翻译，翻译好以后，他会亲自送到咱们村。

郭怀山很惊讶，他就是干了自己应该干的事，却没想到会轰动世界。下午，县委宣传部张岳峰部长给他打了个电话，是北京朋友告诉张部长的，袁家村被国家旅游局评为首批"全国乡村旅游创新示范基地"。这些简直是意外之喜！

他端起酒杯，对父亲说：我的老爸啊，没有你打下的江山，我就是有三头六臂，也不能来个空中楼阁啊。你是靠山、是沃土，是袁家世世代代都会记住的人。

郭天福很高兴，他对儿子说：儿啊，不敢这样说，你爸就是一个农民，没有你说的那么神，也不能把话说得太大。什么世世代代记住的人，只要你记住，就够了。就是谁也记不住，爸百年后埋进黄土，黄土会记住的。这就够了，爸没有更高的奢望。

父子两个在屋里说着心里话，而在袁家村的酒吧一条街上，长安和渭城来的年轻人正在把酒言欢。

这边在唱《我和草原有个约定》，那边在唱《一壶老酒》，整个酒吧一条街都沉醉在歌声中。

主持"明理堂"的宰老师，回到自己的客栈，和一位流浪诗人探讨李后主的"问君能有几多愁，恰似一江春水向东流"。

老茶炉的那位老人，坐在春夜的碾子上，想着自己一生最思念的女人。而那个女人，早在数年前就已离他而去，他不怨不恨，他觉得那是女人找到了自己的生活和乐子了。他能怎么样？现在的袁家村，让他成为一个人物，在网络上，成为乡村最快乐的老人。他不知道，他的快乐来自哪里，他望着星星，眼睛眯成了一条缝。

这就是生活，普通平常，又充满着变数和不可知的曲折。有的时候，这曲折并不在现实中，而是在人的心里。特别是对于王建一来说，更是扑朔迷离，如入迷宫。张副总安排他就股份制改造做前期的调研和分析，但他对现代企业制度一窍不通，对股份制更是陌生。这是一个全新的领域，人才、科技、手段等，都是黑夜里忽然碰到的石块，说绊倒自己就绊倒了自己。他明白，这不是一件简单的事情，要把这事弄明白，自己先得学习，向证券公司、银行、评估公司等咨询学习，才能考虑下一步的问题。他知道，这就像是长征，现在连雪山草地都没有过，如何打开新局面？正因为如此，郭书记叫他去喝酒的时候，他说有事推辞了。

好在郭怀宇的对象进了集团，而这姑娘恰好是学企业管理的。这对王建一来说，无疑是春夜喜雨。但人力还是不够，很多事情还在等待着他，他很着急。他明白，急是没有用的，人不能违背科学规律，很多事情需要一步一步来。

烦恼不是谁的专利，在这一夜，高化杰和油画店画油画的姑娘去渭城看电影。谁知，电影还没有看完，姑娘就接到了东北老家的电话——老父病危，速回。他没有看完电影，甚至都没有回袁家村，连夜订票，给高树打了个电话，第二天一大早就陪东北姑娘赶到了飞机场。

事情就是这样，突如其来，又不能不马上解决。

谁也没有留神，时间就到了这一年的 8 月 8 日，袁家村长安银泰店开业，袁家村进城战略一炮打响。整个长安的媒体都给了袁家村版面，隆重推出了袁家村城中店，把乡村风吹进了城市，让城里人感受农家味道。接着，渭城店开业，上海店也在紧锣密鼓地筹备中。这一个个看似平常的创举，却改变了人们对农村农民的观念，郭怀山让袁家村走出去的战略得到了很好的落实。

这一年的 10 月，趁着高树给儿子摆满月宴的机会，郭天福忽然说，他决定辞去袁家村集团董事长职务，他要做一个田舍翁，自由自在。请集团最近召开董事会，推选新的董事长。这事来得太突然，谁也没有思想准备。这就是郭天福，干脆利落，说啥是啥，毫不含糊。这一点，郭怀山知道，也明白，父亲做出这个决定非一时冲动，而是进行了周详考虑，父亲在不经意的时候提出来，是为了过渡平顺，一切都在父亲的掌握进行着。

51

在郭怀宇回到袁家村的这一年里，他走访了袁家村关中风情体验地的上上下下，仔细研究了目前管理上的问题，就袁家村的总体发展和进一步发展提出了自己的想法，并写成报告，交给了郭怀山。

郭怀山看这份报告时，已经是 2015 年的 12 月 20 日了。这一天，他拿着怀宇的报告，到了城西客栈，金老板似乎早已经知道，一个新来的姑娘早已经收拾好了郭怀山喜欢的那间屋子。郭怀山看看金老板，说：你啊，真会来事，把这里经营得红红火火。金老板说：多亏书记贵人常来，你来了，红运就跟着来了。说着，郭怀山大笑，然后迈进屋子。

他仔细地看着怀宇的报告，怀宇在报告中的主要观点和建议有四点：一是推进现代企业制度是发展的必然，实行股份制改造是袁家村集团发展的大趋势。二是动用现代科技手段，实现科学管理和现代化管理是提升袁家村整体管理水平的关键。三是优化资源，配置人力，引进高端人才是袁家村放眼未来要面对的迫切问题。至于其中的细节及关键环节，怀宇都有思考。最后一点，他建议，在未来的规划中，考虑开发渭北荒山，特别是袁家村北的黄土塬。那道塬可以植树、种草、开发山地牧业观光园。利用传统村落在山地形成的人居环境，承包荒山荒地，开发山坡草原，把沟道的水引上荒原，绿化山地，修建草原观光区，蒙古包、蒙古马也配套引进，使关中风情与少数民族风情相结合。

郭怀山暗暗叫绝：不愧是农业大学的高才生，不愧是袁家未来的顶梁柱。怀宇的建议，其实他早有考虑，就是一直没有提上议程。这一看，使他激动兴奋。他要对袁家村的发展进行重新布局，特别是对怀宇提出的四条建议，他必须考虑人力的重新组合和高端人才的引进。

他立即叫来了高树、袁锁成和贾云。他说：我有一个想法，把田忠良提为村委会副主任，把贾云提为副总经理。贾云的外宣办交给李琳娜，原来计划把琳娜提为副主任，我看直接提为主任就行。再把郭怀宇提为村委会主任助理，优化管理层。为袁家的大飞跃储备管理人才，也为健全班子、完善管理打好基础。

高树基本没有意见，但他对直接提李琳娜有看法。他认为，先给一个副主任合适，贾云同志带带再说。同时，他提出，村委会的力量还是比较薄弱，他建议把郭怀宇直接提为副主任合适。古人都说，不拘一格降人才，怀宇可堪大任。

贾云不干了。她说：我喜欢挑战，给我副总，我就当仁不让，但继续兼任外宣办主任我有点吃不消。

郭怀山说：先按照高主任的意思办吧。另外，贾云和高主任考虑一下，对于中央提出的"八项规定"，结合反腐倡廉和我们袁家的廉政制度，开展一次整顿和学习。这件事我本来得亲自抓，最近县委来了个新书记，新书记对袁家的发展很关心，要和我进行一次谈话；另外，市委安排，我得到党校去培训，时间一个月。

郭书记，那县委孙书记呢？高树问。

听说，孙书记调到岭南市当了副市长，高升了。原本我想去送送，但最近太忙了，只好打了个电话，对孙书记表示了感谢。郭怀山说着，看了一眼袁锁成。

袁锁成似乎意识到了什么，他说：书记和主任的考虑很周全，我没有意见。我想说，如果要上会的话，是不是考虑一下 2016 年的发展规划？

袁副主任的提议好，大家回去后都好好考虑考虑，每个人拿出自己的想法，近期交给综合办，叫综合办结合大家的意见，写一份工作计划，然后开会研究。郭怀山说。

贾云插话：书记，咱们的祠堂街已经落成，我建议元旦剪彩，过年正是祭祖拜天的好时机啊。

好啊，你具体负责，高主任讲个话，邀请烟霞的汪明达书记和白哲镇长参加，正好和书记谈谈荒山承包的事情。郭怀山说。而高树和锁成很惊讶，什么荒山承包，他们不清楚郭怀宇的建议，一脸茫然也很正常。而郭怀山以为自己把这个想法已经通报给了班子成员。看来人有时也会糊涂，而这糊涂，谁也没有点破，他们都知道，书记心里有了一个蓝图，是什么，期待吧。

祠堂街剪彩那天，正是农历正月二十二日，吉日。上午 9 点，锣鼓喧天，彩旗飘飘，簸箕村、周礼村、沟道村、韩窑村都送来了花篮，他们的书记、主任站在人群中，等待烟霞镇的书记和镇长。不一会儿，书记和镇长一脸春风，走上了红地毯，并现场送了一幅长安书法家谢三的作品。

年前，集团召开了理事会，郭怀山出任董事长兼总经理。同时，村委会班子进行了调整。调整后的班子进行了集体学习，共同讨论了袁家村的发展计划。计划的核心就是把袁家村建设成文明、富强、繁荣、和谐的现代化新农村，实现经营管理科学化、整体发展现代化、城乡推进一体化。

对此，郭怀山充满自信。

他在完成这些部署后，忽然想吃扁豆面了，就叫高树，而高树正在接待他的丈母娘季琳呢。听说季琳来了，郭怀山专门去看了看，并把他父亲郭天福的问候带了过去。

季琳很高兴，说：没有想到，你现在就是袁家的一座山了，可靠啊！

郭怀山笑笑，说：多亏我们高主任，没有一个团结和谐的班子，哪有袁家的今天！也得感谢您对袁家的贡献，把自己的青春和女子的未来都给了我们袁家，我们父子真是有福啊。再说张朵叔，初心不改，总在关心我们的建设和发展。我怀山何德何能，能得到你们的帮助，这是上苍赐给我的福。

郭怀山一口气说了一大堆话，季琳高兴地说：咱这地方真是藏龙卧虎啊，一个大唐帝国，给后世多少启示。怀山，谢谢你。快过年了，我来没有带什么好东西，这是福建朋友带给我的金骏眉，送给你爸。那些年，吃不好，睡不好，你爸操大心了，得了胃病，代问你爸好。过几天我去看他，你看，我这小孙子，离不开人。

郭怀山抱起高树的儿子，说：这也是我们袁家的新村民啊。高主任，如果不嫌弃，叫你儿子认我做干爸吧。高树和琳娜笑着，季琳也说：那敢情好。郭怀山掏出一千元钱，塞到娃娃的襁褓里，这：算是干爸的见面礼了。琳娜激动地说：郭书记，我代我儿谢谢你了。郭怀山说：都是一家人了，还感谢什么，见外了。你们忙，我还有事。高树挡住了他，说：今天不能走，当了娃的干爸，就得喝个喜酒，菜是现成的，陪陪我妈，一起乐乐。郭怀山觉得盛情难却，索性高兴地坐了下来。

喝足了高树的酒，郭怀山有点晕，他从来没有晕过，是不是太高兴了，他不知道。高树要送他，他拒绝了，一个人大步走出村子。出村前，他在毛主席的雕像前深深鞠了一躬，然后看了一眼杨树遮掩的村子，对自己说，杨树就是有精神，长得直，伸向蓝天。说着，他看了一眼接待站，刘先模正在和簸箕村的雪绒说着什么。郭怀山觉得，就那么回事，便出了村子。

风有点冷。从秋天开始，渭北就出现了旱情，要不是宝鸡峡引来渭水，那这个秋天土地就干裂完了，果园就丰收不了了。直到冬月，没有雨也没有雪，老天似乎在打盹，忘记了大地和众生。年关将至，郭怀山忽然想起了袁英姑姑。他前一段时间去看望姑姑，袁英去了普陀山，后来又去了九华山，走了一个多月，听说最近回来了。不知为什么，他喝了点酒，就格外想看看袁英。他推开普宁寺的大门，两棵菩提树依然葱茏，树上飘着无数红丝带，那是拜佛祈福的人求的，拴在了树枝上。

郭怀山感到，院子太静了，静到听见自己的脚步声都有些害怕，他怕自己打破了这份宁静，就轻手轻脚地走到正殿的门前。

殿里传来空了法师的声音：施主为何而来？来时天在上，走时佛在上，地也无语，万物自生。

郭怀山知道是袁英姑姑，他说：大师，我来是心随缘来，缘在人在。

空了敲着木鱼，轻声说：缘随尘世了，来生自多福。阿弥陀佛，施主自便吧。说着，空了双手合十在胸前，闭目念经。

郭怀山看了看，回头望了望菩提树，说：佛道归一，大化造物。说完后，他自己都不知道自己在说什么。他走出了普宁寺，看了看寺院外，西墙处一片修竹，在风中发出哗哗的声音，他的心绷得紧紧的。他不知道，自己怎么会有这种感觉。

站了很久，他听见了一个声音：道生万物，大化造人。人非神灵，襟怀万象。山虽崔嵬，拔地入云。人在山上，世相归一。

郭怀山忽然感到，风从沟道而来，大地在搏动中萌生着绿色的生命。

他再看袁家村时，一团祥云从村东而来，在普宁寺的大殿上空浮现出一片云海，接着一道闪电划过西天。闪电过后，万物皆静。

郭怀山惊奇，冬天怎么会有闪电？他有点晕，但他明白，在他的心里永远有一座神奇的山，山上的天空中永远有一只鹰。

那只鹰，勇猛、刚强、迅疾，在九嵕山上空盘旋，给望山者欣喜，给游览者惊奇。

52

2016年春节刚过，郭天福准备独自去看看外面的世界。

他喜欢自己的袁家，更喜欢看着袁家一天天的变化。这种变化，似乎就像一杯杯陈酿，越喝越醇香。

尽管已经过了耳顺之年，但一生的风雨和辉煌给了他无穷的力量，去看看外边的世界，是一件很美妙的事情。临走前，他心里有点不踏实，想去簸箕村看看。

去簸箕村前，郭天福专门去看了看王厚才和田德地，他什么也没有说，眼睛红红的，抱了抱两个老伙计，然后大步离去。

在簸箕村村口，他碰见了董济民。董济民开着一辆小车准备出门。他知道，董济民两个儿子已经大学毕业工作了。他没有想到济民开上了小车，他很惊讶，也很高兴。时代的变化，不仅仅在袁家村、在簸箕村，在济民身上也有充分的体现。董济民叫他到家里坐坐，他看见济民的媳妇笑着看他，心里毛毛的。时间真是个魔术师，把济民那个漂亮的媳妇一下变成了地地道道的关中老婆娘了。虽然人老了点，但眉眼间还有几分叫人丢魂的神韵。郭天福摆摆手，说：你忙吧，我去村子看看。

他说看看，其实就是让自己心里踏实点。毕竟，自己和簸箕村四队的村民曾经一起填沟造田，一起在同一个地头干过。此外，簸箕村还有一个很有威信的老书记，在家里煮茶等他。他们约定，老了要常走动。郭天福走到簸箕村老书记的家门口，远远看见老书记人虽老势还在。那件中山装早就不见了，一件新款西服披在肩上，西服的口袋上依然别着一枚毛主席像章，在太阳的照耀下闪着金光。

袁家村的步子大，簸箕村似乎有点缓慢，但他们都在向前走着，看到这一点，郭天福还是很欣慰的。

他和老书记蹲在一起，两个人都笑了，但谁也没有站起来，只是看着对方，同时说了句：喝茶吧。老书记说：到我家煮茶去。郭天福说：走，到我们袁家老茶炉品茶听戏去。就这样，他们走到了袁家村，来到老茶炉，坐在圈椅上。簸箕村老书记很是兴奋，簸箕村已经换了几茬书记了，尽管他感觉自己的威信还在，但毕竟当家的是年轻人了，他们的想法和他截然不同。簸箕村积弊太深，变起来真是不易。他觉得自己的时代已经结束，他只有喝茶聊天的份了。他斜靠在椅子上，看着天福，说：你风光啊老郭，把月亮摘了下来，把日子攥在手里，一生足矣。

郭天福说：人来到这世间，就是要活出气象，活得有意思，要说足矣，一切都是拼搏的乐趣。爱拼还得赶上好时代，拼得有方向，有成绩。

老书记说：你值了，拼得好，把拼劲也给了儿子。你看看，儿子拼得更有出息。

郭天福没有反对，品着茶，似乎陶醉其中。

两个老书记，聊了很久，直到天色渐暗，戏台子上的弦板腔唱了一整天。

而郭怀山，在拿到中国社会科学院评的"中国乡村旅游研究基地"和"全国生态文化村"的牌子时，忽然流泪了。

他深知"研究"两个字的分量，更懂得"文化"两个字的价值。

这一年，郭怀山当选了"中国乡村旅游年度人物"。他知道消息后，跑到村外，望着九嵕山，心里的潮水涌来涌去。

他看到，一只鹰在山顶上空盘旋翱翔。渭北大地爆发着一种力量，袁家村在春天里鲜活起来，如同一个年轻的小伙子，健步向前。

郭怀山想喊一声，甚至他想吼一声秦腔：我的袁家啊——

他没有喊出声，心却在颤动。

2017 年 8 月 22 日至 12 月 22 日一稿于怀竹山居
2018 年 5 月 10 日二稿于北戴河创作之家
2019 年 5 月 20 日至 8 月 10 日三稿于怀竹山居

后　记

我有幸出生在袁家村旁边的一个村庄，对于袁家村的发展和变迁，我感到惊喜。宿命是一种潜意识的存在，而冲破宿命的束缚，是人对自我的肯定。在袁家村，我看到了这种积极的蓬勃气象。

我们国家是个农业大国，乡村是一个大世界。在乡村赖以生存的众生，都希望有着平顺、健康、温饱和幸福的日子。他们敬畏天地神灵，他们在泥土里刨食，靠的是自己的双手和汗水。我有幸是他们中的一员，能够听到大地的声音，能够活得实在，能够在山水流云中看日出日落，那也是一种生活。

风暴发生了，雷电闪过了，一切在毁灭和新生中重新布局。

死亡和涅槃同时存在，瞬间转化。

心中有太阳，光明无处不在。心中有大地，大地万物葱茏。

袁家村曾经是一个不起眼的普通小村子，在梦想与现实的博弈中崛起，在艰难曲折的发展中不断超越。这是美好的，更是令人向往的。

我见证着这个过程，我在这个过程中感受到人的伟大。

而人，他们就是中国最普通的农民兄弟，他们以非凡的毅力博得全社会的认同。

我是农民的儿子，身上的骨血都有泥土的味道。

我喜欢我的农民兄弟，我为他们曾经羞愧、曾经悲愤、曾经昂奋、曾经激动。这一切情绪其实也是为我，为心中的崇高和纯净，为正在渴望改变命运的一系列壮举而发。而我的农民兄弟，在摸索的道路上往往需要引领者。

谁堪此任？平凡却有着杰出品性的人；没有大智慧，却能在平凡中感知得失、明白进退、畅晓人生的人。他们本身就是农民，就是能够带领更多的人实现自己梦想的人。

这样的人需要发现，需要培养，需要舞台，更需要更大的引力，使他自信，使他认识自己的存在和努力。这是更多的人的期盼和愿望。

过去，一头牛，一亩田，有吃有喝，媳妇娃娃热炕头。这是中国农民最基本的需求。而现实没有给你最基本的需求，你生活在饥饿、苦难、贫穷和没有希望的日子里，你能安心，你能睡得着？改变是必须的。没有改变的愿望，那还谈什么生活，谈什么明天？

命运的手在召唤不安于现状、不愿生活在贫困现实中的生命。站起来，向前看，土地不会亏待实在的人，生活不会欺骗满怀希望的人。发挥人的潜能，寻求突破的途径，在打开窗户的瞬间，看到云蒸霞蔚、日出东海的盛景。那是变革和发展的暗示，更是甜蜜与幸福的开始。

我为我的农民兄弟自豪，我要记录一个乡村的崛起与巨变，记录中国农村发展的轨迹。

这是探索和追寻，更是痛苦和新生。

我不知道是在纪实还是在虚构。

一个穷得叮当响的村子，在两代人的努力奋斗中走在了中国农村改革发展的前沿，以一种全新的姿态站立在渭北大地上。

世人瞩目，世界惊叹。

这个村子就是袁家村，一个我非常熟悉的村子。

我就在这个村子的邻村生活，从小和这个村子一起成长。那些盛开的苜蓿花，那些茂盛的野草，那些挺拔的白杨树，仍和村子一样，镌刻在我心灵的回音壁上。我的灵魂在战栗，我的神经在紧绷，什么命运交响曲，那是高尚者安慰自己的方式，而不是我的农民兄弟的生存之道。

他们深知土地的神奇，他们感恩天地的恩赐。

在阳光和风雨中学会耕耘、播种和收获；在引导者的带领下，走上了拼搏创新、奋发图强的道路。这难道不值得倡导，不值得歌颂吗？

时间会说明一切，历史会记住发生的一切。

无论是胜利的高光还是在曲折中的哀号，无论是成功的喜悦还是奋起中的痛苦与忍耐，都在时间的坐标轴上留下痕迹。

国泰民安，福祉延年，是国人的理想，更是百姓的向往。

在全民奔小康实现中国梦的道路上，农民的愿望和努力是一致的。千百年来逆来顺受、顺天应命的思想，在时代的巨变中早已成为过去。

就是这个袁家村，以半个世纪的奋斗，获得了历史、文化和现实的种种礼赞。这不是一个人的功绩，而是一群农民奋斗历程的写照，更是中国农民在新政策、新使命的指引下创业的发展史和成就史。

我为自己有机会参与这场变革而兴奋沉醉。

我不敢对这部小说寄予太大的期望，但我尽力了，完成了，这比什么都重要。

如果我的文字还能得到更多人的喜欢，那不是我的功绩，那是我伟大而平凡的农民兄弟自己创造的。

他们的创业史、奋斗史足以感动天地。

他们是我难以忘记、永远崇敬的人。

我永远记着，自己是一个农民的孩子。

我为能够为农民发声，为百姓而歌，为时代抒写而感到无比快乐。

我知道自己的才情和把控小说的功力有限，我也知道自己为农村、为农民说话，有本能和自私的成分。但我相信现实主义和浪漫主义共同携手的分量，更明白自己有着强烈的理想主义情怀。

2020 年 1 月 25 日于云端阁